BASTEI
LÜBBE
TASCHENBUCH

Pippa Watson

Mit euch an meiner Seite

Roman

BASTEI LÜBBE
TASCHENBUCH

BASTEI LÜBBE TASCHENBUCH
Band 17 451

Dieser Titel ist auch als E-Book erschienen

MIX
Papier aus verantwortungsvollen Quellen
FSC
www.fsc.org
FSC® C014496

Originalausgabe

Textredaktion: Ulrike Strerath-Bolz, Friedberg
Umschlaggestaltung: Kirstin Osenau unter Verwendung von Motiven von © shutterstock: ileana_bt ¦ de2marco ¦ Val_Iva;
© Trevillion Images: Jude McConkey
Satz: Urban SatzKonzept, Düsseldorf
Gesetzt aus der Jenson Pro
Druck und Verarbeitung: GGP Media GmbH, Pößneck
Printed in Germany
ISBN 978-3-404-17451-5

5 4 3 2 1

Sie finden uns im Internet unter www.luebbe.de
Bitte beachten Sie auch: www.lesejury.de

Für Kiki und Micha, Renate und Udo, Susanne und Dieter.
Eure Freundschaft ist so einzigartig wie unsere
Liebsten auf vier Pfoten!

Besonders aber für Lotte, Willi und Maja im Herzen.

Prolog

London.

Eine Stadt, die nie schläft.

Buntes Neonleuchten. Beständiges Summen des Autoverkehrs. Menschengelächter in den langen Schlangen vor angesagten Clubs. Doch es gibt Seitenstraßen, in denen die Nacht sich heimlich erobert, was ihr gehört. An diesen Orten dröhnt die Stille.

Hoch oben, in der Penthouse-Etage, brennt nur zwischen Aufzug und eiserner Sicherheitstür noch Licht.

Hinter dem schweren Metall herrscht Ruhe. Der dicke Teppich im Flur schluckt alle Geräusche. Die Türen zu den Zimmern in dem langen Gang stehen fast alle offen.

Da ist ein gewaltiger Raum mit Glasfront zu der Dachterrasse, die einmal um die Wohnung herum verläuft. Weiße Möbel vor einem schrankgroßen Flachbildschirm an der Wand.

Ein bullaugenförmiges Fenster gewährt den Blick in die modern eingerichtete Küche.

Den Gang weiter hinauf. Ein Arbeitszimmer in Holz, Chrom und Glas. Auf einem der vier Bildschirme blinkt vergessen ein Cursor zwischen Musiknoten.

Ein Bad. Die große Dusche, nur mit einer Glaswand abgetrennt. Die Wanne mit Klauenfüßen und Blick über die Lichter der Stadt.

Weitere angelehnte Türen. Die Bestimmung der Räume dahinter ist nur zu ahnen.

Ganz hinten eine einzige verschlossene Tür.

Hinter ihr ein Atmen. Gleichmäßig und tief im Schlaf.

Das Bett steht mittig an der Wand. Es ist ein junger Mann, der da unter der leichten Decke schläft. Ein schlankes Bein, angewinkelt. Ein Arm über dem Kopf mit den zerzausten Haaren.

Ganz sicher träumt er, denn seine Atemzüge gehen rascher.

Und plötzlich ist es, als wehte von ferne Musik durch den Raum. Eine Menschenmenge, die jubelt. Namen schreit. Das Lachen einer jungen Männerstimme.

Wird es kalt im Raum? Der Mann im Bett fröstelt, ohne zu erwachen.

Eine Stimme ruft nach ihm. Lachend. *Patrick*, ruft er selbst, so laut er kann. *Patrick, nein, komm da weg!*

Er will die Augen aufreißen. Er will diesen Traum nicht träumen. Doch er liegt da wie gefesselt. Spürt, wie die Stimmung der Menge kippt. Von Verwirrung zu Begreifen. Und schon rollt Panik in gewalttätigen Wellen durch das Zimmer.

Er will es schaffen. Dieses eine Mal will er es schaffen, rechtzeitig dort zu sein. Schweißtropfen bilden sich auf seiner Stirn, während seine Augäpfel hinter den Lidern zucken. Während er kämpft und wortlos ruft und nicht ankommt gegen den übergroßen, grauenhaften Leib der Masse.

Ein Lichtreflex an der Decke. Vielleicht der Laserstrahl einer fernen Discothek. Vielleicht das Blitzen eines scharfen Metalls. Ein Geräusch wie Zerreißen. Und er fährt auf.

Sein Atem laut im ganzen Raum. Sein Blick findet keinen Halt. Es scheint ihm, als wäre alles um ihn her in tiefes, dunkles Rot getaucht.

June

Der Frühling war schon deutlich zu spüren. Es lag etwas in der Luft, das nur der April mit sich bringen konnte.

Gute Laune spross wie die Blumen aus dem Boden. Wie eine Verheißung auf ... auf was?

Ich musste über mich selbst lachen und schüttelte den Kopf, während ich in die Silverlane einbog.

Cassandra, die sich mal wieder in den Fußraum des Beifahrersitzes geschmuggelt hatte, stellte die Pfoten auf den Sitz und spähte durchs Fenster. Als sie erkannte, wo wir uns befanden, stimmte sie ihr übliches fröhliches Heulkonzert an.

Ich hatte Mühe, vor der drängelnden Spanielhündin aus dem Auto zu steigen. Dann ging ich zum Kofferraum und ließ auch den jungen Mischlingsrüden Bo heraus – ein Fellmonster auf vier Pfoten. Für meine inzwischen arg ergraute Heaven, deren Ahnen sehr groß und rauhaarig gewesen sein mussten, legte ich die eigens gebaute Rampe an den Wagen. So konnte das alte Mädchen auf ihren drei Beinen hinunterhumpeln.

Bo und Cassandra waren bereits an der Hintertür angekommen, als Heaven und ich um die Hausecke bogen.

Die Tür wurde von innen geöffnet, und meine Mutter Sharon, mit mehlbestäubten Händen, rief »Bring mir etwas Schnittlauch mit rein!« und verschwand wieder. Ich machte also einen kleinen Umweg durch den Küchengarten.

Drinnen war bereits *Highlife in Tüten*, wie Sharon es immer nannte. Bo hüpfte auf zwei Beinen um sie herum, und Cassandra stimmte immer wieder neue Strophen an.

»Musst du sie immer alle drei mitbringen?«, seufzte Sharon und betrachtete die feuchten Pfotenabdrücke auf dem blank gescheuerten Holzboden, während sie Teigmasse aus einer Schüssel auf die mehlbestäubte Arbeitsfläche klatschte.

»Ach, Sharon«, sagte ich grinsend. »Du weißt doch, wie das

ist. Immer wenn ich zu dir fahre, wissen sie Bescheid und stehen schon am Wagen, wenn ich loswill. Wen soll ich denn dann zu Hause lassen, hm?«

Meine Ma schnaubte kurz, beugte sich dann jedoch zur großen Heaven hinunter, um sich von ihr begrüßen zu lassen. »Jedenfalls nicht mein altes Engelchen.«

»Na siehst du.«

Ich sah mich in der Küche um. »Was machst du?«

»Roger, der Gast aus Edinburgh, hat heute Geburtstag. Ich bereite schon mal 'ne Kleinigkeit für heute Abend vor.«

Au weia, das klang ja mal wieder nach jeder Menge Extra-Arbeit, die Sharon sich selbstverständlich auch nicht bezahlen lassen würde! Ich zog die Brauen hoch. »Keine Ahnung, wie oft ich dir das noch sagen soll, aber Haydn House ist ein Bed and *Breakfast!*«

»Aber wenn er doch so nett ist«, widersprach Sharon. »Er vermisst seinen Lebensgefährten so sehr. Und dieses Reiki-Seminar, das er gibt, geht noch die ganze Woche. Ich dachte, wenn heute Abend alle vom Haus zusammen essen, denkt er nicht so dran und hat trotzdem einen schönen Tag.«

»Bist du voll belegt?«, erkundigte ich mich und klapste ihr auf die Finger, als sie gerade dabei war, eine Käsescheibe zu dritteln – ganz offensichtlich in der Absicht, sie in drei begierige Mäuler zu schieben.

»Ja, alles voll. Roger im Haydn-Zimmer. Mary und Greg im Oak-Zimmer. Und Uma, Nelly und Tamara in der Abbey Suite.« Sharon senkte ihre Stimme und setzte hinzu: »Die drei Ladys kraxeln jeden Morgen bei Sonnenaufgang rauf zum Tor und zaubern irgendwelche Räucherrituale.«

»Huch!«, entfuhr es mir.

»Ja, ich glaube, es hat was mit Umas Ex-Mann zu tun. Würde mich nicht wundern, wenn er es schon bald mit ein paar hübschen Furunkeln oder Ähnlichem zu tun bekäme.«

Wir kicherten beide. Für mich waren solche Geschichten

stets die Verbindung zu meiner wunderbaren Kindheit, die ich genau hier, im Haydn House verlebt hatte.

Damals, vor knapp vierzig Jahren, war Glastonbury eine Hippie-Hochburg gewesen. Der sagenumwobene *Tor*, der einzige steile Hügel der Umgebung mit seinem turmartigen Bauwerk aus dem Mittelalter, zog damals wie heute alle möglichen Spinner an – ob sie nun tatsächlich spirituell veranlagt waren oder es nur glaubten. Angeblich sollte sich genau hier das legendäre Avalon befunden haben. Im Park der ehemaligen Abbey, direkt gegenüber von Haydn House, wies ein Gedenkstein die Grabstätte von König Arthus aus. Auch heute noch war der kleine Ort eine Pilgerstätte für Esoterikerinnen, Reiki-Meister, alle Sorten von New-Age-Leuten.

»Da wir gerade davon sprechen«, fuhr Sharon fort. »Wie läuft es zwischen Morris und dir?«

Verflixt. Vierzig Jahre an diesem Ort hatten meine Mutter mit unangenehm sensiblen Antennen ausgestattet.

»Lass uns über was anderes sprechen, ja?«, bat ich, weil ich um meine gute Morgenlaune fürchtete.

Sharon sah von ihrer Arbeit auf und betrachtete mich kurz mit gerunzelter Stirn. Dann beugte sie sich wieder über die Arbeitsfläche und fuhr fort, den Teig zu bearbeiten.

»Ich halte es ja wie die Indianer«, presste sie zwischen den Zähnen hindurch, während sie die zähe Masse durchknetete. »Wenn du merkst, dass dein Pferd tot ist, solltest du absteigen.«

Ich wollte eigentlich lachen, wie ich es sonst oft tat, wenn ich mit Sharon oder auch mit meiner Freundin und Mitarbeiterin Nicole über dieses Thema sprach. Doch heute blieb mir das Lachen plötzlich im Hals stecken.

»Ich weiß nicht. Vielleicht brauchen wir einfach mal etwas Abstand«, sagte ich stattdessen.

Heaven, die bisher den gedrittelten Käse im Auge behalten hatte, wandte sich um und drückte sich an mein Bein. Ich musste schlucken und strich mit den Fingern zärtlich durch das dichte graue Fell der Hündin. Wir zwei waren nun schon zwölf Jahre zusammen, viel länger, als Morris und ich uns kannten. Und manchmal hatte ich den Verdacht, dass Heaven sich wesentlich besser darauf verstand, meine Stimmungen zu lesen, als mein Freund.

»Wunderbar!«, sagte Sharon, während sie dem Teig rechts und links eine verpasste. »Schick ihn auf eine Tour durchs ganze Land. Vielleicht zusammen mit Nicole. Sie will doch mehr in die Seminare einsteigen, oder? Das wäre die Gelegenheit, und nebenbei könnte sie auf Morris aufpassen, damit er sich nirgends zu ›heimisch‹ fühlt.«

Das war gar keine üble Idee. Der Gedanke, den Hof und das Hundezentrum, das Morris und ich gemeinsam leiteten, ein paar Wochen ganz für mich zu haben, erschien sehr verlockend. Doch dann seufzte ich. »Geht nicht. Nächstes Wochenende startet der neue Trainer-Ausbildungskurs. Die ersten beiden Module macht Morris. So lange muss es auf alle Fälle warten.«

»Okay.« Sharon nickte, als hätte sie in dieser Frage tatsächlich etwas mitzureden. »Aber wenn er sich wieder eine von seinen Eskapaden leistet, ist der Ofen aus, abgemacht? Du weißt, dass ich das Prinzip der freien Liebe durchaus schätze. Aber du bist nicht der Typ dafür. Du gehst dabei vor die Hunde ...«

Über dieses Wortspiel mussten wir beide lachen. Doch dann setzte Sharon hinzu: »Hab keine Angst, mein Schatz. Morris mag der Frontmann des Hundezentrums sein. Aber *du* bist *die Chefin*. Und du hast es drauf. Du kannst es auch allein schaffen, weißt du?!«

Während ich ihren Worten nachlauschte, fiel durch das Küchenfenster plötzlich ein Sonnenstrahl herein. Als wollte er mich daran erinnern, dass draußen der Frühling auf der Lauer lag. Mit all seinem Blühen und Werden, und mit ein wenig Hoffnung.

Tobey

Es war gerade mal April, und die Stadt platzte in der ersten halbwegs schönen Samstagnacht aus allen Nähten.

Ich saß hinter Samuel im Wagen und betrachtete durch die getönten Scheiben das bunte Treiben auf den Straßen.

Es war nicht besonders warm. Aber die britischen Frauen taten bereits bei siebzehn Grad so, als gingen sie auf einer jamaikanischen Promenade spazieren.

Miniröcke. Bloße Füße in offenen Schuhen. Die Männer an ihrer Seite legten die Arme um nackte Schultern.

Drei junge Frauen in engen Leggings marschierten Arm in Arm mit wehenden, langen Haaren den Gehweg entlang.

Ich wollte Andy auf sie aufmerksam machen, aber mein Bodyguard nutzte die Fahrt zum Club für ein Nickerchen.

Nicht weiter tragisch. Andy verpasste ja sonst nie eine Gelegenheit, langen Beinen hinterherzustaunen.

Mein Sicherheitschef Dan saß vorn neben Samuel und schaute gelassen aus dem Fenster. Selbst auf dem Beifahrersitz einer gepanzerten Limousine wirkte der drahtige Dan mit den grauen Schläfen, als würde er gerade im Lotussitz meditieren.

Samuel überholte einen Sightseeing-Bus, auf dessen Seite gigantisch groß mein Gesicht prangte. »'n Abend Mr. Lambert«, schmunzelte er und warf mir im Rückspiegel einen kurzen Blick zu. Ich lächelte zurück, wir ließen mein Konterfei links liegen. Es konnte mir auch heute noch passieren, dass ich so einen gigantischen Doppelgänger tendenziell spooky fand.

Der Verkehr stockte wieder einmal.

Samuel summt die Melodie eines Kinderliedes. Er hatte vor einem halben Jahr eine kleine Tochter bekommen und war ganz vernarrt in sie. Die Töne waren mir vertraut. Ma hatte Lin und mir früher genau dieses Lied vorgesungen, wenn wir nicht schlafen konnten. War das nicht verrückt? Nach so vielen Jahren, nach fast drei Jahrzehnten, sangen auch heute noch Eltern ihren Kindern dieselbe Melodie, um sie zu beruhigen und sie spüren zu lassen, wie sehr sie geliebt wurden.

Leise summte ich mit, erfand eine zweite Stimme. Und plötzlich war da die Idee, genau dieses Lied vor den neuen Song mit den Streichern zu stellen. Vielleicht von Kindern gesungen. Nein, besser nur von einem Kind. Eine einzige klare, glockenhelle Stimme.

Ich zückte das Notizbuch, das ich immer bei mir trug. Schließlich konnte ich nie sicher sein, wann mir eine gute Idee zu einem neuen Song kam. Manchmal überfielen sie mich geradezu. Aber wenn ich sie nicht aufschrieb, stoben sie wieder auf und davon, unmöglich einzufangen. Über die Noten notierte ich auch ein paar Textzeilen. Super Idee. Bei der nächsten Probe würde ich es meiner Band vorstellen.

Schließlich bogen wir in die Straße ein, auf der das *Zenobia* lag. Als wäre er auf die Adresse seines alten Arbeitsplatzes programmiert, erwachte Andy mit einem Schnarcher und setzte sich auf. »Ging ja schnell«, brummte er.

»Soll ich auf euch warten?«, wollte Samuel wissen, als er auf den Parkplatz der Club-Mitarbeiter einbog.

»Ja. Wir werden nicht so lange bleiben. Ich will mir nur diesen neuen Saxofonisten ansehen, von dem Lin mir erzählt hat. Er hat gleich seine dritte Session im Laden, und das Publikum liebt ihn angeblich.« Meine Schwester Lin war Musikjournalistin und fütterte mich regelmäßig mit Infos über interessante aufgehende Sterne am Musikerhimmel.

»Okay, ich bin auf Sendung, wenn ihr mich braucht.« Samuel nickte, wendete den Wagen und setzte ihn geschickt in eine Parklücke.

Andy, Dan und ich nahmen den Seiteneingang. Wie immer begrüßte Andy den dort postierten Türsteher kumpelhaft und wirkte, während er an meiner Seite bis zu dem reservierten Tisch auf der Empore ging, noch ein paar Zentimeter größer als üblich. Diesen Wachstumsschub zeigte er auch dann, wenn ich – so wie heute Abend – hinter einem Schal und einer Baseballkappe so gut verborgen war, dass niemand mich erkannte. Für Andy reicht vollkommen aus, dass alle Angestellten im *Zenobia*, vom Türsteher bis zur Tischbedienung, Bescheid wussten.

In diesem Club hatte ich meinen Bodyguard vor drei Jahren kennengelernt. Als eine Gruppe von betrunkenen, turnschuhtragenden Touristen sich gewaltsam Einlass verschaffen wollte und Andy souverän und ohne lange zu fackeln deren Anführer gegriffen und mühelos am Boden festgetackert hatte. Noch am selben Abend hatte ich ihm einen weitaus besser bezahlten Job bei mir angeboten.

Oben auf der Empore gab es ein kurzes Hallo, denn Justin und Betty hatte es an diesem Abend ebenfalls hierhergezogen. Seit dem Start meiner Solokarriere vor mehr als drei Jahren war Justin mein genialer Bassist. Betty war seine langjährige Freundin: Krankenschwester, bildhübsch. Das Bühnenprogramm hatte bereits begonnen, doch der Saxofonist war noch nicht aufgetreten.

»Mann, bin ich fertig!«, stöhnte Andy und ließ sich auf den Stuhl fallen, der der Treppe am nächsten stand.

»Wovon? Vergebliches Anmachen der Foto-Praktikantin beim heutigen Shooting?«, kicherte Justin.

»Hey, woher weißt du davon? Du warst doch gar nicht dabei!«, sagte ich grinsend.

Andys Miene hatte sich verfinstert, aber bevor er zu einer seiner wenig schlagfertigen Antworten ausholen konnte, hatte Betty bereits den Arm um ihn geschlungen und ihn auf die Wange geküsst.

»Dämliches Weibsstück!«, sagte sie, laut genug, dass alle am Tisch es verstehen konnten. »Die weiß eben nicht, was ihr entgeht, oder, Andy?«

Andy errötete sichtbar und lächelte breit, während Justin so tat, als wäre er nach dieser Erklärung durchaus ein wenig eifersüchtig. Neckereien unter Freunden. Zeit, um auszuspannen.

Das *Zenobia* war einer der wenigen Clubs, die ich in meiner Freizeit besuchte. Die Location war angenehm geräumig, der Besitzer diskret und klug genug, auch nicht hinter vorgehaltener Hand damit anzugeben, dass *ein Star wie Tobey Lambert* hier regelmäßig verkehrte. Abgesehen von dem einen oder anderen Gast – na ja, Gästin in der Regel –, die mich trotz aller Maskerade erkannte und atemlos um ein Autogramm bat, war hier noch nie etwas vorgefallen. Und außer all diesen Vorzügen gab es hier an drei Abenden in der Woche Sessions mit unbekannten Musikern, unter denen ich schon mehr als ein Talent entdeckt hatte.

So auch heute. Der Saxofonist war wirklich gut, Lin hatte nicht zu viel versprochen. Auch das restliche Publikum schien Musikverstand zu haben. An vielen Tischen waren die Gespräche und das Gelächter verstummt. Die Klänge des Tenorsaxofons schwebten geradezu durch den Raum und brandeten in kleinen Wellen an die Empore, über dessen Geländer ich mich beugte, um besser sehen zu können.

Und dann waren da plötzlich diese zwei Augen.

Sie gehörten einer jungen Frau, die am Rand der Tanzfläche stand und zu mir heraufblickte. Die Intensität, mit der sie mich ansah, ließ mich reflexartig zurückzucken.

Doch schon wenige Sekunden später musste ich wieder hinsehen. Die langen dunklen Locken, die ihr über die Schultern bis hinunter zum Bauch flossen. Die Herzform ihres Gesichts. Die schmale Figur. Das alles erinnerte mich so sehr.

Aber sie war es nicht. Die junge Frau da vor der Bühne war einfach nur eine Fremde, die einem Schatten aus meiner Vergangenheit zum Verwechseln ähnlich sah. Und die mich offensichtlich erkannt hatte. Ich konnte von hier aus sehen, dass ihre Brust sich rasch hob und senkte.

Dan, der neben mir saß, neigte sich ein Stück in meine Richtung und sagte dicht an meinem Ohr: »Ich habe mich schon gefragt, wann es dir auffällt. Sie starrt dich seit einer halben Stunde an, ohne zu blinzeln.« Er verzog den Mund zu einem winzigen Lächeln. Dan machte sich nie über Menschen lustig. Er verspottete sie nicht oder stellte ihre Schwächen bloß – obwohl er gerade die bei so gut wie jedem zu erkennen schien. Er verfügte über außergewöhnliche Menschenkenntnis. Nur so hatte er den Blickwechsel zwischen der jungen Frau da unten und mir mitbekommen können.

Wie gut, dass er mich angesprochen hatte. Andernfalls hätte wahrscheinlich auch ich eine halbe Stunde lang gestarrt, und das wäre dort unten bestimmt komplett falsch interpretiert worden. Schließlich konnte ich einer Wildfremden nicht einfach erklären: »Sorry, dass ich dich so anglotze, aber du erinnerst mich an jemand von früher.«

Abgesehen davon, dass das wie eine reichlich abgedroschene Anmache klang, hätte ich diese simple Wahrheit niemandem anvertrauen können. Oder wollen. Diese Wahrheit, dass es immer noch hin und wieder Momente gab, in denen ich sie irgendwo zu erkennen glaubte.

Ich riss mich zusammen und wandte meine Aufmerksamkeit wieder der Bühne zu. Nach dem Saxofonisten trat ein Geschwisterpaar auf, das sich mit Gitarren auf zwei Barhockern niederließ und bekannte Folksong-Melodien mit selbst gedichteten, witzigen Texten vortrug.

Es wurde viel gelacht, das Publikum mochte so was. Aber ich war mit den Gedanken noch bei dem vielversprechenden Musiker mit dem Saxofon. Andys ehemaliger Chef würde mir die Nummer des Musikers geben, und Steven, mein Manager, sollte in den nächsten Tagen ein Treffen arrangieren. Vielleicht war irgendwo im Terminkalender noch ein Platz frei. In dem neuen Stück, das wir morgen proben würden, wäre ein Tenorsaxofon im Intro und in dem langen Mittelteil genial.

Mit einem Mal wurde ich aus meinen Gedanken gerissen.

Dan neben mir richtete sich noch ein wenig gerader auf. Ich versuchte, seinem Blick zu folgen, doch ich konnte nichts weiter erkennen als ein begeistert lauschendes, aufgeheiztes Publikum.

»Was ist los?«

Dan antwortete leise, ohne den Kopf zu wenden: »Wir hätten vom Studio aus nicht direkt hierherfahren sollen.«

Da war es wieder. Dans rätselhaftes Insiderwissen.

Eine der Bedingungen, die mein Sicherheitschef damals für seinen Vertrag gestellt hatte, war die freie Einteilung seiner Arbeitszeit. Er allein entschied, wann er an meiner Seite gebraucht wurde, welche Location im Vorfeld gecheckt werden musste, welche Sicherheitsvorkehrungen bei öffentlichen Auftritten notwendig waren. Woher er so oft wusste, wo die Paparazzi auf uns lauern würden oder bei welchem Konzert Dutzende von Fans flashmobgleich die Bühne zu stürmen versuchten, blieb sein Geheimnis.

Jetzt starrte er in die Menge am Eingangsbereich hinunter. Aber da waren doch nur viele Menschen in Samstagnachtlaune, die tranken, lachten, flirteten und keinen Blick an unsere kleine Gruppe hier oben verschwendeten!

Dans Miene jedoch war starr vor Konzentration. Er spähte irgendwohin ans andere Ende des Clubraums. Vor lauter Anstrengung, ebenfalls etwas zu erkennen, brannten mir die Augen.

»Wir sollten hier verschwinden«, sagte Dan gerade so laut, dass es auch Andy, Justin und Betty verstehen konnten.

Andys Miene verfinsterte sich. »Hört unser Sicherheitschef mal wieder die Flöhe husten?!«, brummte er und sah Dan offen revoltierend an. Doch der beachtete ihn nicht. Seine Augen huschten hierhin und dorthin und verweilten in einer dunklen Ecke am Eingangsbereich.

Mein Magen krampfte sich zusammen. »Okay«, entschied ich. »Verschwinden wir.«

»Dann lass uns lieber auch gehen, ja?«, sagte Betty beunruhigt zu Justin und angelte nach ihrer dünnen Jacke über der Stuhllehne.

»Hey, jetzt macht mal nicht so eine Welle«, knurrte Andy. »Ein cooler, entspannter Abend im Club. Was soll denn ...«

Doch plötzlich entstand unten in der Menge am Eingangsbereich Unruhe. Stimmen wurden laut. An den Tischen wandten sich Gäste um und wollten sehen, was dort los war.

Da waren Kameras. Nicht eine oder zwei, nein, ein ganzes Heer von Kameras. Ein Türsteher rangelte vergeblich mit zwei Männern. Schwarze Linsen mit gewaltigen Objektiven waren mit einem Mal auf die Empore gerichtet.

Finger richteten sich herauf.

Dan war mit einer einzigen geschmeidigen Bewegung an der Treppe. Ich sprang auf und folgte ihm die enge Spirale hinunter.

»Lass mich vor!«, brüllte Andy hinter mir. »Scheiße, ey, lass mich doch vor!« Einen kurzen, irrwitzigen Moment lang drängelten wir auf der schmalen Treppe wie zwei Jungs am Schulbus. Dann hatte Andy sich vorbeigequetscht und sprang gemeinsam mit Dan von der drittletzten Stufe.

Ich warf einen Blick durch den Raum, der mit einem Mal fremd und bedrohlich eng wirkte.

Wo gerade noch Menschen in Feierabendstimmung miteinander gelacht hatten, schob sich nun eine gesichtslose Masse auf mich zu. Die Musik war verstummt. Das Geschwisterpaar auf der Bühne hielt sich ratlos an seinen Gitarren fest.

Blitzlichter von allen Seiten. Rufe wurden laut. »Tobey! Hierher!«

Irgendwo in der Mitte des Raumes schrie eine Frau: »O mein Gooooott! Da ist Tobey Lambert!« Hysterisches Kreischen aus allen Richtungen.

Eine Sekunde lang stand ich auf der untersten Stufe. Wie gelähmt vom Getöse der immer lauter werdenden Rufe, rückenden Tischbeine und umstürzenden Stühle.

Ich wollte Andy folgen, der sich in Richtung des vorderen Eingangs wandte. Doch Dan fasste uns beide fest an den Schultern und riss uns herum, in genau die andere Richtung. Dann eilte er uns voraus. Andy reagierte blitzschnell, griff meinen Arm und zog mich mit sich nach hinten, fort von der heranströmenden Masse. Wie im Traum nahm ich wahr, dass Dan Zeichen zur Theke hinüber machte. Von den Ausgängen brachen sich ein paar breitschultrige Männer Schneisen durch die Menge.

Ich wollte nicht hinsehen, doch sie waren überall. Die ausgestreckten Hände. Verzerrte Gesichter. Aufgerissene Münder wie hungrige rote Höhlen. Entfesselt von der Hemmungslosigkeit der Paparazzi stürmte die Menge nach vorn.

Ich stolperte in die Richtung, in die Dan strebte und Andy mich zog. Wo sollte es da verdammt noch mal hingehen? Für mich sah es so aus wie eine Falle. Und plötzlich wurde ich von hinten gepackt. Gleich mehrere Hände krallten sich in meine Lederjacke. Auch Andy zerrte noch einen Moment an mir. Schaute sich um, drängte an mir vorbei und griff sich einen der Kerle.

Betty holte aus und donnerte einem anderen ihre Handtasche ins Gesicht, filmreif. Als sie noch einmal zuschlagen wollte, umfasste Justin kurzerhand ihre Taille und schleifte sie mit sich.

Während Andy mit einem der Paparazzi rang und ich schon dabei war, meine Jacke abzustreifen, um die klammernden Hände loszuwerden, war plötzlich wieder Dan an unserer Seite. Er setzte nicht einmal den ganzen Körper ein, sondern führte nur einige flinke Bewegungen mit den Händen aus. Schon waren Schmerzenslaute zu hören, und ich war frei.

»Weiter!«, sagte Dan mit verblüffend ruhiger Stimme. Gleich darauf befanden wir uns in dem schmalen Gang hinter den Toiletten. Die Enge des Raumes legte sich wie eine klamme Hand um meinen Hals. Ich zögerte eine Sekunde weiterzugehen. Die Sekunde, die ein paar Männer brauchten, um hinter uns in den Gang zu drängen.

Andy erwischte einen von ihnen am Revers und schleuderte ihn den anderen entgegen. Zwei von ihnen wurden von dem Mann mitgerissen und landeten in einem fluchenden Knäuel auf dem Boden. Doch ein weiterer war bereits dabei, sich an dem lebendigen Hindernis vorbeizudrücken. Die Kamera immer noch im Anschlag, feuerte er Blitzlichter auf uns ab.

»Tobey!«, kreischte eine Frau hinter ihm und wurde von anderen Fans heftig zur Seite geschubst.

»Raus jetzt!« Wieder Dans Stimme, in all dem Chaos wie ein Rettungsring. Er hielt einen schweren Vorhang auf, hinter dem sich eine Eisentür verbarg.

Ich wandte mich noch einmal um.

»Verschwindet!«, brüllte Andy uns über die Schulter zu. »Ich halte sie auf!«

Das Letzte, was ich von ihm sah, waren seine überlangen, muskelbepackten Arme, die in Richtung der heranstürmenden Menge schwangen.

Die Tür fiel hinter uns ins Schloss, und wir eilten drei Stockwerke die schmale Betontreppe hinunter. Betty verlor einen ihrer hohen Schuhe, fauchte »Fuck!« und rannte humpelnd weiter. Dan zog im Laufen sein Handy und bellte hinein: »Gasse Hinterausgang. Sofort!« Justin war als Erster an der Außentür. »Stopp!«, rief Dan.

Doch Justin riss bereits die Tür auf und stürzte hinaus, Betty an der Hand hinter sich herziehend.

»Verdammt! Ich sagte: ›Stopp!‹!«, donnerte Dan. Doch es war zu spät. Als ich hinter Betty in die Gasse hinausstolperte, blendete mich ein Meer von grellweißen Lichtern.

Betty schrie irgendetwas. Fremde Stimmen brüllten meinen Namen. Reflexartig schaute ich in die eine, dann in die andere Richtung. Sie waren überall.

Dröhnendes Motorengeräusch näherte sich durch die Gasse. Leiber sprangen zur Seite.

Eine Autotür wurde aufgerissen. Jemand stieß mich hinein.

Ich fiel in die Polster, verbarg mein Gesicht in den Händen, wurde weitergedrängt. Noch bevor die Tür wieder geschlossen war, fuhr der Wagen an. Dumpfe Schläge auf das Autodach. Schreie, die zu einem einzigen Getöse verschmolzen. Und das tiefe Dröhnen von Maschinen.

»Scheiße, die haben Motorräder«, rief Justin.

»Mit denen werd ich fertig!«, behauptete Samuel und trat aufs Gas. »Schnallt euch an!«

»Nimm die Brücke im Norden!«, hörte ich Dan sagen, der vorn neben Samuel saß.

»Okay!« Samuel bog aus der Gasse nach rechts, beschleunigte, bremste plötzlich ab und wendete auf der breiten Straße, um in die andere Richtung davonzubrausen.

Die Motoren der Motorräder dröhnten hinter uns. Einige dieser Kerle hatten sich darauf spezialisiert, von der fahrenden Maschine aus ihre reißerischen Fotos zu schießen, während der geschickte Fahrer vor ihnen das Motorrad lenkte. *Gott sei gedankt für getönte Scheiben!*

»Es sind vier oder fünf«, sagte Justin, der mit Betty zusammen aus dem rückwärtigen Fenster spähte.

Wir rasten durch die Nacht. Samuel wich anderen Autos und Passanten aus und donnerte dann wieder gen Norden.

Ich presste mich in den Sitz und versuchte, meinen Atem zu beruhigen.

Alles war okay. Nichts passiert. Dan hatte gerade noch rechtzeitig den richtigen Riecher gehabt. Er und Andy hatten mich rausgebracht. Es war nichts geschehen. Ein bisschen Hysterie, ein kleiner Aufruhr. Menschen, die mit einem Mal zu einer Menge wurden. Trotzdem war nichts geschehen.

Langsam glaubte mein Atem mir. Und langsam kapierte ich, wohin Samuel raste. Im Norden der Stadt gab es eine kleine Brücke, die er gerne nahm, wenn wir diese Strecke fuhren. Aber wieso glaubten Dan und er, dass wir die Papparazzi dort würden abhängen können?

Samuel bog von den viel befahrenen Straßen ab und kurvte durch die kleineren Seitenstraßen. Zwei Motorräder hatten bereits die Verfolgung aufgegeben. Denen war wohl klar geworden, dass diese Jagd ihnen nicht viel bringen würde. Samuel fuhr aber auch wirklich wie der Teufel. Es war bestimmt nur noch eine Frage von Minuten, bis auch die anderen …

»Vorsicht!«, brüllte Dan.

Samuel riss das Steuer herum. Der Wagen schlidderte.

Da war ein Schatten.

Direkt vor uns.

Neben uns.

Vor einem der Motorräder.

Die Maschine schleuderte, geriet beinahe aus dem Gleichgewicht. Doch der Fahrer schaffte es im letzten Moment, und nach wenigen Metern hatte er das Ding wieder im Griff.

Betty schrie auf: »Scheiße, die haben ihn erwischt!«

Ich fuhr herum und sah aus der Heckscheibe. Im Licht der Scheinwerfer der beiden folgenden Motorräder konnte ich gerade noch das dunkle, kleine Etwas auf vier Pfoten erkennen, das sich zur Seite schleppte. »Oh, Scheiße, Scheiße! Oh nein!« Betty begann zu weinen. Justin legte den Arm um sie.

Außer Bettys Schluchzen war im Auto kein Geräusch zu hören. Samuel lenkte verbissen den Wagen. Dan starrte konzentriert abwechselnd auf die Straße und in die Spiegel.

Dann kam die Brücke in Sicht. Erst im letzten Moment sah ich die Absperrungen und die Baustellenschilder.

Dann waren wir darauf.

Außer uns war hier niemand unterwegs.

Die Motorräder folgten uns mit heulenden Motoren. Doch schon nach wenigen Metern verloren sie den Halt und schleuderten. Von den breiten Reifen unserer Limousine spritzte der Splitt zu beiden Seiten in hohen Bögen.

Die Motorräder wendeten, und sobald sie wieder festen Boden unter den Rädern hatten, brausten sie davon. Die nächste

Möglichkeit, den Fluss zu überqueren, war nicht weit. Bestimmt hofften sie, uns auf der anderen Seite abfangen zu können.

Samuel donnerte über die Brücke. Wieder auf festem Boden, bog er sofort nach rechts in eine Seitenstraße ab, links, rechts, links, links. Da war eine Einfahrt in eine private Garage. Ohne zu zögern, fuhr er hinein, drehte den Zündschlüssel und löschte alle Lichter.

Es war still im Wagen.

Samuel atmete tief durch. Dan saß ruhig neben ihm und behielt durch die Rückspiegel wachsam die Umgebung im Blick. Betty weinte immer noch an Justins Schulter.

»Sie haben ihn erwischt! Ich hab's gesehen. Dass sie ihn volles Brett erwischt haben. Oh Gott! Was ist, wenn er da jetzt verletzt liegt und es nicht nach Hause schafft? Wenn er ...?«

»Schschscht!«, machte Justin und strich ihr übers Haar.

Eine Weile saßen wir einfach da.

»Wo sind wir hier?«, erkundigte ich mich schließlich. Dafür, dass meine Stimme so zittrig klang, hätte ich mich selbst packen und schütteln können.

»Das Haus meines Schwagers«, antwortete Samuel knapp und tauschte mit Dan einen kurzen Blick. Aha. Wahrscheinlich hatte Dan mit Samuel die eine oder andere Fluchtroute durch die Stadt ausgearbeitet. Mit dem einen oder anderen Versteck. Unter anderem in der Garage am Haus von Samuels Schwager.

Nach etwa zehn Minuten wandte Dan sich um. »Alles okay?«

Inzwischen ging mein Atem wieder regelmäßig. Ich nickte Dan zu. Mit einem Mal war ich besonders froh darüber, mich damals für diesen asketisch wirkenden Sicherheitschef entschieden zu haben.

»Wohin?«, fragte Samuel. »Nach Hause?«

»Ja«, antwortete Dan mit ruhiger Stimme. »Aber nicht auf direktem Wege. Fahr die westliche Route.«

»Okay.« Samuel nickte und legte den Rückwärtsgang ein.

In dem Moment hörte ich meine eigene Stimme. »Wir fahren zurück!«

Alle im Wagen sahen mich an.

»Du willst in den Club zurück?«, fragte Samuel; sein ungläubiger Blick traf mich im Rückspiegel.

»Natürlich nicht«, erwiderte ich. »Wir fahren zurück zu der Stelle, an der sie den Hund erwischt haben.«

»Oh, Tobey!«, schluchzte Betty wieder auf, löste eine Hand von Justins Brust und krallte sie in meine Schulter.

»Aber das geht doch nicht«, meinte Justin. »Was ist, wenn die Paparazzi da noch rumhängen?«

»Ja, könnte doch sein, dass einer von denen auch ein Gewissen hat und nachschauen fährt«, gab Samuel zu bedenken.

Ich hob die Hand. »Okay. Vorschlag: Am nächsten Taxistand, an dem wir vorbeikommen, steigen alle um, die nach Hause wollen. *Ich* fahre zurück.«

»Ich komme mit!«, sagte Betty sofort, und Justin stöhnte leise auf.

»Dan?«, fragte Samuel.

Dan schaute mich prüfend über die Schulter an. Dann wandte er sich um: »Du hast gehört, was Tobey gesagt hat.«

Seufzend setzte Samuel den Wagen rückwärts aus der Garage.

Wer wusste schon, ob wir den Hund überhaupt finden würden?

June

Was für ein Tag!

So erledigt hatte ich mich schon lange nicht mehr gefühlt.

Es war schon spät am Abend. Nach und nach rumpelten die Autos vom Parkplatz, und ich machte im Geiste drei Kreuzzeichen, während die Scheinwerfer der zehn Wagen über den Schotterweg Richtung Landstraße krochen.

Fünfzehn Jahre Traumjob Hundetrainerin. Noch nie war bei einem Seminar so vieles schiefgegangen wie dieses Mal.

Der durchgeknallte Hütehund, der jeden Schritt seines Besitzers überwacht und sich dann plötzlich auf den überfetteten Labrador gestürzt hatte.

Das Mutter-Tochter-Gespann, das sich über den sensiblen Schäferhund wahre Gefechte des Abnabelungskrieges geliefert hatte, ohne Rücksicht auf die betretenen Gesichter im Kreis.

Das Ehepaar, das gemeinsam gekommen war und nun getrennt wieder fuhr – zwar im gleichen Auto, aber mit der festen Absicht, sich scheiden zu lassen. Herrje, ich konnte jetzt schon ahnen, welche Schlachten demnächst um den armen Dobermann toben würden. Auch bei Hunden gab es Scheidungsopfer.

»Mannomann, es gibt ja durchaus Seminare, bei denen ich traurig bin, wenn die Teilnehmer wieder vom Hof rollen«, sagte eine Stimme hinter mir.

Nicole grinste mich an, die Pylonen und das Flatterband vom Longiertraining im Arm. Ihr schwarzer Schäferhund Chandler stand dicht an ihr Bein gelehnt neben ihr.

Ich lächelte. »Recht hast du! Und dieses gehört bestimmt nicht dazu.«

»Nö.«

Wir sahen beide zu dem einzigen Auto hinüber, das noch unter dem Flutlicht auf dem Besucherparkplatz stand. Die beiden Boxerrüden saßen bereits im Kofferraum. Ihre junge Besitzerin hatte sich an den Kotflügel gelehnt und strich sich gerade die langen Haare aus dem Gesicht. Sie lachte. Ein Geräusch, das trotz des kühlen Abendwindes zu uns herüberperlte. Ebenso wie Morris' sonore Stimme, die ihr antwortete.

»Und bei manchen wär es besser, wenn sie jetzt mal fix die Flatter machen würden«, sagte Nicole und warf mir einen grimmigen Seitenblick zu.

Ich schaffte ein Lachen, wir verdrehten beide solidarisch die Augen. Meine Mitarbeiterin und beste Freundin Nicole hatte eben nicht nur für Hunde sehr feine Antennen.

»Boah, nach solchen Tagen fühl ich mich manchmal schlagartig alt«, seufzte ich.

Nicole grunzte. »Na hör mal, gegen mich bist du doch noch ein junger Hüpfer.« Doch heute wollte mir der übliche spaßige Triumph über das zwischen uns liegende eine Jahr nicht gelingen. Vielleicht weil ein Jahr jünger als Nicole zu sein trotzdem bedeutete: knapp vierzig. Also Lichtjahre entfernt von dem jugendlichen Strahlen, das da vorn gerade über den Parkplatz flirrte.

Ich wandte mich ruckartig um. »Kommst du allein mit dem Aufräumen klar?«, fragte ich Nicole. »Dann dreh ich nämlich eine Runde mit den Hunden. Die sind heute viel zu wenig rausgekommen.«

Nicole wirkte skeptisch. »Du musst doch fix und fertig sein. Wie wäre es, wenn ich für uns drei leckere Pasta koche, bevor ich nach Hause fahre? Vorher muss Chandler sich auch noch ein bisschen bewegen. Da kann ich deine drei Schnuckis doch auf eine kleine Runde mitnehmen. Dann kannst du schon mal unter die heiße Dusche springen und …«

»Nein«, unterbrach ich sie, wie ich selbst hörte, ein wenig rüde. Deshalb schickte ich rasch ein entschuldigendes Lächeln hinterher. »Ist lieb von dir, Nicole. Aber ich brauche ein bisschen … ein bisschen … Bewegung.« Ein schwaches Argument, schließlich hatte ich mich die beiden letzten Tage von morgens bis abends bewegt.

Doch Nicole verstand und nickte. Das Mitgefühl in ihren Augen schmerzte nadelfein. An einer Stelle, an der ich in den letzten Monaten normalerweise lediglich eine dumpfe Taubheit gespürt hatte.

Wahrscheinlich war es das Gespräch, das ich vor ein paar Tagen mit Sharon geführt hatte. Der Indianer, der das tote Pferd ritt und trotzdem nicht absteigen wollte und so weiter. Verflucht. Irgendwann würde ich darüber nachdenken und auch darüber sprechen müssen, was zwischen Morris und mir geschah oder auch nicht geschah. Darüber, was ich selbst fühlte oder eben nicht mehr fühlte. Herrje, das war eindeutig zu kompliziert für den Abend nach so einem Tag.

»Na gut, dann tu mir aber den Gefallen und zieh dir andere Socken an. Damit du beim Laufen warme Füße bekommst«, lächelte Nicole, stupste mich kurz mit der Schulter an und ging hinüber zum Schulungsgebäude, während Chandler um sie herumtänzelte. Im Gebäude befanden sich nicht nur die Seminarräume, sondern auch das Lager für all das Equipment, das ein großes Hundezentrum wie meines brauchte.

Ich eilte in die andere Richtung – bloß nicht noch mal zum Parkplatz schauen! – und nahm die Stufen zum Wohnhaus mit zwei Sätzen. Fröstelnd schloss ich die Tür hinter mir.

Bo und Cassandra stürmten mir entgegen, während Heaven auf ihrem angestammten Platz neben dem Treppenaufgang lag und sachte mit dem Schwanz auf die Holzdielen klopfte.

»Hey, nicht so wild. Ich war doch nicht ein paar Wochen verreist!«, brummte ich. Bo, der quietschvergnügte Wuschel, sprang weiterhin um mich herum, während Cassandra mal wieder ihr hohes Jaulen anstimmte und Heaven dazu den Rhythmus klopfte.

Ich konnte noch nicht mal in Ruhe meine taufeuchten Stiefel ausziehen, ohne eine nasse Hundenase ins Gesicht gedrückt zu bekommen. Gerade wollte ich aufbrausen, als mein Blick dem von Heaven begegnete, über deren inzwischen arg ergrauten Fang hinweg. Ich hielt inne und schaute einen Moment in die vertrauten braunen Augen, die mich zärtlich und erwartungsvoll ansahen.

»Oh, du hast ja recht!«, murmelte ich dann, mit einem Mal nicht mehr ärgerlich, nicht mehr gereizt, sondern in eine seltsam dumpfe, einsichtige Traurigkeit gehüllt wie in Watte. Ich ließ dreckige Stiefel dreckige Stiefel sein und ging die wenigen Schritte hinüber zu Heaven, die mittlerweile Schwierigkeiten hatte, sich von ihrem Lager zu erheben.

Als junger Hund war Heaven von einem Raser angefahren und einfach am Straßenrand liegen gelassen worden. Was für ein Glück, dass ich an diesem Tag ausnahmsweise einen anderen Weg als den üblichen genommen und sie gefunden hatte. Die Ärzte hatten den bärengroßen Hund aufgeben wollen, doch ich hatte um sie gekämpft. Und für meine Mühen hatte ich eine wunderbare Freundin auf drei Beinen gewonnen.

Jetzt schmiegte Heaven ihren großen Kopf in meine Hände und gab ein wohliges Brummen von sich, während Bo trippelnd neben mir stand und Cassandra sich eng an meine Seite drückte. Ein paar Minuten hockte ich dort, um mich herum meine liebsten Seelen, und hielt stumm Zwiesprache mit ihnen.

Doch dann polterte es auf der Treppe. Morris kam herein. Er war ein großer, imposanter Mann Anfang fünfzig, mit leicht ergrauten Schläfen und stahlblauen Augen. Wenn er einen Raum betrat, sahen immer alle zu ihm hin. Die Hunde in den Seminaren liebten ihn schon nach einer halben Stunde abgöttisch. Er war eine natürliche Führungsfigur.

Jetzt schloss er rasch die Tür hinter sich, um den eisigen April-Wind auszusperren.

Bo hüpfte auf ihn zu und sprang an ihm hoch. Morris tätschelte ihm kurz den Kopf und beugte sich hinab, um seine Stiefel auszuziehen. Als er den Schmutz auf den Dielen sah, stutzte er und verfolgte die Spur mit den Augen bis zu mir. Ich erhob mich von Heavens Lager. Unsere Blicke trafen sich kurz, doch er sagte nichts.

»Nicole räumt noch auf und kocht dann Nudeln mit irgendeiner leckeren Soße«, hörte ich mich faseln.

Warum auch nicht? Warum sollten wir nicht Alltäglichkeiten austauschen nach einem anstrengenden zweitägigen Seminar, bei dem vieles schiefgelaufen war und wir es trotzdem wieder einmal geschafft hatten, den Teilnehmerinnen und Teilnehmern etwas zu vermitteln. Sie im Umgang mit ihren Hunden sicherer und klüger zu machen. Unsere Kunden mit einem guten Gefühl nach Hause zu entlassen.

Wir schafften das schließlich immer. Weil wir ein unschlagbares Team waren, seit acht Jahren schon. Ein Team, das eigentlich alles schaffen konnte. Auf dem Hundeplatz.

»Klingt gut«, erwiderte Morris, ging auf Socken zur Garderobe und schälte sich aus seiner dicken Outdoorjacke. »Ach, übrigens ... tolle Neuigkeiten«, sagte er dann, als wäre es ihm plötzlich eingefallen. »Es hat sich noch eine Teilnehmerin für den Trainer-Lehrgang ab nächster Woche angemeldet. Nicht schlecht, oder?«

Die Arbeit mit den Hunden selbst bereitete mir große Freude. Der Umgang mit den Hunden und deren Menschen, die trotz aller Widrigkeiten in der Regel ebenso liebenswert waren wie ihre Vierbeiner. Wegen dieser Arbeit hatte ich damals das Tiermedizinstudium aufgegeben und den Traum von einem eigenen Hundezentrum in die Tat umgesetzt. Diese Arbeit war es, die mich immer noch begeisterte und berührte.

Doch am meisten Geld, und das spielte ja leider auch eine Rolle, brachten die Ausbildungslehrgänge für angehende Trainerinnen und Trainer. Junge Menschen, die genau den gleichen Traum träumten und aus ihrer Passion einen Beruf machen wollten. Auch wenn es nur einige wenige von ihnen tatsächlich schafften, brachten die Heerscharen von Interessenten einen guten Umsatz. Da zählte tatsächlich jede Anmeldung, weil die Teilnehmer meist nicht nur einen Lehrgang, sondern gleich eine ganze Reihe belegten.

»Wer ist es denn? Kennen wir sie schon?«, erkundigte ich mich und schnürte endlich die Stiefel auf. Nicole hatte recht gehabt. Ich musste unbedingt aus den eiskalten Socken raus.

»Na, Rebecca«, sagte Morris. »Die mit den beiden Boxern.«

Irgendwie gerieten meine Finger durcheinander. Da war plötzlich ein Knoten im Schnürband, den ich mühsam mit klammen Händen entwirren musste.

»Aha«, machte ich nur.

»Ja. War wohl 'ne recht spontane Entscheidung, die sie erst heute im Laufe des Tages getroffen hat.«

Was sollte ich darauf sagen? Wie spontan konnte jemand entscheiden, Hundetrainerin werden zu wollen?

»Sie nimmt das letzte freie Zimmer im Gästehaus. Ist doch okay, oder? Dann haben wir das auch voll belegt«, erzählte Morris weiter und rieb sich die Hände.

Vielleicht war es diese Geste. Obwohl mir natürlich klar war, dass er sich damit nur ein wenig aufwärmen wollte. Aber plötzlich war es in der geräumigen Diele zu eng für uns beide.

Der Knoten löste sich, und ich schnürte die Stiefel wieder zu.

»Was machst du?«, erkundigte Morris sich verblüfft.

»Ich dreh eine kleine Runde mit den Hunden«, antwortete ich.

Als hätte sie meine Worte verstanden, erhob sich Heaven ächzend von ihrer Stätte und streckte sich umständlich, während Bo seinen Freudentanz wieder aufnahm und Cassandra erneut zum Heulen ansetzte.

Morris stand mit hängenden Armen neben der Garderobe, doch er machte keine Anstalten, mich zurückzuhalten oder mir gar seine Begleitung anzubieten, wie er es früher getan hätte.

Also öffnete ich die Tür. Bo und Cassandra schossen an mir vorbei auf den dunklen Hof, Heaven folgte ihnen humpelnd.

Ich sah Morris nicht mehr an und zog die Tür hinter mir ins Schloss. Auf der obersten Stufe blieb ich kurz stehen und blickte über das Gelände. Dann stopfte ich den Schal ein wenig enger in den Kragen meiner Jacke.

Es kam mir vor, als wäre der Wind in den letzten Minuten noch kälter geworden.

Tobey

Dunkel und verlassen lag die schmale Seitenstraße vor uns. Samuel hielt etwa auf der Mitte der Gasse an. Nirgends war ein verletztes Tier zu sehen.

Ich öffnete die Wagentür, und bevor ich noch ganz ausgestiegen war, stand Dan schon an meiner Seite. Auch Betty ließ sich von Justin nicht davon abbringen, über den Sitz nach draußen zu krabbeln. Auch wenn ihr verlorener Schuh bedeutete, dass sie nun barfuß auf dem Asphalt stand.

»Ich glaub, er ist da runtergelaufen«, sagte Betty und zog Justin mit sich in Richtung eines schmalen Fußgängerweges.

Dan und ich wandten uns zur anderen Seite und gingen im Scheinwerferlicht der Limousine suchend die Straße hinunter. Wir schauten hinter parkende Autos und Mülltonnen.

»Dan?« Da war ein dunkler Fleck auf dem Asphalt. Dan beugte sich darüber und berührte ihn mit der Fingerspitze. Auf seiner hellen Haut war das Rot des frischen Bluts deutlich zu erkennen.

Wir sahen uns an und betrachteten dann die Umgebung genauer. Da drüben, war da nicht ein weiterer Fleck? Ich lief hinüber. Jede Menge Gestrüpp. Die Hände tief in den Ärmeln meiner Jacke vergraben, bog ich die Zweige auseinander.

Und da war er. Hellbraun, struppig, mit Knickohren, die er jetzt eng an den Kopf legte.

»Hier«, sagte ich mit leiser Stimme zu Dan. Der schaute sich den Hund kurz an und nickte. »Was machen wir mit ihm?«

»Bringen wir ihn zur Tierklinik!«, entschied ich. »Habt ihr ihn?«, rief Betty, die mit Justin plötzlich wieder neben dem Wagen aufgetaucht war. »Lebt er noch?«

Ich nickte ihr zu. »Aber er scheint schwer verletzt zu sein.«

»O mein Gott, der Arme!«, hauchte sie. Ich sah wieder hinunter auf den Hund, der sich ins Gebüsch drückte. Ein Paar dunkler

Augen spähte ängstlich zu mir herauf. Ohne groß darüber nachzudenken, zog ich meine Jacke aus.

»Hab keine Angst, mein Kleiner«, sagte ich mit leiser Stimme. »Wir wollen dir nur helfen. Keiner tut dir was, okay?«

Was, wenn das Tier in Panik geraten und wild um sich beißen würde? Wahrscheinlich hatte es Schmerzen und würde sich dagegen wehren, berührt zu werden. Ich selbst hatte keine Erfahrung mit Hunden. Natürlich hatten Ellen und ich uns als Kinder immer einen gewünscht. Doch im Grunde war uns klar gewesen, dass so ein Haustier für uns nicht drin war, nicht in unserer Lebenssituation nach Pas Tod. Ich musste nun also ganz auf meinen Instinkt vertrauen. Und darauf, dass mein Schützling erkennen würde, dass ich ihm nichts Böses tun wollte. Und tatsächlich: Als ich vorsichtig die Jacke um den schmalen Körper legte, rührte er sich nicht.

Dieser kleine Kerl hier war leichter, als er wegen seines struppigen Fells aussah. Vielleicht zehn, elf Kilo, schätzte ich. Als ich ihn anhob, schloss er einfach die Augen und ließ es geschehen.

Betty eilte uns voraus, ließ sich auf die Rückbank fallen und versuchte, mich samt meines kleinen Päckchens beim Einsteigen zu stützen.

»Wie geht's ihm?« Sobald ich neben ihr saß, lupfte Betty den Teil der Jacke, den ich über den Hund gelegt hatte, und betrachtete den schmutzigen Körper des Tieres mit der Versiertheit einer Krankenschwester. Überall im Fell klebte Blut. »Au, verflixt!«, beantwortete sie sich ihre Frage selbst.

Auf meine Beine gebettet hob der Hund ein wenig den Kopf und sah mich an. Seine Augen waren nicht schwarz, wie ich draußen vermutet hatte. Sie waren von einem hellen Bernsteinbraun. In ihnen so viel Schmerz. So viele Fragen. So viel Angst.

»Fahr los«, sagte ich und versuchte, den Kloß in meinem Hals zu ignorieren.

* * *

Die Nacht war lang.

Ich lag wach und sah diese Augen vor mir.

»Eine Hündin«, hatte man in der Tierklinik gesagt. »Wahrscheinlich noch nicht älter als etwa ein Jahr.« Ohne implantierten Chip oder Halsband. Also ohne Möglichkeit, ihren Besitzer zu ermitteln. Verletzt, aber mit einer guten Chance zu überleben.

»Toll, dass du das gemacht hast, Tobey!«, hatte Lin gesagt, als ich sie angerufen hatte. Meine ältere Schwester war eine Nachteule und hatte meinen Bericht über den Hund interessiert angehört. »Ich find's super, dass du dich gekümmert hast, echt. Das ist also keine Frage. Aber trotzdem will ich's noch loswerden. Nur sicherheitshalber, klar?«

»Was denn?«, hatte ich gefragt.

»Du bist nicht schuld daran«, hatte sie geantwortet. »Es war ein Unfall. Wenn einer Schuld daran hat, dann diese dämlichen Paparazzi. Klar? Ich finde, die werden immer dreister. Seit die wissen, dass du da empfindlich bist, werden die immer beschissener.«

Wir hatten über die letzten Fotos gesprochen, die veröffentlicht worden waren, und darüber, welche Blätter wohl die Bilder des heutigen Abends bringen würden. Leider gab es viel zu viele Medien, denen mittlerweile vollkommen egal war, woher die Bilder kamen und unter welchen Umständen sie geschossen worden waren.

Nachdem wir aufgelegt hatten, war ich in die Kissen gesunken, wohl wissend, dass es mit dem Schlaf in dieser Nacht schwierig werden würde.

Dennoch döste ich ein.

Und da war sie plötzlich. Ihre strahlend blauen Augen auf mich gerichtet, die dunklen Haare um ihr Gesicht wehend, kam sie auf mich zu. Angelina. Gekleidet in den weißen Kittel einer Tierärztin. Mein Herz raste, als mir bewusst wurde, dass wir uns wahrscheinlich gleich berühren würden.

»Wo ist Patrick?«, wollte ich wissen. »Ist er nicht bei dir?«

Doch sie antwortete nicht, sondern streckte nur mit sehnsüchtigem Blick die Hand nach mir aus. »Endlich bist du wieder da!«, flüsterte sie heiser. Und mit einem Mal war es mir egal, wo Patrick geblieben war. Ich wollte nur noch sie sehen, sie spüren.

Aber als ich sie an mich ziehen wollte, merkte ich, dass der weiße Kittel über und über mit Blut besudelt war. Das tiefe Rot biss mir in die Augen, die ich selbst im Traum schließen musste, um es nicht mehr anschauen zu müssen. Und bei geschlossenen Augen konnte ich bereits die Musik hören. Die Musik, die immer lauter wurde und durchs Zimmer zu mir herüberwehte.

Ich riss die Augen wieder auf. Lag in meinem Bett. Starrte an die Decke.

Vier Jahre war es her. Warum nur fühlte es sich immer und immer wieder so nah an? Als ob es gerade erst geschehen würde.

Heute war es besonders intensiv. Aber heute gab es zumindest eine logische Erklärung dafür. Da war diese Frau im Club gewesen. Wie ein Winken aus der Vergangenheit. Die Ähnlichkeit auf den ersten Blick war tatsächlich erschreckend gewesen. Und da war die Menschenmenge, der ich nur knapp entkommen war. Dies zusammen war wie eine Erinnerung an alle bisher durchlittenen Albträume, wie ein Fingerzeig auf das, was damals tatsächlich geschehen war.

Aber dann waren da auch noch diese angsterfüllten braunen Augen gewesen, die hilflos zu mir heraufgeschaut hatten. Ja, ich glaubte fast, dass es in erster Linie sie gewesen waren, die mich so berührt hatten. Irgendetwas hatte dieser Blick in mir ausgelöst, sodass ich für meinen üblichen grauenvollen Albtraum noch empfänglicher war.

Und nicht nur das: Ich hatte auch Angelina vor mir gesehen. Das war schon lange nicht mehr passiert. Seit den schrecklichen

Ereignissen vor vier Jahren hatten wir uns nicht mehr gesehen. Es hatte geheißen, sie sei zu ihrer Familie nach Wales zurückgekehrt. Und ich hatte keinen Versuch unternommen, sie ausfindig zu machen.

Warum nur ließ mich heute der Gedanke an sie nicht los? War es nur die schlichte Tatsache, dass ich zufällig eine Frau gesehen hatte, die ihr ähnelte?

Ich drehte mich im Bett herum, knipste die Lampe an und griff nach dem dicken Notizbuch. Darunter lag mein Tablet, und ich streifte es kurz mit einem Blick.

Die Uhr zeigte halb drei. Also schlug ich die entsprechende Seite im Notizbuch auf. In diesem besonderen Adressbuch waren die Kontakte nicht alphebetisch geordnet, sondern nach der Ortszeit London. Wer unter diesen Uhrzeiten der Nacht aufgelistet war, lebte anderswo, oft weit entfernt. Mit dem Finger fuhr ich die Seite hinunter.

Daniel? Superguter Drummer meiner Schulband von damals. Aber er lebte an der Westküste der USA und kroch wahrscheinlich gerade erst aus den Federn.

Tante Fanny lebte in Boston. Ich rechnete nach. Nein, wahrscheinlich war sie noch bei der Spätschicht ihrer Arbeit. Schade, sie war eine grandiose Gesprächspartnerin für schlaflose Nächte. Jedes Mal, wenn wir telefonierten, hatte sie haufenweise neue irrwitzige Geschichten parat von den Bewohnern des Altenheims, in dem sie arbeitete. Ganz ähnliche verrückte Geschichten, wie Angelina sie auch immer von ihrer großen walisischen Familie zu erzählen gehabt hatte.

Ich hielt inne.

Dann legte ich das Notizbuch mit den Seiten nach unten auf die Bettdecke und schnappte mir das Tablet.

Die Internetverbindung war in Sekunden aufgebaut. Ich tippte die E-Mail-Adresse ein, die ich immer noch auswendig kannte und die mir nun geradezu in den Augen schmerzte.

Vier Jahre lang hatte ich sie nicht mehr gelesen. Alle Welt

änderte fortwährend ihre Mail-Adressen. Es war also gar nicht sicher, dass meine Zeilen ihre Adressatin erreichen würden. Dennoch ließ ich nicht davon ab.

Die Betreffzeile blieb leer. Nichts, was mir einfiel, schien mir gut genug. Und so waren die ersten Worte, die sie womöglich schon bald von mir lesen würde: *Liebe Angelina.*

Minutenlang starrte ich auf diese Buchstaben. Sie brannten sich in meine Netzhaut, sodass meine Augen zu tränen begannen.

Hastig schrieb ich:

Wundere dich nicht, dass ich dir schreibe. Es ist nur so, dass ich gerade besonders intensiv an dich denken musste und mich frage, wie es dir geht. Ich hoffe, du bist glücklich – egal wo du bist.

Tobey

Dann schickte ich alles ab, ohne es noch einmal durchzulesen.

Ich schloss das Mailprogramm und klappte das Tablet zu. Im gleichen Moment überschwemmte mich eine heiße Welle des Bereuens.

Mein Gott, was hatte ich nur getan?

Was würde sie denken, wenn sie einfach so, ohne irgendeinen besonderen Grund, so eine Nachricht von mir bekam?

Während ich in meinem Bett lag, das Tablet in meinen klammen Händen, wurde mir abwechselnd heiß und kalt. Schließlich wusste ich mir nicht anders zu helfen, als das Tablet auf den Boden neben dem Bett sinken zu lassen und erneut nach dem Notizbuch zu greifen.

Donald. Ja, Donald. Toller Backgroundsänger beim letzten Album. Aber leider heimwehgeplagt. War nach den Aufnahmen wieder zu seinem Lebensgefährten nach New York zurückgekehrt.

Ich tippte die lange Nummer ein. Nach ein paar Freizeichen

ging Donald ran. Als ich mich meldete, dröhnte sein tiefer Bass vor Freude. »Mensch, Alter! Cool, dass du dich meldest! Wie geht's dir?«

»Gut, gut. Und du? Woran arbeitest du gerade?« Und schon waren wir in ein angeregtes Gespräch verwickelt. Über Jobs und Songs und Lyrics, das neue Album von Demunddem. Es war wie ein Zauber, der mich in Lichtgeschwindigkeit Tausende von Kilometern entfernte von dem, was mir gerade noch so nah gewesen war. Schon nach kurzer Zeit dachte ich nicht mehr an die E-Mail, die ich gerade verschickt hatte. Und auch nicht an den Zeiger meiner Uhr, der die Drei schnell überschritten hatte. Was das betraf, rechnete Donald offenbar auch nicht nach. Das taten die wenigsten. Eigentlich so gut wie keiner. Sie alle freuten sich, wenn ich sie anrief, auch wenn in London tiefe Nacht herrschte. Dass ich nicht schlafen konnte, wurde den wenigsten klar.

* * *

Am nächsten Morgen betrachtete ich skeptisch die dunklen Schatten unter meinen Augen im Spiegel des großen Badezimmers. Verdammt. Ausgerechnet. Zweiter Tag des Fotoshootings fürs Cover des neuen Albums. Steven, mein geradezu neurotisch perfektionistisch veranlagter Manager, würde toben.

Zurück im Schlafzimmer schlüpfte ich in Jeans und T-Shirt und checkte auf dem Tablet meine Mails. Meine Nachricht an Angelina stand unter »Gesendet«. Doch keine Antwort war in meinem Postfach gelandet. Aus irgendeinem Grund erleichterte mich das ein wenig – auch wenn mir klar war, dass die wenigsten Menschen vor acht Uhr morgens ihre Mails checken.

Ich griff zum Telefon und wählte die Nummer auf der Karte, die ich gestern Nacht eingesteckt hatte.

»Tierklinik Peterson?!«, meldete sich eine männliche Stimme.

»Guten Morgen«, grüßte ich. »Letzte Nacht habe ich einen Hund bei Ihnen abgeliefert, der von einem Motorrad angefahren worden war. Ich wollte mich nur erkundigen, wie es ihm geht.«

»Sagen Sie bloß, Sie sind das selbst, Mr. Lambert?«, erwiderte mein Gesprächspartner.

»Hat sich wohl herumgesprochen?«, antwortete ich.

»Machen Sie Witze? Meine Kolleginnen reden über nichts anderes.« Der Tierpfleger lachte herzhaft. »Aber jetzt mal Scherz beiseite. Ihrem Schützling geht's schon besser. Na ja ... zumindest physisch. Ansonsten ist sie noch etwas ... tja, ich würde sagen, durcheinander. Ich hab gerade noch nach ihr gesehen. Die gebrochene Pfote wird natürlich Zeit brauchen. Aber die Prellungen und Abschürfungen dürften in ein paar Tagen wieder in Ordnung sein. Hat echt Glück gehabt, das Schätzchen. Wenn man mal davon absieht, dass sie mächtig Angst hat, die Kleine. Anfassen und so findet sie gerade noch echt gruselig. Ist sicher besser, wenn sie 'ne Rundumbetreuung in ruhiger Umgebung bekommt. Bei uns ist ja doch immer was los, wissen Sie. Wenn Sie also wollen, können Sie sie heute Nachmittag abholen. Sie braucht natürlich Unterstützung beim Rausgehen. Dauert 'ne Weile, um sich an so einen Gips zu gewöhnen, aber ...«

»Ähm, entschuldigen Sie«, fiel ich ihm ins Wort. »Der Hund gehört mir ja gar nicht. Ich hatte eigentlich nicht vor, ihn abzuholen.«

Kurzes Schweigen. »Oh. Tja, da hab ich wohl was missverstanden. Ich dachte, weil die Besitzer der Hündin nicht zu ermitteln sind und Sie sagten, Sie würden die Rechnung übernehmen und so. Aber nichts für ungut, dann ruf ich später im Tierheim an. Manchmal haben die die Möglichkeit, auch kranke Tiere zu versorgen.«

»Tierheim?«, wiederholte ich.

»Ja, sicher. Hierbleiben kann sie ja schließlich nicht«, erwiderte der junge Mann.

»Nein. Nein, natürlich nicht«, sagte ich klamm.

Wir legten auf, und ich ging über den dicken Teppich des Flurs in Richtung Küche. Als ich die Schwingtür mit dem bullaugenförmigen Fenster aufstieß, tönte Andy gerade: »Wenn ich noch Türsteher gewesen wäre, wären die nicht reingekommen!«

Den breiten Rücken mir zugewandt, sah er auf den ersten Blick aus wie ein gewaltiger Gorilla im Jeanshemd, der auf einem der Barhocker thronte. Das pechschwarze Haar kringelte sich in Löckchen über dem Kragen.

Joana, auf der anderen Seite der Theke, war eine echte Latina-Schönheit. Sie hielt nichts vom Schlankheitswahn, sondern bevorzugte deutlich weibliche Formen. Trotz ihrer Körperfülle bewegte sie sich blitzschnell und grazil zwischen Schränken und Herd, um das Frühstück für alle vorzubereiten.

Irgendwann war es uns zur Gewohnheit geworden, uns zum Start in den Tag morgens hier zu treffen. Wir saßen gemeinsam auf den Barhockern an der überbreiten Theke, tranken Kaffee, frühstückten und besprachen die Termine des Tages.

Joana, seit zwei Jahren Haushälterin, Köchin und vor allem die Seele dieses Raumes, kannte inzwischen alle unsere Vorlieben. Und so saß auch heute Andy vor der ausgebreiteten Klatschzeitung und richtete auf seinem überladenen Teller unter Würstchen, Schinken, Pancakes, Rührei und Toast das übliche vernichtende Inferno an.

»Morgen!«, grüßte ich.

Andy fuhr auf seinem Hocker herum. Mit übervollem Mund konnte er als Erwiderung nur heftig nicken.

»Guten Morgen, Tobey«, antwortete Joana lächelnd, und wie von Zauberhand stand ein Teller mit drei Scheiben gebuttertem Toast neben einem Glas Saft bereit.

Andy presste den gewaltigen Bissen durch seine Kehle und sagte: »Ich hab gerade schon zu Joana gesagt: Wenn ich noch Türsteher gewesen wäre ...«

»Ich bin heilfroh, dass du jetzt für mich arbeitest, Andy«, unterbrach ich ihn und angelte nach der Marmelade. »Das war gestern Abend ganz schön eng.«

»Sag ich doch!« Andy fuchtelte mit der Gabel vor Joanas Gesicht herum. »Hab ich's nicht gerade gesagt? Dass es echt eng war?«

Joana grinste.

»Guck mal, bist eigentlich ganz gut getroffen.« Andy blätterte zurück und deutete auf die entsprechende Seite in der Zeitung. Ein höchst unvorteilhaftes Bild, auf dem ich gerade mit panischem Gesichtsausdruck aus meiner Jacke zu schlüpfen versuchte, während Betty einem der Fotografen ihre Handtasche ins Gesicht pfefferte. TOBEY LAMBERT VERTEIDIGT VON NEUER EROBERUNG?, schrie die Überschrift.

Ich seufzte.

Die Tür wurde erneut geöffnet, und Dan erschien. Er grüßte ernst, wie es seine Art war, und deutete Joana gegenüber eine kleine Verbeugung an.

Sie lächelte geschmeichelt, wandte sich zur Küchenzeile und hatte sofort eine hauchdünne Porzellantasse mit dampfendem grünem Tee und eine Müslischale mit frischem Obst und Frühstücksflocken parat.

»Vielen Dank, Joana«, sagte Dan mit seiner leisen Stimme und goss ein wenig Hafermilch über sein Müsli.

Andy gab über der Zeitung nur ein kurzes Knurren von sich, das mit einigem guten Willen als Gruß gedeutet werden konnte. Ich wandte mich jedoch Dan zu und sagte: »Guten Morgen! Hab mich gerade bei der Tierklinik nach dem Hund erkundigt. Es geht ihm wohl besser.«

»Justin hat heut Nacht noch angerufen und davon erzählt«, mampfte Andy. »Mann, Betty ist ja wohl völlig ausgeflippt. Die liebt Tiere doch so. Na, kann ich verstehen. Als Kind hatte ich auch einen Hund.«

»Wirklich? Davon hast du noch nie erzählt«, sagte Joana.

Andy hob den Kopf und sah sie einen Moment lang verwirrt an. »Hab ich nicht?«

»Nein.«

»Dass du das so genau weißt«, wunderte er sich.

Joana zuckte mit den Schultern. »Wie hieß er denn?«

Andy zögerte einen Moment. Dann sagte er schief grinsend: »Flitzer.«

Wir lachten alle laut auf.

»Na ja, ich war acht oder so«, setzte Andy hinzu.

Draußen waren rasche Schritte zu hören, und die Tür flog auf.

Die gleiche Zeitung in der Hand, die auch auf dem Tresen lag, rauschte Steven dramatisch herein. Als er mich und die heiteren Gesichter im Kreis sah, atmete er sichtlich auf. »Gott sei Dank!«

»Kannst mich ruhig weiterhin Andy nennen«, sagte Andy.

Doch Steven beachtete ihn nicht, sondern wedelte mit dem Klatschblatt. »Könnt ihr euch vorstellen, was in meinen Kopf abgeht, wenn ich am Kiosk diese Schlagzeile sehe und keiner von euch es für nötig gehalten hat, mir Bescheid zu geben?«

»Ist nichts passiert. Wir hatten die Lage voll im Griff«, brummte Andy.

»Es war so spät. Ich wollte dich nicht wecken. Außerdem hat Andy recht: Es war wirklich nichts«, erwiderte ich.

Dan nippte an seinem Tee, als würde Stevens Vorwurf ihn gar nicht betreffen.

»Na, toll!«, knurrte Steven. »Ihr meint, es ist nichts passiert? In ein paar Wochen ist das Charity-Konzert in der Royal Albert Hall. Die ›Anti-Gewalt-Charity‹! Hallo?! Und jetzt so was! Wie soll ich den Karren jetzt wieder aus dem Dreck ziehen?«

Dann betrachtete er mich mit zusammengekniffenen Augen, und seine Miene verdüsterte sich noch mehr.

»Herrschaftszeiten, Tobey! Wie siehst du aus? Du hast doch nicht etwa mal wieder die Nacht durchgemacht? Willst du mit den Augenringen aufs neue Cover?«

»Einfach schlecht geschlafen«, wich ich aus.

Mein Manager wandte den Kopf und ließ den Blick durch die offen stehende Tür in den großen Wohnbereich wandern, wo die Spielkonsole noch vor dem riesigen Flachbildschirm lag. »Du solltest endlich mal was dagegen unternehmen.«

»Mir geht's gut«, sagte ich.

»Das sehe ich«, erwiderte Steven mit ironischem Lächeln. »Dann ruf ich besser mal Tamara an und sag ihr, dass sie eine Stunde früher da sein soll, weil die Maske bei unserem Mr. Lambert heute länger dauert.« Damit verschwand er wieder. Die Tür pendelte noch kurz hin und her.

»Manchmal kann er samt Anzug und Krawatte ein richtiges Arschloch sein«, sagte Andy.

»Er macht sich nur Sorgen«, erwiderte Joana und stellte die Pfannkuchen warm, die sie für Steven vorbereitet hatte.

»Und deswegen führt er sich schlimmer auf als meine Ma, als ich zehn war«, antwortete Andy.

Ich hörte ihrem Geplänkel mit halbem Ohr zu und aß meinen Toast. Als Kind war ich einmal mit Ma und Lin im Tierheim gewesen. Der Grund für diesen Besuch fiel mir nicht mehr ein, doch ich erinnerte mich an die vielen vergitterten Boxen, eine an der anderen.

Immer wieder sah ich das Paar braune Augen vor mir. Wie es zu mir hochgesehen hatte. Als würde es um Hilfe bitten.

»Entschuldigt«, murmelte ich, erhob mich und verließ die Küche.

Du bist total verrückt, Tobey!, sagte ich mir selbst. *Es wäre besser, erst mit jemandem darüber zu sprechen, der Ahnung davon hat. Jemand, der weiß, was da tatsächlich auf dich zukommen würde. Jemand, der dir diese bekloppte Idee gleich wieder ausreden könnte.*

Als ich den großen Wohnraum mit der breiten Fensterfront durchquerte, lag auf der Sofalehne das Telefon, das ich gerade selbst dort abgelegt hatte.

Ich nahm es und drückte auf die Wahlwiederholungstaste.

»Tierklinik Peterson?!«, meldete sich erneut die männliche Stimme von vorhin.

»Tobey Lambert noch einmal«, antwortete ich. »Ich habe da mal eine Frage …«

* * *

Ihr Fell war honigfarben und stand in alle Richtungen ab. Die eingegipste Pfote und die geschorenen Stellen im Fell, die mit Jod bepinselt waren, sahen erbärmlich aus. Aber das war es nicht in erster Linie, was die Hündin so jämmerlich wirken ließ.

Während der Fahrt im Auto presste sie sich in den Fußraum des Rücksitzes und war in der Tiefgarage nur schwer davon zu überzeugen, den Wagen wieder zu verlassen. Der Weg durchs Foyer und dann in den Aufzug dauerte eine Ewigkeit.

In der Klinik hatten sie mir von dem Versuch abgeraten, die Hündin wieder auf den Arm zu nehmen. Dass sie es gestern Abend geduldet hatte, war wohl dem Schock nach dem Unfall zuzuschreiben. Jetzt jedenfalls schien sie sich nur höchst ungern auch nur berühren zu lassen.

Andy war der Meinung, dass die Leine am Geschirr doch ausreichen würde, um den Hund einfach dorthin zu ziehen, wohin alle anderen außer dem Hund gerne wollten: ins Penthouse im obersten Stock.

Samuel, der mit ausgestiegen war, ließ sich nicht davon abbringen, dass sein in Stückchen zerteiltes Sandwich den Vierbeiner schon überzeugen würde. Doch die Hündin schien keinen Appetit zu haben. Steven war am ungeduldigsten und hielt ganz offenkundig die ganze Aktion für reine Zeitverschwendung. Und Zeit, das betonte er oft, war gerade in unserem Business Geld. Er hatte mit den Augen gerollt, als ich auf dem Rückweg vom Fotostudio verkündet hatte, ich wolle den verletzten Hund aus der Tierklinik abholen und vorerst bei mir aufnehmen. Zumindest so lange, bis seine Besitzer gefunden waren. Jetzt war Steven der Meinung, dass ein wenig Strenge dem Tier nur guttun könnte. Irgendjemand müsse ihm einfach sagen, wo es langginge.

Dan schien als Einziger keine dummen Vorschläge zu haben, wie man die Hündin schneller ans gewünschte Ziel bringen könnte. Stattdessen baute er, ebenso wie ich selbst, auf Geduld. Und mit der schafften wir es schließlich Schritt für Schritt in den Aufzug.

Als dieser sich in Bewegung setzte, duckte das Tier sich mit schreckengeweiteten Augen auf den Boden. Und sobald die Türen wieder aufglitten, stürmte sie hinaus, wobei sie mich an der dünnen Leine hinter sich herzog.

Direkt hinter der Sicherheitstür zur Wohnung löste ich den Karabiner vom Halsband, und die Hündin schlich über den Teppich in die Ecke unter der Garderobe.

»Tja, dann ...«, sagte Steven und verschwand in einem der Büros, hinter dessen angelehnter Tür wir ihn schon nach wenigen Sekunden telefonieren hörten.

Joana streckte den Kopf aus der Küche, aus der es herrlich duftete. »Was steht ihr denn alle da rum? Ich hab ein Fotoshooting-Abschluss-Dinner fertig.«

»Cool!«, rief Andy erfreut.

»Wir haben eine neue Mitbewohnerin, Joana.« Ich winkte sie heran.

Neugierig kam Joana näher und spähte in die Ecke unter den Jacken, in die alle schauten. »Ach je ... ist das der Hund von heute Nacht?«

Ich nickte.

»Was haben die in der Klinik noch mal gesagt? Der Hund ist durcheinander?«, erkundigte Andy sich und zog eine Grimasse. »Würd mal sagen, das war 'ne leichte Untertreibung.«

»Es hieß, sie habe große Angst«, sagte ich.

»Gib ihr Zeit«, murmelte Dan und wandte sich um. »Und wir sollten sie am besten nicht alle so anstarren. Da würde ja selbst ich Angst bekommen.«

Wir alle folgten seinem Beispiel und gingen ein paar Schritte zur Seite.

»Wie willst du sie nennen?«, fragte Joana.

Ich blickte noch einmal in die dunkle Ecke. »Keine Ahnung. Andy, du bist doch der Hundenamen-Experte. Weißt du nichts?«

»Wie wär's mit Luna?«, schlug er vor.

»Luna?«

»Ja, wieso nicht? Die Schäferhündin von meinem Bruder hieß so. War ein toller Hund. Und irgendwie muss sie doch heißen, oder?!«

Ich zuckte mit den Schultern. »Also gut. Luna.«

»Hat sie was gefressen?«, erkundigte Joana sich.

»Sie hätte mein ganzes Thunfischsandwich haben können, aber davon wollte sie nichts«, sagte Samuel bedauernd.

»Ich schau mal, ob ich was Gutes dahab.« Joana verschwand eilig hinter der Schwingtür zur Küche und war rasch wieder da. »Hier, ein bisschen Filet ... ist noch genug fürs Essen da«, fügte sie, an den entsetzten Andy gewandt, hinzu.

Ich nahm die Handvoll angebratenes Fleisch entgegen und drehte mich um. In der Garderobenecke war nur ein wenig braunes Fell auszumachen.

»Geht ihr schon mal in die Küche und esst. Ist bestimmt besser, wenn ich das allein versuche«, schlug ich vor.

»Klar«, sagte Andy und rieb sich die Hände. »Ist ja schließlich dein Hund jetzt. Irgendwie müsst ihr euch ja kennenlernen, oder?«

»Ich hab auch eine vegane Variante vorbereitet«, lockte Joana Dan, der noch zögerte, jetzt aber lächelnd nickte.

»Ich muss nach Hause«, verkündete Samuel bedauernd. »Uma wartet bestimmt schon mit dem Essen. Bis morgen dann!« Er verschwand durch die schwere Sicherheitstür zum Flur. Die anderen setzten sich in Richtung Küche in Bewegung.

Ich wartete, bis die Tür nicht mehr nachschwang, und drehte mich dann wieder um.

Langsam ging ich hinüber und hockte mich vor die Garderobe. Aus der Ecke blickten mich zwei angsterfüllte Augen unverwandt an.

»Hey, Luna«, sagte ich leise. Musste man mit einem ängstlichen Tier nicht sprechen, damit es sich beruhigte?

»Keine Bange. Hier bist du wirklich in Sicherheit, weißt du. Schau mal, was ich hier habe. Joana hat was wirklich Tolles spendiert. Riechst du das? Riecht super, oder?« Ich hielt ein Stückchen des gegrillten Filets in ihre Richtung. Doch anstatt interessiert herauszukommen, zog die Hündin sich noch ein Stück weiter zurück. Hm. Das war ja ein voller Erfolg.

»So ein guter Happen, schau mal. Schmeckt bestimmt fantastisch. Ist eine großartige Köchin, unsere Joana. Ich wette, du wirst sie lieben. Alle Hunde lieben doch die, die mit dem Essen zu tun haben, oder?« Gut, dass ich entschieden hatte, das hier allein durchzuziehen, sodass niemand mich hören konnte!

»Du hast doch sicher mächtig Hunger«, säuselte ich und legte einen Fleischbrocken vor die Hündin auf den Boden. Vielleicht wollte sie es nur nicht aus meiner Hand nehmen? »Schätze mal, das Futter in der Klinik war längst nicht so toll wie das hier, hm? Probier doch mal!«

Ich streckte die Hand aus und schob das Filetstückchen noch ein wenig näher.

Dann ging alles so blitzschnell, dass ich hinterher kaum

wusste, wie es passiert war. Im Bruchteil einer Sekunde schoss der hellbraune Kopf der Hündin vor. Ein scharfer Schmerz durchfuhr mein Handgelenk, und ich zuckte zurück, während ich zischend Luft einsog.

Die Hündin wich sofort wieder nach hinten und drückte sich noch tiefer in die dunkle Ecke unter den Jacken. Den Fleischbrocken ließ sie weiter unbeachtet.

Umständlich kam ich auf die Füße, während ich mein Handgelenk hielt. Zwischen meinen Fingern quoll ein wenig Blut hervor. Verdammt.

Ich lief hinüber ins Bad. Unter dem Wasserhahn spülte ich das Blut ab und besah mir den Schaden genauer. Da waren deutlich die Abdrücke von Fangzähnen zu erkennen.

Super Aktion. War so was gefährlich? Konnte sich doch bestimmt entzünden. Und was, wenn der Hund irgendeine schlimme Krankheit hatte? Am liebsten hätte ich mich selbst geohrfeigt. Wie konnte ich nur so dumm sein? Mein ganzes Gequatsche hatte offenbar gar nichts genutzt.

Mit der linken Hand wickelte ich so gut es ging einen Verband um die Verletzung.

Zurück auf dem Flur, traf ich ausgerechnet Steven, der gerade aus dem Büro kam. »Ich fahre noch mal zum Studio. Es gibt schon erste Abzüge, die ich mit zum Grafiker nehmen kann. Und dann ... Was hast du da?«

Ich sah hinunter auf mein verbundenes Handgelenk.

»Oh nein. Sag mir jetzt bitte nicht, dass das die Töle war?«, folgerte Steven ganz richtig.

»Ist nicht schlimm. Hab mich nur ein bisschen ungeschickt angestellt«, sagte ich.

»Mann, Tobey. Kannst du damit Klavier spielen? Hoffentlich siehst du jetzt ein, dass der Hund im Tierheim besser aufgehoben ist!«

In dem Moment streckte Joana ihren Kopf aus der Küchentür. »Das Essen wird kalt.«

»Ich bin wieder weg«, rief Steven ihr zu. »Aber Tobey sollte jetzt wirklich was essen. Er hat es tatsächlich geschafft, sich innerhalb der ersten zehn Minuten von seinem Hundeschätzchen beißen zu lassen.«

Wir gingen an der Garderobenecke vorbei. Wenn ich es nicht gewusst hätte, hätte ich nicht vermutet, dass dort ein lebendiges Wesen saß und wahrscheinlich jeden unserer Schritte beobachtete.

»Bis später!« Steven war bereits verschwunden.

»Wirklich? Sie hat dich gebissen?«, fragte Joana, als ich auf sie zukam.

»Was? Der Hund hat ihn gebissen?«, rief Andy aus dem Hintergrund. Es klang nach vollem Mund.

Ich betrat die Küche und schwenkte meinen rechten Arm, während ich mich auf einem der Hocker niederließ.

»Bitte sehr. Hier ist der Beweis. Hab mich selten blöde angestellt.« Ich versuchte zu lachen.

»Du bist doch geimpft und so?«, mampfte Andy.

»Blödmann«, antwortete ich.

»Vielleicht hat Steven recht«, sagte Joana, während sie einen mit köstlichstem Essen hübsch arrangierten Teller vor mich hin stellte. »Vielleicht solltest du Luna besser ins Tierheim bringen. Sie scheint ziemlich verstört zu sein.«

Was sollte ich darauf antworten? Im Grunde ging mir genau das auch durch den Kopf. Womöglich hatte ich mich mit dieser Angelegenheit übernommen.

»Manchmal haben die 'nen Schlag weg nach so einer Sache. Unfall und so«, wusste Andy. »Brauchen dann eine Art Therapie. Im Ernst, das gibt's auch für Hunde. Ist echt die Frage, ob du das stemmen kannst. Überhaupt, so ganz ohne Garten und so ... Mitten in der Stadt ...«

Als ich nach dem Besteck griff, schmerzte mein Handgelenk.

Dan sagte nichts.

»Ich schätze, ich sollte mal drüber schlafen«, sagte ich. Und dachte: *Wenn ich schlafen kann.*

***

Als wir später aus der Küche kamen und uns im Flur verabschiedeten, schielte Andy in die Garderobenecke.

»Der ist ja gar nicht mehr da.«

Tatsächlich. Die dunkle Ecke war leer.

»Bestimmt hat sie sich einen gemütlicheren Platz gesucht«, vermutete Joana und sah sich in dem großen Wohnraum um, ob der Hund vielleicht auf einer der Sitzlandschaften lag. Doch nirgends war das hellbraune Fell zu sehen.

»Sollen wir dir helfen, nach ihr zu suchen?«, bot Dan an.

Doch ich winkte ab. »War ein langer Tag. Macht, dass ihr nach Hause kommt. Weit kann sie ja nicht sein.«

Also ließen Dan, Andy und Joana mich allein.

Erste Spuren von Luna fand ich schon nach kurzer Zeit, in Form eines feuchten Flecks auf dem Teppich und eines kleinen Häufchens vor der breiten Fensterfront.

Mit Küchenrolle war die Bescherung rasch beseitigt. Doch die Hündin blieb verschwunden.

Ich durchstreifte den ganzen Raum, sah vorsichtig unter die Sofas und in alle Winkel und entdeckte das honigbraune Fell schließlich in der Ecke der kleinen Bar, die auf einer Empore im hinteren Bereich stand.

»Guter Platz, den du dir da ausgesucht hast«, sagte ich zu ihr. »Aber sag mal, dieses Malheur da vorne auf dem Teppich ... wie oft steht das denn jetzt eigentlich an?«

Hatte Ma nicht früher immer gesagt, dass ein Hund dreimal täglich ausgeführt werden musste? Das erschien mir plötzlich ziemlich wenig.

Die Hündin öffnete ihre Schnauze und hechelte.

»Hast du vielleicht Durst?« In der Küche fand ich in einem

der Schränke zwei passable Metallschüsseln. In die eine schaufelte ich die restlichen Fleischbrocken, die Joana in den Kühlschrank gestellt hatte. Den anderen füllte ich mit kaltem Wasser aus dem Hahn.

Als ich wieder an der Bar ankam, hatte die Hündin sich gerade auf die Seite gelegt und stand bei meinem Anblick alarmiert wieder auf.

»Keine Sorge, ich komm dir bestimmt nicht noch mal zu nahe«, murmelte ich und stellte die Näpfe in ihre Nähe, hielt aber dabei gebührend Abstand.

Warum sollte ich noch einmal etwas riskieren? Schließlich würde es morgen ja wahrscheinlich doch so kommen, wie die anderen vorausgesagt hatten: Ich würde diesen Hund ins Tierheim bringen müssen.

Denn wie sollte ich einem Wesen, das ich so wenig verstand und das offenbar so spezielle Bedürfnisse hatte, gerecht werden?

Ich kam ja schon mit mir selbst kaum zurecht.

* * *

Ich hatte die Vorhänge nicht zugezogen.

Manchmal halfen die blinkenden und leuchtenden Lichter der Stadt, mich abzulenken, wenn ich wach lag.

Die bleierne Müdigkeit griff immer wieder mit klammen Fingern nach mir. Und wie gern hätte ich mich ihr einfach überlassen, mich in einen tiefen, traumlosen Schlaf gerettet. Doch genau das war der Punkt.

Denn obwohl die Sehnsucht danach so groß war, gab es da diese entsetzliche Angst. Schlaf bedeutete immer auch die Gefahr zu träumen. Nach dem Vorfall im *Zenobia* ließen mich die Bilder einfach nicht in Ruhe.

Aber ich war so müde. So müde. Ich spürte, wie ich langsam hinüberzudämmern begann. Wie von ferne wehte Musik zu mir heran. Doch plötzlich war ich wieder hellwach.

Ich hatte etwas gehört. Nicht in meinem Traumgespinst, sondern hier und jetzt, in der Realität.

Da war etwas. In der Wohnung war ein Geräusch! Irgendjemand ...

Schnell streckte ich die Hand aus, um das Telefon vom Nachttisch zu greifen. Doch bei dem heißen Schmerz, der mich dabei durchfuhr, fiel mir wieder ein, dass ich ja gar nicht allein in meinem Penthouse war.

Der Hund war hier. Die Hündin. Luna.

In diesem Augenblick bewegte sich die angelehnte Tür sacht. Nur einen Spalt breit stand sie offen.

Ein leises Tapsen, das wohl vom Gips der verletzten Pfote herrührte, war zu hören. Und dann, ohne eine Vorwarnung, sprang die Hündin einfach aufs Bett. Sie ächzte dabei leise.

Ich lag ganz still.

Was, wenn sie sich entschlossen hatte, mich anzugreifen?

Machten Hunde so etwas? Verwirrte Hunde, die durch einen Unfall *einen Schlag* hatten, wie Andy es genannt hatte? Beschlossen die womöglich plötzlich, den einzigen Menschen, der ihnen hatte helfen wollen, zu attackieren?

Die Hündin sah mich unverwandt an. Im nächtlichen Dämmerlicht konnte ich den Ausdruck ihrer Augen nicht erkennen. Daher rührte ich mich nicht.

Nach ein paar Minuten, in denen wir einander vorsichtig gemustert hatten, legte sie sich hin. Auf dem großen Bett war ausreichend Platz, sodass wir uns nicht berührten.

Immer noch wandte sie den Blick nicht ab. Und so lagen wir lange einfach da und behielten uns gegenseitig im Auge.

Irgendwann jedoch schien sie beschlossen zu haben, dass von mir hier und jetzt keine Gefahr ausging. Sie legte den Kopf auf ihre unverletzte Pfote und schloss die Augen.

Was für ein merkwürdiges Geschöpf. Hunde waren mir bisher immer als fröhliche Spielkameraden vorgekommen, die Bällen hinterherhechteten und wild an einem hochsprangen, wenn man nach Hause kam. Aber dieser hier war irgendwie sonderbar. Fast menschlich.

Ja, vielleicht war es das, was mich dazu verleitet hatte, die Hündin unbedingt vor dem Schicksal des Tierheims bewahren zu wollen. Der Blick aus ihren Augen war mir so seltsam vertraut vorgekommen.

Meine Güte, solche Gedanken würde ich niemals jemandem anvertrauen können. Es war wirklich ziemlich verrückt, sich einzureden, dass es eine Art Seelenverwandtschaft geben könnte zwischen mir und einem wildfremden Tier, das ich wortwörtlich auf der Straße aufgelesen hatte. Selbst in meinen eigenen Ohren klang das vollkommen irre. Ebenso wie die Tatsache, dass der Anblick des schlafenden Tieres mich angenehm berührte, ja, sogar beruhigte.

Aber es war wirklich so. Je tiefer und gleichmäßiger die Hündin atmete, desto ruhiger wurde ich selbst. Der Anblick ihres entspannten Körpers tat gut, ohne dass ich hätte sagen können, warum das so war.

Schließlich, irgendwann, fielen auch mir die Augen zu. Und ich schlief ein.

* * *

Als ich erwachte, wusste ich zunächst nicht, wo ich war. Das Tageslicht blendete, und ich blinzelte verwirrt.

War ich wieder einmal vor dem Fernseher eingeschlafen?

Doch dann wurde mir klar, dass ich in meinem Bett lag.

Ich hatte tief und traumlos geschlafen. Ohne einen einzigen Albtraum war ich durch die Nacht gekommen. Wie lange war mir das schon nicht mehr gelungen!

Unwillkürlich verzog sich mein Mund zu einem Lächeln, und ich drehte den Kopf auf dem Kissen.

Neben mir, auf einem Zipfel der großen Decke, lag die Hündin.

Sie beobachtete mich.

In ihrem Blick lag die gleiche milde Verwunderung, wie ich selbst sie empfand.

Ohne dass ich darüber nachgedacht hätte, streckte ich vorsichtig die Hand nach ihr aus. Doch sie wich zurück und sprang vom Bett.

Ich ließ die Hand sinken und spürte die Wärme der Stelle, an der sie gerade noch gelegen hatte.

June

Jedes Jahr gab es ungefähr dreißig Anmeldungen zu den neu startenden Ausbildungskursen. Fünfundzwanzig davon waren Frauen. Und immer war mindestens eine dabei, die den Lehrgang nur wegen Morris belegte.

In diesem Jahr war es nicht schwer herauszufinden, welche von ihnen diese Rolle einnehmen würde. Dass Rebecca auf Morris scharf war, konnte wirklich jeder sehen. Schon gestern, auf der gemütlich-geselligen Willkommensparty im Schulungsraum, hatte sie sich auffällig oft in seiner Nähe aufgehalten, Insiderbemerkungen zum Seminar am vergangenen Wochenende gemacht und über alle seine Witze mit zurückgeworfenem Haar gelacht.

Ich hatte bewusst nicht hingesehen und lieber den Kontakt zu denen in der Gruppe gesucht, die stiller und zurückhaltender waren.

Der richtige Umgang mit Hunden war guten Trainerinnen und Trainern in die Wiege gelegt. Doch es war ein verborgenes Talent, das sich erst zeigen musste. Man erkannte Begabte nicht daran, ob sie Partykracher oder scheinbare Langweiler waren. Man musste sie beobachten und aus ihrem Umgang mit den Vierbeinern seine eigenen Schlüsse ziehen.

Um einen ersten Eindruck davon zu bekommen, ließ ich auch an diesem ersten Abend zu, dass Heaven, Bo und Cassandra sich unter den Gästen tummelten. Die drei hatten ihre ganz eigene persönliche Wahl getroffen, wen sie aus der Riege der Neuen am sympathischsten fanden. Um Rebecca hatten alle drei einen großen Bogen gemacht und mich selbst damit zu einem heimlichen Schmunzeln verleitet.

Heute Morgen nun ging der Ernst los. Morris leitete die ersten Module der Ausbildungskurse. Und ich nutzte normalerweise diese Zeit, um die wöchentlichen Kurse zu führen und mich der neu angemeldeten Problemfälle anzunehmen.

Am späten Vormittag ging ich, begleitet von meinen drei Hunden, hinüber ins große Büro des Zentrums, wo es jede Menge leidiger Schreibtischarbeit zu erledigen galt.

Morris hatte die große Gruppe von Anwärterinnen und Anwärtern auf der vorderen Wiese um den Longierkreis versammelt.

Ein paar Mensch-Hund-Teams, die sich aus den wöchentlichen Kursen als Probanden zur Verfügung gestellt hatten, standen ebenfalls bei ihnen. Schwer zu sagen, wer nervöser war: die Traineranwärterinnen oder die Hundehalter, die sich plötzlich einer gewaltigen Menge von vermeintlichen Fachleuten gegenübersahen. Die Vierbeiner selbst nahmen die Stimmung natürlich auf, zerrten an den Leinen und bellten.

Cassandra, auf ihrem Liegekissen unter dem Schreibtisch eng an Bo geschmiegt, gab ein halbherziges Knurren von sich. Im Grunde wusste sie, dass von den Krawallmachern da draußen nichts zu befürchten war. Aber sie fühlte sich in ihrem Vormittagsschläfchen gestört.

Ich beobachtete vom Bürofenster aus wie Morris die Gruppe zunächst in die heutige Trainingseinheit einwies und dann um einen Freiwilligen bat. Zwei Männer und drei Frauen meldeten sich. Morris winkte Rebecca aus der Gruppe heraus.

Sie wählte ein Mensch-Hund-Team aus und trat mit den beiden an den Longierkreis. Morris stellte sich zum Rest der Gruppe und sah der jungen Frau zu, wie sie der Hundehalterin die Aufgabe erklärte.

Er sah lässig und entspannt aus. Trotzdem war an seiner Körperhaltung und wie er sich zur Gruppe positionierte ganz deutlich zu erkennen, dass er der Leader war.

Vielleicht war es ja das, was das weibliche Geschlecht so anzog? Vielleicht war es das, was mich selbst vor acht Jahren so angezogen hatte?

Oh Gott! Was würde Sharon sagen, wenn ich ihr von solchen Überlegungen zu klassischem Rollenverhalten erzählen würde?

Gereizt schüttelte ich den Kopf und wandte mich den Papieren zu, die auf dem Schreibtisch vor mir ausgebreitet waren. Doch immer wieder glitt mein Blick hinaus aus dem Fenster und über den Hof zur Wiese.

Als das Telefon klingelte, nahm ich beinahe dankbar ab.

»Hundezentrum Glastonbury, June Harrison am Apparat.«

»Hallo. Steven Troy hier. Ich würde gern mit Morris Clark sprechen«, kam es energisch aus dem Hörer.

Morris war heute wirklich sehr gefragt.

»Tut mir leid, Morris gibt gerade ein Seminar. Kann ich Ihnen helfen?«

Mein Gesprächspartner atmete genervt aus. »Nun, vielleicht können Sie Mr. Clark ausrichten, dass er mich zurückrufen kann?! Es ist so ... ich bin der Manager von Tobey Lambert.« Dieser energische Mr. Troy machte eine kleine Pause und wartete offenbar auf eine Reaktion.

»Und?«, sagte ich. Tobey Lambert ... War das nicht dieser Popstar, dessen Gesicht ständig in allen Zeitungen zu sehen war?

Steven Troy schnalzte mit der Zunge. »Es geht um einen Hund, den Mr. Lambert neulich Nacht gefunden hat. Man kann die Besitzer nicht ausfindig machen, und deswegen hat Mr. Lambert das Tier bei sich aufgenommen. Ihr ... Hundezentrum wurde uns mehrfach empfohlen und hat ja wohl national die besten Bewertungen. Mr. Lambert möchte selbstverständlich, dass der Hund bei ihm bestmöglich versorgt wird.«

Es war Mr. Troy anzumerken, dass er von der Entscheidung seines Arbeitsgebers nicht viel hielt.

»Sehr verantwortungsvoll«, antwortete ich zurückhaltend. »Gibt es spezielle Probleme?«

Steven Troy gab ein kurzes, trockenes Lachen von sich. »Ich denke, das wird Mr. Clark besser beurteilen können als ich. Aber ich würde mal sagen, dass ein Hund, den man nicht anfassen darf, der nichts frisst und der den Teppich zum Gassigehen benutzt, wahrscheinlich mehrere Probleme hat.«

Das klang nach einem Trauma.

»Er wurde ausgesetzt, sagten sie?«

»Zumindest lief er nachts ohne Halsband auf der Straße herum. Er ist angefahren worden.« Ich sah rasch zu Heaven hinüber, die wohlig ausgestreckt auf der Matratze an der Heizung lag. Mr. Troy räusperte sich wieder und fuhr dann fort: »Hören Sie, die Arbeit zum neuen Album beschäftigt uns hier eigentlich von morgens bis abends. Wir brauchen wirklich schnell professionelle Hilfe. Würden Sie Mr. Clark bitte sagen, dass wir auch den doppelten Stundensatz zahlen? Selbstverständlich kommen wir auch für seine Unterbringung auf. Das Savoy ist nicht weit von hier. Bedingung ist nur, dass er spätestens morgen hier in London ist.«

Wäre ich ein Hund gewesen, hätten sich jetzt meine Nackenhaare gesträubt. Seit jeher hegte ich eine heftige Abneigung gegen Menschen, die glaubten, sie könnten problemlos über andere verfügen, wenn sie nur ausreichend Geld auf den Tisch legten. »Das tut mir leid, Mr. Troy«, sagte ich, nicht ganz ohne Genugtuung. »Aber wie ich schon sagte: Morris gibt ein Seminar. Es dauert die ganze Woche. Er kann nicht einfach weg.«

»Na gut«, sagte mein Gesprächspartner mit einem verächtlichen Schnauben. »Dann meinetwegen der dreifache Stundensatz. Und ein Bonus, wenn Mr. Clark innerhalb von zehn Tagen Erfolg hat.«

Ich atmete einmal tief ein und wieder aus. Der Mann hatte ganz offensichtlich keinen Funken Mitgefühl für das Tier, das war klar. Er wollte nur, dass der reibungslose Ablauf bei der Arbeit zu Wer-weiß-was gewährleistet war. Was hatte er gesagt, wer er war? Der Manager?

»Mr. Troy«, sagte ich mit einem Lächeln. »Und wenn Sie noch so sehr mit Pfundnoten wedeln, Morris steht zurzeit nicht zur Verfügung. Ich habe das nicht aus Kalkül gesagt, sondern weil es eben so ist. Aber ich …«

»Tja, wenn Sie Mr. Lambert nicht helfen können …«, fiel der Kerl mir ins Wort.

»Aber *ich selbst*«, fuhr ich unbeirrt fort, »könnte nach London kommen.«

Einen Augenblick war es still in der Leitung. Ich war froh darüber, denn ich war von meinen eigenen Worten überrascht.

»Sie?«, wiederholte er skeptisch.

»Das Zentrum gehört mir. Ich bin seit zwanzig Jahren Trainerin, und ich leite dieses Zentrum«, sagte ich und versuchte, mir meinen Ärger nicht anmerken zu lassen. »Wenn Sie unsere Bewertungen aufmerksam lesen, werden Sie feststellen, dass sich viele von ihnen auf meine persönliche Arbeit beziehen. Wenn Sie allerdings nur die Fernsehberichte verfolgen, werden Sie ausschließlich auf Morris treffen. Das mit den *Kameras* hat er besser raus als ich.«

Wieder kurze Stille. Dann schien Steven Troy sich plötzlich zu wandeln. Er räusperte sich, und sein Tonfall wurde ungleich höflicher. »Oh, tut mir leid, dass ich nicht gleich geschaltet habe, Ms. Harrison. Ich war davon ausgegangen, dass bei einem … Hundezentrum Ihrer Größe eine Sekretärin ans Telefon geht.«

Ah ja. Ich dachte daran, dass Sharon mir von Kindesbeinen an beigebracht hatte, immer darauf zu achten, wie Menschen mit Sekretärinnen und Praktikantinnen umgingen, und danach zu urteilen. Meine Mutter hatte so viel Menschen- wie ich selbst Hundeverstand.

Ich wartete.

»Sie selbst könnten also zeitnah hierherkommen?«, hakte Mr. Troy nach. Er klang längst nicht mehr so großspurig wie zu Anfang.

»Morgen könnte ich es eventuell schaffen«, hörte ich mich zu meiner eigenen Verblüffung sagen.

»Wunderbar!« Ich konnte förmlich sehen, wie er auf einer Liste der heute zu erledigenden Dinge einen Haken hinter diesen Punkt machte. »Ich lasse Ihnen per E-Mail eine Auftragsbestätigung zukommen. Reisen Sie mit dem Auto? Die Kosten übernehmen wir.«

Es war Jahre her, dass ich mit dem Wagen durch London gekurvt war. Der Verkehr dort war die Hölle.

»Ich denke, ich werde von Bath aus mit dem Zug fahren.«

»Teilen Sie uns in Ihrer Antwort-Mail Ihre Ankunftszeit mit. Ich sorge dafür, dass Sie am Bahnhof abgeholt werden.«

»Vielen Dank«, sagte ich überrumpelt.

»Keine Ursache. Ich hab zu danken. Wir sehen uns morgen. Einen schönen Tag noch!«

Er ließ mir gerade noch Zeit, den Gruß zu erwidern, dann legte er auf.

Eine Weile starrte ich auf den Apparat, ein wenig benommen von dem Entschluss, den ich soeben gefällt hatte.

London. Das bedeutete, drei Stunden weit fort zu sein. Drei Stunden weit entfernt von meinen Liebsten.

Ich betrachtete zärtlich Bo und Cassandra, die sich unter dem Schreibtisch im Schlaf eng aneinanderschmiegten. Dann glitt mein Blick weiter zu Heaven.

Der Hund in London hatte einen Unfall gehabt. *Er ist angefahren worden*, hatte Steven Troy gesagt. Womöglich war das Tier deswegen so traumatisiert und ließ niemanden an sich heran.

So unsympathisch ich den Manager auch gefunden hatte, es sprach auf alle Fälle für diesen Tobey Lambert, dass er sich des verunglückten Hundes angenommen hatte.

War es die Parallele zu Heaven und mir selbst, die mich dazu bewogen hatte, diesen ungewöhnlichen Auftrag so spontan anzunehmen?

Ich schaute aus dem Fenster über den Hof und auf die vordere Trainingswiese, wo die Gruppe der Kursteilnehmer immer noch stand und zusah, wie Rebecca sich mit der ihr gestellten Aufgabe abmühte. Mittlerweile hatte sie selbst den Hund übernommen, und dessen Halterin stand mit verschränkten Armen neben dem Longierkreis.

Großer Fehler. Sah Rebecca denn nicht, dass es der Besitzerin nicht gefiel, ausgeschlossen zu sein und zusehen zu müssen, wie eine Anfängerin mit ihrem Hund herumstümperte?

Rebecca schaffte es mühsam, den Hund dazu zu bringen, um den Kreis herumzutraben. Ihre langen Haare wehten um ihr Gesicht.

Ich fuhr mir selbst durch die kurzen Locken. Wie hatte ich selbst noch vor ein paar Tagen zu Sharon gesagt? »Vielleicht brauchen wir einfach mal etwas Abstand?«

Während ich diesen Satz in meinem Kopf hin und her bewegte, entschied der Hund dort draußen plötzlich, dass er genug vom Im-Kreis-Traben hatte, und kam zu Rebecca herein. Sie versuchte, ihn wieder hinauszuschicken, doch es klappte nicht. Da trat Morris zu Rebecca. Er machte eine Bemerkung, über die alle – auch die Hundehalterin und Rebecca – lachten. Anschließend stellte er sich neben Rebecca und nahm ihre Hand, um etwas zu demonstrieren.

Für einen kurzen Moment schloss ich die Augen.

Dann öffnete ich sie wieder und drehte mich zum Rechner um. Als Erstes würde ich checken müssen, wann morgen früh ein Zug von Bath nach London fuhr.

* * *

Weil Morris das Seminar leiten musste, brachte mich Nicole am nächsten Morgen mit dem Wagen zum Bahnhof. Sie war es auch, der ich in dieser einstündigen Fahrt unendlich viele Ermahnungen und Wünsche zur Betreuung meiner Hunde mit auf den Heimweg gab. Und sie war es ebenfalls, die angesichts meiner zweifelnden Miene meine Hand drückte und liebevoll sagte:

»Vielleicht musst du genau das jetzt tun. Wegfahren, um dann irgendwann wieder richtig anzukommen. Und hey … denk dran, wie viele Frauen dich beneiden würden! Allen voran deine beste Freundin, die hier in der öden Provinz sitzt, während du Tobey Lambert kennenlernst!«

Nicole hätte es jemand anderem gegenüber nie zugegeben, aber auch heute noch waren in den Reihen ihrer umfangreichen CD-Sammlung alle Alben von *Taking Chances* vertreten. Die Band, der Tobey Lambert vor dem Start seiner Solokarriere vor vier Jahren angehört hatte. Sicherlich hatte sie recht damit, dass viele Frauen mich beneiden würden. Aber als ich im Zug saß und während der zweistündigen Fahrt die Landschaft vorbeiziehen sah, verstärkte gerade dieser Gedanke mein Gefühl, versehentlich in das Leben einer anderen gerutscht zu sein.

Das hier war doch nicht *ich! Ich* hätte um diese Uhrzeit mit meinen drei Hunden unterwegs sein müssen, um zwischen den Feldern den klaren Frühlingsmorgen zu genießen. *Ich* würde in einer Stunde die ersten Menschen mit ihren Vierbeinern zu einem Intensiv-Training begrüßen und mein Bestes geben, um ihnen zu einem harmonischen Miteinander zu verhelfen. Aber ich war definitiv *nicht* der Typ Frau, der lässig mit singenden Sexsymbolen umzugehen verstand.

Doch meine leise Befürchtung, ich müsse mich in die Höhle eines drogenkonsumierenden, durchfeiernden Partylöwen begeben, wurde schon am Londoner Bahnhof Paddington zu meiner grenzenlosen Erleichterung entkräftet. Ich wurde von einem trotz Jeans und Sweatshirt irgendwie seriös wirkenden Fahrer erwartet, der ein Schild mit meinem Namen hochhielt, sich als Samuel vorstellte und Tobey Lambert entschuldigte, da der offenbar im Studio arbeitete. Das klang doch alles relativ normal.

»Wollen wir schnell aus dem Gewusel hier raus?«, schlug Samuel vor und nahm sich meines Koffers an. Ich war irgendwie froh, dass er das mit dem *Gewusel* erwähnte, denn ehrlich gesagt fühlte ich mich von den vielen Menschen und der gewaltigen Geräuschkulisse ziemlich eingeschüchtert. Meine Güte, ich war ein echtes Landei. Und leider aus dem Alter heraus, in dem ein Ausflug in die große Stadt als aufregendes Abenteuer empfunden wird.

Doch Samuel nahm mir rasch die Befangenheit. Obwohl ich nach der kurzen Telefonbekanntschaft mit Tobey Lamberts Manager einiges erwartet hatte, schien sein Fahrer sich überhaupt nichts auf seine Anstellung bei dem weltweit gefeierten Musikstar einzubilden. Ganz ohne Allüren begann er während der Fahrt ein Gespräch über meine kurze Reise und deutete immer mal wieder auf das eine oder andere interessante Gebäude. Auf den Straßen waren Massen von Menschen unterwegs. Unterschiedlichste Hautfarben waren zu sehen, kombiniert mit den wildesten Kleidungsstilen, und natürlich gab es auch die obligatorischen Touristen mit Kameras um den Hals. Um uns herum schien alles grellbunt, hektisch und laut zu sein. Während Samuel den großen Wagen geschickt durch den dichten Verkehr lenkte, war ich heilfroh, nicht selbst hinter dem Steuer sitzen zu müssen.

Als wir schließlich in die schmale Einfahrt einer Tiefgarage einbogen, wusste ich bereits von seiner Frau und seiner kleinen Tochter, dem Häuschen mit Garten und der weit verzweigten Verwandtschaft, die offenbar alle Stadtteile Londons überzog.

Ich war aus dem Auto gesprungen, bevor Samuel auf meiner Seite ankam, um mir die Tür zu öffnen. »Das Gepäck können wir im Auto lassen, ich fahr dich später ins Hotel«, sagte er. »Jetzt musst du erst mal durch den Sicherheits-Check. Erschrick bloß nicht, die Kerle sehen schlimm aus, sind aber okay.«

Nach dieser Warnung war die Entspannung der unterhaltsamen Fahrt mit ihm gleich wieder dahin. Im Aufzug fuhren wir nur ein einziges Stockwerk, stiegen aus und wurden von schwarzem Marmor empfangen.

Ich kapierte sofort, was Samuel gemeint hatte. Das Foyer war ein Hochsicherheitstrakt. Zwei uniformierte und ganz offensichtlich auch bewaffnete Security-Männer begrüßten uns freundlich; einer von ihnen hielt bereits einen Metalldetektor parat. »Erlauben Sie?«

Ich warf Samuel einen verwunderten Blick zu, doch der zog nur etwas verlegen grinsend eine Braue hoch.

Also nickte ich und hob die Arme. Meine Gürtelschnalle piepte, doch ansonsten schien ich *sauber* zu sein.

Der Uniformierte mit dem Detektor trat wieder zu seinem Kollegen hinter den Tresen, hinter dem sich etwa zwei Dutzend kleiner Monitore befanden, die unterschiedliche Bereiche des Hauses zeigten. Dort nahm er einen Telefonhörer auf und sagte hinein: »Ms. Harrison für Mr. Lambert ist hier. In Ordnung.« Und dann an mich gewandt: »Mr. Troy kommt herunter und holt Sie ab.«

»Aha«, machte ich und sah mich nach Samuel um.

»Tja, dann …«, sagt der und hob die Hand. »Wir sehen uns später.« Damit verschwand er durch die Drehtür des Foyers hinaus auf die wenig belebte Seitenstraße.

Ich stand ein paar Minuten etwas verloren herum. Die beiden Uniformierten beachteten mich nicht weiter. Als einer der beiden Fahrstühle an der gegenüberliegenden Wand einen leisen Ton von sich gab, wandte ich mich dorthin. Die Türen öffneten sich, und heraus kam ein Typ, der genauso aussah, wie ich ihn mir nach dem gestrigen Telefonat vorgestellt hatte: perfekt sitzender Anzug, korrekt geschnittene Haare, geschäftsmäßiges Lächeln.

»Ms. Harrison«, sagte Mr. Troy und kam mit ausgestreckter Hand auf mich zu. »Wie schön, dass Sie so rasch kommen konnten!«

»Wir tun immer, was möglich ist, Mr. Troy«, erwiderte ich und rieb mir nach seinem übermäßig kräftigen Händedruck heimlich die Finger.

»Oh, bitte sagen Sie doch Steven zu mir«, bot er großzügig an.

»June«, erwiderte ich und nickte.

Ich kannte diese Art Mann. Wäre er ein Hund, würde er zu denen gehören, die sich bei innerartlichen Begegnungen stets groß machten, mit vom Hals bis Rutenansatz gesträubtem Rückenfell steifbeinig den Fremden umkreisten – in dem einzigen Bestreben, von Anfang an klarzumachen, wer hier das Sagen haben würde. Jetzt wies er mit großer Geste zum Fahrstuhl. Innen hielt Mr. Troy … Steven eine Plastikkarte vor ein rot leuchtendes Feld. Die Türen schlossen sich, und der Fahrstuhl glitt rasch nach oben. Ich zählte acht Stockwerke.

»Wer wohnt sonst noch hier?«, wollte ich wissen.

»Oh, ein paar wichtige Menschen«, antwortete Steven mit einem Lächeln, das wahrscheinlich verschwörerisch wirken sollte. »TV-Moderatoren. Politiker. Manager. Vorstände großer Firmen.«

»Andere Hunde?«

Er grinste. »Ich glaube, wenn es so wäre, würden wir es nicht mal merken.« Ich blickte ihn an, und das Grinsen verschwand von seinem Gesicht. »Ich muss Ihnen ehrlich sagen, ich finde, Mr. Lambert sollte den Hund ins Tierheim geben. Oder in gute Hände, zu irgendjemand, der die Zeit und die Erfahrung hat, mit so einem bissigen Tier umzugehen.«

»Bissig?«, hakte ich nach.

»Achten Sie auf Mr. Lamberts rechte Hand. Die ist nicht grundlos bandagiert«, antwortete Steven mit selbstgefälligem Lächeln, als hätte er dieses Unglück vorausgesagt und niemand hätte auf ihn gehört.

»Er wird mir bestimmt selbst noch erzählen, wie es dazu gekommen ist«, antwortete ich.

»Tja, das sollte ich Ihnen vielleicht im Vorfeld sagen: Mr. Lambert redet nicht viel, wissen Sie.«

Ich erwiderte seinen Blick ungerührt. »Ich bin Hundetrainerin. Ich bin es gewöhnt, wenn mein Gegenüber nicht viele Worte macht.«

In diesem Augenblick öffneten sich die Fahrstuhltüren. Der Gang vor uns war ebenfalls mit Marmor verkleidet, jedoch in Cremeweiß. Ebenso wie im Foyer hingen in allen Ecken Überwachungskameras. Nur zwei Türen gingen von diesem Flur ab. Ein Notfallschild wies die Fluchttür zum Treppenhaus aus. Auf die andere, aus kalt glänzendem Metall, steuerte Steven nun zu. Auch hier hielt er die Plastikkarte vor das entsprechende Feld neben der Tür. Er öffnete und ließ mir den Vortritt.

Ich ging hinein, und eine andere Welt schien mich zu verschlucken. Dicker weinroter Teppichboden, in den ich ein Stück weit einzusinken glaubte. In beide Richtungen erstreckte sich ein langer Gang, von dem etliche Türen abgingen. Direkt mir gegenüber jedoch eröffnete ein großer Rundbogen den Ausblick in einen gewaltigen Raum, der sich auf eine breite Dachterrasse und dann über die Stadt selbst hinaus zu verlängern schien. Zumindest war das mein erster Eindruck, als ich ein paar Schritte hineinging, mich umsah und durch die Glasfront über die Dächer und Bäume hinweg bis hinüber zur Themse blickte. In dem mit dunklen Holzdielen und diversen Flauschteppichen ausstaffierten Wohnraum standen auf mehreren Ebenen verschiedene Sitzlandschaften. Es gab sogar eine Bar. Im gesamten Raum lag ein leichter Geruch von kaltem Zigarettenrauch.

Steven schloss die Tür. »Ich sage Mr. Lambert Bescheid, dass Sie da sind. Wahrscheinlich ist er im Studio und arbeitet.« Er wandte sich bereits um.

»Und der Hund? Wo ist er?«, wollte ich wissen.

»Ach ja, richtig.« Er deutete mit der Hand in Richtung Wohnraum. »Wahrscheinlich irgendwo hinter einem Sofa oder Schrank, nehme ich an. Vielleicht können Sie ja schon mal schauen, ob Sie ihn finden.« Er lächelte mich an, doch seine Augen blickten nach wie vor geschäftlich kühl. Dann drehte er sich um und verschwand den Gang hinunter.

Ich sah mich um. Herrje, ich hatte doch schon am Telefon so ein komisches Gefühl gehabt. Warum hatte ich nicht auf meinen Bauch gehört? Jetzt bestätigten sich meine Befürchtungen, und ich saß für ein paar Tage fest in dieser schrägen Umgebung.

Dass Tobey Lambert sich um Geld wirklich keine Gedanken machen musste, war hier in jedem Winkel zu spüren. Die Einrichtung war schlicht, aber teuer. An der Wand vor der endlos breiten Sitzlandschaft aus hellem Leder hing ein Flachbildschirm in Größe einer kleinen Kinoleinwand.

Verstecke für einen kleinen Hund gab es jede Menge. Doch ich ließ die Polstermöbel in der Nähe der Fensterfront außer Acht. Ebenso die antik wirkenden Holzkommoden, die wohl einen reizvollen Kontrast zum ansonsten modernen Stil bilden sollten, und die Vitrinen, in denen sich Preise mit gold- oder platinfarbenen CDs drängten.

Wäre ich selbst ein Hund, verstört und mit Schmerzen, dann hätte ich möglichst großen Abstand gehalten von der Weite da draußen. Ich hätte eine dunkle, aber bequeme Ecke gesucht.

Mein Blick fiel auf die kleine Bar mit kirschholzfarbener Theke auf der obersten Empore. Auf dem Weg dorthin durchquerte ich den Raum und konnte regelrecht spüren, wie die Weite da draußen vor der Glasfront an mir zerrte. Kein Wunder, dass ein Hund nach einem brutalen Unfall und fern aller vertrauten Umgebung sich hier nicht wohlfühlte.

Mit ruhigem Schritt stieg ich die wenigen flachen Stufen zur obersten Ebene hinauf und spähte vorsichtig um die Theke.

Tatsächlich. Hier war er.

Als ich um die Ecke schaute, hob er den Kopf, der auf seinen Pfoten geruht hatte, und sah mich an.

In mir krampfte sich etwas zusammen.

So war das also.

Der geschiente Vorderlauf und die rasierten Stellen, die noch mit Jod verklebt waren, sahen herzzerreißend aus. Noch viel schlimmer war aber der Ausdruck in den braunen Augen. So viel Angst und Hilflosigkeit.

Ich holte mir von der am nächsten gelegenen Sitzlandschaft ein dickes Kissen und setzte mich darauf auf den Boden an die Wand. Dann zog ich die Knie an, verschränkte die Hände davor und schaute aus der gewaltigen Fensterfront hinaus auf die Stadt. Doch während mein Blick über die Dächer und Straßen glitt, waren alle meine Sinne bei dem Lebewesen, das nur wenige Meter entfernt von mir lag. Ich spürte, wie die Augen dort unter der Bar unverwandt auf mich gerichtet waren.

Ab und zu war ein leises Hecheln zu hören.

Ich entspannte ganz bewusst meine Schultern und atmete tief ein. Dann öffnete ich die Lippen ein Stück weit und entließ die Luft langsam und vollständig, sodass ein leises Geräusch zu hören waren.

Wieder atmete ich tief ein. Und wieder dauerte das Ausatmen mindestens doppelt so lange.

Während ich mit dieser Entspannungsübung fortfuhr, versuchte ich mich daran zu erinnern, was Steven Troy am Telefon gesagt hatte. Der Hund hatte weder Halsband noch Chip getragen. Ob er tatsächlich keinen Besitzer hatte? Eher unwahrscheinlich, so mitten in London. Aber wer wusste schon, wie er hierhergekommen war. Und leider gab es überall genug Menschen, die ihre Tiere einfach auf die Straße warfen, wenn sie sie nicht mehr wollten.

Ich atmete und bewegte mich ansonsten überhaupt nicht.

Aus dem Augenwinkel warf ich einen kurzen Blick in die Ecke hinter der Theke. Der Hund hatte den Kopf wieder auf die unverletzte Pfote gebettet. Doch seine Ohren waren nicht mehr eng angelegt.

Da ertönte im vorderen Bereich des Wohnraumes plötzlich wieder Stevens Stimme: »Ms. Harrison? June?«

Ich erhob mich langsam und ging mit ruhigen Bewegungen hinüber zu den beiden Männern.

Den jüngeren erkannte ich natürlich. Ich hätte schon auf dem Mond leben müssen, wenn ich Tobey Lambert nicht schon mal auf einem Zeischriftencover oder in einem Musikvideo gesehen hätte.

Er war nicht so groß, wie ich vermutet hatte, und schrecklich dünn. Trotzdem sah er gut aus. Und auf eine merkwürdige Art sogar ein wenig schüchtern. Jedenfalls nicht so, wie ich es von einem weltweit gefeierten Popstar erwartet hätte. Ich reichte ihm die rechte Hand, doch er hielt seine eigene, bandagierte, nur hoch und lächelte scheu, die dunklen Augen hinter ein paar lässig fallenden Haarsträhnen halb verborgen. Dann nickte er zur Bar hinüber. »Schon gefunden?«

Ich folgte kurz seinem Blick. »Ja. Wir haben gerade schon Bekanntschaft geschlossen.«

»Dann brauchst du mich hier ja nicht mehr?«, wandte Steven sich an Tobey. »Ich düse rüber ins Grafikbüro. Will denen auf die Finger gucken.«

»Okay, ja, sicher. Fahr ruhig«, antwortete dieser. Seine Stimme klang so, als hätte er den letzten Husten noch nicht komplett auskuriert. Natürlich hatte ich schon diverse Songs von ihm im Radio gehört. Aber ich hätte nicht sagen können, ob er auch beim Singen so heiser klang.

Steven gönnte mir noch ein geschäftsmäßiges Lächeln, dann war er durch die Wohnungstür verschwunden.

Ein paar Sekunden war es sehr still.

Dann sagte ich: »Mr. Lambert ...«, während Tobey Lambert sagte: »Tja, das ist wirklich ...«

Wir unterbrachen uns beide.

»Tobey«, sagte er dann und nickte mir zu. »Wenn das okay für dich ist?«

»Sicher. Ich bin June«, antwortete ich.

Diese steife Situation hatte wirklich nichts gemein mit dem lockeren Kennenlernen, das ich gerade noch mit seinem Fahrer Samuel erlebt hatte.

»Was wolltest du sagen, Tobey?«

»Ich wollte nur sagen, dass es großartig ist, dass du so spontan herkommen konntest.« Er hakte den Daumen seiner linken Hand in die Tasche seiner Jeans und wirkte plötzlich sehr viel jünger als Anfang dreißig.

»Oh, tja, wie der Zufall es wollte, passte es gerade ganz wunderbar«, sagte ich. »Es scheint ja auch wirklich zu drängen. Der Hund ist sehr verängstigt. Natürlich kann das schlicht mit dem Unfall zusammenhängen. Aber es könnte auch andere Ursachen haben. Hunde, die in einem sicheren Zuhause gelebt haben, erholen sich auch nach solchen Traumata in der Regel recht schnell. Natürlich haben sie Schmerzen und sind verwirrt, trotzdem vertrauen sie den Menschen, die ihnen helfen. Aber dieser hier …« Ich sah wieder hinüber zur Bar. »In so einem Fall urteile ich nie, bevor ich den Vierbeiner selbst kennengelernt habe. Und das wird hier wohl ein bisschen dauern.«

Er nickte langsam. »Das heißt, es geht jetzt erst mal ums Beobachten? Und ich selbst kann da sowieso nicht viel machen?« Das war eine merkwürdige Zusammenfassung von dem, was ich ihm gerade zu erklären versucht hatte, traf aber im Grunde den Kern.

»Ähm … genau«, sagte ich.

»Gut«, sagte er. Als wir nach hinten zur Bar hinübergingen, steckte er sich eine Zigarette an. Der Hund hinter der Theke nieste. Ich konnte es ihm nicht verdenken. Ich hatte nie selbst geraucht und konnte mir vorstellen, welche Belästigung dieser Qualm für seine viel sensibleren Geruchsnerven war.

Tobey schien jedoch gar nichts zu bemerken, sondern zog lässig an seinem Glimmstängel und aschte in einen der Behälter, die überall verteilt waren.

Das konnte ja heiter werden.

Tobey

Na, das konnte ja heiter werden.

Ich hatte Steven ausdrücklich gesagt, dass ich diesen Morris Clark haben wollte. Von dem gab es diverse Videos im Netz, auf denen zu sehen war, dass er wirklich was draufhatte. Und genau so jemanden brauchte ich jetzt hier. Man musste schließlich kein Fachmann sein, um zu erkennen, dass schnell etwas passieren musste. Luna fraß kaum, schon gar nicht, wenn jemand in ihrer Nähe war.

Aber anstatt den Besten herzuholen, hatte Steven sich mit irgendeiner Trainerin zufriedengegeben, die zufällig im gleichen Hundezentrum wie dieser Clark arbeitete. Und er hatte das noch nicht mal erwähnt. Wahrscheinlich hatte er es einfach vergessen, weil er derzeit nur das Cover des neuen Albums im Kopf hatte. Deswegen war er permanent unterwegs und würde nicht ruhen, bis er etwas Geniales in den Händen halten würde.

Seine enorme Einsatzbereitschaft machte Steven so einzigartig als Manager. Aber leider hatte seine Umtriebigkeit auch zur Folge, dass ich jetzt allein war mit dieser Hundetrainerin, die in ihren Jeans und dem Sweatshirt sehr lässig wirkte, unter deren Blick ich mich aber geradezu gescannt fühlte.

June nahm ein großes Kissen vom Sofa und platzierte es neben dem, das bereits neben der Bar vor der Wand lag. »Setzen wir uns doch«, sagte sie, als wäre sie hier zu Hause.

Während ich mich im Schneidersitz niederließ, blickte sie aus dem Panoramafenster. Wahrscheinlich würde sie gleich eine Bemerkung über die grandiose Aussicht machen oder so. Das taten die meisten Leute, wenn sie das erste Mal hier waren. Als hätten sie noch nie von einem erhöhten Standpunkt aus auf eine Stadt geschaut. Doch sie überraschte mich, indem sie gleich zur Sache kam: »Wie heißt er denn eigentlich?«

»Luna«, antwortete ich.

Sie wandte den Kopf und sah mich verwundert an.

»Na, irgendwie muss sie doch heißen«, sagte ich, Andys Worte im Kopf.

Zum ersten Mal, seit wir uns vor ein paar Minuten kennengelernt hatten, erschien ein Lächeln auf ihrem Gesicht. Ihre dunkelblonden, kurz geschnittenen Haare standen in alle Richtungen, so wie es gerade Trend war. Doch ihr ungeschminktes Gesicht und die lässige Kleidung ließen erahnen, dass sie sich wahrscheinlich aus rein praktischen Gründen für diese Frisur entschieden hatte. Ihre Augen waren von einem lebendigen hellen Braun und funkelten mich jetzt amüsiert an.

»Gegen ›Luna‹ ist wirklich nichts einzuwenden«, sagte sie. »Ich war nur erstaunt, dass es eine *sie* ist. Bisher haben alle immer von *dem* Hund gesprochen. Auch die Art, wie dein Manager über sie geredet hat, hat mich in die Irre geführt. Weiß der Mann überhaupt, dass wir es mit einer Hündin zu tun haben?«

»Steven nimmt es damit nicht so genau«, antwortete ich. Und diesmal lachte sie leise.

Doch sie wurde sofort wieder ernst. »Wann hat sie zuletzt gefressen?«, wollte sie wissen und betrachtete die Schüssel, die am äußeren Rand der Bar auf dem Boden stand. Das gekochte Hühnchenfleisch, Gemüse und Reis darin waren unangetastet.

Ich zuckte mit den Schultern. »Wahrscheinlich heute Nacht irgendwann. Aber nie viel. Das da ist von heute Morgen.«

»Sie frisst nicht, wenn du dabei bist?«

»Nein.«

June zog den Napf zu sich heran, hob ihn an und roch daran. Sie nickte, stellte den Napf aber nicht zurück hinter die Theke, sondern nur etwa einen Meter neben sich auf den Holzboden.

»Aus der Klinik werden sie dir Medikamente für sie mitgegeben haben, oder? Nach der OP braucht sie Antibiotika. Konntest du ihr die überhaupt verabreichen?«

»Gestern und heute Morgen hab ich die Tablette in ein besonders tolles Stück Fleisch gesteckt und es ihr hingelegt.

Irgendwann war es weg. Und da ich die Tablette nirgends finden konnte, denke ich, sie hat sie geschluckt.«

June nickte. »Klingt gut«, sagte sie. »Schläft sie auch hier?«

»Ja, bis auf die erste Nacht, da hat sie ...« Ich brach ab. Bisher hatte ich niemandem von dem Hundebesuch in meinem Bett erzählt.

June sah mich fragend an.

»Sie ist zu mir ins Schlafzimmer gekommen«, sagte ich schließlich schlaff. Mehr brauchte sie nicht zu wissen.

»Tatsächlich?! Hattet ihr Blickkontakt?«

Warum fragte sie das?

Ich nickte. Das schien June zu genügen. »Und wo erleichtert sie sich?«, fragte sie.

»Da drüben.« Ich deutete zu einem kleinen Teppich hinüber, der direkt vor dem Terrassenfenster lag und inzwischen arg mitgenommen aussah.

June betrachtete die Stelle kurz. Dann sagte sie: »Kauf einen Kindersandkasten mit Boden. Je größer, desto besser. Und ein paar Säcke Blumenerde. Das Ganze stellst du erst mal direkt da drüben auf die Dachterrasse, neben die Tür. Solange sie sich nicht anleinen lässt, brauchen wir eine Möglichkeit, wie sie sich lösen kann, ohne dass es zum Horror für euch alle wird.«

»Okay.« Das klang logisch. Es gefiel mir, wie sie die Sache gleich ganz praktisch anging. Vielleicht hatte ich ihr mit meinem vorschnellen Urteil unrecht getan, und sie hatte doch etwas drauf.

»Wie wäre es, wenn ich dir als Erstes erkläre, wie ich jetzt vorgehen werde?«, erkundigte sie sich.

»Ehrlich gesagt würde ich lieber einfach zuschauen. Leg doch einfach los«, schlug ich vor.

»Sicher?« Sie wirkte amüsiert.

»Natürlich.«

Sie nickte. Und dann passierte erst mal nichts weiter.

Und zwar wirklich nichts.

June saß einfach nur da, den Rücken sehr gerade, die Knie umfasst, und atmete ruhig ein und mit einem leisen Geräusch wieder aus. Ich hatte wirklich keine Ahnung, ob sie von mir erwartete, dass ich bei ihr sitzen blieb. Und wenn ja, was ich dabei eigentlich tun sollte. Etwa auch einfach vor mich hin atmen?

Die Minuten verstrichen.

»Du fasst sie ja gar nicht an«, stellte ich schließlich fest, plötzlich froh, dass ich meine bandagierte Hand schon zuvor unter meine linke Achsel gesteckt hatte und sie da gut verborgen war.

»Aber nein«, lächelte sie. »Das ist doch unser erstes Date. Man betatscht ein Mädel doch nicht beim ersten Date, oder?«

Ich antwortete nicht. Offensichtlich hatte June Harrison aus Glastonbury nicht die geringste Ahnung von den Sitten und Gebräuchen in der Londoner Musikszene.

Wieder saßen wir eine Weile einfach nebeneinander. Ich hörte sie atmen. Und ganz gegen meinen Willen spürte ich, wie ich selbst immer ruhiger wurde. Bis ich merkte, dass ich im selben Rhythmus ein- und ausatmete wie sie.

Heimlich sah ich auf die Uhr und unterdrückte ein Gähnen. Wir saßen nun schon fast eine halbe Stunde hier. »Willst du nicht wenigstens mit ihr sprechen?«

Sie wandte den Kopf und sah mich mit erhobenen Brauen an. »Steven hat mich gerade noch gewarnt, dass du nicht viel reden würdest.« Das klang, als würde sie sich über mich lustig machen.

»Das sagt man wohl über mich. Aber du scheinst mich darin noch zu toppen«, erwiderte ich, indem ich ihren Tonfall kopierte.

Kurz begegneten sich unsere Blicke. Wir sahen einander an und wandten dann beide den Blick ab.

»Hast du vielleicht ein paar Zeitschriften oder so was?«, fragte June.

»Zeitschriften?« Ich sah mich um, bemüht, meine Verwunderung zu verbergen. Auf den Tischen links und rechts neben dem nahen Sofa lagen Stapel von Zeitschriften. Ich stand auf und warf einen Blick drauf.

»Sind meistens Musikmagazine. Ist das okay?«

»Super!«

Also brachte ich ihr einen Packen. Und war ziemlich neugierig, was sie nun mit dem Haufen Papier anstellen würde. Was hatte ein Stapel Hochglanzmagazine mit der Therapie eines verstörten Hundes zu tun? Halb erwartete ich, dass June eine merkwürdige Theorie über die Zusammenhänge zwischen dem Geruch der Zeitschriften und Lunas Trauma herstellen würde oder sonst etwas Verrücktes, auf das ein normaler Mensch nie kommen würde.

Doch zu meiner grenzenlosen Verblüffung nahm June mir die Ausgaben lediglich ab, legte den Großteil zur Seite, platzierte die oberste auf ihren Knien und schlug sie auf.

»Auf die Dauer ist die Aussicht ein bisschen langweilig, finde ich«, erklärte sie und vertiefte sich in einen Artikel.

Ich stand einen Moment lang einfach da und starrte sie sprachlos an. Konnte das tatsächlich möglich sein? Dann ließ ich mich auf dem Sofa nieder, steckte mir eine Zigarette an und zog mein Smartphone heraus. Vielleicht konnte ich in der Zwischenzeit ein paar Termine abklären.

* * *

Nach einer weiteren Stunde reichte es mir. Was lief hier eigentlich ab? June hatte es sich inzwischen bäuchlings auf den beiden großen Kissen bequem gemacht. Weiter war nichts passiert. Sie wälzte Musikzeitschriften und atmete leise vor sich hin. Wie sollte das zu einem Erfolg führen?

»Ähm … ist es nicht so, dass man mit Hunden irgendwie kommunizieren muss?«, erkundigte ich mich.

»Tobey«, sagte sie und drehte den Kopf in meine Richtung. Wieder dieses amüsierte Funkeln in den Augen. »Wenn du einfach zuschauen möchtest, wäre es eine Erleichterung, wenn du mich meine Arbeit tun lässt.«

Ihr Blick huschte für den Bruchteil einer Sekunde in Richtung Flur. Nur kurz, aber ich verstand den Wink.

Grandios. Die warf mich aus meinem eigenen Wohnzimmer!

»Entschuldige. Ich muss telefonieren«, sagte ich.

Beim Gang durch den Raum fühlte ich mich plötzlich seltsam steif und unbeholfen. Ich konnte ihren musternden Blick im Rücken regelrecht spüren. Doch als ich mich an der Küchentür mit dem Bullaugenfenster noch einmal umdrehte, hatte sie den Kopf mit den verstrubbelten dunkelblonden Haaren über eine der Zeitschriften gebeugt, ohne mich zu beachten.

In der Küche lief ich einige Male auf und ab. Gut, dass Joana zum Einkaufen unterwegs war. Sie hätte sich über mein Herumtigern bestimmt gewundert.

Aber mal im Ernst: Das ging nicht! Diese Frau war gerade mal zwei Stunden hier und kommandierte mich bereits in meiner eigenen Wohnung herum. Und was ihre »Arbeit« anging ... von der war weit und breit nichts zu sehen. Sie beschäftigte sich ja noch nicht mal mit dem Hund ... der Hündin ... Luna.

Kurz entschlossen zog ich mein Smartphone aus der Tasche und wählte.

»Tobey, wir haben schon den ersten Entwurf! Es wird fantastisch!«, meldete sich Steven. »Was gibt's denn?«

»Nichts«, antwortete ich leise. »Das ist ja das Problem. Diese Hundetrainerin, die du da angeschleppt hast statt diesem Clark, die spinnt doch.«

Stevens Reaktion ließ ein paar Sekunden auf sich warten. »Was macht sie denn?«, wollte er dann wissen. Er hatte sie organisiert. Er konnte es nicht leiden, wenn irgendetwas, das er organisiert hatte, nicht ordnungsgemäß funktionierte.

»Nichts. Sag ich doch. Sie sitzt nur rum und liest oder guckt aus dem Fenster. Sie hat die letzten zwei Stunden nicht ein einziges Mal zu Luna hingesehen. Sie spricht nicht mal mit ihr. Was soll das bringen?«

Steven räusperte sich. »Hm, das tut mir leid. Ich hatte den Eindruck, sie weiß, was sie tut. Ich meine, sie ist die Chefin des Hundezentrums. Hat im Netz unglaublich gute Bewertungen. Und sie ...«

»Sie ist die *Chefin?«*, wiederholte ich ungläubig.

»Ja, Morris Clark ist bei ihr wohl angestellt oder so. Vielleicht sind die auch ein Paar, keine Ahnung. Er scheint jedenfalls so eine Art Frontmann für das Zentrum zu sein. Obwohl sie das doch auch gut machen könnte, so wie sie aussieht, oder?«

»Die Chefin?«, echote ich, ohne auf Stevens Ablenkungsmanöver einzugehen. »Das fass ich nicht. Keine Ahnung, wie sie an die guten Bewertungen gekommen ist. Hier läuft jedenfalls nichts.«

»Und was soll ich jetzt machen? Soll ich vorbeikommen und mit ihr reden?«, schlug Steven griesgrämig vor. Normalerweise müsste schon ein echter Notfall passieren, um ihn während der Entstehung eines Covers aus dem Grafikbüro zu locken. Auf seiner Prioritätenliste stand das neue Album an allererster Stelle. Und ein fremder Hund, der durch einen irren Zufall in meiner Wohnung gelandet war, befand sich verschwindend winzig am entgegengesetzten Ende.

Ich seufzte. »Du hast das verbockt«, sagte ich. »Komm später her, zahl sie aus und schick sie wieder nach Hause. Wenn dieser Clark keine Zeit hat, müssen wir irgendjemand anderen finden, der was draufhat.«

Steven schnalzte mit der Zunge. »Also schön. Ich komm vorbei. Wir wollen hier sowieso gleich ’ne Pause einlegen. Ist Joana noch da? Zu einem kleinen Lunch würde ich nicht Nein sagen.«

»Sie ist gerade zum Einkaufen unterwegs. Bring doch einfach 'ne Pizza mit und ...« Ich brach ab.

Während ich gesprochen hatte, war ich an die Tür herangetreten und hatte durch das runde Fenster in den Wohnraum gesehen. Und was ich dort sah, verschlug mir die Sprache.

»Hängt dir die ewige Pizza nicht mal zum Hals raus? Wozu hast du eigentlich eine Köchin, wenn die nicht mehr macht als Frühstück und ab und zu mal ein Dinner? Joana könnte doch auch tagsüber für dich kochen ...« Steven hatte noch mehr zu diesem Thema zu sagen, aber ich hörte nicht mehr hin.

June Harrison lag immer noch auf dem Bauch und steckte die Nase in eines der Magazine. Doch neben ihr, nur einen knappen Meter entfernt, stand die Hündin.

Zum ersten Mal, seit Luna hier in der Wohnung war, sah sie nicht aus, als wollte sie sich in sich selbst verkriechen. Sie stand dort und fraß entspannt aus dem Napf, den June vorhin dort abgestellt hatte.

»Steven?«, unterbrach ich ihn. »Vergiss, was ich gesagt habe.«

»Wie bitte? Doch keine Pizza?«

»Ich meine die Trainerin. Vergiss, was ich gesagt habe. Du brauchst nicht herzukommen. Aber wenn du später aus dem Studio kommst, besorg bitte einen Sandkasten und bring ihn mit.«

»Äh?«

»Einen Sandkasten. Für Kinder. Irgendwas mit Boden. Je größer, desto besser. Und ein paar Säcke Blumenerde. Ich denk mal, so was für Balkonkästen würde passen. Okay?«

»Sandkasten? Erde? Wieso ...?«

»Mach's einfach, okay? Wir sehen uns später.«

»Ähm ...«, hörte ich noch. Dann legte ich auf.

Als hätte sie gespürt, dass ich hier stand und zu ihr hinübersah, hob June langsam den Kopf und schaute mich durch das große runde Fenster in der Tür direkt an. Sie ließ ihre Augen vorsichtig zur Seite wandern, in Richtung Luna, ohne den Kopf zu bewegen. Dann sah sie wieder zu mir. Es war nicht nur die Tatsache, dass die scheue Hündin so dicht neben ihr stand und entspannt fraß. Es war auch die Veränderung in Junes Gesicht, die mich den Atem anhalten ließ.

Da drüben lag ein komplett anderer Mensch auf dem Teppich als der, neben dem ich gerade stundenlang ausgeharrt hatte.

Es war ja nicht so, dass sie vorher nicht schon das eine oder andere Mal gelächelt hätte. Aber plötzlich sah sie vollkommen anders aus. Sie wirkte tatsächlich durch und durch glücklich.

June

Diese Hündin war zweifellos eine harte Nuss. Aber bestimmt nicht härter als ich selbst. Und dies hier war der erste vielversprechende Schritt aufeinander zu.

Die Hündin fraß langsam und Bissen für Bissen den gesamten Napf leer. Dann setzte sie sich hin und schleckte zunächst ihren Fang, dann ihre verletzte, dann ihre unverletzte Pfote. Sie versuchte auch, eine vielleicht schmerzende Stelle am hinteren Rücken zu erreichen, gab aber bald auf.

Sie saß nur einen Meter entfernt.

Und ebenso wie die Hündin vorgab, extrem beschäftigt zu sein, löste ich nicht ein einziges Mal den Blick von der Zeitschrift, die vor mir lag. Nach wie vor atmete ich tief ein und geräuschvoll wieder aus.

Tobey war so klug, seinen Beobachtungsposten hinter dem runden Fenster in der Schwingtür nicht zu verlassen oder gar zu uns herüberzukommen.

Immer wenn ich zu ihm hinüberschielte, konnte ich ihn dort stehen sehen. Leider war sein Gesichtsausdruck nicht deutlich zu erkennen. Aber ich hätte wetten mögen, dass er von *maßlosem Staunen* über *Erleichterung* bis *Zufriedenheit* wechselte.

Auf den ersten Blick hatte Tobey einen eher schüchternen Eindruck gemacht. Doch in den zwei Stunden seit unserem Kennenlernen war mir der Verdacht gekommen, dass hinter seiner wortkargen Fassade der beharrliche Wille eines Herdenschutzhundes schlummern könnte. Rein äußerlich hatte er natürlich nichts gemein mit diesen gewaltigen, wegen ihres wuscheligen Fells meist plump wirkenden Riesen. Doch wer einmal gesehen hatte, mit welch sturer Beharrlichkeit ein solcher Hund sein einmal gefasstes Ziel im Auge behielt, wusste wahrscheinlich, wieso sich diese Vorstellung aufdrängte.

Tobey hatte von Anfang an ein bestimmtes Bild im Kopf gehabt, wie das Training mit dem Vierbeiner aussehen sollte. Deshalb war er so wenig interessiert daran gewesen, was ich ihm im Vorfeld erklärt hatte, und umso irritierter, als ich die Hündin weder berührte noch mit ihr sprach. Es war ihm gelungen, seine wachsende Ungeduld nicht allzu deutlich zu zeigen. Doch ich war sicher, dass mein Job hier auf wackligen Füßen gestanden hätte, wäre die Hündin jetzt nicht aus ihrem Versteck gekommen.

»Luna«, sagte ich nun sehr leise, aber mit ruhiger Stimme. »Bist du eine Luuuunaaa?«

Immer noch sah ich nicht zur Hündin hin.

»Uuuumaaaa«, machte ich.

Die Hündin leckte weiterhin unbeeindruckt ihre unverletzte Pfote. Ihr Schwanz lag entspannt auf dem Boden, und die kleinen Knickohren wippten.

»Ei, ei, ei«, machte ich. Und obwohl ich selbst ja wusste, dass meine kleinen verbalen Experimente durchaus Sinn machten, war es mir plötzlich ganz recht, dass Tobey Lambert den Raum verlassen hatte und mich nicht hören konnte.

»Wwwwiiii. Wiiiii.«

Jetzt hob die Hündin den Kopf und sah mich zum ersten Mal direkt an.

Ich wiederholte: »Wiiiii?«, und probierte noch etwas anderes aus: »Immiiii? Lilliiii?« Die Ohren zuckten. Der Hundekopf neigte sich ein winziges Stück zur Seite.

Ich musste lächeln.

Dann nahm ich erneut das Entspannungsatmen auf.

Ich ließ meine Hand mit der Innenfläche nach unten ein Stückchen neben mir auf dem Boden ruhen. Meine Augen waren nach wie vor auf die bunten Bilder in der Zeitschrift gerichtet.

Minutenlang lag ich so da, das Kinn in die Handfläche der linken Hand gestützt, die rechte ein Stück weit ausgestreckt. Die

Hündin beobachtete mich abwartend. Doch irgendwann siegte die Neugierde. Sie streckte den Hals ein bisschen und schnupperte an meiner ausgestreckten Hand.

Ich bewegte mich nicht, sondern ließ Luna den unbekannten Geruch erkunden.

Als die Hündin zufrieden war, hob sie den Kopf und streckte sich, einmal nach vorn, einmal nach hinten, so gut es mit dem geschienten Bein ging. Dann wandte sie sich um und humpelte wieder hinter die Theke.

Ich wartete, bis sie es sich bequem gemacht und den Kopf mit einem Seufzen abgelegt hatte. Dann erst erhob ich mich selbst mit ruhigen Bewegungen.

Im selben Moment kam Tobey aus der Küche.

»Wie hast du das gemacht?«, wollte er wissen. Er klang ziemlich beeindruckt.

»Im richtigen Moment geschwiegen«, antwortete ich schmunzelnd.

Doch sein interessierter Blick freute mich. Nach dem Telefonat mit Steven Troy hatte ich befürchtet, ein Weltstar wie Tobey Lambert würde nicht viel von meinem Vorgehen wissen wollen. Dass für ihn nur das Ergebnis zählen und der Weg dorthin ihm egal sein würde. Doch der Plan, den er offenbar selbst entworfen hatte (auch wenn er dabei ein paar Irrtümern aufgesessen war) und seine jetzige Verblüffung warfen ein anderes Licht auf ihn.

»Wenn wir beruhigend mit Hunden sprechen, wird das von ihnen nicht immer richtig gedeutet«, erklärte ich. »Wir glauben, dass wir ihnen Mut zusprechen. Doch in Wahrheit bestärken wir damit nur ihr augenblickliches Verhalten. Das heißt, wenn wir sanft mit einem Hund sprechen, der sich gerade vor lauter Angst im Rückwärtsgang befindet ...«

»Machen wir es nur noch schlimmer«, vollendete er meinen Satz ganz richtig.

Ich nickte. »Deswegen habe ich mich vorhin gar nicht um sie

gekümmert. Ich habe ihr einfach nur ein bisschen Gesellschaft geleistet.«

»Das Atmen«, murmelte er nachdenklich.

»Das Atmen dient meiner eigenen Entspannung. Je entspannter ich selbst bin, desto schneller entspannt der Hund. Sie hat lange gebraucht.« Ich sah hinüber zur Bar.

»Aber am Ende hat sie dir vertraut«, stellte er fest. »Und als sie sich vorgewagt hat, hast du dann mit ihr gesprochen?«

»Genau. Denn genau das will ich ja bestärken. Immer, wenn sie etwas tut, was für sie selbst und unser Vorwärtskommen gut ist, soll sie bestärkt werden.«

»Einleuchtend«, bestätigte er. In seinen Augen glomm plötzlich ein Wissensdurst auf.

Gerade wollte ich ihm vorschlagen, dass ich ihm gern mehr über das grundsätzliche Lernverhalten von Hunden erzählen würde, als die Wohnungstür von außen geöffnet wurde.

Eine dunkelhäutige Frau um die dreißig kam im Mantel und mit zwei Einkaufstaschen herein. Hinter ihr erschien ein Mann, groß und breit wie ein Bär, etwa im gleichen Alter. Er trug an jeder Hand drei prall gefüllte Tüten und zwischen den Zähnen eine Plastikkarte, die genauso aussah wie die, mit der Steven vorhin Aufzug und Tür geöffnet hatte.

»Hallo«, sagte die Frau und lächelte mich an. »Sie sind ja schon da. Möchten Sie Lunch? Hier sind normalerweise alle so beschäftigt, dass sie sich lieber Fast Food reindrücken. Aber als ich hörte, dass Sie vom Land kommen, hab ich ein paar gesunde Sachen eingekauft.«

»Ähm?«, machte ich und sah mich nach Tobey um.

»Oh, das ist Joana. Köchin, Haushälterin …«, erklärte er rasch.

»Kurz, diejenige, die den kompletten Laden am Laufen hält und ohne die wir ziemlich aufgeschmissen wären«, sagte der Typ hinter ihr und ließ die Taschen auf den Boden plumpsen, um mir seine Pranke entgegenzustrecken. »Andy. Tobeys Bodyguard.«

Sein Händedruck war warm und erstaunlich sanft, und sein breites Lächeln eroberte sofort mein Herz. Bei seinem Anblick musste ich an einen Old English Bulldog denken: auf den ersten Blick eine Dampfwalze – und dann dieser erstaunlich weiche Fang.

»June«, sagte ich und gab auch Joana die Hand, die ebenfalls die Taschen abgesetzt hatte: »Eigentlich wollte ich gerade ins Hotel, um einzuchecken, mich umzuziehen und ein bisschen frisch zu machen.« Zu Tobey gewandt setzte ich hinzu: »Die Hündin wird jetzt erst mal schlafen. Sie ist satt und wahrscheinlich ziemlich müde von der Anstrengung meiner Belagerung.«

Er lachte.

Andy lachte ebenfalls. Obwohl er gar nicht wissen konnte, was ich damit meinte.

Joana sah kurz zwischen Andy und mir hin und her. Eine Sekunde lang hatte ich den Eindruck, dass ein Schatten über ihr Gesicht huschte. Doch dann schaltete sie ein Lächeln an. »Dann also eher in zwei Stunden?«, wandte sie sich an mich.

»Gerne.«

»Irgendwelche Unverträglichkeiten? Schlimme Abneigungen?«, wollte sie wissen.

»Kein Fleisch«, sagte ich.

Andy stöhnte: »Noch so eine!«, korrigierte sich jedoch rasch: »Nix für ungut! Find ich gut. Ich meine, bei anderen find ich's gut, wenn sie das durchhalten und so. Stell ich mir echt schwer vor. Keine Steaks und so. Aber ist schon 'ne gute Sache – für die Tiere natürlich. Ich mein, die Tiere haben natürlich am meisten davon, wenn man kein Fleisch isst. Obwohl es ja auch gesund sein soll. Das ganze Gemüse und so. Vitamine und all das.«

Joana, die ihre Taschen vom Boden wieder aufgenommen hatte, setzte ihren Weg in die Küche fort und brummte: »Opportunist!«

»Was?«, machte Andy und beeilte sich, seine eigenen Taschen einzusammeln. Doch Joana war bereits durch die Tür verschwunden. Andy musste deren heftiges Auf- und Zuschwingen abpassen, um sie nicht abzubekommen. Dann nutzte er den Rückschwung und folgte Joana. »Was sollte das denn heißen? Opportunist? Hm?«, hörten wir ihn noch fragen.

Tobey sah auf seine Schuhspitzen, aber ich konnte erkennen, dass seine Mundwinkel zuckten.

»Nett«, sagte ich.

»So gut wie Familie«, erwiderte er. »Du willst also jetzt ins Hotel? Dann funke ich mal eben Samuel an, damit er dich hinbringt.«

»Ich kann auch laufen – aber ich brauche natürlich meinen Koffer.«

Tobey zog ein Handy aus der Hosentasche und drückte eine Kurzwahltaste. »Wo steckst du? – Gut. – June würde gern zum Hotel. – Okay.« Er legte auf. »Er wartet unten. Ich bringe dich in den Aufzug.«

Wir verließen die Wohnung und gingen zu den beiden Aufzügen hinüber. Eine der Türen stand offen.

»Wahnsinn, die ganzen Kameras und so«, sagte ich und sah mich noch einmal genauer um. »Hat sich denn schon mal jemand hier rauf verirrt?«

Tobey folgte meinem Blick und rieb sich dabei die Nase. »Das System gab's schon, als ich eingezogen bin«, sagte er, was nicht wirklich eine Antwort war. Small Talk war offenbar nicht seine Stärke.

Ich betrat den Aufzug, und Tobey beugte sich hinein, um die Plastikkarte von innen gegen den Scanner zu halten.

»Ach, so ... ihr Name«, sagte ich, während Tobey sich wieder zurückzog.

Er sah mich fragend an.

»Sie heißt nicht Luna«, erklärte ich ihm rasch. »Versuch es mit Millie. Bis später dann!«

Die Fahrstuhltüren schlossen sich. Ich konnte ein Grinsen nicht unterdrücken. Der Ausdruck auf seinem Gesicht war Gold wert.

***

Das Hotel war grandios. Als ich am Mittag eingecheckt hatte, hatte ich neben der prall gefüllten Bar einen Teller mit frischem Obst vorgefunden und in einem Anfall von Heißhunger alle Weintrauben aufgegessen. Als ich jetzt, nach dem Dinner bei Tobey, wieder ins Zimmer kam, waren neue da. Ob die hier Hauselfen hatten?

Ich spazierte in das luxuriöse, riesige Bad und genoss eine ausgiebige Dusche unter einem fußballfeldgroßen Duschkopf, der ganz Glastonbury mit warmem Wasser hätte abbrausen können. Anschließend probierte ich die Körperlotion, die auf dem breiten Marmorwaschbecken stand und wunderbar duftete, und hüllte mich in den flauschigen blütenweißen Bademantel, auf dessen Brust ein Wappen prangte.

Und dann gab es wirklich nichts anderes mehr zu tun.

Ich tippte die Durchwahlnummer des Hotelzimmers ins Handy, schickte sie ab und wartete. Es dauerte keine Minute, da klingelte der Apparat.

»Hallo, Liebes«, sagte Morris.

»Na, Stinkstiefel«, antwortete ich. »Du bist schon im Haus?«

»Hab heute früh Schluss gemacht und ein paar Sandwiches gegessen. Die letzte Runde mit den Hunden ist auch schon erledigt. Ich dachte mir, dass du dich bestimmt bald melden würdest.«

Er war im Haus. Um diese Uhrzeit hatte er schon die Seminarteilnehmerinnen und -teilnehmer sich selbst überlassen und war nach ein paar Sandwiches mit den Hunden spazieren gegangen. *Das klingt …*, dachte ich, *das klingt, als wäre alles in Ordnung.*

Was auch immer ich damit meinte.

»Was machen die Hunde?«, erkundigte ich mich rasch.

»Vermissen dich«, sagte Morris, wahrscheinlich weil ich das hören wollte. »Bo läuft ständig zu deinem Auto und schnuppert dran. Und Cassandra hat wieder diesen Blick drauf ... du kennst sie ja.« Ich wusste tatsächlich, was er meinte. Cockerspaniel waren Weltmeister in traurigem, vorwurfsvollem Gucken.

»Und Heaven? Wie geht's ihr?«

»Sie hat den ganzen Tag geschlafen. Wollte heute Mittag auch nicht mit mir auf einen kleinen Gang. Aber was erwartest du? Sie findet es einfach doof, wenn du nicht da bist. Wie wir alle übrigens«, setzte er hinzu.

Ich lauschte seinen Worten nach.

»Warum bietest du Nicole nicht an, dass sie für die Zeit, die ich nicht da bin, im Gästezimmer übernachten kann?«, schlug ich vor. »Dann ist es abends vor dem Fernseher nicht so einsam.«

Er lachte heiser. »Vom Privatleben deiner Mitarbeiterinnen hältst du wirklich nicht viel, hm? So wie ich das verstanden habe, ist sie heute Abend mit irgendeinem Paul oder Jean oder sonstwie im Pub verabredet. Sie hat's ja eh schon schwer, jemanden kennenzulernen, wenn sie den ganzen Tag hier auf der Farm rumhängt. Aber wenn sie auch noch hier übernachten soll ...«

»War ja nur 'ne Idee«, murmelte ich.

Früher, als ich selbst noch häufiger zu auswärtigen Seminaren unterwegs gewesen war, hatte Nicole öfter mal für ein, zwei Nächte im Gästezimmer campiert. Doch irgendwann, ich konnte mich nicht mehr genau erinnern, hatte Morris angedeutet, dass es ihm lieber sei, das Haus an den Abenden ganz für sich zu haben. Es hatte eine Weile gedauert, bis ich kapiert hatte, worauf das hinauslief.

Bevor ich mich noch weiter in düsteren Gedanken verfangen konnte, fragte Morris: »Wie ist dieser Lambert denn so?«

»Pyrenäen-Berghund.«

»Tatsache?« Ich konnte sein Grinsen hören. »So sieht er gar nicht aus.«

»Nein, wirklich nicht«, lächelte ich. »Aber ich glaube, wenn mal was in seinem Kopf drin ist, kriegt man das nicht so leicht wieder raus. Ich wundere mich nicht, dass er und diese Hündin sich gefunden haben. Sie ist ein harter Brocken. Und er auch. Ich habe mit ihr ein paar Vokale ausprobiert und hatte bald klar, dass sie mit dem Namen absolut nichts anfangen kann. Aber meinen Tipp zu einem neuen Namen wollte er wohl nicht annehmen. Hat sie heute Abend immer noch ›Luna‹ genannt.«

»Und die Hündin?«, wollte Morris wissen.

Ich stand vom Bett auf, auf dem ich mich bequem niedergelassen hatte. »Schwer zu sagen. Hat sich komplett in sich zurückgezogen. Ich glaube nicht, dass es der Unfall allein war. Wenn ich daran denke, wie schnell Heaven mir damals wortwörtlich aus der Hand gefressen hat. Da liegen Welten dazwischen.«

»Und will dieser Lambert mitarbeiten? Oder erwartet er, dass du ihm in einer Woche einen händelbaren Hund vorstellst?«

»Ehrlich gesagt habe ich zuerst geglaubt, dass er an meinem Vorgehen nicht interessiert ist, sondern einfach nur Ergebnisse sehen will. Heute Morgen wollte er sich jedenfalls nichts erklären lassen, hatte aber durchaus ein paar eigene Ideen im Kopf. Er hat wirklich keine Ahnung von Hunden. Offenbar hat er sich aus Fernsehsendungen oder ›Was-man-so-erzählt‹ seine eigene Version der Verhaltenstherapie zusammengereimt. Aber heute Nachmittag sah es dann plötzlich anders aus. Er scheint jetzt wirklich interessiert an meinem Vorgehen«, antwortete ich. Für einen kurzen Moment dachte ich daran, wie ich heute Abend eine kleine Theorieeinheit zum Thema *Lernverhalten beim Hund* abgehalten hatte. Tobey hatte aufmerksam zugehört und an ein paar Stellen gar nicht so dumme Fragen gestellt.

Mehr gab es zu meinem Problemfall hier in London eigentlich noch nicht zu erzählen. Ich würde also jetzt danach fragen müssen. Obwohl ich es lieber nicht getan hätte. Dennoch räusperte ich mich und erkundigte mich mit einer Stimme, die mir selbst fremd vorkam: »Und wie läuft das Seminar?«

»Fantastisch«, schwärmte Morris. Neue Gruppen begeisterten ihn immer, das war nicht ungewöhnlich. Dennoch spürte ich, wie mein Herz kurz stolperte. »Ich glaube, diesmal sind mehrere dabei, die dranbleiben werden. Der eine Kerl, Arthur, ist heute damit rausgerückt, dass er schon eine Ausbildung als Musher gemacht hat.«

»Ist nicht wahr! Das hat er bei der Vorstellungsrunde gar nicht erwähnt«, sagte ich erstaunt.

Morris hatte ein Faible für Schlittenhunde. Sein eigener Malamute war vor ein paar Monaten in hohem Alter verstorben. Bisher hatte er es noch nicht gewagt, sich nach einem neuen Hund umzuschauen. Kein Wunder, dass er jetzt so aufgeregt klang.

»Wollte wohl erst mal abwarten, wie wir so drauf sind! Gibt ja auch den einen oder anderen Ausbilder, der von dem Sport nichts hält. Stell dir vor, er hat ein komplettes Langstrecken-Gespann plus vielversprechendem Nachwuchs für ein zweites. Und das Beste: Zwei seiner besten Hündinnen sind gerade tragend. Da werden jede Menge begabter Rennhunde bei rauskommen. Mehr als er selbst behalten kann.«

»Das klingt großartig, Morris!« Seine Euphorie war ansteckend, und ich genoss das Gefühl, mich ihm endlich mal wieder so richtig nahe zu fühlen. Die Freude für Morris, die in mir aufwallte, versetzte mich mit einem Mal in Hochstimmung. Aufgeregt sprachen wir über die Möglichkeit, dass Morris sich mit Arthurs Hilfe womöglich ein eigenes Gespann aufbauen könnte.

Auf und ab laufend legte ich die freie Hand unter dem flauschigen Stoff des Bademantels auf meinen Bauch und spürte der

Wärme dort nach. Wie lange hatten wir das schon nicht mehr getan – etwas Schönes für die Zukunft geplant? Einen gemeinsamen Traum geträumt? Es tat unendlich gut, auch wenn sich während unseres angeregten Gesprächs immer wieder eine zaghafte Spur von Unglauben in meine Freude mischte.

Wir sprachen so lange über Arthur, seine Hunde und die Chance, die aus dieser Bekanntschaft erwachsen könnte, dass wir ganz vergaßen, auch die anderen Seminarteilnehmer und -teilnehmerinnen zu erwähnen.

Irgendwann begann ich zu gähnen, und Morris meinte, es sei wirklich an der Zeit aufzulegen. »Du musst schließlich morgen einen guten Job machen«, sagte er und setzte leise hinzu: »Pass auf dich auf, Kleines, ja?« In seiner Stimme lag eine Spur der Zärtlichkeit, die vor langer Zeit zwischen uns alltäglich gewesen war.

Ich musste schlucken, um das Kratzen im Hals zu beseitigen.

»Das werde ich.«

Nachdem wir aufgelegt hatten, stand ich noch einen Moment lang mitten in dem großen Zimmer, barfuß auf dem weichen Teppich, das Telefon in der Hand.

Hatte Nicole vielleicht recht gehabt?

Konnte es sein, dass mein vorübergehendes Fortgehen, der Abstand, den ich plötzlich nicht mehr nur in mir, sondern auch ganz real räumlich empfinden konnte, etwas zum Guten wenden würde?

Konnte es tatsächlich sein, dass meine Reise nach London eine Chance bedeutete?

Tobey

Ich war froh, als ich die Wohnung am Abend wieder ganz für mich hatte.

Ich kontrollierte noch einmal, ob die Terrassentür tatsächlich einen Spalt offen stand. Den großen Sandkasten, den Steven nur eine Stunde nach unserem Telefonat hatte liefern lassen, hatte ich selbst direkt hinter der Tür aufgebaut und mit etwas Erde befüllt.

Als June am Nachmittag wieder im Penthouse erschienen war, war sie begeistert gewesen, dass ihr Vorschlag so schnell umgesetzt worden war, und hatte sich zuallererst um das Teppich-Dilemma gekümmert. Sie hatte sich von Joana ein wenig Küchenrollenpapier organisiert, es kräftig auf die verunreinigte Teppichstelle gepresst und dann in Fetzen auf der Erde im Sandkasten verteilt.

»So kann sie immer der Nase nach gehen«, hatte sie erklärt. »Jetzt müssen wir nur noch dafür sorgen, dass sie die alte Stelle nicht mehr benutzen kann.« Und gemeinsam hatten wir einen Glasquader, der als Couchtisch diente, für die neue Aufgabe als Hindernis ins Auge gefasst.

In dem Moment war Dan hereingekommen. Er war schon halb auf dem Weg ins Arbeitszimmer gewesen, als er uns beide den großen Glaskubus herumschleppen sah. Also kam er herüber, fasste mit an und begrüßte June.

Der kurze Händedruck und die wenigen Floskeln, die die beiden wechselten, hatten offenbar gereicht, um Dan für Lunas Trainerin einzunehmen.

»Da hast du genau die Richtige gefunden«, hatte er gesagt, als er schließlich die Bürotür hinter uns schloss.

Wahrscheinlich hatte er recht.

Obwohl June auch am Nachmittag nicht viel mehr getan hatte, als neben der Bar zu sitzen oder zu liegen und ab und zu laut zu atmen, dauerte es diesmal nur eine knappe Viertelstunde, bis die Hündin sich hervorwagte, ein paar Leckerbissen inklusive Antibiotikum fraß und Junes Schuhe und Jeans beschnupperte.

Ich hatte mich anfangs also getäuscht. June war wirklich gut. Auch wenn ich noch nicht durchschaut hatte, was sie da eigentlich tat. Aber war das nicht bei allen großen Künstlern so? Man war absolut hin und weg von ihnen, ohne recht zu wissen, wie sie das anstellten.

Als ich schließlich wieder allein in der Wohnung war, ging ich ins Studio, um noch an einem neuen Song zu arbeiten, der mich beschäftigte. So etwas konnte ich nicht, wenn die Räume voller Leben waren und Stimmen auf dem Gang zu hören waren.

Aber ganz allein in der Wohnung kam ich gut voran und ging erst weit nach Mitternacht hinüber ins Schlafzimmer.

Ich summte vor mich hin und spielte gedanklich mit ein paar Textzeilen. In solchen Momenten fühlte ich mich immer pudelwohl in meiner Haut. Ich war ein Musiker, gesegnet mit ausreichend Talent und noch mehr Glück. Ich konnte mit ganzer Seele einer Arbeit nachgehen, die ich liebte. Alles andere war weit fort.

Beinahe glücklich fiel ich ins Bett, schloss die Augen und konnte schon spüren, wie der Schlaf mit sanften Fingern nach mir griff.

Doch dann geschah es wieder. Meine Gedanken, gerade noch nebelgleich, wurden klarer, formten sich zu einem großen, überfüllten Saal. Ich sah bunte Lichter über mir blitzen. Hörte eine Stimme meinen Namen rufen.

Und riss die Augen auf.

Mit einem Schlag war ich wieder der Mensch, der ich seit vier Jahren auch noch war. Als wohnten zwei Personen in mir. Tagsüber war ich meist der eine, nachts in der Regel der andere. Jener andere, der ich doch eigentlich nie hatte sein wollen. Doch ich war nicht gefragt worden.

Um meinen Schlaf war es geschehen, sobald die Bilder kamen. Bestimmt würde ich nun stundenlang auf ihn warten müssen. Also schaltete ich das Licht ein und setzte mich auf. Auf dem Nachttisch stand wie immer mein Tablet.

Ich öffnete mein Postfach. In meinem privaten Account gab es nie viel Betrieb. Nur wenige Menschen kannten diese Adresse.

Ich hatte eine Nachricht von Lin, die schrieb, dass Ma wegen ihres Bluthochdrucks beim Arzt gewesen war und neue Medikamente bekommen sollte. Ansonsten war der Posteingang leer.

Angelina antwortete nicht.

Und wenn ich ehrlich zu mir selbst war, hatte ich damit auch nicht gerechnet.

Zwar hatte ich im ersten Moment bereut, die Mail an sie abgeschickt zu haben. Doch seitdem ertappte ich mich immer wieder bei der innerlichen Frage, wann sie sich melden würde und auf welche Weise.

Die Möglichkeit, dass ihre Adresse nicht mehr existierte und sie daher meine Zeilen gar nicht erhalten hatte, ließ ich bei diesem Gedanken außen vor. Sie erschien mir unwahrscheinlich. Vielleicht, weil ich nicht wollte, dass es so war. Denn das würde bedeuten, dass auch der letzte Faden der Verbindung zwischen uns durchtrennt worden war.

Ich klappte das Tablet wieder zu und beschloss, noch einmal nach der Hündin zu sehen.

Als ich leise in den Wohnraum hinüberging, rührte sich nichts. Ich ließ mich auf den Kissen neben der Bar nieder, die dort noch lagen.

Die digitalen Anzeigen der Musikanlage im Regal erhellten mit ihrem bläulichen Leuchten den Bereich hinter der Theke. Die Hündin saß aufrecht und sah mich an.

»Du kannst wohl auch nicht schlafen?«, fragte ich leise.

Sie reagierte nicht, sondern senkte den Kopf und knabberte an dem Verband über der geschienten Pfote.

In ein paar Tagen würden wir den Verband erneuern müssen. Wie wollte June es schaffen, die Hündin gefahrlos anzufassen?

Mir fiel die seltsame Situation heute Mittag am Fahrstuhl wieder ein, als June behauptet hatte zu wissen, dass Luna nicht der richtige Name für die Hündin sei. Ich war so verblüfft gewesen, dass ich gar nicht hatte reagieren können. Und dann hatten sich die Fahrstuhltüren bereits geschlossen. Wieder in der Wohnung, hatte ich im Netz erneut die Website des Hundezentrums ins Glastonbury aufgerufen und nach Begriffen wie *Telepathische Verbindungen zu Tieren* oder ähnlichem esoterischem Spinnerkram gesucht. June kam schließlich aus Glastonbury – da war wirklich alles möglich. Und ich hatte schon von Leuten gehört, die behaupteten, via Fotos oder Haarbüschel mit den entsprechenden Tieren kommunizieren zu können – egal ob tot oder lebendig. So ein Quatsch!

Auf der Suche nach einem Hinweis, dass June womöglich auch so drauf war, las ich sämtliche Texte des Hundezentrums sorgfältig durch. Nichts deutete darauf hin, dass June von sich behauptete, Hundegedanken lesen zu können. Aber die Texte, Bilder und Videos waren auf andere Weise interessant. Zum einen konnte nach der Lektüre überhaupt kein Zweifel daran bestehen, dass June Harrison und der landesweit berühmte Hundeflüsterer Morris Clark ein Paar waren. Zum anderen fand ich die Texte unglaublich interessant. Schon in den Kursbeschreibungen steckten viele Infos, die mir als frisch gebackenem Hundebesitzer noch neu waren. Und ohne es geplant zu haben, hatte ich mehr als eine Stunde auf der Website verbracht.

Noch nie zuvor hatte ich mir Gedanken darum gemacht, was ein Hundetrainer wohl alles leisten musste. Die vielen unterschiedlichen Bereiche waren faszinierend. Angefangen bei der Welpenspielgruppe, in der es durchaus nicht nur ums immens wichtige Spielen der Kleinen ging, sondern um die Grundlagen für ein gutes Sozialverhalten und erste Erziehungseinheiten. Es gab jedoch auch Gruppentraining für ältere Hunde. Für solche, die noch Grundlagen lernen mussten, ebenso wie für jene, die alle Gehorsamsübungen vervollkommnen und in Prüfungen vorführen sollten. Es gab regelrechte Therapiestunden für Hunde mit sogenanntem »unerwünschtem Verhalten«, was von Aggression gegen Artgenossen oder Menschen über Probleme beim Alleinbleiben bis zum Jagen von Wild oder bemitleidenswerten Joggern reichte. Und dann gab es jede Menge Möglichkeiten, mit dem eigenen Hund ein echtes Hobby aufzubauen. Egal ob bei einer Art Hindernislauf, dem Hüten von Schafen oder der Suche nach vermissten Menschen und Tieren.

Je mehr ich las, desto beeindruckter war ich. Das war ein wirklich vielseitiger, spannender Job. Auch wenn telepathische Unterhaltungen mit den Vierbeinern über ihren Namen zu meiner großen Erleichterung nicht dazuzugehören schienen.

Ich war also zu dem Schluss gekommen, dass June mit ihrem Vorschlag zum Hundenamen wohl einen Scherz gemacht hatte. Ja, wahrscheinlich hatte sie mich einfach ein bisschen auf den Arm nehmen wollen.

Das hatte ich zumindest heute Mittag gedacht.

Jetzt betrachtete ich das strubbelige honigbraune Fell. Was sollte es. Ich war schließlich allein.

»Millie?«

Sie drehte den Kopf und sah mich an. Und zum ersten Mal lag in ihrem Blick nicht ängstliches Misstrauen, sondern so etwas wie Interesse.

Vielleicht war es albern, aber ich konnte spüren wie mein Herz ein paar Takte lang heftiger schlug.

»Millie?«, wiederholte ich. Sie legte den Kopf schief.

Das war ja unglaublich! June Harrison hatte tatsächlich recht gehabt! Dieser Name schien ihr zu gefallen.

Ich sagte ihn noch ein paar Mal. Millie sah mich die ganze Zeit über aufmerksam an. Doch schließlich siegte offenbar die Müdigkeit. Sie drehte sich drei, vier Mal im Kreis und ließ sich mit einem tiefen Seufzen auf der Decke nieder, die June ihr dorthin gelegt hatte.

Obwohl Millies Kopf nun auf der unverletzten Pfote ruhte, konnte ich an ihren spielenden Augenbrauen sehen, dass sie mich ansah.

»Eigentlich keine schlechte Idee«, murmelte ich und rutschte an der Wand hinunter. Vorsichtig zog ich die zweite Decke heran und breitete sie über mir aus.

Eine Weile lag ich da, gebettet auf weichen Kissen, geborgen unter der Decke, im sanften Lichtschein, in dem ich die braunen Augen erkennen konnte. Wie sie zunächst immer öfter blinzelten. Und sich schließlich schlossen.

Ich lauschte auf Millies regelmäßigen, immer tiefer gehenden Atem.

Und dann, irgendwann, schlief auch ich ein.

June

Der Weg vom Hotel zu Tobey Lamberts Wohnhaus war ein zwanzigminütiger strammer Spaziergang durch den verheißungsvollen April, der tatsächlich auch in der Stadt zu spüren war.

Ich war in Gedanken bereits so intensiv mit Millie beschäftigt, dass ich an der Straßenecke fast mit jemandem zusammenprallte.

»Oh, sorry!«

»Meine Schuld!«

Wir mussten beide lachen. Es war Dan, Tobey Lamberts Sicherheitschef.

»Bist du auf dem Weg zum Penthouse?«, wollte er wissen, und ich nickte. »Na, dann können wir zusammen weitergehen.«

»Wohnst du hier in der Nähe?«, erkundigte ich mich.

»Gott bewahre! Nein, ich wohne in Richmond. Nehme jeden Morgen die Tube in die Stadt.«

»Ein Securitymann ohne eigenes Fahrzeug?«, fragte ich und sah ihn forschend an.

»Eine Hundetrainerin ohne eigenes Stachelhalsband?«, konterte Dan.

Ich grinste. »Verstanden.«

»Im Moment bin ich noch privat. Und da lege ich Wert darauf, meine persönliche Ökobilanz nicht zu stark zu belasten«, fuhr er augenzwinkernd fort. »Sobald ich mit Tobey unterwegs bin, habe ich sowieso automatisch auch seine Autos und seinen Fahrer zur Verfügung. Was will man mehr?«

»Und zu Fuß hat man außerdem auch die Möglichkeit, den Frühling beim Anschleichen zu beobachten«, ergänzte ich.

»Wie schön, dass das noch jemand anderem als mir auffällt.«

Wir kamen an einem Vorgarten vorbei, in dem ein Kirschbaum blühte. Ich nickte hinüber. »Es *ist* schön.«

»Stimmt.«

Ich warf ihm einen Seitenblick zu. Als wir uns gestern kennengelernt hatten, war er mir gleich sympathisch gewesen, und ich hatte den Eindruck, dass das auf Gegenseitigkeit beruhte. Seine ruhige Ausstrahlung, die vielen kleinen Fältchen um seine Augen, die von Humor zeugten, dieses gelassene Auftreten. Er war auf jeden Fall jemand, dem man vertrauen konnte. Ich konnte verstehen, wieso Tobey ihn in seinem Team hatte. Neben ihm konnte man sich auf jeden Fall sicher fühlen.

Wie schön, dass wir uns zufällig getroffen hatten. Eine gute Gelegenheit, um meine Neugierde ein wenig zu stillen, denn wer hätte bessere Auskunft geben können als der Sicherheitschef persönlich?

»Wenn du jetzt gerade noch privat bist«, begann ich. »Könntest du mir dann vielleicht verraten, ob diese ganzen Kameras im Haus und so wirklich notwendig sind? Ich meine, ist Tobey irgendwie in Gefahr? Ich frage nur, weil es beruhigend wäre zu wissen, dass ich durch diesen Job *nicht* ins Visier eines brutalen Entführers gerate.«

Dan vergrub seine Hände in den Jackentaschen und sah mich kurz an. »Kein brutaler Entführer in Sicht«, sagte er.

»Wunderbar«, antwortete ich.

»Ich nehme an, du weißt von dem Vorfall bei dem Konzert vor vier Jahren?«, fragte er.

Ich überlegte kurz. »Nein, tut mir leid. Was für ein Vorfall?«

»Massenpanik. Zwei Menschen sind gestorben.«

Irgendwo, von ganz fern, dämmerte eine vage Erinnerung herauf. »Oh ... ja, ich glaube ... irgendwas hab ich doch davon gehört. War da nicht so ein Irrer mit einem Messer?«

Dan nickte grimmig. »Ein irre Eifersüchtiger, würde ich sagen. Seine Freundin hatte ihm den Laufpass gegeben, und er wollte sich wohl rächen.«

»Rächen? An Tobey? Weil seine Freundin ...?« Ich machte eine vage Handbewegung.

»Das war noch zurzeit der *Taking Chances*. Der Kerl hatte

es auf den Bassisten abgesehen, Patrick. Leider wollte der Zufall es an dem Abend, dass es vorn an der Bühne ein riesiges Gedränge gab. Ein paar Mädchen wurden bewusstlos und mussten rausgezogen werden. Patrick wollte helfen und ... Tja, er war zur falschen Zeit am falschen Ort. Der Attentäter hatte unter dem Hosenbein sein Jagdmesser reingeschmuggelt und ist damit auf Patrick losgegangen. Es gab eine Massenpanik. Dabei kam ein Mädchen ums Leben ...«

»Und Patrick«, murmelte ich. Ich konnte spüren, wie sich trotz des frühlingshaften Sonnenscheins meine Arme unter der Jacke mit einer Gänsehaut überzogen.

Dan nickte.

»Was ist mit dem ... Attentäter passiert? Sitzt er im Gefängnis?«

»Mittlerweile geschlossene Psychiatrie. Als ihm klar wurde, was er angerichtet hatte, hat er mehrmals versucht, sich das Leben zu nehmen.«

»Irgendwie verständlich.«

Wir gingen eine Weile schweigend nebeneinander.

»Danke«, sagte ich schließlich.

»Wofür?«, wollte Dan verwundert wissen.

»Dass du es mir erzählt hast.«

Er hob die Schultern. »Das sind die Fakten, die du jederzeit im Internet und sämtlichen Zeitungsarchiven nachlesen kannst.«

Doch ich schüttelte leicht den Kopf. »Du vergisst die Frage, die ich dir ursprünglich gestellt hatte. Wenn man auf so eine Frage diese Fakten erfährt, bekommen sie ein anderes Gewicht.«

Von der Seite konnte ich erkennen, dass er über meine Antwort nachdachte. Dann lächelte er leicht.

Wenn er ein Hund wäre, wäre er ein Schottischer Collie. Ein verständiger, schnell lernender Hüter und Beschützer.

Als hätte er geahnt, dass meine Gedanken sich mit Vierbeinern beschäftigten, wechselte er das Thema: »Was hältst du von der Hündin? Kriegst du sie wieder hin?«, wollte er wissen.

»Das entscheidet sie«, antwortete ich. »Aber sobald sie mir ein Mitspracherecht einräumt, ist der Drops gelutscht. Dann habe ich sie. Danach müssen wir es nur noch schaffen, dass sie Tobey genauso vertraut wie mir.«

»Das wird kein Problem sein«, sagte Dan ernst. »Er ist auf alle Fälle vertrauenswürdig.«

Irgendetwas berührte mich an diesen Worten. Vielleicht weil es nicht wie ein kumpeliger Spruch klang, sondern wie das glaubwürdige Zeugnis eines ebenfalls vertrauenswürdigen Menschen.

In diesem Moment kamen wir an dem mit Marmor verkleideten Wohnhaus an, in dem sich Tobeys Penthouse befand. Dan ließ mir den Vortritt durch die Drehtür und versetzte allein durch unser gleichzeitiges Ankommen die Securitymänner im Foyer in verlegene Unsicherheit. Offenbar waren sie sich nicht schlüssig, ob ein Gast für Tobey Lambert auch dann auf eventuell mitgebrachte Waffen untersucht werden musste, wenn er in Begleitung des Sicherheitschefs erschien.

Nachdem sie ein paar ratlose Blicke gewechselt hatten, half ich ihnen aus dem Dilemma, indem ich mich mit ausgebreiteten Armen hinstellte und damit meine Einwilligung in die Untersuchung mit dem Detektor gab.

Anschließend fuhren Dan und ich gemeinsam im Aufzug in den achten Stock und betraten zusammen die Wohnung.

»Bestimmt sind alle in der Küche«, sagte er.

Andy und Tobey saßen an der breiten Theke, neben ihnen ein weiteres Gedeck mit einem Stapel Pfannkuchen. Steven, wieder im perfekt sitzenden Anzug, lief mit dem Handy am Ohr hin und her und machte »Hm, hm, hm«. Joana wandte sich vom Herd um und lächelte uns zu.

»Guten Morgen!«, grüßte ich.

»Guten Morgen«, antworteten Tobey und Joana.

Andy spülte einen gewaltigen Bissen mit Kaffee herunter und schmetterte: »Wunderschönen guten Morgen, die reizende Dame!«

Steven zuckte zusammen, nickte mir zu, griff sich den Teller mit den Pfannkuchen und verschwand durch die Schwingtür.

Wie aus dem Nichts standen plötzlich zwei weitere Gedecke auf der Bar. Eines mit feinem Teeporzellan, Müslischale und Hafermilch. Das andere mit einem großen Kaffeebecher, Toast, Käse, Marmelade und frischem Obst.

»Oje, ich fürchte, ich habe schon im Hotel gefrühstückt«, sagte ich bedauernd.

»Was für ein Pech, Mann!«, brummte Andy. »Joanas Frühstück ist unschlagbar, musst du wissen.«

Joana warf ihm einen amüsierten Blick zu. »Aber bestimmt nicht so gut wie im Savoy.«

»Darauf verwette ich einen Jahreslohn«, dröhnte Andy. »Du bist ganz bestimmt die Beste!«

Joana winkte lachend ab, doch als sie sich zur Küchenzeile umwandte, meinte ich auf ihren Wangen einen Hauch von Rosa wahrzunehmen.

»Tja, dann werde ich mal an die Arbeit gehen«, sagte ich. »Hat es irgendwelche besonderen Vorkommnisse gegeben?«

Tobey starrte mich einen Moment lang an, seine Kaffeetasse erhoben in der Hand. Doch dann schüttelte er den Kopf.

»Okay. Dann ... werd ich mal ...«

»Ich komme mit.« Er schwang sich von dem Barhocker, und wir gingen gemeinsam hinüber in den Wohnraum. Von Steven war nichts zu sehen.

Ich wandte mich zu der Bar auf der obersten Empore. Tobey folgte mir dichtauf.

Die Hündin lag hinter der Bar auf der Decke. Die Kissen neben der Wand sahen ziemlich ramponiert aus.

Daneben lag eine weitere Decke.

»Du hast Wache geschoben?«, fragte ich.

Er zögerte.

»Eine Weile hab ich das wohl«, sagte er schließlich. »Dann muss ich eingeschlafen sein.«

Er wirkte ein wenig verlegen. Natürlich völlig unbegründet. Ich überlegte kurz, ihm zu sagen, dass es in meinen Augen kaum etwas Liebenswerteres gab als jemanden, der bei einem verletzten Hund Nachtwache hält. Doch plötzlich machte dieser Gedanke auch mich ein wenig verlegen, und ich sagte nichts.

»Ähm ... vielleicht gibt's doch was ... Besonderes«, sagte er.

»Ja?«

»Na ja, ich hab mich gefragt ... Wie hast du das rausgefunden mit ihrem Namen? Ich meine, du hast doch nicht irgend so eine ...« Er mache eine vage Handbewegung neben seiner Schläfe.

»Sag bloß, du hast es ausprobiert?«, fragte ich mit einer Spur Ironie. Gestern hatte er sich noch beharrlich geweigert, meinen Tipp anzunehmen. Wir machten also Fortschritte.

Er zuckte mit den Schultern.

Und ich nickte. »Genau das habe ich auch getan. Einfach ausprobiert. Dazu braucht man kein ...« Ich ahmte seine Geste neben dem Kopf nach.

Wir sahen beide zu der Hündin hinüber.

»Wie geht's jetzt weiter mit Millie?«, wollte er wissen. Er sprach den Namen ganz selbstverständlich aus. Offenbar konnte er problemlos damit umgehen, wenn er eingestehen musste, dass jemand anderes recht gehabt hatte. Im Stillen fügte ich der von Dan attestierten Vertrauenswürdigkeit also auch noch eine gewisse kluge Bereitschaft zur Einsicht hinzu, addierte die beiden Charaktereigenschaften zum internationalen Popstar und war plötzlich ganz zufrieden mit meinem neuen Auftraggeber.

»Ich muss ein paar Dinge wissen, um einen kleinen Plan zu entwerfen. Zuallererst deinen Tagesablauf.«

Er stutzte. »Was meinst du? Wann ich aufstehe und so?«

»Zum Beispiel. Aufstehen. Frühstücken. Wann verlässt du die Wohnung? Wo hältst du dich meistens auf, wenn du hier bist? Hast du oft Besuch? Wo hält der Besuch sich auf? Wie ist die Geräuschkulisse normalerweise?«

»Herrje…« Er hatte die Brauen hochgezogen und verschränkte die Arme vor der Brust.

»Millie ist zutiefst verunsichert. Wir müssen ihr Sicherheit und Beständigkeit vermitteln. Das schaffen wir am besten durch Rituale, geordnete Abläufe und so«, erklärte ich ihm.

»Es ist nur … ich hätte nie gedacht, dass es so kompliziert sein könnte, einen Hund zu haben«, versuchte er einen Scherz.

Mir war bewusst, dass ich einfach hätte lachen können. Aber dazu war die Sache zu ernst. »Millie ist nicht irgendein Hund«, antwortete ich daher.

Er sah wieder zu mir hinüber. Dann nickte er. »Also gut. Aber ich warne dich, der Tagesablauf eines Berufsmusikers sieht wahrscheinlich anders aus als der eines Allgemeinbürgers.«

»Damit kann ich umgehen«, versprach ich und zückte mein Klemmbrett.

Ich notierte alles, was er zu den Abläufen rund um die Wohnung erzählen konnte (und wollte). Anschließend betrachtete ich das Kuddelmuddel auf dem Blatt Papier und versuchte mir vorzustellen, ich müsste so leben. Puh.

Tobey beobachtete mich neugierig. Offenbar fragte er sich, wieso um Himmels willen ich all das hatte wissen wollen.

»Zwei wirklich gute Sachen gibt's schon mal…«, begann ich. Es war immer wichtig, mit etwas Positivem zu beginnen. »Das ist das recht regelmäßige Aufstehen zu einer gewissen Uhrzeit am Morgen. Und das gemeinsame Frühstück. Das ist super. Ein Kreis von wenigen Menschen, die Millie schon bald vertraut sein werden. Das ist ein wichtiger Stützpfeiler. Aber die anderen Mahlzeiten…« Wieder sah ich auf mein Klemmbrett. »Bei den vielen Auswärtsterminen sehe ich ein, dass es wahrscheinlich nicht machbar wäre, eine regelmäßige Lunch- und Dinnerzeit einzuführen?«

Tobeys Unterkiefer sank kurz herunter, bevor er sich besann und sich wieder im Griff hatte. »Ähm … du meinst, Essenszeiten für uns? Nicht für Millie?«

»Ich meine Rituale, die den Tag strukturieren.«

»Na ja … äh … klar, das ginge schon. Zumindest wenn ich hier bin. Obwohl ich ja meist einfach zwischendurch 'ne Pizza oder … ja, ja, schon gut, ich verstehe. Du meinst, Millie orientiert sich auch daran, dass ich eine deutliche und ruhige Pause einlege?«

»Exakt!«

»Tja, also … gut. Ich spreche mit Joana.« Tobey zog eine Packung Zigaretten aus der Hosentasche und steckte sich eine an.

Millie nieste ein paar Mal hintereinander. Einen besseren Zeitpunkt für diesen Haken auf meiner Liste würde es wahrscheinlich nicht geben.

»Ich weiß, das ist ein sensibles Thema«, sagte ich und deutete auf seine Zigarette. »Aber ein paar rauchfreie Zonen wären für Millie bestimmt hilfreich, damit sie sich hier wirklich wohlfühlt.«

»Rauchfreie …?«

»Zonen. Ja. Der Wohnraum. Die Küche. Dein Schlafzimmer. Eben da, wo sie sich häufig aufhält.«

»Ähm …«, machte Tobey und räusperte sich. Wusste ich es doch, sensibles Thema. »Gestern war hier ein ruhiger Tag. Ich hatte diverse Termine abgesagt, weil ich für dich und das Training mit Millie Zeit haben wollte. Aber wie ich dir ja gerade gesagt habe«, er deutete auf mein Klemmbrett, »ist das hier nicht einfach nur eine Wohnung. Ich mache hier alles. Komponieren. Proben. Fitnesstraining. Freunde treffen. Hier laufen jeden Tag Dutzende von Leuten durch. Und du willst, dass ich denen sage, dass sie … auf dem Balkon rauchen sollen?«

So wie er es sagte, klang es auch in meinen Ohren ziemlich spießig und altbacken. Aber … »Ja, genau das meine ich.«

Insgeheim schickte ich ein Stoßgebet gen Himmel, damit ich den Pluspunkt *Bereitschaft zur klugen Einsicht* nicht wieder streichen musste. »Und da wir gerade von deinen Besuchern hier reden: Wichtig wäre auch, dass für alle klar ist, sie müssen Millie in Ruhe lassen. Ihr Rückzugsort muss tabu sein. Da muss sie sich hundertprozentig sicher fühlen vor allem, was ihr Angst machen könnte.«

Diesmal dauerte es eine Weile, bis Tobey antwortete. Er zog noch einmal an seiner Zigarette und drückte sie dann aus, obwohl sie erst zur Hälfte geraucht war. Konnte ich das als gutes Zeichen werten?

»Jetzt mal ehrlich«, sagte er dann jedoch. »Die Leute, zu denen du so üblicherweise kommst, um ihre Hunde zu therapieren, machen die das alles mit?«

»Obwohl ich längst nicht bei allen so viele gravierende Veränderungen vorschlage, muss ich ehrlich sagen, nein, nicht alle«, antwortete ich ihm.

»Und dann?«

»Dann kann ich ihnen eben nicht helfen.«

Tobey sah mich einen Moment lang nachdenklich an. »Wir kommen aus zwei komplett unterschiedlichen Welten«, sagte er dann mit seiner leicht kratzigen Stimme.

»Nur scheinbar«, erwiderte ich. »Unser Umfeld ist zwar verschieden. Aber im Grunde bewegen wir beide uns doch in sehr engen Kreisen. Genauso wie Hunde es auch tun. Wir haben beide unser Rudel, oder? Und unser Territorium. Meines ist das Hundezentrum, wo sich der Großteil meines alltäglichen Lebens abspielt. Deines ist dieses Penthouse. Bei allem, was du mir gerade erzählt hast, frage ich mich nur: Wenn wir Millie so weit bekommen, dass sie ein normales Hundeleben wird führen können ... wirst du ihr dann das bieten können, was so ein ›normaler‹ Hund eben braucht?«

Wieder dieser prüfende Blick. »Du testest mich allen Ernstes darauf, ob ich hundetauglich bin?!«

Ich legte den Kopf schief. »Wenn du es so nennen willst, teste ich dich darauf, ob du Millie-tauglich bist. Tatsache ist: Nach dem gestrigen Tag ist mir klar, dass wir hier viel Zeit,

Geduld und Nerven investieren werden. Und zwar wir alle drei.« Ich nickte auch zu Millie hinüber. »Das mache ich nur, wenn ich sicher sein kann, dass sie bei dir ein ordentliches Zuhause hat. Ohne Sandkastentoilette auf der Dachterrasse – stattdessen mit geregelten Spaziergängen, hundegerechter Auslastung und der Gewähr, dass sie dich in den meisten Fällen bei deinen Auswärtsterminen begleiten kann.«

Ich hatte erwartet, mit meinen deutlichen Worten auf Ablehnung zu stoßen. Doch in seinen Augen stand eher Verwunderung, als er mich jetzt intensiv musterte. »Du würdest den Job hinschmeißen, wenn ich das nicht leisten könnte?«

Ich sah ihn fest an. »Mehr als das. Ich würde Millie mitnehmen.«

Er lachte kurz auf. Aber da ich keine Miene verzog, wurde auch er wieder ernst. »Du würdest das tatsächlich tun«, murmelte er.

»Bis zum Verbandswechsel bleibe ich auf jeden Fall«, sagte ich. »Aber danach ist alles davon abhängig, was du zu dem Thema sagst. Wirst du drüber nachdenken?«

Seine Augen waren unergründlich. In diesem Augenblick hätte ich nicht sagen können, ob er sauer war, erstaunt oder ob ich ihn einfach nur unglaublich nervte.

»Da müsste ich ziemlich viele Dinge ändern. Jede Menge Fragen, um drüber nachzudenken. Aber ja, ich werd's machen«, sagt er schließlich. Das war zumindest schon mal ein Anfang.

Aber eine Sache lag mir noch auf der Seele: »Es gibt eine Frage, die am wichtigsten ist. Wenn du dir die beantworten kannst, weißt du wahrscheinlich schon, wie viel du in deinem jetzigen Leben für Millie zu ändern bereit bist.«

Wieder dieser dunkle Blick hinter seinen Stirnfransen hervor. »Und die Frage wäre?«

Ich sah ihn offen an. »*Warum* möchtest du sie bei dir behalten?«

Tobey

Die Probe lief fantastisch.

Justin und Rob hatten endlich einen Weg gefunden, sich beim Intro des neuen Songs zu ergänzen, anstatt sich gegenseitig mit Bass und Gitarre erschlagen zu wollen.

Und Graham, der sich sonst gern hinter seinem Schlagzeug verschanzte, hatte plötzlich eine geniale Idee zu der Textstelle, über die ich jedes Mal zu stolpern drohte, weil daran irgendetwas noch nicht stimmte.

»Was ist, wenn du dieses bekloppte ›auf Morgen bauen‹ einfach weglässt?«, meinte er.

»Und wie soll das gehen, Mr. Schlaukopf?«, meckerte Rob. »Soll Tobey an der Stelle nur summen oder was?«

Graham ignorierte ihn, was in der Regel bei Rob sowieso die beste Strategie war. »Vielleicht kannst du es austauschen? Gegen was weiß ich … irgendwas, was man wirklich sagen würde. Wenn ich 'nen Durchhänger hätte, würdest du mir doch nie sagen: ›Bau auf morgen!‹, oder? Du würdest eher sagen … weiß nicht … ich soll ›nach vorne schauen‹ oder so.«

Die Jungs sahen sich an. Ich blickte in den Text, der auf dem Notenständer vor mir lag, und summte die letzte Songzeile durch. Dann zückte ich den Stift. *Nach vorne schauen.* »Passt! Danke, Graham!«

»Genial!«, rief Rob und legte sich wieder das Gitarrenband um. »Lasst uns das gleich mal probieren!«

»Nach der Pause«, antwortete ich und schob das Mikro in die Halterung am Ständer.

»Och nööööö!«, stöhnten Rob und Graham gleichzeitig, denn darin waren sie sich einig. »Ist wieder Hundizeit?!«

»Hey, lasst ihn in Ruhe, klar!« Justin sprang mir zu Hilfe und stellte seinen Bass ab.

»Du bist doch sonst immer der Proben-Sklaventreiber«,

grunzte Graham. »Wie kommt's, dass du jetzt plötzlich so viel Verständnis für die Unterbrechungen nach Uhrzeit hast?«

»Hast du vielleicht 'ne Freundin zu Hause, die jeden Tag wissen will, wie es mit dem Hund vorangeht?«, konterte Justin.

»Okay, dann also Pause«, moserte Rob und zog seinen Tabak aus der Hosentasche. »Schon gut!«, rief er in meine Richtung. »Ich dreh sie mir hier und geh dann zum Rauchen auf die Terrasse.«

Ich musste grinsen und verließ den Raum.

Obwohl die Jungs auch in meinem Rücken noch lautstark diskutierten, war aus dem Probenraum nichts mehr zu hören, sobald ich die Tür hinter mir schloss. Wände, Boden und Decke waren großartig schallisoliert worden, als ich vor drei Jahren hier einzogen war. Der Staranwalt in der Wohnung im siebten Stock hatte sich jedenfalls noch nie beschwert.

Als ich in den Wohnraum kam, bot sich mir ein ungewöhnliches Bild. June saß zusammen mit Dan auf dem großen weißen Sofa vor dem Fernseher. Es lief eine Doku über Indien, und die beiden schienen enorm gefesselt.

»Bin da«, machte ich mich bemerkbar.

Sie drehten beide den Kopf zu mir. Die Gleichzeitigkeit, mit der sie das taten, wirkte, als wären sie ein altes Ehepaar.

An Dan gewandt fragte ich: »Wusste gar nicht, dass du hier bist. Wir proben heute doch nur. Gibt's was?«

»Ich war heute Morgen wegen des Interviews nächste Woche beim Sender und hab schon mal alle Wege gecheckt. Da gibt's ein paar Sachen, die wir besprechen sollten.«

Wenn Dan sagte, dass es etwas zu besprechen gab, bedeutete das meistens, dass er irgendwo ein Risiko sah. Na toll, ich hatte schon so was befürchtet. Das Kritische bei diesen öffentlichen Live-Interviews war nämlich, dass sie natürlich im Vorfeld massiv beworben wurden. Und oft war lange vor unserem Eintreffen eine Menschenmenge versammelt, die alle Ein- und Ausgänge belagerte und an der es irgendwie vorbeizukommen galt.

»Okay«, sagte ich und sah rasch zu June, die scheinbar immer noch in den Bericht vertieft war. Aber wirklich sicher konnte man da bei ihr nie sein. In den vier Tagen, die sie nun hier war, hatte ich schon mehr als eine Situation erlebt, in der sie ihre Augen und Ohren wirklich überall gehabt haben musste.

»Okay, wir besprechen das später. Jetzt hab ich erst noch einen anderen Termin.« Ich nickte zu June hinüber.

Dan hob die Hände und signalisierte, dass er mich davon wirklich nicht abhalten wolle. Wie so oft konnte ich jedoch nicht erkennen, ob er für die neue Terminplanung rund um Millie Verständnis hatte oder sie eher für eine alberne Angelegenheit hielt.

»Dann verschwinde ich wieder und komm heute Abend noch mal vorbei. Eilt ja nicht«, sagte Dan, stand auf und ging hinaus.

June griff nach der Fernbedienung und schaltete den Bildschirm aus. »Das werde ich zu Hause wirklich vermissen«, lächelte sie. »Wir haben noch nicht mal ein Kino im Ort, weißt du. Geschweige denn im Wohnzimmer.«

Als sie vor vier Tagen das erste Mal hier im Raum gestanden hatte, war sie mir irgendwie steif und hölzern vorgekommen. Aber mittlerweile schien sie sich eingelebt zu haben. Ihr Lächeln war mir inzwischen vertrauter als ihre ernste Miene.

Diese kleine Wandlung war aber nichts gegen die Veränderung, die sie bei Millie bewirkt hatte. Obwohl die Ecke hinter der Bar, in der ich mittlerweile ein behaglich wirkendes Körbchen aufgestellt hatte, immer noch Millies liebster Rückzugsort war, unternahm sie immer öfter zunächst kurze und dann immer längere Streifzüge durch die Wohnung. Nur in meinem Schlafzimmer war sie nie wieder aufgetaucht.

Allerdings ... ich hatte es niemandem gesagt, aber die letzten Nächte hatte ich ohnehin hier im Wohnraum verbracht. Das große Sofa, das unterhalb der Bar stand, war super bequem. Und heute Morgen hatte Millie am Fußende gelegen, als ich aufwachte.

Auch wenn June mit Dan vor dem Fernseher gesessen hatte,

hatte sie augenscheinlich unsere Übungseinheit mit Millie nicht vergessen. Auf dem niedrigen Sofatisch stand eine der Kunststoffboxen, in denen Joana jetzt immer das Futter und die besonderen Happen für Millie aufbewahrte.

»Fangen wir mit dem Antibiotikum an«, entschied June und reichte mir das Döschen.

Ich nahm eine der Pillen heraus, griff aus der Futterdose einen Fleischhappen und schob die Tablette in den kleinen Schnitt, den Joana schon vorsorglich gemacht hatte.

Während ich hantierte, hörte ich plötzlich das schon vertraute Klacken von Krallen auf den Holzdielen. Millie hatte offenbar ganz in der Nähe gelegen und kam nun, um zu schauen, ob etwas für sie abfallen könnte.

Ich hielt ihr den Futterbrocken hin, und sie schnupperte nur kurz daran, ehe sie ihn nahm und zufrieden kaute. Schon während sie schluckte, kam sie einen Schritt näher, um den nächsten Leckerbissen zu ergattern.

Ich machte mir den Spaß und kam ihr mit der Hand nicht entgegen, sondern hielt das Stückchen so, dass Millie sich entweder sehr lang machen oder noch näher herankommen musste.

Sie sah mich von unten herauf an, als hielte sie dieses Spielchen eigentlich für unter ihrer Würde, doch dann kam sie tatsächlich näher und nahm das Futter aus meiner offenen Hand. Anschließend zog sie sich nicht wieder zurück, sondern blieb neben mir und setzte sich sogar hin, während sie begierig auf die Dose mit dem Futter blickte.

Ich spendierte ihr noch einen Happen. Dann drehte ich vorsichtig die Hand herum und fuhr ihr mit dem Handrücken an der Seite hinunter bis zur Brust. So hatte June es mir gestern gezeigt. Und auch jetzt ließ Millie es geschehen und spähte bereits nach dem nächsten guten Fleischstückchen.

June beobachtete uns die ganze Zeit über sorgfältig. Na ja, wahrscheinlich beobachtete sie eher mich als Millie. Anfangs hatte ich ziemlich viele Fehler gemacht: *Berühr sie nicht mit der offene Hand. – Beug dich nicht so über sie! – Versuch auf keinen Fall, ihr über den Kopf zu streichen. – Atme nicht so laut ein.* Aber bei aller Kritik an meinen Fehlern, die ihr bei jeder Trainingseinheit auffielen, brachte sie auch jedes Mal die Geduld auf, mir alles genau zu erklären: *Die offene Hand empfinden viele Tiere als bedrohlich, weil du damit zugreifen könntest. – Überbeugen und auch das Auflegen der Hand auf den Kopf ist im Hundeknigge eine Dominanzgeste, die ihr Angst machen könnte, solange sie dir noch nicht hundertprozentig vertraut. Aber mach dir keine Gedanken, später wird das hoffentlich kein Problem mehr sein. – Lautes Einatmen ist oft ein Vorbote des Knurrens, stärkt nicht gerade das Vertrauen.*

Seit meiner Schulzeit hatte ich nicht mehr so viel über etwas gelernt, das nichts mit Musik zu tun hatte.

Im Gegensatz zu mir konnte Millie in Junes Augen offenbar gar keine Fehler machen. Hund müsste man sein.

»Dreh die Hand mal herum, fass sie richtig an«, bat June jetzt. Das war neu für mich. Von June ließ Millie sich inzwischen überall berühren, egal ob mit offener oder geschlossener Hand. Aber was würde sie tun, wenn ich …? Den Verband um meine Hand brauchte ich inzwischen nicht mehr, aber ehrlich gesagt war ich nicht scharf drauf, einen neuen nötig zu haben.

Langsam drehte ich die Hand und strich vorsichtig mit den Fingerspitzen über ihr Fell.

Sie wandte den Kopf und stupste meine Hand mit der Nase an. June lachte leise und hielt mir die Dose mit dem Futter hin.

Mit einer Hand nahm ich weitere Futterbrocken heraus und mit der anderen streichelte ich Millie.

»Gut so. Das läuft doch prima«, lobte June mit entspannter Stimme, der ich das Lächeln anhörte.

»Meinst du damit in erster Linie Millie oder mich?«, wollte ich wissen. Von meinem Magen breitete sich eine angenehme Wärme aus. Wirklich verrückt. Ich streichelte nur einen Hund. Okay, ich streichelte *meinen* Hund. Aber das allein schien auszureichen, um mich in Hochstimmung zu versetzen.

»Ich meine euch beide. Ihr seid jetzt schließlich ein Team«, antwortete June.

Ich betrachtete Millie und meine Hand, die immer wieder durch ihr zerzausten Fell fuhr. Darunter spürte ich ihre warme Haut, mindestens ein Grad wärmer als unsere, wie ich inzwischen wusste, und wenn ich ein wenig fester drückte, konnte ich Muskeln spüren. Es war, als käme ich ihr langsam auch innerlich immer näher.

»Starr sie nicht so an!«, sagte June in dem Moment, in dem ich überlegte, dass Millies Gesicht wahrscheinlich das meist angesehene der letzten Tage war.

»Ich starre doch nicht«, erwiderte ich und sah trotzdem sofort auf den Boden. »Ich hab sie doch nur angesehen.«

»Du hast gestarrt«, beharrte sie. »Es gibt einen Unterschied zwischen Starren und Anschauen.«

Vorsichtig löste ich meine Hand aus Millies Fell und wandte mich June zu.

Nur um fast zurückzuzucken. Ihr Blick durchbohrte mich beinahe, während ihr ganzer Körper angespannt wirkte. »Fühlst du dich gut, wenn ich dich so an*sehe?*«, erkundigte sie sich. »Oder fühlst du dich besser, wenn ich ein bisschen anders gucke?« Ihre Schultern entspannten sich, ihr Kopf kippte minimal zur Seite, ihr Blick wurde weich, sie blinzelte kurz und sah einmal rasch zur Seite, um mich dann wieder anzusehen.

»So ist es besser«, sagte ich. Und erwiderte ihren Blick.

Wir sahen uns einen Moment lang an. Sie hatte braune Augen, genau wie ich. Aber ihre waren heller und leuchteten im Sonnenlicht, das durch die Glasfront hereinfiel.

Einen sonderbaren Moment lang wurde mir zum ersten Mal bewusst, dass sie eine Frau war. Natürlich hatte ich das vorher schon gewusst. Aber etwas zu wissen und es ganz deutlich zu spüren waren eben doch zwei verschiedene Dinge.

Wir wandten beide im gleichen Moment den Blick wieder ab. June räusperte sich. Da spürte ich an meiner Seite plötzlich eine sanfte Berührung. Vorsichtig drehte ich den Kopf. Millie war an mich herangerückt und hatte sich an meine Seite gelegt, den Kopf auf der unverletzten Pfote.

»Hallo, Millie-Mädchen«, sagte ich leise. Ich strich ihr sanft an der Flanke entlang und legte die Hände dann in meinen Schoß. Ohne dass ich gewusst hätte, woher diese Erinnerung plötzlich kam, sah ich mich mit einem Mal als Siebenjährigen. Es war Weihnachten gewesen, ich erinnerte mich an den bunt geschmückten Baum und den Duft von Plätzchen und Plumpudding. Ma hatte schon seit Tagen das Wohnzimmer für uns Kinder gesperrt. Und als wir am Weihnachtsmorgen hineindurften, stand da an der Wand ein Klavier. Lin hatte vor Begeisterung aufgekreischt und war sofort auf den Hocker gesprungen, um dann ehrfurchtsvoll mit zwei Fingern ein paar Tasten anzuschlagen. Doch ich hatte einfach nur stumm dort gestanden. In mir war ein Gefühl gewesen, das einfach unvergleichlich war. So klein ich damals noch war, hatte ich trotzdem in diesem Moment begriffen, dass sich mein Leben auf eine absolut grandios wunderbare Weise verändern würde.

»Ich glaube, wir versuchen es«, sagte June da und holte mich mit ihrer sanften Stimme aus meiner Erinnerung.

»Was?« Ich blinzelte verwirrt.

»Ja, wieso nicht. Ob wir den Verband heute Nachmittag oder am Abend wechseln ist doch egal. Sie macht gerade einen sehr entspannten Eindruck. Und dass sie sich so zu dir gelegt hat, ist ein gutes Zeichen. Oder … hast du nicht ausreichend Zeit?«

War das wieder so ein Hundetauglichkeitstest?

Ich wischte den Gedanken an Rob, Graham und Justin beiseite, die nach ihrer Zigarettenpause gleich im Probenraum auf mich warten würden.

»Nein. Natürlich habe ich Zeit«, entschied ich.

June

Ich hatte schon viele Mensch-Hund-Teams auf ihren oft beschwerlichen Wegen zu einem harmonischen Miteinander begleitet. Aber Tobey Lambert und die kleine Millie waren wirklich ein ganz besonderer Fall.

Millie wäre für jeden Hundetrainer eine Herausforderung gewesen. Selbst für ein Unfallopfer war sie extrem verstört. Sie war hochsensibel und reagierte ebenso schnell wie nachhaltig auf positive, aber leider auch auf negative Reize.

Deswegen musste ich gleich von Anfang an nervig streng sein, wann immer mir an Tobey etwas auffiel, was den Aufbau von Vertrauen behindern konnte. Aber erstaunlicherweise schien er damit gut klarzukommen. Vielleicht verbarg sich in seiner menschlichen Hülle doch kein eigenbrötlerischer, besserwisserischer Herdenschutzhund, sondern eher ein diensteifriger Flat Coated Retriever? Über diesen Gedanken musste ich schmunzeln.

»Warum grinst du denn so?«, wollte er wissen, während wir das Verbandsmaterial auf dem Couchtisch ausbreiteten.

»Nichts«, murmelte ich.

»Wie machen wir das jetzt? Guck mal, sie schaut schon so, als wüsste sie, dass wir was mit ihr vorhaben.«

»Natürlich weiß sie das. Ist auch besser so. Wir wollen sie ja nicht erschrecken, indem wir uns völlig unerwartet plötzlich auf sie stürzen und ihr den Verband vom Bein reißen. Nein, am besten machen wir es so, dass du sie streichelst und festhältst, und ich versorge die Pfote.«

»Gut.« Er sah erleichtert aus. Hatte er etwa allen Ernstes befürchtet, ich würde von ihm erwarten, einen geschienten Lauf zu verarzten? Es war ja schon eine nicht ganz einfache Entscheidung gewesen, keinen Tierarzt hinzuzuziehen. Natürlich gab es auch in London ausreichend Veterinäre, die Hausbesuche anboten. Und wir würden um so eine Unterstützung nicht herumkommen, wenn mit der verletzten Pfote oder den anderen Wunden etwas nicht stimmen sollte. Aber solange alles nach einem guten Heilungsprozess aussah, wollte ich Millie nicht den unmittelbaren und möglicherweise schmerzhaften Kontakt mit einem fremden Menschen zumuten.

Und so bereiteten wir uns gemeinsam vor. Ich ging um den Couchtisch herum und ließ mich auf Millies rechter Seite nieder. Sie setzte sich auf und sah mich aufmerksam an.

Ihre niedlichen Knickohren waren nach vorn gerichtet.

»Noch vermutet sie nichts Schlimmes«, sagte ich zu Tobey. »Streichel sie ruhig noch weiter und umfass ab und zu ihre Brust. Ja, genau so! Halt sie mit der einen Hand fest, die andere Hand streichelt weiter. Sieht gut aus. – Jetzt komm ich von der anderen Seite und streichle sie auch ein wenig. Das läuft wunderbar. Wenn ich gleich die erste Wunde kontrolliere, ist es wichtig, dass sie sich nicht nur darauf konzentriert, sondern auch noch etwas anderes spürt: deine Hand, die sie angenehm berührt. Gut so. Hey, wir sind ein super Team ...«

Es dauert etwa eine halbe Stunde, bis wir alle Wunden kontrolliert, gesäubert und auch die geschiente Pfote neu verbunden hatten.

Tobey machte wunderbar mit und zeigte auch in dem kritischen Moment, in dem ich nach Millies verletzter Pfote griff, keine Angst vor einem erneuten Biss. Ich war sowieso ziemlich sicher, dass Millie nicht noch einmal nach ihm schnappen würde. Sie zeigte schon deutlich Vertrauen in ihn. Und als ich am Morgen durch den Wohnraum gestreift war, hatte ich auf dem hintersten Sofa zusammen mit ein paar rötlichen Haaren eine typische Hundeschlafkuhle entdeckt und ein zerknautschtes Kissen mit zur Seite geschobener Decke am anderen Ende. Vielleicht waren sich die beiden also inzwischen noch näher, als Tobey mir gegenüber zugeben wollte?

Als wir schließlich mit unserem Werk zufrieden waren,

erhielt Millie den gesamten Rest ihrer Mahlzeit und schlief dann an Ort und Stelle ein.

»Ein gutes Zeichen«, sagte ich, während wir das Verbandsmaterial zusammenräumten. »Offenbar haben wir sie zwar ganz schön müde gemacht, aber nicht so schlimm gestresst, dass sie sich dringend zurückziehen will. Ich schätze mal, jetzt kannst du wieder an die Arbeit gehen.«

Wir gingen beide Richtung Flur, und ich wollte das Verbandsmaterial gerade ins Gästebad bringen, als Tobey noch einmal innehielt.

»Möchtest du zuschauen?«, fragte er.

Und da war sie wieder, diese fast schüchterne Zurückhaltung, die so gar nicht zu einem gefeierten Popstar zu passen schien.

Die Hand auf der Klinke zum Bad zögerte ich.

Immer mal wieder hatten Kundinnen und Kunden mir angeboten, unabhängig von meiner Arbeit mit ihrem Hund, auch an ihrem privaten Leben teilzunehmen – in Form von Essenseinladungen, Geburtstagspartys oder Picknickausflügen. In der Regel hatte ich diese Angebote abgelehnt. Ich wollte vermeiden, dass zwischen ihnen und mir ein zu freundschaftliches Verhältnis entstand. Denn mit unseren Hunden sind wir Menschen sehr empfindlich. Kritik an unserem Umgang mit dem geliebten Vierbeiner ertragen wir nur ungern. Und wenn es schon sein muss, dann lieber von einer bezahlten Fachfrau als von einer Freundin.

Andererseits würde Millie nun bestimmt eine Stunde schlafen. Ich hatte die Wahl, mich wieder vor den riesigen Bildschirm zu setzen oder …

»Ich wasch mir nur schnell die Hände«, sagte ich, öffnete die Tür und verschwand rasch dahinter.

Im Spiegel über dem Waschbecken betrachtete ich mein Gesicht. Meine Haare standen in alle Richtungen. Aber das war ich gewöhnt. Meist sah ich aus, als käme ich frisch aus dem Bett. Aber konnte es sein, dass meine Wangen jetzt mit einer leichten

Röte überzogen waren? Auch meine Augen schienen mir irgendwie ... anders als sonst.

Hatte ich mir das vorhin nur eingebildet, oder war da tatsächlich dieser sonderbare Moment gewesen, in dem wir uns so intensiv angesehen hatten?

Tobey hatte ebenfalls braune Augen, aber seine waren dunkler als meine, fast schwarz und oft hinter den lässig fallenden Stirnlocken verborgen. Aber vorhin, als wir neben Millie auf dem Boden saßen, hatten sie mich einen Moment ganz klar und bestimmt angeblickt.

Herrje, das fehlte mir noch. Dass ich mir plötzlich Gedanken darum machte, wie lange und auf welche Weise mein Auftraggeber mich ansah. Ich schüttelte leicht den Kopf und ging hinaus. Der Probenraum lag fast gegenüber. Einen Moment stand ich vor der Tür, dann klopfte ich kurz an und trat ein.

* * *

Am Abend war ich früh im Hotel. Wir hatten mit Millie heute so viel erreicht, dass ich von der Kleinen nicht noch mehr verlangen wollte. Sie schien müde zu sein und hatte sich auf dem hinteren Sofa zusammengerollt, nachdem sie, Tobey und ich noch einmal gemeinsam einen kleinen Spaziergang rund um die Dachterrasse gemacht hatten und sie sich im Sandkasten erleichtert hatte. Die geschiente Pfote behinderte sie kaum noch. So wie die meisten jungen Tiere hatte sie rasch Möglichkeiten entwickelt, das Handicap auszugleichen. Sicher würden wir in den nächsten Tagen so weit sein, mit ihr einen ersten kleinen Spaziergang in den nahen Park zu wagen.

Ich warf mich aufs Bett und rief zu Hause auf der Farm an.

Da das erste Modul des Ausbilder-Seminars gestern zu Ende gegangen war, bestand eine gute Chance, dass Morris schon im Haus war, denn an den Tagen nach den Seminar-Modulen hielt er sich meist den Stundenplan frei.

»Hundezentrum Glastonbury, hier spricht Nicole Rickman.«

»Nicole!«, rief ich. »Wie schön, deine Stimme zu hören!«

»June! Wie geht's dir?«

»Großartig! Millie macht schöne Fortschritte und erholt sich jeden Tag ein bisschen mehr. Sie ist wirklich niedlich. Morgen schick ich dir mal ein Bild von ihr rüber.«

Nicole schnalzte mit der Zunge. »Klingt gut. Aber ich hatte nicht gefragt, wie es dem Hund geht, sondern wie es *dir* geht, Herzchen. Morris hat gesagt, du wohnst in einem stinkfeinen Hotel ganz in der Nähe von der Wohnung? Au Mann! Du bist also jeden Tag in der Wohnung von Tobey Lambert? Unfassbar! Vor ein paar Jahren hätte ich dich wahrscheinlich gefesselt und geknebelt in die Besenkammer gesperrt und wäre unter deinem Namen nach London gereist.« Wir kicherten beide. »Wie ist er so? Sieht er so gut aus wie in den Videos?«

Darüber hatte ich noch gar nicht nachgedacht. »Ich schätze mal, wenn man das Werk der Maskenbilder abzieht, wahrscheinlich schon, ja.«

»Oh, du Glückliche! Und wie ist er zu dir? Ich meine, spricht er mit dir?«

Ich musste lachen. »Natürlich. Was denkst du denn? Ich verbringe schließlich die Tage in seiner Wohnung. In der sich übrigens fast sein komplettes Leben abspielt. Vom Fitnessraum über diverse Büros und Arbeitszimmer bis zu einem echt fantastischen Probenraum ist alles da. Müssen etwa fünfzehn riesige Zimmer sein oder so.«

»Er hat dir den Probenraum gezeigt?« Nicole klang ein wenig atemlos.

»Ich durfte heute bei einer Probe dabei sein«, erzählte ich munter, als wäre nichts weiter dabei. Obwohl es sich für mich anfühlte, als würde dieses Erlebnis in mir noch immer nachklingen. Der Song, den Tobey mit seiner Band geprobt hatte, war eingängig und fröhlich gewesen. Ein optimistisches Lied über Neuanfänge, das mich schon beim ersten Hören begeistert hatte. Doch als ich dann miterleben durfte, wie die Männer daran feilten und kleinste Nuancen ausloteten, um das Gesamtergebnis immer besser und besser werden zu lassen, war das noch mehr als nur ein schönes Klangerlebnis. Irgendwann, da war ich sicher, hatten die vier mich vergessen. Still, wie ich dort auf meinem Hocker in der Ecke saß, konnte ich teilnehmen an einem kreativen Prozess, der für mich vollkommen fremd und wahrscheinlich gerade deshalb unglaublich faszinierend war.

»Du meinst, sie haben Leute bei den Proben dabei?«, wollte Nicole interessiert wissen.

»Rechne dir keine Chancen aus, falls du mit dem Gedanken spielst, mich hier zu besuchen«, grinste ich. »So wie seine Bandmusiker reagiert haben, als ich in der Tür stand, scheint Tobey nicht häufig Gäste zum Zuschauen und Zuhören einzuladen.«

Nicole seufzte. »Wow! Du hast die Hundetrainerinnen-Exklusiv-Stellung! Ich werde schon ganz grün im Gesicht. Und was ist mit eigenen kleinen Ausflügen? Hast du die Chance, abends mal rauszugehen? Warst du schon in einem der angesagten Clubs?«

Ich schnaubte durch die Nase. »Nicole, also echt! Du weißt doch, dass ich der Londoner Hektik nicht viel abgewinnen kann. Diese vielen Menschen, und nie ist es wirklich still. Kaum zu glauben, dass es Leute gibt, die hier freiwillig leben.«

»Also, ich hätte nichts dagegen, wenn ich trotzdem weiter bei dir arbeiten könnte – also wahrscheinlich erst dann, wenn das Beamen erfunden wurde. Zum Pendeln ist es ja leider zu weit.«

»Wem sagst du das? Ich meine, das Hotel ist zwar toll. Aber ehrlich gesagt gewöhnt man sich nach ein paar Tagen an den ganzen Luxus. Und dann kommt ziemlich heftiges Heimweh auf. Geht's Heaven gut?«

»Fit wie ein Turnschuh!«, beruhigte Nicole mich. »Ich habe gerade noch mit allen Hunden eine Runde um die Farm gedreht. Cassandra hat hinter der Scheune ein Kaninchen entdeckt und ist völlig ausgeflippt, als es unter den Bodenbrettern verschwand. Aber Chandler hat sie zurückgeholt. Ja, mein Großer ... Guter Hund!« Ich hörte, wie Nicoles Schäferhund ein freudiges Quietschen von sich gab, während sie ihn wahrscheinlich wild durchbeutelte. Er war immer begeistert, wenn sie ihn lobte.

Und dann fiel mir auf, was an der ganzen Situation seltsam war.

»Sag mal, wieso bist du überhaupt im Zentrum, heute am Sonntag? Du hast doch frei. Wo steckt denn Morris?«, erkundigte ich mich verwundert.

Einen Augenblick war es still in der Leitung. Dann antwortete Nicole: »Aber er ist doch zu Arthur gefahren.«

Ich setzte mich im Bett auf und schwieg.

»June?«

»Ja.«

»Ich dachte, er hätte es dir gesagt. Gestern Abend haben einige der Teilnehmer aus dem neuen Ausbilder-Seminar spontan entschieden, Arthur nach Hause zu begleiten und sich seine Arbeit mit dem Schlittenhunde-Gespann anzusehen. Morris war ganz hin und weg von der Idee. Sie sind heute Morgen zusammen losgefahren.«

Der Kragen meiner Fleecejacke saß plötzlich zu eng. Ich zog den Reißverschluss auf.

»Gestern Abend war ich erst spät im Hotel. Wir haben nicht mehr telefoniert«, sagte ich. Und verschwieg, dass Morris und ich noch Nachrichten per Handy ausgetauscht und uns gegenseitig eine gute Nacht gewünscht hatten. »Wer ist denn mitgefahren? Doch bestimmt nicht alle dreißig?«

»Nein, vielleicht sechs oder sieben. Also außer Arthur selbst natürlich. Die beiden Freundinnen aus Devon waren dabei. Der Typ aus Lancester. Tamara, die auch den Schäferhund hat. Und Sue, die in Birmingham auf der Crufts-Hundeschau arbeitet. Ach ja, und Rebecca.«

Ich starrte auf die Fasern des weichen, hochflorigen Teppichs und versuchte, nichts zu denken. Doch in meinem Kopf ging das Echo ihrer Worte hin und her.

Ach ja, und Rebecca.

Nein, sagte ich mir. *Nein, das tut er nicht. Die letzten Tage hatte ich ein gutes Gefühl.*

Das würde er verdammt noch mal doch nicht tun.

»June?«

»Bin noch da.«

»Tut mir leid. Ich dachte, du weißt es.«

»Fehlt gerade noch, dass du dich dafür entschuldigst, wenn mein Freund vergisst, mir zu sagen, dass er für eine Nacht verreist«, sagte ich und versuchte zu lachen. Aber es klang irgendwie schief.

Tobey

Als ich am Morgen in die Küche kam, saßen schon alle üblichen Verdächtigen beisammen. Joana hatte in null Komma nichts einen Teller mit drei gebutterten Scheiben Toast und einem Spiegelei parat und schob mir die Marmelade hinüber. Während ich aß, versuchte ich, die Stimmung im Raum auszuloten.

Andy brütete düster über seiner Zeitung, während er seinen Teller leer schaufelte. Dan unterhielt sich in seiner typisch höflich-aufgeschlossenen Art mit Joana über eine bestimmte Art von Alleskönner-Küchenmaschinen, während June so tat, als hätte sie noch nie von so etwas gehört.

Mittlerweile war ich mir fast sicher, dass das eine Art Masche von ihr war. Auch im Probenraum gestern hatte sie mit großen Augen dabeigesessen und nur die Schultern gehoben, als Rob sie nach ihrer Meinung fragte. Aber später fiel mir auf, dass sie taktgenau mit den Füßen wippte und ihre Lippen sich zum Text bewegten, obwohl sie den Song erst zwei Mal gehört hatte. Ich hätte wetten können, dass sie musikalisches Talent besaß, es aber vor uns Berufsmusikern nicht zeigen wollte. Oder vielleicht war es ihr selbst noch gar nicht bewusst?

»Warst du gestern Abend noch im *Zenobia*, Andy?«, erkundigte ich mich bei meinem Bodyguard. Es zog ihn an den freien Abenden oft an seine alte Wirkungsstätte, die mir nach dem Vorfall in der letzten Woche wohl für eine Weile verwehrt sein würde. Dabei hätte es mich interessiert, ob ein neues Talent auf der Bühne aufgetaucht war, von dem auch Lin noch nicht gehört hatte. Auch Andy hatte Musik im Blut, aber nie gelernt, damit irgendetwas Gescheites anzufangen.

Jetzt schüttelte er den wuchtigen Kopf und schaute nur kurz von seiner Morgenlektüre auf. »War mit der kleinen Rothaarigen von Harrods essen. Frag nicht!«, setzte er sofort hinzu und hob warnend die Hand.

»Reinfall?«, erkundigte ich mich so mäßig mitfühlend, dass es ein Kerl wie Andy gerade noch verkraften konnte.

Andy grunzte. »Stellte sich raus, dass ihr irgendwer gesteckt hat, für wen ich arbeite. Und rate mal, über was wir das ganze sauteure Etepetete-Vier-Gänge-Menü lang gequatscht haben? Beziehungsweise über wen?«

Joana füllte mir Kaffee nach und warf Andy einen schwer zu deutenden Seitenblick zu, den er jedoch nicht bemerkte. Mehr als einmal hatte ich mich schon gefragt, ob er überhaupt kapierte, wie hübsch die Frau auf der anderen Seite seines übervollen Frühstückstellers war.

»Das kommt davon, wenn man mit einem feinen Restaurant Eindruck schinden will«, schaltete sich da June von meiner anderen Seite ein.

Andy blinzelte an mir vorbei zu ihr hinüber.

»Na ja, wenn du mit ihr in einen netten Pub gegangen wärst, vielleicht deine Stammkneipe oder so, hättest du sie nach einem Bier wieder rauskomplimentieren können – sobald du gemerkt hättest, worum es ihr eigentlich ging. Ist nie gut, wenn man so tut, als wäre man jemand anderes als in Wirklichkeit. Würde *mir* in so einem piekfeinen Laden ganz genauso gehen.« Sie zupfte an ihrem Sweatshirt, das sie heute zu ihren abgewetzten Jeans trug und das bestimmt schon farbenfrohere Tage gesehen hatte.

»Da ist was dran«, sagte ich und schlug Andy mit einer Hand kurz aufs breite Kreuz. »Ich fand sowieso, dass so eine künstliche Rothaarige nicht zu dir passt.«

Andy schob zwei kleine Würstchen gleichzeitig in seinen breiten Mund und brummte etwas Unverständliches.

»Du willst ja auch nicht mit mir ausgehen, oder?«, wandte er sich an June, als er den Bissen bewältigt hatte. »Von wegen Arbeit ist Arbeit und privat ist privat und so!«

Ich mochte ihn wirklich gern. Aber manchmal konnte er peinlich sein. Gott sei Dank nahm June ihm den Versuch nicht übel. »Du sagst es, Andy«, lächelte sie. »Genau das ist der Grund.

Ich bin da einfach ein bisschen pingelig. Hab meine Gründe. Aber das gilt nur für mich selbst, wohlgemerkt. Bei anderen hätte ich überhaupt nichts dagegen einzuwenden, wenn sich zwei in ihrem Arbeitsumfeld finden würden ...«

Sie hob die Brauen und warf einen raschen Blick zum Herd, an dem Joana uns gerade den Rücken zuwandte und mit zwei Pfannen jonglierte. Aha! June war also aufgefallen, dass Joana ein Schmuckstück war.

Andy folgte ihrem Blick, blinzelte und starrte dann eine ganze Weile auf seinen Teller, ohne noch etwas zu sagen oder – was eigentlich bemerkenswerter war – weiterzuessen.

Dan löffelte seine Müslischale aus und legte den Kopf ein wenig schief. »Hat dir schon mal jemand gesagt, dass du sehr direkt bist?«, fragte er June.

Sie ahmte seine Kopfhaltung nach, und wieder musste ich an ein altes Ehepaar denken, das sich permanent spiegelt. Merkwürdig, in den vergangenen drei Jahren hatte ich noch nie erlebt, dass Dan zu jemandem ein annähernd freundschaftliches Verhältnis aufgebaut hatte. In der Regel behielt er seine höflich-freundliche, aber immer distanzierte Haltung den Menschen in unserem Umfeld gegenüber bei. Wir alle hatten ihn als offensichtlichen Eigenbrötler einsortiert. Und nun war es sonderbar, dass er plötzlich diese Rolle zu verlassen schien.

»Ich muss so direkt sein«, erwiderte June. »Hunde verstehen mich sonst nicht.«

Sie lächelten sich an. Und mit einem Mal fühlte ich mich ein wenig unwohl. Auf eine sonderbare Art und Weise ausgeschlossen.

Fast als hätte sie das gespürt, drehte June sich auf ihrem Hocker zu mir um. »Ich werd mal nach Millie sehen. War nämlich schon früh am Morgen shoppen.« Sie griff nach ihrem Rucksack, der auf dem Boden lag. Daraus zog sie mehrere bunte Gegenstände aus Leder und festem Stoff.

»Halsbänder.« Sie hielt zwei hoch, eines aus weichem Leder,

das andere aus gelbem Nylon. »Geschirre.« Davon hatte sie gleich vier zur Auswahl. Ich war froh, dass sie von mir keine nähere Begutachtung zu erwarten schien, denn ehrlich gesagt hätte ich nicht mal sagen können, wo bei den Dingern vorne und hinten war.

»Wir können gleich schauen, was für sie geeigneter ist. Eigentlich steh ich auf Geschirre. Aber manche Hunde mögen es nicht, wenn man ihnen was über den Kopf streift. Deswegen hab ich auch Stepp-in-Geschirre besorgt. Die werden quasi angezogen wie eine Hose. Aber was Millie bevorzugt, werden wir gleich sehen. Und wenn sie damit problemlos eine Terrassenrunde mitmacht, können wir morgen einen kleinen Spaziergang in den Park wagen.«

Ich versuchte nicht einmal, meine Überraschung zu verbergen. »In den Park? Morgen schon? Aber was ist mit ihrer Pfote?«

June zuckte mit den Schultern. »Das ist Millies kleinstes Problem. Weißt du, es gibt viele Hunde mit Pfotenverletzungen, die keinen Sandkasten auf der Dachterrasse stehen haben und die aus diesem Grund tatsächlich jeden Tag das Haus verlassen müssen.« Damit klopfte sie einmal kurz auf die Theke und ging hinaus.

Dan räusperte sich leise und nahm einen Schluck aus der filigranen Teetasse.

»Ich find die klasse«, sagte Andy und verdrehte schwärmerisch die Augen. »Find's cool, wenn Frauen so direkt sind. Die sagt, was sie meint. Verstehst du? Ist anders als der ganze Klüngel, der so in der Szene rumhängt, oder?«

Ich fing einen kurzen Seitenblick von Joana auf und stieß Andy mit dem Ellbogen in die Seite. »Du findest die Szene nicht locker genug? Ich dachte, es gäbe nirgends lockerere Menschen als in der Londoner Musikszene. Hast du das nicht mal selbst gesagt?«

»Ja ... na ja ... kann schon sein. Aber man lernt ja auch dazu, tut man doch, oder? Und wenn du mal genauer hinguckst sieht's nicht mehr so prall aus. Entweder sie saufen sich wie die Bekloppten die Hucke voll oder werfen sonstwas ein. Und alle, die nicht das eine und nicht das andre tun, haben 'nen Stock im Arsch. Ist doch so, oder?«

Wir lachten alle. Zu meiner Überraschung auch Dan, der zu solchen flapsigen Gesprächen meist nicht viel beizutragen gewillt war. »Du hast recht«, stimmte er ihm dann zu, was selten genug vorkam. Da Andy viel Zeit damit verbrachte, Dan zu ignorieren, kam es zwischen ihnen selten zu einem echten Gespräch. »June hat etwas an sich, das man hier in der Stadt meistens vergeblich sucht. Anwesende Dame natürlich ausgeschlossen.« Er nickte in Richtung Joana.

Ich sah ihn verwundert an.

In meiner Gegenwart hatte Dan sich noch nie derart über eine Frau geäußert. Eigentlich sprach er nie über sein Privatleben. Anfangs hatte ich das seltsam gefunden, aber inzwischen war ich so daran gewöhnt, dass es jetzt merkwürdig war, ihn so etwas sagen zu hören.

Verrückt. Ich konnte nicht mal einschätzen, ob sein Interesse an June weiterging. Und wenn ja, ob er dem nachgehen würde. Schließlich wusste ich nicht mal, ob er in einer Beziehung lebte. Irgendwie konnte ich mir nicht vorstellen, wie die Frau sein müsste, die es schaffen könnte, den immer coolen Dan aus seiner gelassenen Reserve zu locken.

Andy hatte offenbar ganz ähnliche Gedanken gewälzt, denn er sagte nun: »Du hast gehört, was sie gerade zu mir gesagt hat? Sie will keine Vermischung von Beruf und Privatleben. Kannst es also vergessen. Mit dir wird sie genauso wenig ausgehen.«

»Vielleicht ist June einfach zu höflich, um dir aus anderen Gründen einen Korb zu geben«, mischte Joana sich ein.

»Na hör mal!«, empörte sich Andy. »Was soll das denn heißen?« Dan musste über sein Gesicht laut lachen, während Andy von Joana wissen wollte: »Wenn du das denkst, kannst du mir dann vielleicht sagen, was der hat, was ich nicht habe?« Er deutete mit dem Daumen zu Dan hinüber. »Hm? Siehst du, kannst du nicht.«

»Kann ich sehr wohl«, erwiderte Joana leicht gereizt. »Ich weiß nur nicht, wo ich anfangen soll ...«

Andy jaulte auf. Und Dan murmelte: »Ach herrje, ich bin nicht sicher, ob ich diese lange Liste hören will ...«

Ich überließ die drei ihren Frotzeleien, rutschte von meinem Hocker und ging leise hinüber in den Wohnraum.

Da ich über den Teppich lief, hatte June mich offenbar nicht gehört. Sie saß neben Millie auf dem hinteren Sofa, auf dem ich auch die letzten Nächte geschlafen hatte, und sah aus der Fensterfront hinaus auf die Stadt.

So viel hatte ich von ihr inzwischen erfahren, um zu wissen, dass sie den Ausblick wahrscheinlich nicht genoss, sondern eher hinnahm. Einmal hatte sie erwähnt, dass sie die Bäume und Wälder vermisste, die langen Spaziergänge mit ihren eigenen Hunden ...

Dachte sie jetzt gerade an sie?

War das der Grund, warum sie so traurig aussah?

June

Ich lag im Bett und fand schon seit Stunden nicht in den Schlaf. Das war eher ungewöhnlich für mich, normalerweise brauchte ich mich nur hinzulegen, und schon schlief ich tief bis zum nächsten Morgen.

Die wenigen Ausnahmen, an die ich mich erinnern konnte, waren Zeiten schwerwiegender Entscheidungen gewesen. Als ich vor fünfzehn Jahren das Hundezentrum plante, hatte ich mir ganze Nächte um die Ohren gehauen. Bis alles geregelt war, der Kaufvertrag für das Gelände, die Umbaupläne für die Gebäude, die Verfahren zur Genehmigung des Unternehmens, war ich unruhig gewesen und hatte mehr als einmal die Nacht zum Tage gemacht. Doch sobald alle Unterschriften im Kasten waren, hatte ich wieder geschlafen wie ein Baby.

Zwei oder drei Mal kontrollierte ich noch mein Handy. Doch nachdem Morris mittags nur kurz getextet hatte, dass er noch einen Tag länger bei Arthur bleiben würde, war keine weitere Nachricht von ihm angekommen. Offenbar sah alles danach aus, dass die von Arthurs Hündin erwarteten Welpen geboren würden. Ein spannendes Ereignis, besonders, wenn Morris tatsächlich aus diesem Wurf einen oder sogar zwei zukünftige eigene Hunde würde aussuchen dürfen.

Obwohl Morris sein Smartphone für alles Geschäftliche nutzte, war er genau wie ich der Meinung, dass das Leben Situationen bereithielt, in denen diese Dinger lahmgelegt werden mussten. Diese Einstellung hatte ich am Anfang ganz wunderbar an ihm gefunden: Wenn ihn etwas wirklich interessierte, war er in der Lage, sich vollkommen und ausschließlich darauf zu konzentrieren und alles andere auszuschalten.

In unserer Anfangszeit war *ich* das gewesen, was ihn derart fesselte. Daran erinnerte ich mich noch gut. Doch das war acht Jahre her, und der Zauber war längst verflogen. Trotzdem hatte ich geglaubt und natürlich auch gehofft, dass wir den Sprung schaffen würden: von der ersten flirrenden Verliebtheit hin zu einer tiefen, vertrauensvollen Liebe. Es hatte so gut ausgesehen. Wir waren beide vernarrt in Hunde und erfolgreich in unserem Beruf. Wir beide hatten schon immer genau dieses Leben führen wollen, das uns das Hundezentrum mitten auf dem Land bot. Morris, zehn Jahre älter als ich, charismatisch und voller Selbstvertrauen, hatte gern den Frontmann gespielt, Fernsehauftritte und Pressetermine übernommen. Und ich, die ich all diesem Rummel nichts Positives abgewinnen konnte, war froh gewesen, im Hintergrund still und konzentriert meine Arbeit zu tun, die ich liebte.

Als ich auf die Idee mit den Seminaren für angehende Trainerinnen und Trainer kam, war es mir zunächst einfach als eine weitere Geschäftsidee erschienen, mit der wir zusätzlich noch die Chance hätten, unsere Philosophie weiter ins Land zu tragen. Denn leider gab es auch heute noch viel zu viele Ausbilder, die nicht auf Starkzwangmittel verzichteten und von unserer Methode der *klaren Regeln und liebevollen Konsequenz* wenig hielten.

Wie also hatte es geschehen können, dass wir hier angekommen waren? An einem Punkt, an dem ich nachts wach lag und über unsere Beziehung nachdachte. Auf eine solche Weise darüber nachdachte.

Sicher war es nicht nur Morris‘ Schuld.

Ich selbst war so beschäftigt gewesen, so eingespannt in das tägliche Einerlei und oft so in meiner eigenen Welt, dass ich nicht rechtzeitig bemerkt hatte, was sich veränderte. Dass ich nicht realisiert hatte, wie Fernsehinterviews und die Bewunderung der angehenden Trainerinnen nicht mehr ausgereicht hatten, um diesen Mann mit seinem beständigen Hunger nach Anerkennung zufriedenzustellen.

Sharon hatte mich in dem Bewusstsein erzogen, dass auch in einer Liebesbeziehung niemand dem anderen wirklich gehört.

Sie hatte nie einen Hehl daraus gemacht, dass mein Vater und sie von Anfang an nur *gewaltig Spaß* miteinander hatten haben wollen – ohne gegenseitige Verpflichtungen. Dass sie durch diesen *gewaltigen Spaß* schwanger wurde, war zwar nicht geplant, aber da sie ohnehin gern ein Kind gewollt hatte, hatte sie es als Wink des Schicksals genommen.

Aber auch wenn meine Mutter nicht viel von Ehe und Bindungen auf Lebenszeit hielt, hatte sie dennoch immer auch von Ehrlichkeit und Vertrauen gesprochen. Und diese beiden Worte hatten in den letzten drei bis vier Jahren immer größeres Gewicht für mich bekommen. Wahrscheinlich in demselben Maß, in dem sie zwischen Morris und mir nicht mehr selbstverständlich waren.

Irgendwann hatte ich dann zum ersten Mal festgestellt, dass ich der ewigen Reibereien müde war und Morris nicht mehr immer wieder zur Rede stellen wollte, sobald ich auch nur einen leisen Verdacht hegte. Vielleicht verdächtigte ich ihn inzwischen auch schon zu oft, viel häufiger, als es tatsächlich nötig gewesen wäre? Aber änderte das etwas an der Resignation, die sich inzwischen in mein Leben geschlichen hatte?

Mit solchen Fragen beschäftigt, lag ich im Halbdunkel im Bett und starrte an die Decke. Der Wecker zeigte inzwischen weit nach Mitternacht. Meine Gedanken drehten sich weiter im Kreis, egal wie gern ich ihnen entkommen wollte.

Selbst die Vorstellung von Heaven, Bo und Cassandra, wie wir einen unserer schönen langen Spaziergänge machten, konnte mich nicht trösten. Viel zu sehr waren auch sie, war mein Leben mit ihnen mit der langsam sterbenden Beziehung zu Morris verknüpft.

Also zwang ich mich, an etwas anderes zu denken. Beschwor vor meinem inneren Auge den Anblick der kleinen Millie herauf. Wie sie heute Morgen Halsbänder und Geschirre ausgiebig beschnuppert hatte, bevor wir eines nach dem anderen anprobiert hatten.

Es stellte sich raus, dass ich eine fantastische Shopping Queen für Hundezubehör zu sein schien, denn das ganze Equipment passte ihr. Auch wenn deutlich war, dass sie Geschirre nicht zu kennen schien, während sie sich die Halsbänder problemlos umlegen ließ.

Zusammen mit Tobey, der beinahe ehrfürchtig den Karabinerhaken der leichten Leine in die Metallöse einhakte, unternahm sie einen Gang rund um die Dachterrasse. Ich ging ein Stück hinter ihnen und beobachtete, wie Millie sich an der Leine verhielt. Sie schien das Gehen an der Leine zu kennen, ignorierte sie aber weitestgehend. Und als sie nach dem Rundgang dringend zum Sandkasten wollte, zog sie Tobey beinahe aus seinen Sportschuhen. Er war darauf nicht gefasst und hatte offenbar einem Hund von nur elf Kilo solche Kraft nicht zugetraut. Jedenfalls machte er einen Satz hinter ihr her, und ich war erleichtert, als Millie vor seinem Stolpern nicht erschrak, sondern ihn nur mit milder Verwunderung ansah, als würde sie nicht ganz verstehen, warum er denn nicht schneller reagieren konnte.

Ich spürte, wie mein Mund sich bei der Erinnerung an seine liebevoll verdutzte Miene zu einem Lächeln verzog.

***

Da war ein Geräusch. Unangenehm laut und schrill. Langsam tauchte ich aus dem Nebel auf und begriff, dass das Telefon schellte. Orientierungslos patschte ich an der Wand über dem Kopfende des Bettes herum, bis ich den Lichtschalter gefunden hatte. Das inzwischen schon vertraute Hotelzimmer wurde in sanft gedimmtes Licht getaucht, und ich nahm den Hörer ab.

»Hallo? Ms. Harrison? Ähm ... June? Hier spricht Steven. Steven Troy. Hören Sie?«

»Hm«, machte ich und blinzelte ins Licht. Die Uhr zeigte Viertel nach zwei.

»Hören Sie?«, wiederholte Steven.

»Ja, verdammt«, brummte ich. »Was gibt's denn mitten in der Nacht?«

Es war einen Moment lang still in der Leitung. Dann sagte er: »Tut mir leid, Sie zu stören. Ich hatte gar nicht auf die Uhr gesehen.«

Ich seufzte. Auch ich hatte ja einige Vorurteile im Kopf. Eines davon besagte, dass Musikbusiness-Leute dazu neigten, die Nächte durchzumachen. Aber bisher war ich noch nicht in die Situation geraten, dass sie dasselbe auch von mir zu erwarten schienen.

»Hören Sie, ich bin gerade in der Wohnung und ... na ja, ich glaube, es gibt ein Problem mit dem Hund«, sagte Steven jetzt.

»Das Klo steht auf der Terrasse. Sie müssen ihr nur die Tür öffnen«, brummelte ich.

»Nein, das ist es nicht. Die Terrassentür steht einen Spalt offen. Der Hund könnte sich frei bewegen. Es ist nur ... na ja, ich wollte nur kurz etwas aus dem Studio holen, was ich morgen früh dringend für die Arbeit brauche. Aber sobald ich die Tür hinter mir schließe, fängt der Hund an, Terror zu machen. Ich hab's ein paar Mal versucht.«

»Welche Tür jetzt?«, wollte ich verwirrt wissen. War ich einfach nur noch nicht richtig wach? Oder erzählte der Typ tatsächlich Unsinn? Ich verstand nämlich absolut nicht, was er mir mitzuteilen versuchte. »Welche Tür wollen Sie schließen?«

»Die Wohnungstür«, sagte er so akzentuiert, als spräche er mit einem kleinen Kind. »Immer wenn ich wieder gehen will, fängt der Hund an zu heulen und von innen an der Tür zu kratzen.«

»Wieso wecken Sie nicht Tobey, und er kümmert sich um Millie?«, fragte ich. Heimlich wunderte ich mich, dass er nicht längst wach geworden war – wenn er tatsächlich neben Millie auf dem Sofa im Wohnbereich schlief, wie ich vermutete, musste er doch etwas von dem Radau mitbekommen haben.

»Er ist nicht da.«

Einundzwanzig, zweiundzwanzig, dreiundzwanzig. Die Bedeutung der Worte sickerte langsam in mein Bewusstsein. »Bitte?«, fragte ich dennoch.

»Er ist nicht da«, wiederholte Steven vorsichtig.

Ich setzte mich im Bett auf. »Wollen Sie mir sagen, dass Millie die ganze Nacht allein in der Wohnung ist?«

Diesmal zögerte er ein wenig. Das kannte ich schon. Immer wenn er den sicheren Ich-bin-der-Manager-und-weiß-über-alles-Bescheid-Boden unter den Füßen verlor, machte er kurzfristig weniger auf dicke Hose als üblich.

Doch dann schien er sich zu fangen und versuchte es prompt mit der üblichen Masche: »Ich bin sein Manager, June, nicht sein Kindermädchen. Wenn er mal einen draufmachen will und ...«

»Ich komme!«, unterbrach ich ihn und beendete das Gespräch.

Während ich in die Jeans fuhr und BH und T-Shirt anzog, spürte ich, wie meine Zähne aufeinanderknirschten.

Ich würde diesen jungen Schnösel wohl umbringen müssen.

* * *

Steven hatte den Securitymann, der nachts im Foyer Wache schob, offenbar informiert, dass er mich erwartete, denn der ließ mich ohne weitere Kontrolle nicht nur durch die Drehtür herein, sondern betätigte für mich auch den Aufzug mit seiner Plastikkarte.

Auf mein Klopfen öffnete sich die Sicherheitstür im achten Stock, und Steven stand vor mir. Neben ihm, mitten im hell erleuchteten Flur der Wohnung, saß Millie. Sie hechelte.

»Danke, dass Sie mich angerufen haben.« Ich nickte Steven zu.

Er blickte mich düster an. »Tobey geht nicht ans Handy. Sonst hätte ich Sie nicht belästigt.«

»Kein Problem, dafür bin ich ja da«, erwiderte ich und dachte: *Außerdem hätte ich sonst nicht davon erfahren, wie fahrlässig Mr. Super-Hunde-Papa ohne mein Wissen nachts mit seiner neuen Aufgabe umgeht.*

Dann wandte ich mich um und hockte mich mit dem Rücken an die Wand hin. Millie kam ein paar Schritte auf mich zu. Sie hechelte immer noch stark. Wo sie gesessen hatte, waren vier kleine, leicht feuchte Flecken auf dem glänzenden Boden zu erkennen. Offenbar schwitzte sie auch stark über die Pfoten. Das deutete auf großen psychischen Stress hin.

»Hey, mein Mädchen, wie wäre es, wenn wir zusammen rübergehen und mal schauen, ob noch Wasser im Napf ist?!«, schlug ich ihr vor und ging ihr voraus in den Wohnraum.

Millie folgte mir.

Der Wohnraum war von einer einzelnen Stehlampe im hinteren Bereich neben der Terrassentür nur schwach beleuchtet. Ich kontrollierte den Wassernapf, der jedoch ausreichend gefüllt war. Ihr Hecheln war also rein stressbedingt. Oder hatte sie etwa Schmerzen?

Ich würde sehen, wie ihr Verhalten sich entwickelte, wenn ich eine Weile hier war und sie kapiert hatte, dass ich sie nicht allein lassen würde.

In der Hoffnung, dass sie sich zu mir legen und beruhigen würde, ließ ich mich auf dem vorderen Sofa nieder, ohne sie dabei sonderlich zu beachten. Tatsächlich kam Millie zu mir und setzte sich neben meine Beine. Ich streckte die Hand aus und streichelte zart ihren Nacken. Das mochte sie besonders gern.

Vielleicht konnte ich sie durch ruhige Bewegungen und Entspannungsatmen rasch wieder beruhigen.

Als ich den Kopf schief legte, um zu schauen, ob sie noch

genauso stark mit zurückgezogenen Lefzen hechelte wie vor einer Minute, nahm ich aus dem Augenwinkel etwas wahr.

Steven stand immer noch an der gleichen Stelle im Flur und sah mir zu. Ich blickte zu ihm hinüber, und einen Moment lang begegneten sich unsere Blicke.

Von Anfang an war klar gewesen, dass wir zwei uns nicht sonderlich mochten. Eine Tatsache, mit der ich gut klarkam, denn schließlich hatte ich mit ihm nichts zu tun und begegnete ihm höchstens ab und zu im Vorbeigehen.

Doch jetzt konnte ich im hellen Licht des Flures in seiner Miene etwas erkennen, was ich bisher noch nicht gesehen hatte. In seinem Blick, in dem hinter dem geschäftlichen Taktieren häufig etwas beinahe Raubtierhaftes lauerte, lag tatsächlich so etwas wie … ja, konnte das Anerkennung sein?

»Sie brauchen nicht zu warten«, sagte ich. »Es sei denn, Sie haben Bedenken, mich allein in der Wohnung zu lassen. Dann sind Sie natürlich herzlich eingeladen, sich zu uns zu setzen.«

Er sah mich noch einen Moment lang mit diesem sonderbaren Ausdruck an. Dann nickte er mir zu, löschte das helle Flurlicht und war durch die Wohnungstür verschwunden.

Ich streifte die Schuhe von den Füßen und schlug die Beine unter. Über der Lehne lag eine Wolldecke. Ich breitete sie über meine Beine und stopfte mir ein Kissen in den Rücken. Ah, so konnte man es aushalten, auch mitten in der Nacht.

Millie wandte den Kopf und sah mich an. Ich klopfte neben meine Füße auf die Sitzfläche des Sofas, und sie sprang ohne Zögern herauf. Einen Augenblick saß sie kerzengerade, auf die gesunde Vorderpfote gestützt. Dann hörte sie auf zu hecheln und sah mich aufmerksam an. Ich erwiderte nur kurz ihren Blick, dann lehnte ich den Kopf sacht an die Sofalehne und schloss mit einem tiefen Ausatmen die Augen. Als ich nach etwas einer Minute vorsichtig blinzelte, sah ich, dass sie den Fang nun ganz geschlossen hatte und gerade dabei war, sich an der Sofalehne zusammenzurollen.

Ich beobachtete sie eine Weile.

Manche Hunde hatten nie das Alleinbleiben gelernt. Ohne ihr menschliches Rudel gerieten sie ziemlich schnell in Panik. Doch auch Hunde, die normalerweise gut allein sein konnten, wurden mitunter durch ein traumatisches Erlebnis aus der Sicherheit ihres Daseins gerissen und entwickelten Trennungsängste, die mit allen möglichen Stresssymptomen einhergingen.

Welcher Typ Millie war, hätte ich nicht sagen können. Doch klar war, dass das Alleinsein ihr tatsächlich Angst machte. Ihr Randalieren hatte nichts mit erlerntem Verhalten bei Langeweile zu tun, das es selbstverständlich bei anderen Hundetypen auch gab.

Konnte es sein, dass sie nachts häufiger jaulte und jammerte und Tobey deshalb sein Nachtlager auf dem Sofa aufgeschlagen hatte? Aber wie passte dieses offensichtliche Einfühlungsvermögen und sein sonst so umsichtiges Verhalten mit dem heutigen Wegbleiben zusammen?

Nachdenklich streckte ich mich auf dem Sofa aus und zog die Decke bis ans Kinn. Millie brummte behaglich und legte den Kopf auf mein Bein.

Das tat Cassandra auch sehr gern. Ihr kleines rostbraunes Gesicht stand plötzlich ganz deutlich vor meinem inneren Auge. Ebenso Bos ewig wild zerzauster Wuschelschopf und Heavens ergrauter schmaler Fang mit den weisen Augen darüber. Mein Herz zog sich schmerzhaft zusammen vor Sehnsucht nach ihnen. Es war eine seltsame Mischung aus Heimweh und dem unerklärlichen Gefühl, mich nach einem Teil meiner selbst zu sehnen, den ich nur fühlen konnte, wenn sie alle in meiner Nähe waren.

Ob sie mich wohl auch vermissten? Und wenn ja, wie empfanden sie das wohl? War es ein konkreter Schmerz, der sie erfasste, wenn sie meinen Geruch an den Jacken im Flur, auf den Sesseln, in meinem Bett wahrnahmen? War es der Schreck, der sie immer wieder überkam, wenn sie auf den Hof hinausstürmten und in keinem Winkel, in keiner noch so entfernten Ecke auch nur einen Zipfel von mir entdecken konnten? Oder fühlten sie vielleicht einfach nur eine qualvolle Leere, wo normalerweise ich einen warmen Platz einnahm?

Egal, wie meine Hunde das Vermissen tatsächlich wahrnahmen, ich war sicher, dass ich in ihren Gedanken immer eine Rolle spielte – genau wie es die drei in meinen taten.

Es war eine merkwürdige Sache mit der Liebe, auch wenn es um die zwischen Mensch und Tier ging. Selbst wenn ich Hunde nach so vielen Jahren der Arbeit mit ihnen immer noch faszinierend fand, gab es doch einen Unterschied zwischen den Begegnungen in meinem Job und dem Verhältnis zu den Hunden, mit denen ich mein Leben teilte.

Die einen waren eben ein schöner Teil eines erfüllten Berufslebens, während die anderen viel mehr bedeuteten, eher so etwas wie meine Familie.

Millies Kopf auf meinem Bein war ein leiser, feiner Trost für meinen plötzlich so heftig empfundenen Trennungsschmerz zu meinen Lieben daheim. Ich streckte die Hand aus und streichelte kurz ihren Hals. Dann schob ich die Hand unter meine Wange und freute mich über den kaum wahrnehmbaren Geruch nach warmem Hund.

* * *

Zum zweiten Mal in dieser Nacht wurde ich wach und wusste im ersten Augenblick nicht, wo ich war und was mich geweckt hatte.

Stimmen? Hatte ich Stimmen gehört?

Da war auch ein Kichern.

Ich schlug die Augen auf. Der Raum lag immer noch im dämmrigen Licht der einen Stehlampe. Das Sofa stand mit dem Rücken zum Flur, und mein Blick fiel als Erstes auf die Wand mit dem gewaltigen Fernseher.

»Wow. Und hier wohnst du ganz allein?«, hörte ich eine Frauenstimme hinter mir sagen.

»Nur nachts«, antwortete die leicht heisere Stimme, die ich inzwischen unter vielen anderen heraus erkannt hätte. Der weitere Teil seiner Antwort ging in Murmeln und Kichern unter.

Millie hatte den Kopf gehoben und schaute nun über die Sofalehne. Dann tat sie etwas sehr Schönes: Sie sprang vom Sofa und lief Tobey wedelnd ein kleines Stückchen entgegen.

Warum sie nicht ganz zu ihm lief, wusste wohl nur sie. Vielleicht war ihr der fremde Mensch bei Tobey nicht geheuer. Jedenfalls blieb sie ein paar Schritte neben dem Sofa stehen. Tobey hatte sie offenbar trotzdem gesehen, denn ich hörte ihn etwas murmeln, von dem ich nur »mein Hund« verstehen konnte. Dann plötzlich etwas lauter: »Nein, warte lieber. Sie hat Angst vor Fremden.«

Seine Stimme wurde leise und sanfter, als er sich an Millie wandte. »Hallo, meine Kleine. Na, geht's dir gut?«

»So gut, wie es einem gehen kann, wenn man nachts vollkommen allein gelassen wird«, sagte ich und setzte mich auf dem Sofa auf.

Der weibliche Gast quietschte erschrocken. Tobey fuhr derart zusammen, dass ich bestimmt gelacht hätte, wäre mir danach zumute gewesen.

Da meine Augen an das schummrige Licht gewöhnt waren, war ich wohl im Vorteil. Tobey blinzelte verwirrt, öffnete den Mund, brachte jedoch kein Wort heraus. Er starrte mich nur vollkommen verblüfft an.

»Tobey?«, quäkte die junge Frau im Flur.

»June, ähm … was … was machst du hier?«, wollte Tobey wissen.

Ehrlich gesagt hatte ich mir überhaupt nicht überlegt, wie ich Tobey würde begegnen wollen, wenn er nach Hause kam.

Ich hatte einfach nicht darüber nachgedacht, wie eine professionell arbeitende Hundetrainerin reagieren sollte, wenn der

Hundebesitzer den traumatisierten Hund ohne vorherige Absprache nachts allein in der Wohnung ließ. Daher reagierte ich leider vollkommen aus dem Bauch heraus. Und mein Bauch war gerade in keiner guten Verfassung. Heimweh und die Enttäuschung und Wut über Morris' Unerreichbarkeit machten sich mit einem Mal Luft.

»Was ich hier mache? Genau das, was eigentlich deine Aufgabe wäre«, antwortete ich gefährlich leise und schwang die Beine vom Sofa. Am liebsten hätte ich ihn angeschrien, doch ich hatte mich so weit unter Kontrolle, dass ich auch an Millie dachte, die darüber bestimmt furchtbar erschrocken wäre. »Wie konntest du so gedankenlos sein? Millie war vollkommen allein. Und sie hatte Panik.«

Tobey starrte mich immer noch an. »Justins Party …«, begann er langsam.

»Ich dachte, du wohnst hier allein«, unterbrach ihn die junge Frau an seiner Seite spitz.

»Tut er nicht!«, antwortete ich an seiner Stelle. »Nur offenbar ist das noch nicht in seinem Kopf angekommen.«

»Moment!«, sagte Tobey da mit erhobener Hand. An der Art, wie er nach Worten suchte und ein wenig langsamer sprach als üblich, erkannte ich, dass er wahrscheinlich ein paar Drinks intus hatte. »Moment mal, ja? Was … Wie kommst du überhaupt hier rein?« Er trat einen Schritt auf mich zu. Millie, die sehr wohl mitbekam, dass die Stimmung im Raum reichlich kühl war, drehte sich rasch um und verschwand mit eingezogenem Schwanz hinter dem Sofa.

Tobey hielt in der Bewegung inne und starrte ihr nach. Mit einem Mal wirkte er nicht mehr nur ärgerlich, sondern auch betroffen.

Plötzlich schoss aus lang zurückliegender Vergangenheit eine Erinnerung herauf. Morris, wie er mitten im Flur meines Hauses im Hundezentrum stand, die Jacke noch in der Hand, die Schuhe schon halb von den Füßen. Wie er mich angestarrt hatte, als ich ihn aus dem dunklen Wohnzimmer heraus angesprochen hatte. Mit einer Mischung aus Schreck, schlechtem Gewissen und Ärger. Ja, er hatte mich beinahe wütend angesehen – als hätte ich einfach nicht das Recht, ihn dabei zu ertappen, wie er sich mitten in der Nacht zurück ins Haus schleichen wollte.

Wie lange war das her? Zwei Jahre? Drei Jahre? Wie lange hatte ich nicht mehr daran gedacht? Und warum, verflixt noch mal, musste es ausgerechnet jetzt hochkommen? Was ging hier durcheinander? Das gehörte jetzt eindeutig nicht hierher!

June, du verlierst gerade die Nerven! Das ist nicht mehr professionell. Bleib ruhig, verdammt, bleib ruhig!, sagte ich mir selbst.

Doch Tobeys Anblick, wie er dort stand und halb sauer, halb schuldbewusst aussah, hatte Gespenster geweckt. Dabei war die Geisterstunde doch schon lange vorbei.

Tobey

June deutete mit der Hand auf Millie, die sich hinter dem Sofa verkrochen hatte. »Du siehst, ein paar Stunden können ziemlich schnell wieder kaputt machen, was man über Tage aufgebaut hat«, sagte sie kühl.

»Wie bist du hier reingekommen?«, wiederholte ich stumpf. Mein Kopf war von den Drinks und der lauten Musik auf der Party wie benebelt. Ich hatte nicht das Gefühl, dass ich auf eine wütende Hundetrainerin angemessen reagieren könnte.

»Steven«, antwortete sie, ohne zu blinzeln. »Wenn er nicht zufällig mitten in der Nacht in die Wohnung gemusst hätte, hätte ich gar nicht erfahren, dass Millie vollkommen allein war.«

»Sie ... sie hat geschlafen«, sagte ich und hörte selbst, dass es unsicher klang.

»Inzwischen müsstest du doch wissen, dass Hunde nachts nicht durchschlafen«, erwiderte June und deutete mit dem Kopf durch den Raum. Dort drüben stand die große Sitzlandschaft, auf der Millie und ich die letzten Nächte gemeinsam verbracht hatten – offenbar nicht so unbemerkt, wie ich bisher geglaubt hatte. »Was dir aber auf jeden Fall klar sein müsste, ist, dass Millie auch auf kleinste Veränderungen sehr sensibel reagiert. Oder ist das etwa nicht die erste Nacht, in der du sie allein gelassen hast?«

»Nein ... ich meine, doch ... das ist die erste Nacht. Aber ich hab sie doch nicht allein gelassen. Nicht so, wie du das jetzt meinst. Ich bin doch wieder hier.«

»Und nach wie vielen Stunden, bitte schön?«, wollte June mit schmalen Augen wissen.

Pfff, das ging jetzt echt zu weit.

»Hör mal, ich bezahle dich für die Arbeit mit Millie und nicht dafür, dass du mein Privatleben abcheckst!«, fuhr ich sie an.

Sie holte tief Luft, und über ihr Gesicht legte sich ein Schatten. Sie sagte jedoch nichts. Von der heiter gelassenen, häufig lachenden Frau, die ich in den letzten Tagen kennengelernt hatte, war nichts mehr zu erkennen.

»Ich nehme doch an, dass es auch Hundebesitzern erlaubt ist, ab und zu mal etwas Spaß zu haben?«, setzte ich hinzu.

»Tobey?« Eine Stimme hinter mir.

Ich zuckte zusammen. Das hatte ich fast vergessen. Loreen hielt ihre Handtasche wie einen Schutzschild vor sich und sah ebenfalls ziemlich stinkig aus. »Ich geh lieber wieder.«

Na, toll. Nach Monaten hatte ich endlich mal wieder eine getroffen, die bei meinem Anblick weder in hysterisches Kreischen ausbrach noch auf den Kopf gefallen zu sein schien. Und jetzt war die Nacht gelaufen.

»Okay«, sagte ich, weil mir ehrlich gesagt nicht einfiel, wie ich die Situation hätte retten können. Noch leiser, damit June es möglichst nicht zu deutlich hören konnte, fuhr ich fort: »Okay, dann ... ich bring dich kurz zum Aufzug, Loreen, und vielleicht gibst du mir deine Nummer? Dann ...«

»Ich heiße *Doreen*!«, sagte sie steif. »Und danke, ich nehme die Treppe. Komme ich unten raus, ohne gefilzt zu werden?«

»Sicher. Die Tür zum Erdgeschoss kannst du problemlos öffnen. Aber wir sind hier im achten Stock.«

»Kein Thema. Dann kriege ich wenigstens noch etwas Bewegung diese Nacht«, sagte sie mit einem süffisanten Augenaufschlag und war bereits verschwunden.

Heute ging aber auch wirklich alles schief.

Als ich mich umwandte, starrte June mich so wütend an, dass es fast gruselig war. Sie war schließlich nur die Hundetrainerin, verdammt! Was ging sie denn mein Privatleben an?

Einen Moment lang sahen wir uns unverwandt an.

»Hör zu«, sagte sie dann mit schneidender Stimme. »Ich habe dir vor ein paar Tagen gesagt, dass ich den Job nur annehme, wenn du mitziehst. Es gibt einfach bestimmte Dinge, die

Millie dringend braucht, und solche, die sie gar nicht vertragen kann. Ich hab klar gesagt, dass es keine Regeln für immer sind – davor brauchst du also keine Angst zu haben. Aber der Übergang von ihrem Zustand vor ein paar Tagen zu einem normalen Alltag ist sehr empfindlich und braucht ein bisschen Zeit und Geduld. Meine Bedingung war, dass du dich an unsere Absprachen hältst ...«

»Absprachen?«, unterbrach ich sie. »Entschuldige mal. Aber was du da meinst, sind ja wohl eher lauter Dinge, die du vorgegeben hast und zu denen ich mich netterweise bereit erklärt habe.«

»Netterweise?«, wiederholte sie, den ganzen Körper angespannt. Sie war weder besonders klein noch besonders groß für eine Frau, aber jetzt schien sie derart zu wachsen, dass sie mir fast gerade in die Augen sehen konnte. »Netterweise? Wenn du in deinem idiotischen Popstarkopf nicht beschränkt wärest auf neue Songs und wie sie wohl ankommen werden, dann wäre dir vielleicht klar, dass Millie jemanden braucht, der für sie da ist, der verantwortlich ist für sie. Sie braucht ... eine Familie. Und keinen Freak, der in einer Parallelwelt lebt.«

Freak?

»Jetzt reicht's aber echt!«, sagte ich.

»Ja, danke, mir auch!«, erwiderte sie. »Bleibst du jetzt in der Wohnung?«

»Ich wüsste nicht, was dich das ...«

»Bleibst du bei Millie?«, unterbrach sie mich brüsk.

Wir lieferten uns erneut ein Blickduell. Es war schwer auszumachen, wer von uns beiden gewann.

»Ja. Ja, ich bleib hier. Aber ...«

»Gut, dann werde ich ja nicht länger gebraucht!« Sie nahm ihre Jacke und ging an mir vorbei zur Wohnungstür.

»Wo willst du hin?«, fragte ich, ohne vorher darüber nachzudenken. Es konnte doch nicht sein, dass sie jetzt einfach verschwinden wollte! Es war mitten in der Nacht. Plötzlich fiel mir auf, wie müde sie aussah.

»Verstehst du«, sagt sie, ohne auf meine Frage zu antworten. »Niemand, wirklich niemand wird Millie helfen können, wieder ein normales Hundeleben zu führen, wenn du nicht mitziehst. Kapierst du das?«

Was meinte sie damit? Sie wollte doch nicht ...

»Kapierst du das?«, wiederholte sie, die Klinke der Sicherheitstür in der Hand.

Ich nickte langsam.

Da wurde ihr Blick plötzlich weicher und wanderte zum Sofa hinüber, hinter dem Millie sich verschanzt hatte.

»Na dann, viel Glück«, murmelte sie, öffnete die Tür und war verschwunden. Und ich stand sprachlos im Raum und starrte auf die Tür.

Was war das gewesen?

So einen Ausbruch hatte ich wirklich nicht erwartet. Immerhin hatte ich bisher alles mitgemacht, was sie vorgeschlagen hatte. Ich stand morgens immer zur gleichen Zeit auf und kümmerte mich um Millies erste Mahlzeit und ihren Gassigang auf der Terrasse. Ich versäumte nie eine Trainingseinheit mit ihr. In der Wohnung herrschte Rauchverbot. Und nun, als ich zum ersten Mal einen gravierenden Fehler begangen hatte – und dass es ein Fehler gewesen war, wegzugehen und Millie allein in der Wohnung zu lassen, hatte ich ja sofort kapiert –, war June gleich bereit, die komplette Arbeit hinzuschmeißen?

Das passte so gar nicht zum Bild der versierten, gelassenen Hundetrainerin. Nein, es musste irgendetwas anderes sein, das sie derart in Rage gebracht hatte. Irgendetwas steckte dahinter, was ich nicht durchschauen konnte. Aber obwohl wir uns kaum kannten, war mir klar, dass es wahrscheinlich sehr ungewöhnlich für sie war, ein Training einfach so abzubrechen. Sie war ein Profi. Und sie war ganz und gar nicht der Typ dafür aufzugeben.

Und ich? Was war ich für ein Typ? Glaubte ich etwa, ich könnte Millies Training ganz allein fortführen? Ohne ihre Hilfe?

June

Am nächsten Morgen wachte ich mit einem so schweren Kopf auf, als wäre ich diejenige gewesen, die auf einer Party zu viel getrunken hatte. Ich stand auf, putzte mir die Zähne und fand mich plötzlich am Telefon wieder. Den Hörer in der Hand, wollte ich schon Tobeys Nummer wählen. Doch ich zögerte zu lange und legte schließlich wieder auf.

Es war richtig, dass ich nach Hause fuhr, sagte ich mir. Auch wenn in meinem Bauch etwas dagegen zu revoltieren schien. Also frühstückte ich schnell im feinen Restaurant des Hotels. Andy hatte recht gehabt. Das Essen hier war toll, aber nach ein paar Tagen in Joanas Küche war ich für den vielfältigen Luxus hier verdorben. Offensichtlich verstand Joana es, auch den schlichtesten Frühstücksspeisen einen ganz speziellen Geschmack zu geben, der wirklich unübertroffen war.

Was machte sie wohl anders als die prämierten Chefköche hier? Oder schmeckte es mir einfach deswegen nicht so gut, weil die Nacht mir nachging?

Nach dem Frühstück warf ich meine Sachen in den Koffer und suchte im Internet eine Bahnverbindung nach Bath raus.

Morris Handy verkündete immer noch, dass *die Person, die ich anrief, gerade nicht erreichbar sei*. Daher tippte ich rasch eine SMS an Nicole und fragte, ob sie mir ihre Mittagspause opfern und mich vom Bahnhof abholen würde.

Sie reagierte prompt mit einem *Na klar!* und fragte zu meiner Verwunderung nicht weiter nach. Doch als ich meinen Koffer in den Aufzug des Hotels rollte, kam mir der düstere Verdacht, dass Nicole wohl nach Morris' langem Ausbleiben der Meinung war, sie wisse, aus welchem Grund ich nach Hause wollte.

Als ich meinen Schlüssel gerade an der Rezeption abgegeben hatte und über den bunten Perserteppich bereits zum Ausgang ging, hörte ich hinter mir meinen Namen. Der livrierte Angestellte hinter der Rezeption hielt einen Telefonhörer in die Höhe. Ich kehrte um.

»Mr. Lambert für Sie, Ms. Harrison«, sagte er. »Er hat Sie auf dem Zimmer nicht mehr erreicht. Vielleicht möchten Sie eine der Telefonkabinen benutzen?« Er deutete mit dem Kopf hinüber.

Ich zögerte. Ein bisschen zu lange vielleicht, um mich selbst von der Festigkeit meines Entschlusses zu überzeugen. Dann schüttelte ich den Kopf. »Bitte sagen Sie ihm, dass ich schon weg bin.«

Er neigte den Kopf, und ich ging weiter und verließ das Hotel.

Mein Taxi zum Bahnhof Paddington wartete bereits. Während der Fahrt durch die Stadt versuchte ich mir vorzustellen, welches Begrüßungsgeheul Cassandra wohl anstimmen würde und wie wild Bo an mir hochspringen würde. Sogar Heaven würde auf ihre weise Oma-Art begeistert um mich herumwedeln.

Bei dem Gedanken daran musste ich lächeln. Aber weiter wagte ich nicht zu denken. Ich wollte mir weder die erste Begegnung mit Morris ausmalen noch den Alltag im Hundezentrum planen. Statt darüber nachzudenken, was mich in dieser Hinsicht erwarten würde, schweiften meine Gedanken immer wieder zur gestrigen Nacht ab.

Ich war sauer gewesen, natürlich. So wie Tobey sich ausgedrückt hatte, hatte er unsere Absprachen lediglich als von mir auferlegte Bürden verstanden. Aber den Ärger über sperrige Hundehalter, die mit eigenen skurrilen Ideen meine Trainingspläne torpedierten, den kannte ich. Normalerweise konnte ich damit professionell umgehen. Und wenn ich ehrlich zu mir selbst war, hatte Tobey ja auch schon Ansätze von Einsicht gezeigt.

Nein, der Moment, in dem in mir die heiße Wutblase explodiert war, die mich dann Rot sehen ließ, war ein ganz anderer gewesen. Es war der Augenblick, in dem ich mit anhören musste, dass er nicht mal ihren Namen richtig kannte. *Loreen. Doreen.* Das hätte mir doch egal sein können. War es aber nicht.

Und das, das wusste ich ziemlich genau, hatte nichts mit Tobey Lambert und schon gar nichts mit seiner Hündin Millie und deren Trainingsplan zu tun. Dass ich nach knapp einer Woche den Job hingeschmissen hatte, lag also überhaupt nicht in fachlichen Schwierigkeiten begründet, sondern war eine rein private Entscheidung gewesen. Und wenn private Belange in einem Trainingsfall derart bedeutsam wurden, war es doch auf jeden Fall richtig, den Staffelstab an jemand anderen abzugeben, oder?

Oder?

Warum nur wurde ich den Verdacht nicht los, dass ich einen Fehler beging, wenn ich abreiste? Eine kleine, leise Furcht nagte an mir und flüsterte mir zu, dass ich Millie im Stich ließ.

Im Bahnhof steuerte ich direkt auf die große Anzeigetafel zu und stellte erleichtert fest, dass mein Zug schon bereitstand. Das war das Angenehme an einem Kopfbahnhof wie Paddington. Kein Geschiebe und Gedrängel an den Gleisen, sondern wartende, saubere Züge, in die alle Passagiere in Ruhe einsteigen konnten.

Ich kaufte an einem der Schalter die Fahrkarte und ging durch die Sperre auf den Bahnsteig.

Das war der Moment, den ich nach auswärtigen Seminaren schon so oft erlebt hatte und in dem sich stets Vorfreude auf zu Hause eingestellt hatte. Morris. Meine Hunde. Mein Haus. Das Hundezentrum. Mein wahr gewordener Traum. Doch heute spürte ich nichts von der wohlbekannten Heimkehreuphorie.

Ich ging an den letzten Waggons des Zuges vorbei. Hier waren meistens schon alle Plätze besetzt. Als ich am Zug entlang weiterging, stutzte ich plötzlich. Mitten auf dem Bahnsteig, die Hände in den Jackentaschen vergraben, stand Dan. Er blickte mir entgegen.

Ich ging auf ihn zu, blieb vor ihm stehen und brachte vor

Überraschung erst mal nichts weiter raus als: »Guten Morgen. Was machst du denn hier?«

»Guten Morgen«, erwiderte er ernsthaft. »Ich suche dich. Aber jetzt hab ich dich ja Gott sei Dank noch rechtzeitig gefunden.«

»Rechtzeitig?«, wiederholte ich

Neben uns kletterte gerade eine kleine Reisegruppe Touristen in ein Abteil.

»Ja, rechtzeitig, bevor du einsteigen und wegfahren kannst«, sagte Dan jetzt lächelnd. »Das solltest du nämlich nicht tun.«

»So?« Ich betrachtete ihn verwundert. »Sagt wer?«

»Tobey«, antwortete er schlicht.

Ich holte tief Luft. Hätte ich mir ja denken können.

»Ich verstehe«, begann ich. »Und ich weiß den Versuch wirklich zu schätzen, aber ich bin sicher, dass es besser ist, wenn ich fahre.«

Dan zog eine Braue hoch, als bezweifelte er meine Worte.

Ich schüttelte den Kopf. »Klar musst du Tobey gegenüber loyal sein. Aber es ist doch nun mal so: Schon allein die Tatsache, dass er dich hierherschickt und nicht selbst kommt, zeigt doch, dass sein eigenes Engagement etwas zu wünschen übrig lässt. Oder?«

Ich wollte mich schon abwenden. Doch er legte die Hand an meinen Arm. Er griff nicht zu, hielt mich nicht fest. Es war lediglich eine sanfte, ruhige Berührung. Die mich aufhielt.

»Vielleicht solltest du nicht so schnell urteilen«, sagte er auf seine ruhige Art. »Er sitzt draußen und wartet. Im Auto.«

»Und schickt dich rein?«, empörte ich mich.

»Nein. Ich habe ihm angeboten, ihm den Gang abzunehmen«, widersprach Dan gelassen. »Er wollte selbst gehen. Aber ich wusste, dass es für ihn ...« Er schaute sich in der Menge auf dem Bahnsteig um. »Es wäre für ihn wahrscheinlich schwierig gewesen.«

»Oh, verstehe.« Ich folgte seinem Blick. Wahrscheinlich

würde Tobey erkannt und müsste mit einem kleinen Ansturm begeisterter Fans rechnen.

»Vielleicht noch nicht ganz«, erwiderte Dan vorsichtig.

Wahrscheinlich wusste er, dass er damit meine Neugierde wecken würde. Doch andererseits war er nicht der Typ für Spielchen.

Ich sah auf die Uhr. »Okay. Der Zug fährt erst in zweiundzwanzig Minuten. Ich vertraue dir. Wenn du meinst, ich sollte das tun, kann ich ja noch mal mit Tobey reden.«

Als Antwort wandte Dan sich um, griff nach meinem Koffer und ging los. Ich war mit zwei Schritten wieder neben ihm.

»Wie bist du auf den Bahnsteig gekommen? Du hast doch nicht extra eine Karte gekauft?«, wollte ich wissen.

Dan schmunzelte. »Wahrscheinlich würde es besser klingen, wenn ich das behaupten würde. Aber in Wahrheit kenne ich einfach nur den Kontrolleur an der Bahnsteigsperre.«

Er leitete mich zum Haupteingang hinaus und draußen in eine Seitenstraße, in der die Limousine, mit der ich vor einer Woche hier abgeholt worden war, auf dem Bordstein parkte. Als wir näher kamen, öffnete sich eine der rückwärtigen Türen von innen. Tobey sah mir entgegen. Er lächelte.

»Ich wusste, dass du es schaffst, Dan!«

»Vorsicht mit zu viel Euphorie«, antwortete ich mit hochgezogenen Brauen. »Ich habe nur zehn Minuten, bis mein Zug fährt.«

Er sah mich an, als wüsste er nicht recht, ob er mir glauben sollte oder nicht.

Die Fahrertür öffnete sich, und Samuel stieg aus. »Ich besorg mir schnell im Bahnhof ein paar Autozeitschriften. Die gibt's bei uns am Kiosk nicht.« Er schlug die Tür zu und ging davon.

Dan deutete auf den Rücksitz. »Ich warte hier draußen.«

Was sollte ich gegen diese Übermacht ausrichten?

Ich stieg ein und schloss die Tür. Die Stille im Wagen wirkte nach der überfüllten Bahnhofshalle mit all ihren Geräuschen sonderbar unwirklich. Tobey und ich sahen einander kurz an und wandten dann beide den Blick ab.

»Tja«, machte ich. »Worüber wolltest du mit mir sprechen?«

»Ich will, dass du bleibst«, sagte er.

Ich hatte mit allem Möglichen gerechnet. Beispielsweise mit einem beleidigten Vorwurf über mein Hinschmeißen. Oder mit einer vorsichtig formulierten Bitte. Doch auf diese wenigen, schlichten und so eindringlich gesprochenen Worten war ich nicht vorbereitet. Ich musste schlucken.

»Und ich will deine Frage beantworten«, fuhr Tobey fort. »Die Frage, warum ich Millie bei mir behalten will.«

Da horchte ich auf. Es war eine Weile her, dass ich ihm diese Frage gestellt hatte, und ehrlich gesagt hatte ich es bereits vergessen. Aber ihn hatte es offensichtlich beschäftigt.

»Am Anfang hatte es einen ganz besonderen Grund: Ich kann besser schlafen, seit sie da ist«, sagte er schnell, als wollte er sichergehen, es auch wirklich auszusprechen, bevor er es sich anders überlegte. Seine Stimme klang noch ein wenig rauer als sonst. »Ich hoffe, du hältst das nicht für eine Macke eines durchgeknallten ... wie hast du gesagt? *Popstar-Freaks?* Aber ich habe oft Albträume. Eine Menschenmenge. Gegen die ich nicht ankomme. Es ist ... es war ...«

»Ich weiß davon«, sagte ich rasch, um ihm zu helfen. Es war deutlich, dass er sich mit den Worten quälte. »Dein Bandkollege kam dabei ums Leben. Patrick.«

Tobey nickte. Seine dunklen Augen blickten aus den getönten Scheiben hinaus auf die Straße.

»Ja. Patrick«, murmelte er.

»Und weiter?«, hakte ich nach.

Er sah mich verwirrt an.

»Du sagtest: ›*Am Anfang* hatte es einen besonderen Grund‹«, erinnerte ich ihn. »Hat sich das geändert?«

Einen Moment lang spürte ich, wie er mit sich rang. »Nein«,

sagte er schließlich. »Nein, daran hat sich nichts geändert. Ich kann immer noch gut schlafen, wenn sie bei mir ist. Was aber mittlerweile viel wichtiger ist: Ich möchte Millie gern etwas zurückgeben dafür. Ein Zuhause. Ich möchte ihre Familie sein. Wenn du mir dabei hilfst zu kapieren, was ich dafür tun muss.«

Als wir zu dritt – Tobey, Dan und ich – in die Wohnung zurückkamen, sprang Millie vom hinteren Sofa und kam schwanzwedelnd auf uns zu. So frei hatte sie sich bisher noch nie bewegt.

Tobey, der nach meiner Zusage, das Training weiterzuführen, geradezu euphorisch wirkte, wollte sich gar nicht einkriegen vor Freude darüber. Und irgendwie war seine Begeisterung ansteckend. Auch Dan sah breit lächelnd zu, wie Tobey sich hinhockte und Millies scheue Begrüßung entgegennahm. Dabei verhielt Tobey sich wirklich vorbildlich, starrte sie nicht an, sondern hielt den Kopf ein wenig gesenkt und die Hände entspannt, während sie vorsichtig an seinem Haar schnupperte und dabei wedelte.

»Ich schätze, wir können später den Spaziergang wagen«, sagte ich.

Tobey hob den Kopf und sah mich von dort unten an. Er war nicht der junge Mann von heute Nacht, der eine Frau, deren Namen er nicht einmal richtig kannte, in seine Wohnung abschleppte. Er war ein überglücklicher Hundebesitzer, dem sein Vierbeiner soeben zum ersten Mal das Ohr abschleckte.

Und ich war die Hundetrainerin, die vor Stolz fast platzte.

»Können wir das für heute Nachmittag einplanen?«, schlug er leise vor und erhob sich langsam. Millie blieb bei ihm und setzte sich hin, um sich in aller Ruhe am Hals zu kratzen. Ich spürte eine Welle der Erleichterung über dieses entspannte Verhalten. Offenbar hatte die nächtliche Panik keine bleibenden

Schäden hinterlassen. »Der Vormittag ist von einem auswärtigen Termin blockiert. Aber um drei sind wir wahrscheinlich zurück.«

»Klar.« Ich nickte. »Spaziergang um drei.«

»Was ist mit dem Frühstück?«, erinnerte Dan ihn. »Eine Viertelstunde wäre noch drin.«

Tobey zuckte mit den Schultern. »Wenn Andy noch was übrig gelassen hat«, sagte er grinsend.

In der Küche stand Joana, die uns offenbar schon gehört hatte, bereits am Herd. Um sie herum waberten die Düfte, die ich inzwischen schon von den Frühstückszeiten kannte. Und eine unübersehbare Wolke aus schlechter Laune.

»Ihr habt es tatsächlich geschafft!«, jubelte Andy und strahlte mich an. »Wusst ich doch, June, dass du uns nicht hängenlässt. Hab ich gleich gesagt. Hab ich doch, Joana, oder?«

Sie nickte ihm über die Schulter kurz zu, murmelte in meine Richtung ein »Guten Morgen« und konzentrierte sich wieder auf die Pfannen, in denen es bereits brutzelte.

»Ich nehme an, jetzt soll das Frühstück, das vorhin schon mal komplett fertig war, sofort auf dem Tisch stehen?«, brummte sie.

Ihre düstere Miene passte nicht zu ihrem wunderschönen Gesicht. Und es passte auch nicht zu ihrer üblichen Flexibilität, die sie in der Woche, in der ich sie nun kannte, schon mehr als einmal unter Beweis gestellt hatte. In dieser Wohnung ging es zu wie in einem Taubenschlag. Mahlzeiten wurden kurzfristig verschoben, oder es saßen plötzlich sechs oder sieben Gäste mehr am Tisch als ursprünglich geplant. Und Joana war dabei stets die Ruhe in Person gewesen und hatte jede Situation mit einem fröhlichen Lachen gemeistert. Es sei denn, sie hatte mit mir zu tun – da war ihr Lachen Tag für Tag ein wenig steifer geworden.

»Das schaffst du doch!«, feuerte Andy sie jetzt an und beobachtete Joanas geschäftiges Herumwerkeln mit großen Augen, als handele es sich um ein spannendes Sportmatch.

Als sie nach nur zwei Minuten sowohl Tobeys gebutterten Toast als auch Dans Tee und Müslischale sowie Toast und Fruchtaufstriche für mich servierte, nickte Andy, als hätte er nichts anderes erwartet. Tobey und Dan machten sich eilig über ihr Frühstück her. Obwohl ich eigentlich noch satt war, griff auch ich nach einer Scheibe Toast und bestrich sie mit Marmelade. In Hundesprache wäre das ein vorsichtiges Lefzenlecken oder ein demonstratives Gähnen gewesen, eine Geste der Beschwichtigung. Ich hatte nämlich das deutliche Gefühl, dass Joanas schlechte Laune mit mir zu tun hatte – und zwar nicht nur damit, dass sie wegen meiner kleinen Flucht heute Morgen das Frühstück zum zweiten Mal zubereiten musste.

Nachdem er ein paar tiefe Schlucke Milchkaffee genommen und den dicken Milchschaumbart weggeleckt hatte, wandte Andy sich an mich: »Du musst wissen, dass hier heute Morgen Ausnahmezustand geherrscht hat. Als Tobey dich im Hotel nicht mehr erreicht hat, wollte er nicht mal was essen, sondern ist sofort ins Auto gesprungen, um dich am Bahnhof wieder einzusammeln.« Vor ihm selbst stand nur ein schäumender Milchkaffee. Doch sein zufriedener Gesichtsausdruck ließ mich vermuten, dass er sein übliches gigantisches Frühstück bereits verschlungen hatte. »Cool, dass du wieder hier bist! Ich hab zu Tobey gesagt, was immer er verbockt hat, soll er gefälligst wieder geraderücken. Du bist die beste Trainerin, die er kriegen kann. Bist du doch, oder? Oh, und die bezauberndste«, setzte er ein wenig unbeholfen hinzu.

Tobey schüttelte lachend den Kopf und sah kurz von der Zeitung auf, die er sich von Andy herübergeangelt hatte. »Joana, es gibt eine kleine Änderung für den Alltag: June wird ab sofort in einem der Gästezimmer wohnen. Würdest du dich darum kümmern, dass sie alles hat, was sie braucht?«

»Natürlich«, antwortete Joana mit dünner Stimme.

»Tatsache?«, machte Andy und sah mich mit großen Augen an: »Du wohnst jetzt lieber hier als im Hotel?«

»Solange Millie noch nicht angstfrei allein bleiben kann, ist das wahrscheinlich die beste Lösung«, erklärte ich. »Es kann ja offenbar immer mal vorkommen, dass Tobey auch zu Uhrzeiten die Wohnung verlassen muss, zu denen ihr alle nicht mehr da seid.«

Tobey tat so, als hätte er soeben einen sehr interessanten Artikel entdeckt, der seine komplette Aufmerksamkeit beanspruchen würde.

Andy grinste verstohlen. »Wenn es wirklich spät wird, penn ich auch manchmal hier. Vielleicht ist das Zimmer neben deinem ja noch frei?«

Netter Versuch. Aber dem würde ich gleich den Riegel vorschieben: »Glaubst du, ich will die ganze Nacht deinem infernalischen Schnarchen lauschen?«, erwiderte ich trocken. Tobey gluckste leise. Andy zog einen beleidigten Flunsch und öffnete schon den Mund. Doch in diesem Augenblick verkündete Dan: »Wir müssen los!«, und rutschte von seinem Hocker. Tobey und Andy taten es ihm nach. Es war, als würde ein Rudel Wölfe zur Jagd aufbrechen. Sie kannten einander so gut und so lange, dass sie fast automatisch aufeinander reagierten und die Bewegung eines Einzelnen die anderen mitsteuerte.

Dan neigte in Richtung Joana dankend den Kopf und war schon durch die Tür. Aber Andy musste offenbar noch dringend loswerden, was ihm als Antwort im Hals steckte: »Es gibt Frauen, die ein bisschen Schnarchen nicht stört«, erwiderte er an mich gewandt. »Zumindest die, die auf echte Kerle stehen.«

Ich sah ihn an und wollte schon etwas Deftiges antworten, aber dann musste ich doch grinsen. In seinem machohaften Gehabe steckte etwas Kindliches, ich konnte ihm einfach nicht böse sein.

»Sie hat gelächelt, Tobey, hast du's gesehen?« Andy stieß Tobey in die Rippen, als sie nebeneinander die Küche verließen. Es war noch zu hören, dass Tobey etwas Scherzhaftes erwiderte, die Wohnungstür fiel mit einem lauten Rumms ins Schloss, dann schwang die Tür mit dem runden Fenster nur noch einmal kurz hin und her und stand still.

Joana und ich waren allein.

Mit seltsam eckigen Bewegungen räumte Joana Tobeys Teller von der Theke und spülte ihn umständlich ab, entgegen ihrer sonstigen faszinierenden Behändigkeit. Dann nahm sie Dans Müslischale und beschäftigte sich auch mit ihr eine Weile. Offenbar hatte sie nicht vor, mich anzusehen.

»Dass ich in Sachen Frühstück pflegeleicht bin, weißt du ja schon. Aber was immer Tobey gerade damit gemeint hat, dass du dich um alles kümmern sollst, was ich brauche, kann ich bestimmt auch selbst übernehmen. Ich hab ja viel Zeit den Tag über, wenn Millie schläft, und bin froh, wenn ich mich dann etwas beschäftigen kann. Ich hoffe also, ich werde dir keine Mühe machen«, sagte ich.

»In Ordnung«, antwortete Joana und trocknete ein Glas sehr sorgfältig ab.

Ich stieg vom Hocker und wandte mich zum Gehen. Doch als ich schon an der Tür stand, drehte ich mich einer Eingebung folgend noch einmal um.

»Ach, und Joana ...« Ich wartete ab, bis die junge Frau mich ansah. Mich ansehen musste, wenn sie nicht extrem unhöflich sein wollte. Die dunklen Augen blickten mich unsicher an. In ihnen schwamm eine Welle eines großen Gefühls. Wenn mich nicht alles täuschte, war es Angst. Also doch. »Vielleicht sollte ich noch etwas anderes klarstellen«, begann ich, ziemlich sicher, dass es das Beste war, nicht um den heißen Brei herumzureden. »Ich werfe mich nie an einen Mann ran, in den ich nicht verliebt bin. Und schon gar nicht, wenn da eine ist, auf die das offenbar zutrifft und die so gut zu diesem Mann passen würde.«

Joana starrte mich an. Die Hand mit dem Geschirrtuch sank herab, und auf einmal war die ganze kühle Zurückhaltung verschwunden.

»Ich … ich wollte nicht …«, stammelte sie.

Sharon hatte mich ein gutes Gespür für Menschen gelehrt, und durch die intensive Arbeit mit Hunden und ihren Besitzern – so vielen verschiedenen Menschen – hatte es sich noch verfeinert. Und daher war ich sicher, dass ich es hier mit einer Frau zu tun hatte, die ein verdammt großes Herz besaß.

Ich lächelte. »Doch!«, sagte ich. »Doch. Wolltest du. Und wer kann's dir verdenken?! Aber wenn ich dir einen Tipp geben darf: Schnapp ihn dir endlich! Er glaubt nämlich, du wärst zu gut für ihn. Wahrscheinlich hat er damit sogar recht. Aber ich kenne den Spruch: ›Wo die Liebe hinfällt‹. Nur fürchte ich, wenn *du* nicht die Initiative ergreifst, wird er wahrscheinlich nie merken, was du für ihn empfindest.«

Ein scheues Lächeln. Sie war wirklich verteufelt hübsch, wenn sie nicht so grimmig schaute.

Ich ging durch die Tür in den Wohnraum und hielt nach Millie Ausschau. Sie stand auf der Terrasse, schnupperte an einer der herumstehenden Kübelpflanzen. Als ich zu ihr hinaustrat, wedelte sie kurz.

Ich lehnte mich an die Brüstung und sog die frische Aprilluft ein.

»Ach, Millie«, murmelte ich, und sie sah mich mit ihren runden Augen von dort unten aufmerksam an. »Im Verteilen von Ratschlägen bin ich wirklich super. Wäre ich doch nur so gut darin, meine eigenen Herzensangelegenheiten zu regeln.«

Tobey

Ma hatte damals nicht nur für unser Klavier gespart, sondern war auch der Meinung gewesen, dass die offensichtliche musikalische Begabung ihrer Kinder durch regelmäßige Klavierstunden gefördert werden müsse.

Daher gingen Lin und ich zwei Mal die Woche zu Mrs. Hornby, die ein paar Straßen weiter wohnte und sich zu ihrer Witwenrente etwas dazuverdiente, indem sie nichts unversucht ließ, auch den untalentiertesten Bälgern Notenlesen beizubringen. Mrs. Hornby war extrem streng, was das Üben der Tonleiter und Akkorde anging, ebenso in Sachen richtiger Haltung auf dem Hocker und feinem Anschlag auf den Tasten. Sie duldete keinen Fehler und war unerbittlich darin auszumerzen, was noch nicht hundertprozentig klappte.

Bei den Schülerinnen und Schülern galt sie als wahrer Drachen. Und sie tat alles dafür, dieses Bild aufrechtzuerhalten, indem sie ihre stahlgrauen Haare wie in einem Militärschnitt kurz trug und ihre Lippen dazu in einem gruseligen Lilaton schminkte. Doch Lin und ich hatten sie schon nach kurzer Zeit durchschaut. Vielleicht auch nur deshalb, weil sie es bei uns zuließ. Denn schon nach wenigen Unterrichtsstunden hatte sie Ma mit hochgezogenen aufgemalten Brauen anvertraut, dass sie es hier mit zwei Ausnahmetalenten zu tun hatte.

Uns war also klar, dass hinter der vorgeschobenen sprödestrengen Fassade ein gewaltiges Herz schlug. Aber es schlug eben in erster Linie für die Musik und für jene, die die Noten ebenso liebten wie sie selbst.

Lin und ich machten unter ihrer Obhut gewaltige Fortschritte. Doch nach zwei Jahren etwa hatte sich herauskristallisiert, dass Lin großartig spielte, ich jedoch das war, was Mrs. Hornby einen *Zauberer an den Tasten* nannte. Schon mit zwölf Jahren kannte ich alle großen Komponisten.

Mrs. Hornby forderte mich mehr als jeden anderen ihrer Schüler. Ich hatte sie so manches Mal verflucht, wenn draußen strahlender Sonnenschein lockte, und ich wusste, dass die anderen Jungs auf dem Fußballplatz Dribbeln und Foulen übten, während ich hier drinnen zum soundsovielten Mal Chopins Klaviersonate Nr. 3 h-Moll probierte.

Doch meine alte Klavierlehrerin hatte mir früh eingetrichtert, dass ich mich nur mit großem Fleiß von der Masse aller anderen Musiker würde absetzen können. Und sie war es auch, der ich mit mittlerweile vierzehn Jahren meine erste eigene Komposition vorspielte, der sie verzückt mit geschlossenen Augen unter violettem Lidschatten lauschte.

Mit den Jahren wuchs ich untrennbar mit der Musik zusammen. Ich lernte neben dem Klavier auch die Gitarre zu beherrschen und konnte mir ein Leben ohne all die Songs nicht mehr vorstellen. So wurde ich zu dem Musiker, der ich heute war.

Lange hatte ich nicht mehr an diese zarten Anfänge gedacht. Doch als Samuel nach unserem Auswärtstermin jetzt den Wagen zurück in die Tiefgarage steuerte, überkam mich mit einem Mal ein Gefühl, das mir seltsam vertraut vorkam: Einen Augenblick lang sah ich mich, einen Stapel Noten unter den Arm geklemmt, neben Lin unsere Straße entlanggehen. Bei jedem Schritt auf den Fußballen wippend, erfüllt von Vorfreude und kribbelnder Spannung auf die Stunde bei Mrs. Hornby. Denn trotz aller stupiden Übungswiederholungen hatte sie immer etwas für uns parat, was besonders und aufregend war – zumindest, wenn man acht Jahre alt war.

Obwohl diese Anfänge mittlerweile mehr als zwanzig Jahre her waren, spürte ich den Kitzel, den ich auch damals empfunden hatte. Vielleicht war es der Zauber, der allem Neuen innewohnte. Beispielsweise der erste Spaziergang mit dem eigenen Hund.

»Was grinst du denn so?«, wollte Andy wissen, als wir den Fahrstuhl betraten.

»Nichts.«

»Seit June da ist, ist es irgendwie schöner, ins Penthouse zu kommen, oder?«, sagte er und lehnte sich an die Fahrstuhlwand. Ich antwortete nicht, aber mir fiel auf, dass Dan mir einen Blick zuwarf. Steven checkte sein iPhone und war bereits wieder in seine ganz eigene Manager-Welt abgetaucht.

Als wir die Wohnung betraten, hatten June und Millie gerade eine Tour rund um die Terrasse hinter sich, und June plädierte für eine kleine Pause, bevor wir in etwa einer Stunde in den Park aufbrechen wollten. Sie verschwand in dem Gästezimmer, das Joana ihr offenbar schon fertig gemacht hatte, und einen Moment lang dachte ich, dass Andy tatsächlich recht hatte. Es war wirklich schöner, von einem Außentermin wieder hierher zurückzukommen, seit June hier war. Ich hätte gar nicht genau sagen können, woran es lag, aber sie schien eine Art lebensbejahender Energie um sich zu verbreiten. Vielleicht war das auch genau das kleine Geheimnis, das Millie aus ihrer Reserve gelockt hatte.

Dan, Steven, Andy und ich nutzten die Zeit, um im Arbeitszimmer den Ablauf im Radiosender zu besprechen, wo übermorgen das Interview stattfinden sollte.

Da Dan wie immer alles bestens vorbereitet hatte, waren wir nach fünfzehn Minuten damit durch. Dan zog sich zurück, um auf seinem angestammten Platz auf der Terrasse ein wenig zu meditieren. Steven wollte unbedingt die Details eines Werbevertrags besprechen, den er mir schmackhaft zu machen versuchte. Und Andy blieb der Bequemlichkeit halber bei uns in einem Sessel sitzen und brummte hin und wieder zustimmend oder ablehnend, was meine Entscheidung, ob ich den Deal machen wollte oder nicht, jedoch auch nicht vorantrieb.

Als wir schließlich ohne endgültiges Ergebnis aus dem Arbeitszimmer kamen, sagte Steven zu mir: »Und du willst wirklich gleich in den Park rübergehen?«

Er klang gereizt, wahrscheinlich, weil ich mich in Sachen

Werbevertrag sperriger zeigte, als er angenommen hatte. Und ich nahm an, er habe eigentlich erwartet, dass ich mir diese »dumme« Idee des Parkspaziergangs sowieso wieder aus dem Kopf schlug.

»Will ich. Und zwar zukünftig regelmäßig«, antwortete ich.

Steven schien einen Moment zu überlegen, doch dann riet er nur: »Nimm Andy mit!«

»Natürlich«, erwiderte ich.

Andy tat so, als hätte er den Wortwechsel nicht mitbekommen, streckte seine breite Brust und schlenderte hinüber in die Küche, aus der es nach Kuchen duftete.

Steven wartete, bis die Tür sich hinter ihm schloss, dann setzte er hinzu: »Am besten auch Dan.«

»Ich werd ihn fragen, wenn er mit seiner Meditation fertig ist. Könnte mir vorstellen, dass er mitkommt«, sagte ich.

Steven schnaubte durch die Nase. Das war eine der wenigen proletarisch anmutenden Gesten, die er sich hin und wieder gestattete. »*Könnte mir vorstellen, dass er mitkommt?* Pfff … du klingst wie ein Zimmermädchen, wie du das sagst. Du bist sein Boss, Tobey! Wenn du willst, dass er mitkommt, muss er mit.«

Andy und Steven hatten beide Vorbehalte gegen Dan – allerdings aus unterschiedlichen Gründen. Andy betrachtete Dan als eine Art Konkurrenz. Beide waren sie für meine Sicherheit zuständig, allerdings in zwei ganz unterschiedlichen Bereichen. Andy, das wusste ich, würde sein Leben dafür einsetzen, mich in einer kniffligen Situation rauszuhauen. Dan dagegen sah seine grundlegende Aufgabe darin, es zu solchen Situationen erst gar nicht kommen zu lassen. Er hatte mit seiner Einschätzung noch nie falsch gelegen. Doch wahrscheinlich war es gerade das, was Steven an ihm am wenigsten leiden konnte. Die Unfehlbarkeit hätte er wahrscheinlich gern für sich allein beansprucht.

Steven rief Richtung Terrassentür: »Hey, Dan, lass das Nirwana jetzt mal links liegen! Deine gut bezahlte Arbeit ruft. Tobey will mit dem Hund ’ne Runde durch den Park drehen.«

Doch Dan reagierte nicht. Steven wandte sich entnervt um. »Tobey, ganz im Ernst, wir sollten uns nach einem anderen Sicherheitschef umsehen.«

Ich seufzte. Diese Diskussion hatten wir schon einige Male geführt. »Er ist der Beste.«

»Der Beste für was denn, bitteschön?«, erwiderte Steven ungehalten. Doch dann ging ein Ruck durch ihn. Er räusperte sich und klopfte mir auf die Schulter. »Lass gut sein. Du hast recht, er hat wohl wirklich was drauf. Wir sehen uns morgen!« Damit verschwand er, und ich starrte durch die Glasfront auf Dans kerzengeraden Rücken, hinter dem die Stadt in frühlingshaftem Licht lag.

Ein leises Räuspern ließ mich herumfahren.

June lag auf einem der Sofas auf der obersten Ebene, Millie hatte es sich quer über ihren Beinen bequem gemacht. Ich hatte angenommen, June sei noch in ihrem Zimmer, und hatte die beiden überhaupt nicht bemerkt.

»Oh, tut mir leid«, rutschte es mir reflexartig heraus.

»Dir?«, fragte sie verwundert. »Ich bin doch diejenige, die hier faul herumliegt und deswegen versehentlich so ein Gespräch mitbekommt. Eigentlich müsste also ich mich entschuldigen. Aber vielleicht eher doch nicht. Schließlich arbeite ich gerade. Millie ist nämlich ausgesprochen schmusebedürftig, und durch den Körperkontakt stärken wir ihr Vertrauen noch weiter. Nein, wenn ich recht drüber nachdenke, muss ich mich nicht entschuldigen. Aber du genauso wenig. Ist doch schließlich deine Wohnung, in der du besprechen kannst, was und mit wem du willst. Wie du siehst: Wir sind fein raus. Keiner von uns hat was falsch gemacht. Mit Ausnahme von Steven vielleicht.«

Ihr Redefluss ließ meine Mundwinkel beinahe automatisch nach oben wandern. Ich schüttelte sacht den Kopf und ging zu ihr und Millie hinauf. »Welchen Fehler hat Steven denn gemacht?«, wollte ich neugierig wissen. Junes Sicht auf die Dinge hatte mir in der letzten Woche schon mehr als einmal einen neuen Horizont offenbart.

June zog eine Grimasse. »Er nimmt sich ziemlich viel raus, finde ich. Vielleicht ist das ja so ein Managerding, keine Ahnung, ich kenn nur ihn bisher.«

»Managerding? Ich dachte, sich viel rauszunehmen sei in erster Linie der Job von Hundetrainern.«

Sie grinste, ließ meine Bemerkung aber links liegen und fuhr fort: »In meinen Augen führt er sich ein bisschen auf wie ein jovialer Dad. Ich wette, er ist der Meinung, dass hier ohne ihn gar nichts laufen würde. Und so eine Einstellung ist immer kritisch, finde ich. Nur deswegen kommt er auf die Idee, an Dan herumzumeckern. Dabei gibt es an dem doch bestimmt nichts auszusetzen. Gott sei Dank perlt so was an Dan ja ab wie Wasser an einem Lotusblatt. Aber so wie ich das mitbekommen habe, kann Steven es nicht lassen, auch dich immer mal wieder auf diese gewisse väterliche Art zu belehren und sich damit wichtig zu machen.« Sie hielt kurz inne und berührte mit dem Zeigefinger ihre Nasenspitze. »Ja, wenn ich jetzt genauer drüber nachdenke ... ja, ich finde, Steven ist derjenige, der sich entschuldigen sollte.«

Ich musste lachen. Wie schade, dass Steven schon fort war. Zu gern hätte ich gehört, was er zu so einer Erklärung einer *Hundetrainerin* zu sagen gehabt hätte.

»Was geht es ihn an, welchen Aufwand du um deine Sicherheit betreibst?«, fragte June, plötzlich ernst. Und mir wurde schlagartig klar, dass wir uns von einem eher scherzhaften Geplänkel plötzlich auf gefährlichem Gesprächs-Terrain bewegten. Einen Augenblick spielte ich mit dem Gedanken, ihre Frage mit einem kleinen Witz zu beantworten. Gestern hätte ich das noch getan. Doch nach dem Erlebnis letzte Nacht und unserem Gespräch heute Morgen im Auto hatte sich etwas verändert. Zwischen uns. Ich hatte ihr von mir etwas preisgegeben, von dem nur wenige Menschen wussten. Und das Erstaunliche war gewesen: Sie hatte es verstanden, ohne auch nur einmal nachfragen zu müssen.

Deswegen wäre es mir irgendwie nicht richtig vorgekommen, sie jetzt mit einem Scherz abzubügeln.

»Steven hat wahrscheinlich sogar recht«, gab ich zu. »In den letzten vier Jahren hat es tatsächlich nicht einen einzigen Vorfall gegeben, der den Aufwand, den ich seitdem um das Thema betreibe, rechtfertigen würde.«

»Aber du bist eine Person des öffentlichen Lebens«, antwortete June, scheinbar empört über mein eigenes Argument. »Wenn du auch nur die Straßenseite wechselst, fallen reihenweise kreischende Mädchen in Ohnmacht. Wenn du einen Laden betrittst, stolperst du über mindestens fünf Paparazzi. Und das alles vor dem Hintergrund, was du bei dem Konzert vor vier Jahren erlebt hast, als Patrick starb. Ich finde, das rechtfertigt durchaus deine Vorsichtsmaßnahmen.«

Ich hatte nicht damit gerechnet, dass sie seinen Namen erwähnen würde. Genau wie heute Nacht schmerzten ihre Worte plötzlich an einer normalerweise sorgfältig geschützten Stelle wie nadelfeine Stiche.

Es dauerte einen Moment, bis ich antworten konnte. Dann erwiderte ich: »Das, was mit Patrick passiert ist, das war etwas anderes. Etwas vollkommen anderes.«

Aber ihr Blick sagte mir, dass sie mir nicht glaubte. Und plötzlich war ich mir nicht mehr sicher, ob ich selbst es noch konnte.

Ich tat das, was ich immer tat, wenn es sich nicht vermeiden ließ, dass ich mich in der Öffentlichkeit bewegte: Ich zog mir ein Basecap ins Gesicht und verbarg mich hinter einem Schal.

Da die Sonne sich mittlerweile hinter Wolken versteckte, ließ ich die Sonnenbrille weg. Nichts zog Blicke mehr an als eine Sonnenbrille bei bedecktem Himmel.

Durch Junes Training der letzten Woche geschult im *hundetauglichen Denken*, wie sie es nannte, war ich nicht verwundert, dass sie jegliches großes Gehabe um unseren Spaziergang vermied. Sie ließ mich Millie die Leine anlegen, wie wir es geübt hatten, nämlich mitten im Wohnraum – sodass Millie theoretisch gar nicht wissen konnte, in welche Richtung wir gehen würden.

Doch da wir uns die letzten Tage nur auf der Dachterrasse bewegt hatten, wollte sie in diese Richtung losspazieren.

Darauf hatte June mich schon vorbereitet. Ich blieb also stehen, und Millie lief ins Ende der Leine. Als sie sich verwundert umsah, warum ich ihr nicht folgte, drehte ich mich um und ging zielstrebig Richtung Wohnungstür.

So hatten June und ich es besprochen. Es war wichtig, dass ich nicht zögerte oder verlangsamte, wenn Millie unsicher wurde. Ich musste ihr den Eindruck einer selbstbewussten Leitfigur vermitteln.

June hatte auch ganz selbstverständlich Andy zum Aufhalten der Wohnungstür und Dan draußen am Aufzug postiert, weil sie unnötige Wartezeiten vermeiden wollte, in denen Millie womöglich Angst aufbauen könnte.

Sogar Joana stand innen am Bullaugenfenster der Küchentür und sah uns gespannt zu.

Die Wohnungstür schien schon das erste Hindernis darzustellen, denn mitten im Rahmen stemmte Millie plötzlich alle vier Pfoten in den Teppich und ging nicht weiter. Offenbar wollte sie die Wohnung nicht verlassen.

»Schwellenangst«, sagte June zu mir, als hätte sie damit gerechnet. »Sie fürchtet sich vor dem Marmorboden.« Sie ging an Millie vorbei, ohne sie anzusehen, und hakte sich entspannt bei mir ein. Durch ihren sanften Druck setzte ich automatisch unseren Weg Richtung Aufzug fort. Millie wurde zwangsweise vom Teppich auf den Marmorboden gezogen. Nach etwa zwei Metern blieb June stehen und sah mich an.

»Nur weil Millie sich fürchtet, müssen wir das ja nicht auch tun«, sagte sie. Ihre Augen huschten nur kurz zu Millie hinunter, die mit großen Augen breitbeinig auf dem glatten Boden stand. »Andy, komm du auch raus. Schließ die Tür, aber leise.« Andy gab sich offensichtlich Mühe, und die schwere Tür schloss sich tatsächlich mit nur einem leisen *Klack*.

»Geh weiter zum Fahrstuhl«, dirigierte June ihn. Ich sah zu Millie und erhielt prompt einen kleinen Stoß in die Rippen. »Noch nicht«, sagte sie und wirkte dabei so, als würde sie über das Wetter reden. »Nie ins Angstverhalten hinein bestärken. Ansehen, Ansprechen reicht schon aus, damit sie denkt, sie fürchtet sich zu Recht und macht alles richtig. Warte, bis sie sich ein bisschen entspannt.«

»Woher soll ich das wissen, wenn ich sie nicht ansehen darf?«, wollte ich wissen und versuchte, zu Millie zu schielen.

»Du spürst den Druck auf der Leine. Sobald der auch nur ein winziges bisschen weniger wird, weil sie einen kleinen Schritt in unsere Richtung tut, siehst du sie an und lobst sie.«

»Wie lange wird das dauern?«

June sah mich amüsiert an, als fände sie die Frage irgendwie lustig. Immer noch hatte sie ihren Arm in meinen gehakt. Wir standen sehr nah beieinander, so nah, wie wir uns noch nie gekommen waren. Doch da sie es nicht merkwürdig zu finden schien, versuchte ich so zu tun, als wäre es völlig normal.

»Sie vertraut uns. Sie wird merken, dass hier nichts Schlimmes passiert«, sagte sie.

Und tatsächlich: Kaum hatte sie zu Ende gesprochen, spürte ich, wie der Druck auf der Leine plötzlich nachließ. Sofort sah ich zu Millie, die ein paar unsichere Schritte in unsere Richtung machte.

»Jawohl, Millie, klasse!«, sagte ich schnell und empfand eine geradezu euphorische Freude.

June wandte sich zum Aufzug, und wir gingen langsam hinüber. Millie hielt sich nun dicht bei uns. Offenbar war sie der

Ansicht, dass eine so gefährliche Umgebung auf alle Fälle besser in unserer Nähe zu bewältigen war. An der Fahrstuhltür erwartete ich eigentlich noch einmal die gleiche Prozedur, doch sie zeigte nur ein kurzes Abducken und hüpfte dann mit einem etwas unbeholfenen Sprung über die Metallschiene der Türen hinein auf den Schieferboden.

June reagierte sofort: Sie löste ihren Arm von meinem, setzte sich auf den Boden und versperrte auf diese Weise mit ihren Beinen den Ausgang. Weil ich mich nicht lumpen lassen wollte, tat ich es ihr gleich und setzte mich ihr gegenüber, den Rücken an die Wand gelehnt.

Millie zögerte einen kurzen Moment und ging dann zu June, um sich an ihre Beine zu drücken.

»Tja«, machte Andy und grinste. »Das war ja wohl eindeutig.«

Bevor ich antworten konnte, hatte June Dan zugenickt, und er legte die Sicherheitskarte auf das Sensorfeld. Die Türen schlossen sich, der Fahrstuhl setzte sich in Bewegung.

Wieder duckte Millie sich, ganz ähnlich wie an dem Tag, als wir sie hierhergebracht hatten. Gegen Junes Beine gepresst, zitterte sie erbärmlich.

June, die Hände entspannt im Schoß, hob den Blick und sah mich an. »Keine Bange. Im Moment bin ich wohl diejenige, die am ehesten weiß, wo es langgeht und wie unser kleines Experiment ablaufen sollte. Das spürt sie natürlich.«

»Du wärst eine perfekte Sicherheitschefin«, sagte Dan. June sah überrascht auf, und die beiden lächelten sich an.

Ich hatte von Dan noch nie ein Kompliment gehört. Wenn das gerade überhaupt eins gewesen war ... Ich hätte jedenfalls nicht gedacht, dass ich jemals eine attraktive Frau kennenlernen würde, die sich von so einer Aussage geschmeichelt fühlen würde. Doch June schien es tatsächlich so zu empfinden.

Andy fing meinen Blick auf, hob ein paar Mal rasch hintereinander die Brauen und deutete mit dem Kopf leicht zu Dan und June. Natürlich wusste ich, was er mir sagen wollte. Doch ich tat so, als wäre ich etwas begriffsstutzig. Warum mir so unwohl war bei dem Gedanken, dass June und Dan sich womöglich voneinander angezogen fühlen könnten, hätte ich gar nicht sagen können. Aber es war so.

Verrückte Gedanken waren das, rund um meine Hundetrainerin. Daher war ich fast so froh wie Millie, als der Fahrstuhl im Erdgeschoss anhielt und die Türen sich öffneten.

Obwohl der schwarze Marmor des Foyers ebenso glänzte und spiegelte wie der helle oben in unserem Stockwerk, schien der Fahrstuhl entschieden gruseliger zu sein. Millie stürmte hinaus und zog mich regelrecht hinter sich her. Allerdings wusste sie schon nach ein paar Schritten nicht mehr weiter, und June konnte wieder übernehmen, indem sie mich zielstrebig Richtung Tür schob. Die Sicherheitskräfte wussten Bescheid und hatten die normale Tür neben der großen Drehtür bereits entriegelt. Andy hielt sie uns auf, und schon standen wir draußen auf der Straße.

Obwohl der Ausgang zur Seitenstraße hinausging, herrschte auch hier Verkehr. Zwei Autos fuhren vorbei. Millie hielt sich eng an der Hauswand, während sie neben mir lief, immer June folgend, die vorwegging.

Bis zum Park, der nur zweihundert Meter entfernt lag, hatte June ein ruhiges, aber gleichmäßiges Tempo geplant. Tatsächlich lief auch alles wie am Schnürchen, bis wir die Straße überqueren wollten und ein Motorradfahrer dicht an uns vorbei noch rasch über die Ampel donnerte.

Millie erschrak darüber so sehr, dass sie mit aller Kraft den Rückwärtsgang einlegen wollte. Und jetzt verstand ich auch, warum June darauf bestanden hatte, neben dem üblichen Halsband auch eines der Geschirre anzulegen und beides mit der Leine zu verbinden. Millie senkte den Kopf und zerrte so heftig an dem Halsband, dass sie es fast geschafft hätte, sich den Lederriemen über den Kopf zu streifen.

»Geschirr«, sagte June und griff kurz in die Leine, um den

Druck auf das Halsband zu lösen und das Geschirr als festen Punkt zu halten.

Darauf machte Millie sich derart schmal, dass sie um ein Haar aus dem Geschirr geschlüpft wäre.

»Halsband«, sagte June, als ich bereits umgriff und die Seite der Leine, die am Geschirr befestigt war, locker ließ. Und da sie weder das eine noch das andere loswerden konnte, fügte Millie sich nach kurzer Zeit in ihr Schicksal und ließ sich von mir über die Straße führen.

Sobald wir durch das offen stehende schmiedeeiserne Tor in den Park getreten waren, schienen wir alle regelrecht aufzuatmen. Schon nach wenigen Schritten veränderte Millie deutlich ihre Körperhaltung. Sie hob den Kopf und sah sich aufmerksam um. Dann senkte sie die Nase aufs hellgrüne sprießende Gras und schnüffelte ziemlich lange an einer Stelle herum.

»Das kennt sie«, stellte June fest. Und diesmal hatte ich das schon vor ihren Worten intuitiv gewusst. In den letzten Tagen hatte ich so viel über Hundeverhalten gelernt, dass ich mich immer besser in Millie hineinversetzen konnte. So wie sie sich hier bewegte und von einem interessanten Fleck zum nächsten trabte, war deutlich zu erkennen, dass Parkgelände mit Wiesen, Bäumen und Beeten ihr nicht fremd waren. Ganz im Gegensatz zu spiegelglatten Böden oder stark befahrenen Straßen.

Während Dan und Andy uns flankierten und ihre Blicke zu den Gott sei Dank wenigen Menschen auf den Wegen und Bänken schweifen ließen, die es an diesem verhangenen Apriltag hierhergelockt hatte, liefen June und ich nebeneinander, Millie an der Leine locker neben mir gehend.

»Sie mag das, oder?«, fragte ich schließlich.

»Auf jeden Fall«, stimmte June mir zu. »Schau dir ihre Haltung an. Sie trägt den Schwanz zwar noch nicht besonders hoch, aber sie will ihn auch nicht mehr unterm Bauch verstecken. Ihr Rücken ist gerade und entspannt, ihre Ohren sind aufgerichtet, die Augen munter. Ja, es gefällt ihr auf jeden Fall!« Sie lächelte glücklich. Ihr Lächeln, wurde mir gerade klar, drückte wahrscheinlich das aus, was ich fühlte: Erleichterung und Mitgefühl mit diesem kleinen Wesen, das so tapfer durch alle Ängste ging, um das Leben wieder genießen zu können.

»Ich will ja nicht frotzeln«, meldete sich Andy von schräg hinten. »Aber ihr seht aus wie ein Pärchen, das zum ersten Mal mit dem Kinderwagen draußen rumschiebt.«

»Um Gottes willen!«, lachte June. »Ich und Kinder. Wahrscheinlich würde ich sowieso einen Welpen bekommen.«

Darüber mussten wir alle lachen.

Und dann sagte Dan: »Bekanntes Objekt von vorn.«

Wir hatten die große Wiese bereits halb umrundet. Von einem der Seitenwege, die sich in der Ferne verloren, kam eine Frau im sportlichen Joggerdress auf uns zugetrabt.

»Juhu!«, rief sie uns entgegen.

»Lin!«, entfuhr es mir. »Was tust du hier?«

»Wonach sieht's denn aus?«, fragte sie zurück und fiel in ein gemächliches Schritttempo, bis sie uns erreichte. Sie atmete schwer, strahlte aber über das ganze Gesicht. »Wow! Ihr seid schon draußen unterwegs! So schnell? Das hätte ich ja nicht gedacht! Hi, Dan! Hi, Andy! Hallo, Kleines!« Lin hockte sich hin und streckte Millie die Hand entgegen. Ich konnte gerade noch verhindern, dass sie die zurückweichende Millie anfasste, indem ich einen Schritt nach vorn tat und mich zwischen die beiden stellte.

Lin sah mich von dort unten verblüfft an.

»Besser nicht«, erklärte ich ihr. »Sie hat heute schon ziemlich viel lernen müssen. Angefasst werden von Fremden ist nicht ihre Stärke.«

»Dann hab ihr ja schon etwas gemeinsam.« Lin erhob sich wieder. »Hatte nur keine Ahnung, dass ich eine Fremde bin.«

Ich schnaubte. »Natürlich bist du für sie eine Fremde! Und ich habe mal gehört, dass man eine Lady nicht beim ersten Kennenlernen gleich antatscht«, sagte ich und blinzelte zu June hinüber. Ihr Mund verzog sich zu einem Lächeln, doch in ihren Augen flackerte etwas.

»Ach, entschuldige ... das hier ist meine große Schwester Lin. Lin, das also ist June, die wahrscheinlich beste Hundetrainerin der westlichen Hemisphäre.«

Das Flackern in Junes Augen verschwand, und June reichte Lin lächelnd die Hand.

»Hi!« Lin betrachtete June einen Moment lang so intensiv, dass ich sie am liebsten mit dem Ellbogen in die Seite gestoßen hätte. »Ich hab schon jede Menge über Sie gehört.«

»Wie das?«

»Oh, ich bin einer von den kleinen Brüdern, die aus lauter Angst vor der älteren Schwester immer noch täglich anrufen und alle Neuigkeiten brav berichten«, mischte ich mich ein.

Anstatt sich von meinem kleinen, glaubwürdig vorgetragenen Schwindel verunsichern zu lassen, bedachte June mich ihrerseits mit einem ernsten Seitenblick. »Genau so habe ich dich eingeschätzt.«

Plötzlich ertönte eine Handymelodie. June erstarrte in der Bewegung.

»Geh ruhig ran«, winkte ich ab. »Die Stelle hier scheint ja eh gerade für Millie sehr interessant zu sein. Wir bewegen uns einfach nicht weg.«

Während sie sich ein Stück von uns entfernte, hörte ich noch, wie sie ins Telefon zischte: »Morris, wo steckst du? Ich versuche seit zwei Tagen, dich zu erreichen!«

Ich wandte mich in der Zwischenzeit an Lin. »So, und jetzt mal schnell ... Wieso bist du wirklich hier? Du joggst doch sonst nie hier in der Gegend!«

»Ich hab Spione«, grinste sie und sah zu Andy hinüber, der einen Stein den Weg entlangkickte. »Und ich wollte mal einen Blick auf deinen Schützling werfen, ohne aufdringlich gleich im Penthouse aufzutauchen. Scheint ja gut zu klappen mit ihr.«

»Erst seit wir hier im Park sind. Im Aufzug hatte sie am meisten Angst. June meint, sie hat als Welpe solche Situationen wahrscheinlich nie kennengelernt. Deswegen ist sie ziemlich empfindlich, was Neues angeht. ’ne Art Kulturschock. Aber Gott sei Dank ist sie ja noch jung, das kann sie lernen.«

»Du klingst irgendwie ...« Lin sah mich schmunzelnd an. »Wie ein Dad.«

»Sag du das nicht auch noch«, flehte ich.

Wir sahen beide Millie zu, die an einer Stelle auf der Wiese besonders intensiv schnupperte. Dann hob sie den Kopf, merkte, dass June sich entfernt hatte, und wollte ihr folgen. Ich musste die Leine ein wenig fester fassen.

»June ist okay, oder?«, fragte Lin

»Sie ist großartig«, sagte ich und fand, dass es irgendwie unzureichend klang.

»Muss ziemlich öde für sie sein, den ganzen Tag nur in der Wohnung zu hocken. Bring sie doch mit zu meiner Geburtstagsparty«, schlug Lin vor. »Das heißt, wenn sie in knapp zwei Wochen noch da ist. Habt ihr schon darüber gesprochen, was sie glaubt, wie lange ihr Einsatz hier dauert?«

Ich schüttelte den Kopf. Darüber hatten wir tatsächlich noch nicht gesprochen. Und ich stellte fest, dass mir der Gedanken, sie könnte schon in zwei Wochen tatsächlich nicht mehr da sein, nicht gefiel. Nicht, nachdem es mir erst heute Morgen gelungen war, sie davon zu überzeugen, dass es mir wirklich ernst war und sie das Training unbedingt fortsetzen sollte.

Lin betrachtete Millie noch einmal genau. »Sie ist wirklich süß, die Kleine«, sagte sie dann. »Gefällt mir noch besser als auf den Fotos, die du geschickt hast. Da hab ich nämlich immer auf den Verband und die kahle Stelle an der Seite gestarrt. Wahnsinn, dass sie das überlebt hat, oder? Von Paparazzi überrollt! Aber so in echt wirkt sie ganz anders. Als hätte sie jede Menge ... Charakter ... oder ... ich weiß nicht, wie ich es nennen soll.«

Ich hockte mich hin. Millie, die gerade noch am Boden geschnuppert hatte, schielte zu mir herüber und kam langsam näher. Sie roch an meinen Händen, die ich locker auf den Knien liegen hatte. Dann sah sie mich an und wedelte kurz, bevor sie sich dem nächsten Grashalm widmete.

»Seele?«, schlug ich vor.

»Seele«, stimmte Lin mir lächelnd zu.

»Fans aus Richtung Kinderspielplatz«, sagte Andy. »Soll ich die aufhalten?«

Nach einer ersten Schrecksekunde sah ich, dass es vier Teenagermädchen waren, die, eng aneinandergepresst und hysterisch kichernd, todesmutig auf uns zukamen.

»Wahrscheinlich wollen die nur ein Autogramm«, sagte Dan und sah mich fragend an.

»Ist okay.« Ich zog die Schultern hoch. Es würde schon nichts passieren.

Andy winkte die Mädchen, die in zwanzig Meter Entfernung unsicher stehen geblieben waren, näher heran.

»Ich lauf weiter«, entschied Lin. »So viele Hormone ertrage ich heute nicht. Ruf mich an, Kleiner, ja?«

Sie gab mir einen Kuss und war schon wieder mit wippendem Pferdeschwanz unterwegs.

Die Mädchen, gerade noch mit hohen Stimmen giggelnd, waren nun in Ehrfurcht erstarrt und wagten kaum, mir in die Augen zu sehen. Ich schätzte sie auf vierzehn oder fünfzehn. Und wahrscheinlich würden sie mit den frischen Autogrammen auf ihren Sweatshirts und Basecaps morgen die Stars ihrer Klasse sein.

Als sie schließlich Arm in Arm abgezogen waren, gesellte sich auch June wieder zu uns. Sie wirkte verärgert. Auf ihrer Stirn hatte sich eine steile Falte gebildet, und über ihre sonst so lebendigen Augen hatte sich eine Art Schleier gelegt. Das schien kein angenehmes Telefonat gewesen zu sein.

»Wunderbar«, sagte sie und sah der Gruppe der nun wieder kichernden und kreischenden Mädchen nach. »Damit hätte Millie also auch einen weiteren Aspekt des Lebens mit dir kennengelernt.« Wahrscheinlich wollte sie einen Scherz machen, doch ihre Stimme klang bitter.

»Wollen wir wieder in die Wohnung gehen?«, schlug ich vor. Und ich ertappte mich bei dem Wunsch, Morris Clark, ob er nun ihr Geschäftspartner oder Lebensgefährte war, möge nach diesem kurzen Telefonat ebenso düsterer Laune sein wie sie.

Sobald wir den Park verließen, veränderte sich Millies Körperhaltung wieder deutlich. Sie lief ein wenig geduckt, möglichst dicht an der Mauer entlang, und sah sich bei jedem lauten Geräusch oder vorbeifahrenden Auto hektisch um. Das Foyer mit seinem glänzend schwarzen Boden betrat sie ohne Probleme. Offenbar war sie froh, von der Straße wegzukommen. Ich wollte schon triumphieren, doch dann stellte sich raus, dass sie den Fahrstuhl aber auf keinen Fall betreten wollte.

Selbst als wir alle vier bereits im Fahrstuhl standen, war sie der Meinung, es sei da draußen sicherer. Die Tatsache, dass wir so viel Distanz zwischen sie und uns gebracht hatten, verursachte ihr mächtig Stress. Nach ein paar Minuten, in denen wir gewartet hatten, dass sie sich ein wenig entspannte, begann sie zu hecheln.

»Okay«, sagte June. »Millie verlässt gerade den Angstbereich und bekommt Panik. Ich geh mit ihr die Treppe rauf.«

»Das sind ...«, begann Andy.

»... acht Stockwerke, ich weiß«, vollendete June. Sie war schon auf dem Weg aus dem Fahrstuhl hinaus und wollte mir die Leine abnehmen, die immer noch straff gespannt war. Doch ich stand bereits neben ihr.

»Tobey?« Das war Dan.

»Fahrt ihr ruhig. Ist vielleicht besser, wenn wir nur zu zweit sind«, sagte ich und nickte ihm zu.

Dann ging ich los, und Millie wollte so dringend vom Fahrstuhl weg, dass sie mir ohne zu zögern folgte. June war ein paar Schritte hinter uns.

Die Securitymänner entriegelten vom Pult aus die Tür, und

schon standen wir zu dritt im Treppenhaus, vor uns die steilen Stufen, die zu meiner Wohnung hinaufführten.

»Dann mal los!«, sagte June und war bereits den ersten Treppenabsatz hinauf, als klar wurde, dass Millie keine Ahnung zu haben schien, wie man Treppen lief.

Sie setzte immer wieder die unverletzte Vorderpfote auf die erste Stufe, doch ihr ganzer Körper schien auf Rückwärtsgang programmiert zu sein.

June beobachtete die vergeblichen Versuche und setzte sich schließlich auf die letzte Stufe zum Absatz.

»Soll ich sie tragen?«, fragte ich. Wir sahen uns an, und ihre Augen blitzten auf ihre übliche, lebendige Art. Das Telefonat mit diesem Morris schien sie nun doch verkraftet zu haben.

»Wenn du sie jetzt bis oben trägst, bist du zwar ein Held«, sagte sie.

»Und das wollte ich immer schon mal werden!«, warf ich ein.

»Aber Millie wird lernen, dass sie das Problem nicht selbst lösen muss«, setzte June hinzu.

»So wie gerade am Fahrstuhl? Sie will nicht rein, also muss sie auch nicht?«

»Anders. Es war nicht so, dass sie nicht in den Fahrstuhl *wollte*. Sie *konnte* nicht. Sie hatte panische Angst. Das hier ist anders. Sie möchte es gern versuchen, aber sie weiß nicht wie. Ich fürchte, wir müssen davon ausgehen, dass sie keine Treppen kennt. Sie bis in die Wohnung zu tragen würde ihr dabei nicht helfen, das kennenzulernen.«

»Was würde ihr denn helfen?«

June sah mich nachdenklich an. »In nicht allzu langer Zeit werde ich wieder in Glastonbury sein und dort andere Hunde trainieren. Es kann immer passieren, dass du mit Millie an ein Hindernis stößt. Du solltest lernen, so zu denken wie sie.«

Na, das war keine besonders hilfreiche Antwort. »Ich glaube, Millie denkt gerade: ›Das kann ich nicht!‹«, sagte ich.

»Wenn jemand noch nie eine Note auf einem Instrument gespielt hat, wird er wahrscheinlich auch denken, dass er niemals wird komponieren können«, erwiderte June.

Seltsam, dass sie das jetzt erwähnte. Sofort fiel mir wieder Mrs. Hornby ein. Sie hatte mal etwas Ähnliches gesagt, als ich die Geduld zu verlieren drohte und kompliziertere Stücke spielen wollte, als meine Finger schon zu meistern bereit waren. *Tonleiter, Tobey!*, hatte sie mit ihrer strengen Klavierlehrerinnenstimme gesagt. *Und wenn du das erste kleine Kinderlied ohne zu stocken und mit Gefühl spielen kannst, dann kommt irgendwann Chopin.*

Sie hatte meinem kindlichen Enthusiasmus, gleich den ganzen Berg an komplizierten Griffen bewältigen zu können, einen ordentlichen Dämpfer verpasst. Aber letztendlich hatte sie recht gehabt. Schritt für Schritt, das war der beste Weg für das Lernen einer Sache, bei der viele Schritte nacheinander das große Ganze ausmachen würden. Ganz ähnlich wie das Besteigen eines Berges. Oder einer Treppe.

Was aber, wenn der allererste Schritt derartige Mühe bereitete, weil man den gewaltigen Berg an vielen weiteren Schritten auch gleich mit vor Augen hatte? Ich betrachtete den ersten Treppenabschnitt, der vor uns lag. Eins, zwei, drei … vierzehn Stufen genau. Dann hockte ich mich zu Millie, und sie sah mich ratlos an.

Als ich sie mit der einen Hand sanft streichelte, drückte sie sich an mein Bein, und ich schob die andere vorsichtig unter ihren Brustkorb. Dann ließ ich meine Hand an ihrer Flanke entlangstreichen und fasste unter ihre Hinterläufe. Vorsichtig hob ich sie hoch.

Sie presste sich gegen meine Brust, schien aber keine Angst zu haben. Stufe für Stufe stieg ich den ersten Treppenabsatz langsam hinauf. Bis ich fast oben angekommen war. June war aufgestanden und an die Wand zurückgewichen. Sie beobachtete genau, was ich tat. Ich kannte den einen oder anderen Kerl, die sich schlapp gelacht hätten über die Ernsthaftigkeit, mit der sie diese Sache anging. Ein Hund sollte eine Treppe hinauf. Na und?

Mir aber gefiel Junes Art, Millie ernst zu nehmen. Ja, mir gefiel ihre Art sehr.

Als ich auf der zwölften, also der vorletzten Stufe angekommen war, beugte ich mich runter und setzte Millie vorsichtig dort ab.

Jetzt musste sie sich entscheiden: Entweder sie wagte den kürzeren Weg nach oben zu June. Oder sie müsste den entschieden längeren Weg die Stufen wieder runtergehen. Wenn es aber stimmte, was June vermutete, dass Millie Treppen gar nicht kannte, dann würde sie den Weg hinunter ebenso scheuen wie gerade noch die vielen Stufen hinauf.

Und tatsächlich: Nachdem sie einen kurzen Moment gezögert hatte, tat sie einen ulkigen kleinen Hüpfer und versuchte, die beiden Stufen mit einem einzigen Sprung zu überwinden.

Es klappte eher schlecht als recht. Aber sie stand dann doch auf dem Treppenabsatz und konnte schwanzwedelnd zu June traben.

Die kraulte Millie kurz die Brust, sah mich mit leuchtenden Augen an und eilte den nächsten Absatz hinauf.

Millie sah ihr hinterher und winselte leise.

Wieder hob ich sie auf, trug sie den Großteil der Stufen hinauf und setzte sie diesmal auf der drittletzten Stufe ab. Mit der geschienten Pfote konnte Millie unmöglich die drei Stufen überspringen, und sie versuchte es auch gar nicht. Vorsichtig setzte sie die gesunde Vorderpfote auf die erste Stufe, nahm Schwung und stolperte dann die beiden anderen hinauf. Um sich dann, offensichtlich sehr erleichtert, wieder ihren Belohnungskrauler bei June abzuholen.

Und so ging es weiter. Die nächsten beiden Treppenabsätze brachten uns bereits bis zur neunten Stufe. Und Millie schien mit jedem Mal mehr Gefühl für den Abstand und den Schwung zu bekommen, der notwendig war, um ihn zu bewältigen.

Im Nu waren wir im vierten Stock, und Millie konnte bereits die Hälfte der Stufen allein laufen, wenn ich sie dort absetzte.

June wollte eine kleine Pause einlegen. Wir setzten uns mit Millie auf den Absatz und sahen uns gemeinsam an, was wir bereits bewältigt hatten.

»Können Hunde so etwas wie Stolz empfinden?«, wollte ich wissen.

»Auf jeden Fall! Sieh sie dir doch mal an«, erwiderte June, und als ich Millie genau betrachtete, setzte sie hinzu: »Das hast du gut gemacht vorhin.«

»Was meinst du?«

»Als deine Schwester Millie anfassen wollte, hast du dich blitzschnell zwischen sie geschoben. Ich konnte gar nicht so schnell reagieren. Das war super. Du hast sie beschützt vor etwas, das ihr hätte Angst machen können, weil sie noch nicht dafür bereit war.«

Ich erinnerte mich an den Moment. Und hätte nicht sagen können, was ich dabei gedacht hatte oder warum ich diesen einen Schritt nach vorn getan hatte. »Ist irgendwie instinktiv passiert.«

»Genau deswegen war es so gut. So was kannst du nicht üben. Entweder man hat das Gespür dafür, wann man jemanden beschützen muss, oder man hat es nicht. Und du hast es offenbar.«

»Nicht immer«, hatte ich gesagt, bevor ich auch nur darüber nachdenken konnte.

Einen Moment schien die seltsame Stille, die in diesem Treppenhaus herrschte, sich wie ein Nebel auf uns zu senken. Dann sagte June leise: »Du meinst Patrick?«

Ich antwortete nicht.

Was tat ich hier? Saß im Treppenhaus eines der schicksten

Wohnhäuser des Stadtteils und machte dumme Andeutungen über etwas, das so lang vergangen war.

»Hast du eigentlich jemals …«, begann June, brach dann jedoch ab.

Ich hatte eine vage Ahnung, was sie mich hatte fragen wollen.

»Was?«

»Nichts«, sagte sie mit einem schiefen Lächeln.

»Lass uns weitergehen!«, entschied ich und stand auf.

Als wir im achten Stockwerk ankamen, konnte Millie einen ganzen Treppenabschnitt allein gehen. Und noch mehr als das, sie schien sogar Spaß daran zu haben.

Über ihren Eifer musste June lachen. »Das ist so typisch! Erst pieseln sie sich fast ein. Aber wenn sie sich erst mal überwunden haben, sind sie plötzlich restlos begeistert.«

Ist das bei uns nicht auch so?, dachte ich.

In der Wohnung stand bereits eine Mahlzeit für Millie bereit, über die sie sich hungrig hermachte. So ein Spaziergang machte offenbar Appetit.

Steven hatte Besuch vom Grafiker, und Justin und Graham probierten im Probenraum das instrumentale Intro zu einem der neuen Songs. Andy telefonierte mit der Assistentin, die übermorgen beim Radiointerview für meine Betreuung zuständig sein würde, und versuchte ihr klarzumachen, dass an dem Nachmittag wirklich keine Touristenführung durch den Flur des Studios möglich sein würde. Dan hatte sich in ein Arbeitszimmer zurückgezogen, um sein Tablet zu konsultieren. Der ganz normale Alltagswahnsinn eben, der in einer Wohnung herrschte, die eigentlich eine Art Firmenetage war.

Alles war wie immer, doch ich fühlte mich seltsam aufgewühlt. Der Stolz, den ich darüber empfand, den richtigen Weg gewählt zu haben, um Millie das Treppensteigen beizubringen, konkurrierte mit einer nicht minder starken Verwirrung.

Dieser eine Moment, in dem mir eine Andeutung herausgerutscht war zu etwas, worüber ich mit kaum einem Menschen sprach.

Und June. Die blind erraten hatte, was ich meinte.

Als könnte sie problemlos in mich hineinsehen und erkennen, wie es in mir aussah. Dieser Gedanke beunruhigte mich auf ungewohnte Art und Weise.

Millie hatte sich auf dem hinteren Sofa zusammengerollt und wollte sich ganz offensichtlich ein längeres Schläfchen gönnen. Es war Zufall, dass June und ich gemeinsam den langen Flur entlanggingen.

Nach dem gemeinsamen Erlebnis des Spaziergangs und den aufwühlenden Momenten im Treppenhaus fühlte es sich mit einem Mal merkwürdig an, hier so dicht neben ihr zu gehen.

Als wir an ihrer Zimmertür ankamen, zögerten wir beide kurz. Aber ich wusste nicht, was ich hätte sagen können, und so lächelten wir uns nur an, und sie ging hinein. Als sie die Tür hinter sich schloss, spürte ich ein leises Gefühl des Bedauerns. Als hätte ich einen wichtigen Moment verpasst. Aber ich hätte nicht mal sagen können, was in diesem Moment hätte geschehen können.

Noch verwirrter öffnete ich die nächstbeste Tür und verschwand dahinter. Ich stand im Kompositionszimmer. Gute Wahl, denn hier hinein ging niemand außer mir. Hier stand der Steinway. Die meisten meiner Songs der letzten drei Jahre waren hier entstanden. Hier würde mich niemand stören.

Aber wobei?

Ich ging zum Flügel und setzte mich auf den Hocker, klimperte ein bisschen herum. Ziellos. Wie meine Gedanken. Ich wollte nicht, dass sie sich auf etwas konzentrierten. Aus irgendeinem Grund wollte ich nicht darüber nachdenken, was meine Irritation über den stillen Moment im Treppenhaus wohl bedeuten könnte. Ich wollte auch nicht Junes kluge braune Augen vor mir sehen, wie sie mich angeblickt hatten.

So ließ ich meine Finger einfach wandern und versuchte, an

nichts zu denken. Doch nach ein paar Minuten spürte ich es. Ich spürte es, bevor ich es hörte. Die Melodie floss durch meine Schulter den Arm hinunter bis in meine Finger, die sich wie von selbst auf die Tasten legten.

Es war eine zarte Melodie. So sanft, dass kein Liebeslied mit seiner geballten Kraft und keine Ballade mit ihrer Melodramatik sie ernst genommen hätte.

Doch ich tat es. Ich nahm ernst, was die Töne mir erzählten, als sie nach und nach von den Tasten aufstiegen.

Auf dem Notenständer neben mir lagen wie immer Notenblätter, bereit, um beschrieben zu werden. Doch ich ließ den Stift liegen und spielte stattdessen immer und immer wieder den Refrain. Ich wusste, dass es der Refrain war, obwohl ihm der übliche dramatische Durchsetzungswille fehlte. Ich wusste es, wie andere Menschen wissen, was ihr linker und was ihr rechter Arm ist.

Die Zeit ging mir verloren. Ich hatte keine Ahnung, wie lange ich hier saß und spielte, als auch die Strophen erschienen.

Anders hätte ich es nicht nennen können. Es war, als hätte es sie tief in mir schon immer gegeben und ich würde sie nur endlich hinauslassen.

Schließlich schrieb ich alles auf. Und während die Noten aufs Papier tanzten, wirbelten in meinem Kopf die Wörter dazu herum.

Der eine Moment
Der alles entscheidet
Und du hast den falschen Schritt gewählt
Der eine Moment
Der niemals zurückkehrt
Egal wie oft du selbst es tust
Die Zeit vergeht schon Jahre
Nur ein Moment, der bleibt

Eine Richtung hat die Zeit
Keine zweite Chance
Der Blick zurück vernichtet
Was vor dir liegen könnte
Keine zweite Chance

Einzige Hölle auf Erden
Ein Wunsch, der in Erfüllung geht
Auf deinen Schultern lastet
Was niemand sonst erkennt
Drückt dich nieder zum Boden
Leise flüsternd
Du bist da
Wo du hingehörst

Eine Richtung hat die Zeit …

Als die Worte über den Noten standen, atmete ich einmal tief ein und wieder aus.

Dann sang ich die Strophen und zwischen ihnen den Refrain.

Die letzte Note, der letzte Ton verklang.

Ich stützte die Arme auf den Deckel des Flügels, meine Stirn gegen meine Hände. Und weinte.

June

Was wie ein kleiner Familienausflug gestartet war, wurde innerhalb kürzester Zeit zur Routine: Tobey kommandierte Andy oder Dan regelmäßig zu unserer, na ja: seiner Begleitung ab, und wir machten uns meist zu dritt auf den Weg in den Park, um dort mit Millie unsere Runden zu drehen.

Dass Millie den Fahrstuhl nicht betreten wollte, akzeptierten wir vorerst. Ich baute darauf, dass sie schon bald so viel Vertrauen zu uns haben würde, dass sie sich auch auf dieses Abenteuer einlassen würde. In der Zwischenzeit würden Tobey und ich unsre Kondition enorm verbessern. Treppensteigen war nicht unbedingt mein Lieblingssport, aber es war göttlich, Millie dabei zu beobachten, wie sie mit jedem Aufstieg an Selbstsicherheit gewann und uns sogar begeistert vorweglief, während wir ihr hinterherkeuchten.

Die Stufen auch hinunterzugehen hatten Tobey und sie auf die gleiche Weise geübt wie das Hinauf. Doch solange Millies Pfote nicht komplett verheilt war, durfte sie so viele Stufen nicht selbst bewältigen, da beim Hinuntergehen das gesamte Skelett wesentlich mehr beansprucht wird. Es reichte also aus, dass sie es zumindest theoretisch beherrschte – Tobey musste sie acht Stockwerke runtertragen. Und auf zweihundertvierundzwanzig Stufen konnten elf Kilo Hund mitunter ganz schön schwer werden. Doch er beklagte sich nie darüber. Genauso wie er nie auch nur eine winzige Bemerkung dazu machte, wenn er und seine Band zwangsweise beim Proben pausieren mussten, Gespräche unterbrochen oder Telefonate auf später verschoben werden mussten, weil Millies Gang in den Park anstand. Offenbar war Tobey wild entschlossen, seinen Aufgaben als verantwortungsvoller Hundehalter so pflichtbewusst wie möglich nachzukommen.

Und ich? Ich war tatsächlich glücklich darüber, nicht nach

Glastonbury gefahren zu sein. Auch wenn mir natürlich klar war, dass die Probleme dort nicht kleiner wurden, nur weil ich hier weiterhin meiner Aufgabe nachging. Das kurze Telefonat auf dem ersten Parkspaziergang vorgestern hatte ausgereicht, um mir das deutlich zu machen. Morris hatte zwar versucht, seine zweitägige Unerreichbarkeit mit dem üblichen Gebrumm zu rechtfertigen, und schaffte es tatsächlich, dass ich mir einen kurzen Moment unfair vorkam – als er nämlich von der Geburt der Welpen berichtete und dass er bereits eine Hündin und einen Rüden aus diesem Wurf ins Auge gefasst hatte. Doch als ich weiter nachfragte, kam er nicht darum herum, auch die anwesenden Kursteilnehmerinnen und Kursteilnehmer zu erwähnen. An der Art, wie er Rebeccas Namen aussprach, möglichst schnell und ohne besondere Betonung, hatte ich alles erkennen können. Mir war einen Moment lang übel geworden, und ich war froh gewesen, dass Millie beim Heimkommen das Fahrstuhlproblem zeigte und ich vollkommen abgelenkt gewesen war. Ja, ich war froh, dass hier noch einige Arbeit auf mich wartete und ich hinausschieben konnte, was ich schon längst hätte tun sollen.

»Was meinst du mit ›Jetzt können wir mit dem Training anfangen‹?«, fragte Tobey am Morgen des Radio-Interviews.

Mittlerweile hatte auch Millie begriffen, dass die Küche ein interessanter Ort sein konnte, und saß heute beim Frühstück zwischen Tobeys und meinem Hocker, mit hoffnungsvoll zu uns erhobenen Augen. Andy warf ihr eines seiner kleinen Würstchen zu, das sie aus der Luft schnappte und mit Genuss verspeiste.

»Ich dachte, wir würden schon längst Training machen«, fuhr Tobey fort. »Sie hat hier in der Wohnung keine Angst mehr und rennt auch nicht mehr sofort weg, wenn mal ein Fremder reinkommt. Sie kann Treppen laufen, lässt sich problemlos tragen, und dann war da doch gerade noch die Situation mit diesem großen Hund im Park. Hat sie doch auch super gemeistert, oder? Ich dachte, so was zählt alles zum Training. Sie hat doch schon jede Menge gelernt.«

»Klar hat sie das«, stimmte ich ihm zu. »Das waren die Basics. Jetzt müssen wir aufpassen, dass sie nicht das Falsche lernt, wenn sie immer entspannter wird.«

»Das Falsche?«

»Ja, zum Beispiel wie man am besten bettelt, um an Leckerbissen zu kommen.« Ich warf Andy einen strengen Blick zu, und er kicherte, was bei einem Klotz wie ihm irritierend niedlich wirkte. »Und wir müssen uns um ihre Auslastung kümmern.«

»Auslastung?«, fragte Joana von hinter der Theke. Seit unserem kurzen, aber enorm klärenden Gespräch vor zwei Tagen hatte sie ihre reservierte Haltung mir gegenüber komplett abgelegt. Sie mischte sich jetzt auch viel öfter in die Gespräche ein, wenn wir bei den Mahlzeiten saßen. »Du meinst Sport oder so? Da müsste ich auch dringend mal ran. Sonst wird die Kiste da hinten ausladender, als mir lieb ist.« Sie deutete kurz hinter sich.

Andy blies die Backen auf. »Unsinn! Du siehst toll aus. Ich meine, Fitness ist natürlich immer gut. Bringt viel so fürs Wohlfühlen und so. Und natürlich auch Kraft und Kondition und all das. Aber wegen deiner Figur ... also echt jetzt ... deswegen würd ich nicht ...« Er wedelte mit seiner Gabel herum und steckte dann die komplette gebratene Tomate so rasch in den Mund, als wollte er sich dringend am Weitersprechen hindern. Joana lächelte ihn an, einen zarten rosa Anflug auf den Wangen.

Tobey und ich sahen uns kurz an und schnell wieder weg.

»Super Idee. Bin dabei!«, sagte ich zu Andy und Joana. »Warum verabreden wir uns nicht im Fitnessraum? Das ist doch in Ordnung, Tobey?« Mit einer Geste machte er klar, dass uns der Raum selbstverständlich zur Verfügung stand. »Mir fehlt hier auch die regelmäßige Bewegung. Vielleicht könntest du uns zeigen, wie man richtig mit den Geräten umgeht, Andy?«

Er wuchs auf seinem Barhocker ein Stückchen und meinte lässig: »Na, euch zwei Ladys bringe ich sicher in Topform. Gutes Material plus gutes Training ergibt Top-Bodys.«

»Super! Heute Nachmittag – wenn wir vom Sender wieder zurück sind?«, schlug ich vor.

Joana sah mich unsicher an. »Ich hab nichts anzuziehen dabei. Und jetzt komm bloß nicht damit, dass du mir was leihen kannst. In deine Klamotten pass ich nicht rein.«

»Wir halten auf dem Rückweg vom Studio irgendwo an und bringen dir was mit«, entschied Tobey und vermied meinen Blick. Ich hätte schwören können, dass er meinen kleinen Verkupplungsversuch durchschaut hatte, und freute mich, dass er mitzog. Und bei so viel praktischer Unterstützung konnte Joana nun auch keinen Rückzieher mehr machen.

Eine halbe Stunde später brachen wir auf zum Radiosender. Die Idee, Millie mitzunehmen, war mir erst gestern Abend gekommen. Tobey war beim Essen sehr still gewesen, und ich hatte ihn den Großteil des Abends nicht gesehen. Nur hin und wieder war leise Klaviermusik aus einem der hinteren Räume gedrungen.

So hatte ich lange mit Millie auf einem der Sofas gesessen, auf die Lichter der Stadt geschaut und mit leichter Verwunderung festgestellt, dass sich mein Gefühl bei diesem Anblick zu verändern schien.

Es war schon spät, als Tobey irgendwann durch den Flur Richtung Küche streifte und innehielt, als er mich im Dämmerlicht hier sitzen sah. Er kam zu mir herüber und setzte sich an das andere Ende des Sofas. Millie, zwischen uns liegend, klopfte sacht mit dem Schwanz, drehte sich herum und schlief wieder ein. Wir betrachteten sie beide eine Weile. Ich sah um Tobeys Mundwinkel ein leichtes Zucken und konnte ihn gut verstehen. Es gibt kaum etwas Gemütlicheres als einen schlafenden Hund neben dir auf dem Sofa.

»Im Grunde ein sehr schöner Anblick«, sagte ich und nickte zur Glasfront hinaus. »Auch wenn er mit dem Dreihundertsechzig-Grad-wundervolle-Landschaft-Ausblick vom Tor in Glastonbury nicht mithalten kann. Es ist eben … anders.« Wir sahen beide auf die blinkenden goldenen und bunten Lichter hinunter. »Stell dir vor, mir ist gerade erst klar geworden, dass da unten das Leben tobt. Wie viele Menschen unterwegs sind, um Freunde zu treffen, zu essen, tanzen zu gehen oder einfach nur den Frühlingsabend zu genießen.«

Tobey sah mich kurz an und wandte dann wieder den Kopf, um meinem Blick zu folgen. »Da hab ich noch gar nicht drüber nachgedacht«, sagte er. »Dass du seit acht Tagen die meiste Zeit hier oben sitzt und außer dem Weg zum Hotel und dem Park da drüben noch nichts gesehen hast.«

Ich wollte abwinken und lachend erwidern, dass mir das wirklich nichts ausmache. Doch ich zögerte zu lange. Und dann sagte ich stattdessen: »Alle, die mich kennen, würden wahrscheinlich die Augen aufreißen, aber … ich glaube, ich würde wirklich gern ein bisschen mehr von der Stadt sehen.«

»Kein Problem«, hatte Tobey gesagt. »Komm doch morgen mit zum Sender. Da gibt's jede Menge zu sehen.«

Ich hatte kurz überlegt. »Okay. Aber nur, wenn Millie auch dabei sein darf. Dürfen da Hunde rein?«

»*Mein* Hund darf überall rein«, hatte Tobey gesagt und dabei so großspurig geklungen, dass wir beide lachen mussten.

Heute Morgen wirkte Tobey jedoch angespannt. Dan blickte beinahe unaufhörlich auf sein Tablet. Und selbst Andy schien deutlich wacher zu sein als üblicherweise am Morgen. Es war, als würden sich alle bereithalten für etwas, das irgendwie schieflaufen könnte. Und jetzt, nachdem Tobey mir sein Problem mit Menschenmengen anvertraut hatte, konnte ich auch verstehen, wieso.

Ich überlegte kurz, ob es tatsächlich richtig wäre, Millie mitzunehmen – Hunde spiegeln oft unsere eigenen Gefühle wider, können Stimmungen wahrnehmen, bevor wir selbst uns ihrer bewusst werden, und sind anfällig für den Stress der eigenen Besitzer. Würde es der Hündin nicht eher schaden, sie diesem Erlebnis auszusetzen?

Doch dann sagte Tobey wie nebenbei zu Dan: »Hast du die Assistentin im Sender noch erreicht und wegen des geschützten Platzes im Regieraum gefragt? Ich will sichergehen, dass June und Millie da absolut ungestört sind. Du weißt ja, dass Millie Fremden nicht traut.« Und dann an mich gewandt: »Ich glaube, ich trage sie besser, bis wir drin sind. Was meinst du? Wird ziemlich viel Rummel sein. Und so hätte sie gar keine Zeit, um richtig Angst zu bekommen.« Millies Schutz und Sicherheit beschäftigten ihn offenbar so sehr, dass seine eigene Angst in den Hintergrund trat.

Ich beschloss, den kleinen Ausflug zu riskieren, ohne ihm von meinen Zweifeln zu erzählen. Im absoluten Notfall konnte ich mich mit Millie zusammen ins wartende Auto zu Samuel zurückziehen.

Tobey und ich machten uns also gemeinsam mit Millie auf den Weg ins Treppenhaus, diesmal noch eine Etage tiefer in die Garage. Als Tobey die Kleine dort absetzte, sah sie sich einen Moment lang um, doch dann trabte sie rasch los, als wolle sie diesen seltsamen Ort unbedingt erst mal erkunden. Tobey hatte Mühe mitzuhalten.

»An der Leinenführigkeit müssen wir als Erstes arbeiten«, stellte ich fest.

Die Limousine war Gott sei Dank so groß, dass es keinerlei Platzprobleme gab, die Millie hätten irritieren können. Dan saß vorn bei Samuel, sein Tablet auf dem Schoß, während ich mich hinten zwischen Andy und Tobey niederließ. Millie hüpfte ohne Probleme in den Wagen und entschied sich für den Fußraum vor Tobey als Reiseplatz.

»Autofahren kennt sie also offenbar«, sagte Tobey mit Blick auf die Hündin, als sie sich bequem hinlegte.

Ich war ehrlich gesagt mehr als gerührt von Millies Aufgeschlossenheit und dem deutlichen Vertrauen, das sie inzwischen Tobey und mir entgegenbrachte.

»Sieht so aus, ja«, stimmte ich ihm zu. »Allerdings müssen

wir uns über den sicheren Transport im Wagen unterhalten. Es gibt da verschiedene Möglichkeiten, von einer Transportbox bis zu Anschnallgurten. Für was du dich entscheidest, hängt natürlich davon ab, wie oft ihr gemeinsam unterwegs seid und wie schnell das Ein- und Aussteigen funktionieren muss.«

Tobey zuckte mit den Schultern. »Ich verlass mich da auf deinen Rat. Wir können hier auch ’ne Box einbauen. Kriegen wir doch hin, Samuel, oder? Millie wird ja wahrscheinlich fast immer im Auto unterwegs sein, wenn ich es auch bin«, erwiderte er.

Mit der Antwort war die Hundetrainerin in mir mehr als zufrieden.

»Kann mich nicht dran erinnern, wann wir uns auf dem Weg zu einem Massenauflauf mal über Anschnallgurte für Hunde unterhalten haben«, brummte Andy.

Es war eine komplett andere Welt.

Noch nie war ich mit dem Wagen irgendwo vorgefahren, wo mindestens ein Dutzend Sicherheitsleute kreischende Fans hinter Absperrgittern im Zaum halten mussten.

Tobey atmete beim Anblick der wartenden Masse tief ein, als müsste er Luft für einen Tauchgang sammeln.

Dan und Andy stiegen gleichzeitig aus – in dem Moment, in dem Samuel den Wagen anhielt.

Dann rutschte ich nach und wandte mich nach Millie um, die an Tobeys Beine gepresst dort saß und mir ängstlich nachblickte. Der Tumult hier draußen würde sie sicher nicht ermutigen, freiwillig auszusteigen.

Tobey und ich sahen uns für einen Moment an. In seinen dunklen Augen standen viele Gefühle im Widerstreit.

»Ich glaube, es ist das Beste, wenn du sie jetzt schon auf den Arm nimmst«, riet ich ihm mit möglichst ruhiger Stimme, während hinter mir etliche Mädchenstimmen Tobeys Namen schrien. Tobey beugte sich vor, strich Millie über die Flanke, legte eine Hand um ihren Brustkorb, wie wir es in der Wohnung geübt und er es mittlerweile etliche Male im Treppenhaus getan hatte. Millie schmiegte sich an ihn und versteckte ihren Kopf in seiner Armbeuge. Gute Taktik.

Als Tobey in Sicht kam, erhöhte sich der Lärmpegel um uns herum noch einmal, und zwar in einem Maß, das ich vorher nicht für möglich gehalten hätte. Von allen Seiten wurden Handys in die Höhe gehalten. Ein Blitzlichtgewitter blendete mich.

Mit bemerkenswerter Beweglichkeit schwang Tobey die Beine aus dem Wagen und war gleich darauf mit Millie unterwegs zum Eingang, wo mehrere Angestellte des Senders mit nervösem Lächeln auf ihn warteten. Andy und Dan flankierten ihn und Millie, während ich benommen hinterhereilte.

Als wir drinnen angekommen waren und der Krach gedämpft wurde, fragte ich Andy leise: »Gibt Tobey gar keine Autogramme?« Mir waren unzählige Schreibblöcke und Kladden aufgefallen, die Tobey entgegengestreckt wurden.

»In so 'nem Gewusel? Selten. Und schon gar nicht mit 'nem Hund auf dem Arm«, grinste Andy.

»Das kommt wohl öfter vor, solche Massenaufläufe?«, erkundigte ich mich, die Antwort schon ahnend.

»Machst du Witze?«, sagte Andy nur.

Als wir von den Leuten des Senders durchs Gebäude geführt wurden, dämmerte mir, dass es wahrscheinlich Millionen von Hunden gab, die besser zu Tobeys Lebensstil passen würden als Millie. Aber es war nun einmal sie. Und es war klar, dass er keine andere wollte. Es war wie mit der Liebe. Wenn sie dich wirklich erwischt hat, würdest du auch niemand anderen wollen, nur weil er *besser passt*.

An der großen Treppe im Foyer angekommen, setzte Tobey Millie ab, und nachdem sie sich zunächst vorsichtig umgesehen hatte, war sie schon nach ein paar Stufen augenscheinlich begeistert, nun eine neue Treppe kennenzulernen. Nein, unser kleines Hinkebein würde trotz des gerade überstandenen Tohuwabohus auf dem Weg nach oben keine Schwierigkeiten machen.

Während Millie eifrig hinaufhüpfte, beäugte ich skeptisch die Redaktionsassistentin, die sich als Claire vorgestellt hatte, in ihrem engen Rock und den Highheels. Doch zu meiner grenzenlosen Verwunderung eilte sie auf diesen Dingern uns allen voraus und hatte auch im dritten Stockwerk noch genug Atem, um zu erzählen, wie aufgeregt und neidisch alle Kolleginnen in den anderen Stockwerken seien.

»Sie haben Verbot, in unseren Flur zu kommen«, erklärte Claire und grinste uns alle an. »Angeblich gibt es eine Art Schwarzmarkt für die Plätze vor den Monitoren im Senderaum. Zum Schreien. Die meisten werden aber wahrscheinlich über die Webcam mit dabei sein. Wie alle Fans da draußen auch. – So, da sind wir schon.«

Vor uns lag ein breiter Gang, von dem etliche Türen abgingen. Claire steuerte auf eine zu unserer Linken zu.

»Sie sind gut in Form«, stellte Andy fest und lächelte sie charmant an.

Sie lachte und erwiderte: »Sie haben keine Ahnung, was es heißt, hier Assistentin zu sein. Da kommt die Fitness ganz von allein.«

»Trotzdem ... Kompliment.«

»Danke.« Sie legte den Kopf ein wenig schief. Andy strahlte sie an.

Die Tür, die Claire nun öffnete, war der Regieraum. Der zuständige Redakteur, eine Technikerin und ein Tonassistent standen mit dem Moderatorenteam *Tamara und Will* und mit Steven Troy zusammen.

Millie schreckte vor der Menschenansammlung zurück. Und Tobey, anstatt die Leute im Raum zu begrüßen, wandte sich an mich: »Das hab ich befürchtet.«

»Dann hör auf mit dem Befürchten«, antwortete ich möglichst unaufgeregt, während ich ihm die Leine abnahm. »Schließlich muss sie hier vor niemandem Angst haben.«

Er verstand sofort, was ich meinte, und atmete einmal tief ein und wieder aus. Dann drehte er sich zu seinen Gastgebern, die ein wenig irritiert wirkten. Steven stand mit düster umwölkter Stirn dabei. Ich konnte seine Managergedanken quasi lesen: die Befürchtung, dass das beliebteste Moderatorenpaar der Nation und der wichtigste Redakteur des Senders Tobey womöglich für ein wenig verschroben halten könnten.

Doch er hätte sich keine Gedanken machen müssen. Hunde lösten bei den meisten Menschen die Zungen und auch das Herz. »Sie ist erst seit zehn Tagen bei mir. Wurde von Paparazzi angefahren«, erklärte Tobey, während er Tamara und Will die Hände schüttelte.

»Oh, die Arme!«, sagte Tamara mitfühlend und sah zu Millie und mir. »Das war wirklich eine gute Tat, sie aufzunehmen. Wie heißt sie denn?«

»Millie.«

Tamara hockte sich hin. »Millie, komm doch mal her. Wir beißen alle nicht – auch wenn einige von uns bestimmt so aussehen.« Alle lachten. »Na, sie will nicht, ich sehe schon. Vielleicht können wir ja nach der Sendung noch mal versuchen, uns anzufreunden. Ich hab nämlich ein paar Leckerchen eingesteckt. Claire, hatten wir nicht so was wie ein stilles Eckchen für Tobeys Hund vorbereitet?«

Während Tobey zusammen mit Steven und den Moderatoren hinüber ins Studio ging, setzten Dan und Andy sich neben Claire auf bereitstehende Stühle, und Millie und ich bezogen Position im hinteren Bereich des Regieraums. Wirklich viel Platz war hier nicht. Aber als ich mich mit ihr auf der dort platzierten Decke niederließ, kuschelte sie sich sofort an mich und beäugte in einer Mischung aus Neugierde und Misstrauen die Vorgänge am Mischpult.

Auch für mich war interessant, was nun alles zur Vorbereitung der Sendung passierte. Steven versuchte so lange noch Einfluss auf die mit dem Redakteur ausgehandelten Fragen und Tobeys Antworten zu nehmen, bis Tobey ihn mit einem scherzhaften Spruch hinausschickte. Ob die anderen Anwesenden wohl den ernsten Unterton heraushören konnten? Steven ganz sicher, denn er dampfte geradezu, als er zu uns in den Regieraum kam. Dan und ich tauschten einen Blick und sahen schnell wieder weg, um uns das Lachen zu verkneifen.

Schließlich lief der Countdown zur Sendung. Die Nachrichten und die Wettervorhersage wurden eingespielt. Dann war der Jingle für die beliebteste Nachmittagssendung des Senders zu hören, und es ging los.

Von meinem Sitzplatz auf Millies Decke aus konnte ich Tobey leider nicht sehen, aber ich fand, dass er seine Sache toll machte.

Seine leicht heisere Stimme war mir schon so vertraut, dass ich hören konnte, ob er gleich lachen oder etwas Ernsthaftes antworten würde. Das Moderatorenteam war witzig und spielte sich die Bälle nur so zu. Tobey lachte also häufig. Und immer wenn das der Fall war, spürte ich, wie sich auch mein Mund zu einem Lächeln verzog. Sein leichtes Zögern vor der einen oder anderen Antwort hatte mich selbst anfangs dazu verleitet, ihn für schüchtern zu halten. Dabei war ich mittlerweile davon überzeugt, dass er einfach sichergehen wollte, das Richtige zu sagen.

Die Moderatoren wechselten sich mit den Fragen ab oder quatschten einfach mal durcheinander, was dazu führte, dass auch Tobey lockerer wurde und sie in heiterem Ton über die Titel des neuen Albums und natürlich das in zwei Wochen anstehende kleine Radiokonzert im Sender sprechen konnten.

Zwischendurch wurden vom Mischpult im Regieraum aus Wunschtitel eingespielt und anschließend von den dreien im Studio kommentiert. Hier wie drüben waren Profis am Werk. Spannende Berufe, an deren Vielseitigkeit ich bisher noch nie auch nur einen Gedanken verschwendet hatte.

Für einen Moment versuchte ich mir vorzustellen, ich würde Tag für Tag durch Londons Straßen den Weg zum Sender machen, hier drinnen spannende Themen recherchieren, Prominenten oder einfach interessanten Menschen für Interviews begegnen. Mich mit belesenen, kultur- und musikbegeisterten Kolleginnen und Kollegen in der Kantine austauschen. Doch dann schob sich plötzlich ein Bild vor diese kleine Vision: der Hohlweg, der in meiner Heimatstadt zwischen den Feldern hindurchführte und den ich so häufig ging, dass er mir fast ein Zuhause war. Ich sah nicht nur den Weg vor meinem geistigen Auge vor mir liegen, sondern auch die drei Hinterteile meiner Hunde: der hüpfende Bo, die elegant trabende Cassandra und die langsam hinterdreinhumpelnde Heaven.

Und mir war klar, dass für mich niemals irgendein anderer Beruf infrage gekommen wäre als der, den ich ausübte.

Kurz vor Ende der Stunde wurde es noch einmal spannend: »Du hast uns vor der Sendung erzählt, dass deine kleine Hündin Millie von Paparazzi angefahren wurde, die dich verfolgten. Das war sicher an dem Abend, als es im angesagten Club Zenobia zu einem kleinen Aufruhr kam? Von dem Abend kursierten ja ein paar wirklich spannende Bilder. Was ist eigentlich dran an dem Gerücht, dass du unter Demophobie leidest, also Angst vor Menschenansammlungen hast?«, fragte Tamara.

Steven sprang von seinem Stuhl auf und stand mit einem Mal so dicht vor der Glasscheibe zum Studio, dass ich mich wunderte, wieso ich keinen Aufprall gehört hatte. Doch Tobey bedachte ihn mit keinem Blick. Stattdessen erzählte er kurz von dem Motorradunfall, verschuldet durch die Paparazzi. Bevor noch einer der Moderatoren in Sachen Demophobie nachhaken oder das Thema der Verfolgung durch Fotografen und Journalisten vertiefen konnte, schwenkte Tobey sofort geschickt zu Millies sagenhafter Entwicklung. Er beschrieb ein paar lustige Situationen, die er mit ihr erlebt hatte. Dabei klang er so engagiert und stolz, dass der Hundetrainerin in mir einmal mehr das Herz aufging. Auch wenn mir klar war, dass Tobey die Erzählung geschickt dazu genutzt hatte, nicht auf eine unangenehme Frage antworten zu müssen.

»Super, herzlichen Dank, Tobey, dass wir dich hier haben durften! – Und an euch, liebe Zuhörer und natürlich besonders die Zuhörerinnen: Wenn ihr unser Gespräch verpasst habt, findet ihr es selbstverständlich in unserer Mediathek. Das Radiokonzert mit Tobey in zwei Wochen ist schon seit Monaten restlos ausverkauft, aber natürlich werden wir live übertragen.«

Die Mikros ins Studio wurden geschlossen. Während der Redakteur noch die Jingles zum Ende der Sendung koordinierte, öffnete sich bereits die Tür, und Tobey kam mit den beiden Moderatoren herein.

Sofort war der Raum komplett überfüllt.

»Wunderbar!«, strahlte Claire.

Der Redakteur hielt den Daumen hoch. »Perfektes Timing!«

»Gut gelaufen.« Steven sah sehr zufrieden aus.

»Wir haben sensationelle Quoten«, berichtete die Technikerin. »Unsere Netzwerkseiten sprudeln nur so.«

Doch Tobey sah an ihnen allen vorbei. Unsere Blicke begegneten sich. Ich nickte ihm zu, und während die anderen durcheinandersprachen, formte ich mit den Lippen: »Es geht ihr gut.« Tobey lächelte mich an. Und wandte sich dann an den Moderator Will, der irgendeinen Witz gerissen hatte, über den alle lachten.

Millie, die bei Tobeys Erscheinen im Raum kurz mit dem Schwanz geklopft hatte, kuschelte sich wieder an mich. Beide sahen wir zu ihm hinüber, wie er dort stand und seine Hände in die Taschen seiner Jeans bohrte. Er war wirklich keine bewusst raumgreifende Erscheinung, so wie ich es von Morris gewöhnt war. Aber Tobey schien so einen pompösen Auftritt auch gar nicht zu brauchen. Irgendetwas war an ihm, das trotz seiner Ernsthaftigkeit aus ihm heraus zu strahlen schien. Wie eine Sonne, die im Grunde doch nichts dafür tun muss, außer sie selbst zu sein, damit sich ein ganzes Planetensystem um sie dreht.

Nachdem Tobey für Senderangehörige etliche Autogramme gegeben und sich in das Gästebuch eingetragen hatte, machten wir uns wieder auf den Weg die Treppe hinunter. Millie auf Tobeys Arm, Andy dicht hinter Claire. Als wir uns verabschiedeten, kam es natürlich: »Ehm ... ich habe mich gefragt«, begann Andy ein wenig unbeholfen. »Also, würdest du mir deine Nummer geben, Claire?«

Claire sah ihn bedauernd an. »Sorry«, sagte sie. »Das mach ich grundsätzlich nicht. Beruf und Privatleben und so.«

Der arme Andy. Er schlüpfte zwar problemlos wieder in seine Rolle als Bodyguard auf unserem Weg durch die kreischende Menge zum wartenden Wagen. Doch auf der gesamten Rückfahrt zum Penthouse sprach er kein Wort.

»Können wir irgendwo anhalten, und ich springe schnell rein und kaufe einen Trainingsanzug für Joana?«, fragte ich nach ein paar Minuten.

Tatsächlich war nur ein winziger Umweg nötig. Ich lief schnell in das Sportgeschäft hinein, fand ein hübsch geschnittenes leuchtend rotes Dress, das Joana mit ihrem dunklen Teint bestimmt super stehen würde, und saß schon wieder im Wagen.

Nach einer kleinen Pipi-Runde für Millie durch den Park und den acht Stockwerken bis zur Wohnung hinauf war mir selbst nicht mehr nach Fitnesstraining zumute. Aber mein Plan war ja ohnehin ein anderer.

»Guck mal, Joana, ich dachte, das ist bestimmt genau deine Farbe«, sagte ich und reichte ihr die Tüte. Sie spähte hinein.

»Na, dann umziehen und los geht's!«, rief Andy, der sich von dem Claire-Tiefschlag wieder zu erholen schien.

»Ach, Mist!«, rief ich und schlug mir vor die Stirn. »Ich hab ganz vergessen, dass ich dringend im Hundezentrum anrufen muss. Echt wichtig. Fangt am besten schon mal ohne mich an!«

»Okay, tja dann ...«, sagte Andy zögerlich. »Also, ich hab meine Klamotten im Bad. Dann ... ähm, sehen wir uns also gleich im Fitnessraum.« Breitbeinig wie ein Cowboy ging er über den Flur davon.

»Du kannst dich in meinem Zimmer umziehen«, sagte ich zu Joana.

»Aber dein Telefonat?«

»Ach, das hat noch ein paar Minuten Zeit.« Ich zwinkerte ihr zu. Sie lächelte verlegen und verschwand.

»Wie kommt es, dass *ich* noch nie auf die Idee gekommen bin, die beiden mal allein aufeinander loszulassen?«, erkundigte sich Tobey leise bei mir. Er stand noch in der Nähe, während die Bandmitglieder zusammen mit zwei mir Fremden lachend auf der Terrasse standen und augenscheinlich auf ihn warteten.

»Vielleicht, weil dir die weibliche Intuition fehlt?«, erwiderte ich ebenso leise.

Er sah mich zweifelnd an.

»Tja, ich bin tatsächlich eine Frau, weißt du«, sagte ich scherzhaft.

Doch anstatt darüber zu lachen, sah er mich nur einen Moment lang an und sagte: »Ja, das ist mir auch kürzlich aufgefallen.« Damit wandte er sich um und ging zu den anderen hinüber.

Der Ausflug in den Radiosender war genau richtig für Millie gewesen. Die Überwindung ihrer eigenen Ängste, die Erfahrung, sich auch in fremder Umgebung bedingungslos auf uns verlassen zu können, hatten ihr gutgetan. Sie war den Fremden gegenüber, die ständig in die Wohnung kamen und sie wieder verließen, zwar noch vorsichtig, aber entschieden weniger ängstlich. Im Laufe des Tages stellte ich fest, dass sie sich einigen gegenüber schon fast großspurig gab. Ein guter Moment, um mit weiteren Übungen zu beginnen und sowohl Tobey als auch Millie mit dem Leinenführigkeitstraining zu nerven.

Erst spät kam das Penthouse an diesem Tag zur Ruhe. Nach und nach verließen alle die Wohnung. Joana und Andy, die das gemeinsame Training genossen zu haben schienen und mein Fernbleiben mit keinem Wort erwähnten, gingen gleichzeitig – ob aus Zufall oder verabredet, konnte ich leider nicht erkennen.

Als auch Justin, Graham und Rob aus dem Probenraum kamen und sich auf den Heimweg machten, wunderte ich mich zuerst, dass Tobey offenbar allein in dem Raum geblieben war. Doch sie ließen die Tür einen Spalt offen stehen. Und so konnte ich hören, dass er anscheinend auch kurz vor Mitternacht immer noch arbeitete.

Mein Vorurteil vom erfolgsverwöhnten, herumlungernden Popstar hatte ich ja schon nach einem Tag mit ihm revidiert. Doch anscheinend überstieg sein Arbeitspensum sogar das, was ich von mir selbst gewöhnt war und immer als die äußerste Grenze vermutet hatte.

Millie hatte sich längst auf einem der Sofas zusammengerollt, und auch ich ging ins Bad. Als ich auf dem Rückweg am Probenraum vorbeikam, hielt ich inne. Musik war hier in dieser Wohnung im Grunde den ganzen Tag über zu hören, daran hatte ich mich schon gewöhnt. Doch da war Tobeys Stimme, die diesmal so anders klang. Vielleicht auch eine oder zwei Zeilen, die ich vom Text aufschnappte. Jedenfalls blieb ich stehen und lauschte neben dem Türspalt diesem wunderschönen, tieftraurigen Lied.

Intuitiv war mir sofort klar, worum es darin ging.

Obwohl sein Name nicht erwähnt wurde, wusste ich, dass es ein Song über Patrick war, Tobeys Freund, der einen so furchtbaren Tod gefunden hatte. Doch aus dem Text und auch aus der Melodie, die mir direkt ans Herz griff, sprach noch etwas anderes als reine Trauer und Vermissen.

Ich hörte eine Selbstanklage, die schmerzhafter nicht sein konnte.

Dieser Song, so schön und berührend, handelte von nichts anderem als Tobeys eigener Schuld, die er ganz offenbar empfand.

Tobey spielte das Stück zwei Mal direkt hintereinander. Dann war es still im Raum.

Plötzlich wurde mir klar, was ich hier tat, und da ich beim Lauschen nicht ertappt werden wollte, huschte ich rasch über den Flur hinüber zu meinem Zimmer.

Doch die Melodie begleitete mich. Mir war, als schwinge sie in mir weiter.

Ich schlüpfte ins Bett und löschte das Licht. Und erst als ich mich zum Schlafen auf die Seite drehte, fiel mir auf, dass ich nicht noch einen letzten Blick auf mein Handydisplay geworfen hatte. Das hatte ich die letzten acht Jahre doch immer getan, wenn ich nicht zu Hause war. Um in der Regel auch tatsächlich noch eine letzte Gute-Nacht-Nachricht von Morris zu lesen.

Ich streckte die Hand zum Nachttisch aus, um nach dem Smartphone zu greifen. Doch dann ließ ich sie mitten in der Bewegung sinken.

Es hatte sich etwas verändert. Und vielleicht war es nun endlich an der Zeit, das zu akzeptieren.

Ich wachte auf und war sofort hellwach. Der Wecker sagte mir, dass ich nicht einmal zwei Stunden geschlafen hatte. In meinem Kopf legten sofort Gedanken los, die allesamt um Morris und meine Rückkehr zum Hundezentrum kreisten und die – das wusste ich – mich nun stundenlang am Einschlafen hindern würden.

Nachdem ich mich eine Weile hin und her gewälzt hatte, tastete ich neben dem Bett nach der Wasserflasche, aber die war leer. Seufzend stieg ich im Dunkeln aus dem Bett und tapste zur Tür.

Leise öffnete ich sie und wollte mich nach rechts in Richtung Küche wenden, als mir auffiel, dass unter der Tür am Ende des Ganges ein schmaler Streifen Licht zu sehen war.

Konnte Tobey etwa auch nicht schlafen?

Als wir in seinem Wagen vor dem Bahnhof gesessen hatten, hatte er die Schlafstörungen erwähnt. Einen Moment zögerte ich. Doch dann wandte ich mich um und ging zur Küche. Im Kühlschrank fand ich eine Flasche Wasser und stibitzte außerdem so viele Kekse, wie ich in einer Hand halten konnte, aus der Schale auf der Theke. Als ich durch die Schwingtür wieder in den Wohnraum trat, stand plötzlich Millie vor mir.

»Was machst du denn hier, Kleine?«, fragte ich sie.

Als Antwort wedelte sie etwas ratlos mit dem Schwanz. Und ich verstand.

Tobey hatte ein paar Nächte auf dem großen Sofa da drüben verbracht. Ob in der Absicht, Millie Gesellschaft zu leisten, oder weil er in ihrer Gegenwart tatsächlich besser schlafen konnte, war unerheblich. Sie war es gewöhnt, dass jemand bei ihr war.

Als ich den Flur entlangging, folgte sie mir, und ich war versucht, sie mit in mein Zimmer zu nehmen. Ein bisschen Hundegesellschaft wäre genau das Richtige in dieser wahrscheinlich von nun an schlaflosen, gedankenschweren Nacht.

Doch dann siegte doch die Trainerin in mir, die genau wusste, dass ich in spätestens zwei Wochen nicht mehr hier sein würde und es daher ungut wäre, die Kleine jetzt an diese Möglichkeit zu gewöhnen.

Ich spähte zum Ende des Ganges. Immer noch war da der schmale Lichtstreifen, der unter Tobeys Zimmertür durchfiel wie Lametta.

Der Gedanke lag nahe. Trotzdem spürte ich mein Herz mit einem Mal schneller schlagen. Er würde es doch nicht missverstehen?

Millie stand neben mir und blinzelte müde zu mir herauf. Ich atmete tief durch. Dann stellte ich die Wasserflasche vor meiner Zimmertür ab. Fehlte noch, dass ich Angst davor hatte, an die Zimmertür eines weltbekannten Popstars zu klopfen, nur weil er so etwas vielleicht schon etliche Male in einem anderen Kontext erlebt hatte.

Ich würde nur kurz *Hallo* sagen, Millie zu ihm reinschieben und mich dann wieder in mein Bett kuscheln.

Als ich die Hand schon gehoben hatte, um zu klopfen, zögerte ich doch eine Sekunde. Was, wenn er gar nicht mehr wach war? Wenn er einfach bei Licht eingeschlafen war und ich ihn nun wecken würde?

Millie winselte leise. Und ich klopfte.

Es geschah nichts.

Oje. Genau das hatte ich befürchtet. Wenn ich Glück hatte, hatte er das Klopfen nicht gehört, und ich konnte mit Millie in mein Zimmer schleichen ohne …

»June? Bist du das?«, hörte ich da von drinnen seine Stimme. Er klang recht munter.

Ich stieß die Luft, die ich angehalten hatte, aus und öffnete die Tür einen Spalt weit.

»Entschuldige«, flüsterte ich, obwohl doch niemand außer uns hier war. »Ich wollte dich nicht stören. Aber Millie …«

»Du störst mich nicht.« Er saß aufrecht im Bett, unter den müden Augen Schatten, die Decke über den Beinen. Und ich stellte erleichtert fest, dass er offenbar nicht zu den Männern gehörte, die unbedingt mit nacktem Oberkörper schlafen mussten, sondern dass er ein verblichenes T-Shirt trug. »Ich hab noch nicht geschlafen.«

»Oh, gut. Das heißt, eigentlich ist es ja *nicht* gut. Aber … ich dachte nämlich … weil du nicht sofort geantwortet hast …«, stammelte ich. Herrje! Er war doch wirklich nicht der erste Mann, den ich je in einem Bett sitzen gesehen hatte.

»Ich bin es bloß nicht gewohnt, dass es hier mitten in der Nacht an der Tür klopft«, antwortete er.

Jetzt sah ich erst, dass auf seinen Beinen ein Notizblock lag und um ihn herum vollgekritzeltes Notenpapier.

»Du arbeitest doch nicht etwa noch?«, rutschte es mir heraus.

Diesmal stutzte er. »Mann, das klang jetzt wirklich wie meine Ma.«

Ich hätte gern gelacht, aber aus irgendeinem Grund blieb mir das Lachen einfach im Halse stecken.

Millie, die nun offensichtlich genug vom Herumstehen hatte, drängte sich an meinen Beinen vorbei und quetschte sich mit so viel Elan durch den Türspalt, dass mir die Klinke aus der Hand rutschte und die Tür aufschwang.

Ohne zu zögern, hüpfte sie ein wenig ungeschickt aufs Bett und legte sich auf die Decke zu Tobeys Füßen.

»Das wäre geklärt«, stellte ich fest. Ich versuchte, nicht daran zu denken, dass ich hier im Pyjama vor ihm stand.

»Was hast du da?«, wollte Tobey wissen.

Ich sah auf meine prall gefüllte Hand. »Sieht so aus, als hätte ich Kekse geklaut.«

Der Anflug eines Lächelns huschte über sein Gesicht. »Teilst du solche wertvolle Beute?«

Komm schon, June, benimm dich nicht wie ein schüchterner Teenager!, sagte ich mir selbst und trat ins Zimmer. Ich ging zu seinem riesigen Bett hinüber und setzte mich neben Millie ans Fußende.

»Bitte«, sagte ich und ließ alle Kekse auf die Decke fallen. »Aber verpetz mich nicht.«

Millie hob den Kopf und schnupperte.

»Eh-eh«, machten Tobey und ich gleichzeitig. Sie legte den Kopf mit einem resignierten Seufzen wieder auf die Pfoten.

»Sag bloß, deine Ma hat dir früher auch immer nachts Kekse ans Bett gebracht, wenn du nicht schlafen konntest«, wollte ich wissen. Obwohl sein Vergleich mich gerade auf unerwartete Art getroffen hatte, konnte ich es nicht lassen, danach zu fragen.

»Um Himmels willen, niemals!«, erwiderte Tobey und griff zu. »Doch nicht nach dem Zähneputzen!« Dann wurde er ernst. »Außerdem habe ich früher nie Schwierigkeiten mit dem Schlafen gehabt.« Er schüttelte den Kopf, als wollte er einen Gedanken verscheuchen. »Ma hat Lin und mich allein großgezogen, nachdem unser Dad gestorben war.«

»Oh, tut mir leid. Das mit deinem Vater«, sagte ich rasch.

Doch Tobey schüttelte nur leicht den Kopf. »Ich kann mich kaum an ihn erinnern. Für mich umfasste ›Familie‹ immer nur uns drei. Aber ich glaube, weil wir ihn nicht mehr hatten, war Ma der Meinung, besonders streng sein zu müssen.«

»Hm. Lin und du, ihr wirkt nicht wie zwei, die keine glückliche Kindheit hatten«, sagte ich nachdenklich.

»Das meinte ich damit auch nicht«, stellte Tobey klar. Und dann erzählte er plötzlich von früher. Davon, dass seine Ma sich wirklich krummgelegt hatte, um ihren beiden Kindern alles zu ermöglichen, was sie sich wünschten. Und das war in erster Linie die Musik gewesen. Darin hatte sie die beiden mit aller Kraft unterstützt, auch wenn sie selbst dadurch auf vieles hatte verzichten müssen. Ihr verstorbener Mann und sie hatten selbst ein Faible für Klassik und Jazz gehabt. Daher verstand sie, was ihre Kinder so faszinierte und anzog. Aber offenbar hatte sie eine echte Furie sein können, wenn einer von ihnen mal keine Lust zum Üben gehabt hatte.

Als Tobey geendet hatte, waren die Kekse alle.

»Sekunde!«, sagte er, schlüpfte aus dem Bett und huschte in Boxershorts aus dem Zimmer, nur um blitzschnell mit der gesamten Keksschale in der einen Hand und zwei Gläsern in der anderen wieder aufzutauchen. Unter dem Arm trug er eine Flasche Saft

»Den macht Joana selbst«, sagte er. »Ich glaube, es sind zehn verschiedene Früchte drin. Sensationell.« Er schraubte den Verschluss ab und goss die goldene Flüssigkeit in die Gläser.

Ich probierte und schloss sofort genussvoll die Augen.

»Wow! Lecker! Meinst du, sie verrät das Rezept dazu? Sharon ist immer auf der Suche nach Sachen, die sie für die Bed-&-Breakfast-Gäste zaubern kann.« Als ich Tobeys fragenden Gesichtsausdruck sah, setzte ich rasch hinzu: »Oh, das ist meine Ma. Ich bin auch ohne Vater aufgewachsen. Nur mit Sharon, unseren Hunden und Katzen. Und bevor du fragst: Meine Eltern waren nicht verheiratet, und meine Mutter fand es vollkommen okay, meinen Vater nie wiedergesehen zu haben. Ich glaube, weil sie allein mit mir war, war sie der Meinung, wir könnten wirklich alles machen, was wir wollten.«

»Klingt wie ein genialer Ganzjahreskindergeburtstag«, grinste Tobey.

»Es war himmlisch!« Ich verdrehte die Augen.

»Habt ihr immer in Glastonbury gelebt?«, wollte er wissen. »Ich weiß zwar, dass jedes Jahr dieses riesige Festival da läuft, war aber noch nie da. Was ist an der Gegend so besonders?«

Ich überlegte. »Es steckt jede Menge Gegensätzliches in diesem Ort«, sagte ich schließlich. Und erzählte ihm alles, was ich über mein Zuhause wusste. Von der Abbey, die jahrhundertelang ein Mittelpunkt der europäischen Christenheit gewesen war und auf deren imposante Ruinen ich von meinem Zimmer in Haydn House aus hatte blicken können. Von den Menschen, die mittlerweile in dem kleinen Städtchen lebten, den übrig gebliebenen Hippies und Spinnern, den Naturfreaks, Yogis und Reiki-Anhängern. Ich erzählte ihm von der Sage, dass der Tor, der einzige hohe Hügel der Umgebung, einmal Avalon gewesen sein sollte und dass man die angebliche Grabstätte des sagenhaften Königs Arthus besuchen konnte. Als ich ihm beschrieb, auf welchen Pfaden man diesen wunderbaren Aussichtspunkt erreichte, zwischen Feldern mit Schafgarbe und buckeligen Natursteinmauern, auf denen Spornblumen blühten, konnte ich es plötzlich selbst hören ... und brach ab.

Tobey sprach es aus: »Du musst schreckliches Heimweh haben.« Es war keine Frage, Gott sei Dank, denn ich war mir nicht sicher, ob ich darauf wahrheitsgemäß hätte antworten können, ohne zu weinen. »Muss seltsam sein, mit einem Ort so verbunden zu sein. Immer dort gelebt zu haben, alle Ecken zu kennen und so sehr zu lieben.«

Ich musste schlucken. »Du bist doch auch in London groß geworden und lebst immer noch hier«, sagte ich dann.

Tobey schnaubte. »Seit ich neunzehn war, war ich an so vielen Orten, dass ich manchmal kaum noch weiß, wo überall. Und keiner davon hat mir irgendetwas Besonderes bedeutet.«

»Hört sich an, als wärst du auf der Flucht«, versuchte ich einen Scherz. Aber vielleicht war es dafür zu spät in der Nacht. Wir lachten beide nicht. Sein Blick blieb ernst.

»Ja, hört sich so an.«

Wir betrachteten beide Millie, die inzwischen eingeschlafen war und leise schnaufte.

Wahrscheinlich hätte ich wieder aufstehen, ihm eine gute Nacht wünschen und in meinem Zimmer verschwinden sollen. Aber immer, wenn ich mir gerade einen Ruck geben wollte, zögerte ich so lange, dass der Moment vorüber war.

Wir saßen einfach da auf seinem Bett, aßen von den Keksen und sahen Millie beim Schlafen zu.

»Das ist ein wirklich schöner Song«, sagte ich irgendwann.

Tobey sah mich irritiert an.

»Der, den du vorhin gespielt hast. Ich hab's zufällig mitbekommen«, erklärte ich ihm.

»Oh«, machte er. Seine Hände, die gerade noch entspannt auf der Decke gelegen hatten, wurden plötzlich geschäftig. Sie sammelten die Notenblätter ein, die um ihn herum verteilt lagen, und legten sie ordentlich zusammen. »Ist noch nicht fertig.«

»Klang aber schon sehr schön. Ist der auch fürs neue Album?«

»Nein.« Diese Antwort kam wie aus der Pistole geschossen.

Ich spürte leises Bedauern darüber, dass ich diese wunderschöne Melodie vielleicht nie wieder hören würde. »Schade. Ich meine, ich fand ihn wirklich gut. Er war irgendwie ...«

»Nein, der wird nicht veröffentlicht«, unterbrach Tobey mich. Es klang endgültig, und seine Stimme war so kühl, dass es mich ein wenig fröstelte.

»Okay«, sagte ich. *Super, June, jetzt hast du es vermasselt!*, dachte ich, obwohl ich ganz und gar nicht sicher war, was ich damit meinte.

Ich stand auf und klopfte mir ein paar Kekskrümel von der Pyjamahose.

»Dann werd ich mal wieder ...«, murmelte ich.

Als ich die Tür erreicht hatte, sagte Tobey: »Entschuldige.« Ich blieb stehen und sah ihn an, aber er blickte auf seine Hände. »Ich war einfach noch nicht bereit dafür, dass irgendjemand den Song hört.«

»Ist schon in Ordnung«, sagte ich. »War keine böse Absicht. Vielleicht vergessen wir es am besten einfach?«

Ich wollte die Tür schon hinter mir zuziehen.

»June?« Diesmal sah er mich an. Es schien ihm schwerzufallen weiterzusprechen.

Ich fröstelte erneut. Aber plötzlich tat er mir so entsetzlich leid, dass ich auf keinen Fall hätte gehen können. Es war deutlich zu sehen, dass ihn etwas quälte. Etwas, was ich von Anfang an gespürt hatte. Vielleicht als Einzige von all den Menschen um ihn herum spürte, weil ich so gut darin trainiert war, in meinem Gegenüber zu lesen, was es mir mit Worten nicht sagen konnte.

Tobey Lambert. Vor zwei Wochen noch ein weit entfernter, für mich eher uninteressanter, wenn auch glühender Stern am Himmel der Popmusik. Und nun Millies Herrchen, der sein Leben einschränkte, sich alle Mühe gab. Und mit allem was er tat, nicht nur Millie, sondern auch mein eigenes Herz berührte.

Barfuß tappte ich wieder zu ihm hinüber und ließ mich erneut auf dem Bett nieder.

Tobey

Vier Jahre war es jetzt schon her. Wieder einmal ein ausverkauftes Konzert vor vollem Haus. Die Halle tobte bereits, obwohl noch die Vorgruppe spielte.

Der Großteil der Band hatte die Garderobe bereits verlassen. Die Jungs warteten hinter der Bühne auf den Moment, in dem sie ins Scheinwerferlicht hinauslaufen konnten.

Ich saß an einem der Schminktische und starrte auf die blank gescheuerte Fläche, auf der unzählige Puderdosen und Haarsprayflaschen ihre Spuren hinterlassen hatten.

Still für mich ging ich noch einmal den Ablauf des Konzerts durch. Die anderen wussten, dass ich kurz vor einem Auftritt Ruhe brauchte. Ich war die erste Stimme der *Taking Chances*. Und auch wenn wir alle gleichwertige Teile des Ganzen waren, hing von mir doch einiges ab.

Wenn ich den Blick hob, sah ich im Spiegel hinter mir Patrick und Angelina vor den Kleiderstangen sitzen. Patrick hatte einen Arm um sie gelegt, und sie lehnte an seiner Schulter, wie in alten Zeiten.

Those glory days
I can't forget
How easy and joyful
Love without regret

Patrick fing meinen Blick auf. Ein Zwinkern unter besten Freunden. Noch vor sechs Wochen, direkt vor dem Start der Tournee, hatte alles nach einem Ende zwischen Patrick und Angelina ausgesehen.

Er war seit jeher der Mädchenschwarm der Band. Wo auch immer wir auftauchten, rissen sich die Groupies um ihn, und Patrick hatte stets mit beiden Händen zugegriffen. Schon mit Mitte zwanzig war die Liste seiner Eroberungen so lang, dass sogar er selbst den Überblick komplett verloren hatte.

Angelina schien zunächst nur ein weiterer Name auf dieser Liste zu sein. Doch dann lief es irgendwie anders. Wir waren sechsundzwanzig, die beiden waren jetzt schon ein Jahr zusammen, und Patrick ließ auf einmal die Finger von anderen Frauen. Das war ein einsamer Sieg, den noch keine vor ihr errungen hatte.

Als es vor ein paar Wochen also gekriselt hatte, hatte Patrick das zur Verwunderung der meisten seiner Freunde überhaupt nicht verkraftet.

Nun flüsterten die beiden miteinander. Küssten sich. Dann stand Patrick auf. »Brauchst du noch ein paar Minuten?«, fragte er.

Ich nickte, und Patrick ging hinaus, Angelina eine letzte Kusshand zuwerfend. Die Tür fiel ins Schloss, und Angelina und ich waren allein. Wir saßen zu beiden Seiten der großen Garderobe. Sahen uns an. »Wann wollen wir es ihm endlich sagen?«, flüsterte Angelina.

»Schscht«, machte ich und war mit einem einzigen Schritt bei ihr. In ihren großen blauen Augen glitzerte es.

»Wir müssen das Tour-Ende abwarten«, sagte ich eindringlich. »Das haben wir doch alles besprochen. Er könnte keinen einzigen Gig mehr durchziehen.«

»Aber was wir hier machen, ist doch krank«, flüsterte Angelina. Und mir war klar, dass sie recht hatte.

Wir hatten all das nicht gewollt, aber das machte es nicht besser. Anfangs war Angelina für mich wirklich nur Patricks neue Freundin gewesen. Verdammt hübsch natürlich. Aber unter uns Jungs galten Tabus, und zwischen Patrick und mir erst recht. Wir kannten uns seit der Schulzeit, hatten die *Taking Chances* gemeinsam ins Leben gerufen. Nie im Leben hätte ich ihm etwas antun wollen. Wir waren fast wie Brüder.

Ich konnte mich nicht erinnern, wann ich es zum ersten Mal gespürt hatte. Ob es Angelina war, die zum ersten Mal den Blick länger hielt, oder ich selbst. Doch wir sprachen es niemals aus. Und nichts geschah. Wahrscheinlich ahnten wir beide, welche

Katastrophe das auslösen würde. Aber auch wenn ich meine Gefühle zu unterdrücken versuchte, nahm Angelina immer mehr Raum ein, erschien in meinen Träumen, begleitete mich Tag und Nacht. Ich konnte erkennen, dass es ihr ebenso ging. Und die Angst, irgendjemand außer uns könnte es auch bemerken, wurde mein ständiger Begleiter. Ebenso wie jener Wunsch immer größer und übermächtiger wurde: Ich wünschte mir nichts mehr, als dass irgendetwas passieren sollte, irgendetwas, das es Angelina und mir möglich machen würde, zusammen zu sein.

Dann kam dieser eine Abend, diese eine Nacht. Patrick und ich waren gemeinsam durch ein paar Clubs gezogen. Und plötzlich hielt er ein rothaariges Mädchen im Arm. Es sah aus wie immer, so wie früher eben. So kannte ich ihn. Sie verschwanden miteinander. Und ich wusste nicht, was ich fühlen sollte. Stand stundenlang an der Bar des Clubs, trank zu viel und starrte vor mich hin. Hätte ich da noch einen Rückzieher machen können? Mich umdrehen, die Beine in die Hand nehmen und rennen?

Irgendwann verließ ich das Lokal. Ich wollte nach Hause gehen. Aber plötzlich stand ich vor Angelinas Tür.

Es war so einfach.

Als hätten wir beide die ganze Zeit nur darauf gewartet, auf diesen Moment, diese vom Schicksal geschenkte Chance.

Obwohl ich mich fühlte, als wäre mir eine Last von der Brust genommen, war mir durchaus klar, dass es nicht ganz einfach werden würde. Anders jedenfalls als früher, wenn einer der Jungs mal etwas mit einer von Patricks abgelegten Flammen angefangen hatte und alle das mit Gelächter quittiert hatten. Ich glaubte, mit Angelina würde es nicht ganz so unkompliziert. Denn sie war etwas Besonderes, sowohl für Patrick als auch – so dachte ich – zukünftig für mich.

Womit ich jedoch nicht gerechnet hatte, war das Häuflein Elend, das ich am nächsten Morgen vor meiner Wohnungstür fand. Patrick. In Schuldgefühlen zerflossen. Zum ersten Mal, seit ich ihn kannte, sah ich ihn weinen, als er mich inständig darum bat, Angelina nichts von der kleinen Rothaarigen zu erzählen.

Ich versprach es ihm, und ich hielt mein Versprechen.

Und von da an war alles anders.

Angelinas vorsichtiger Versuch, sich von Patrick zu lösen, reichte aus, um ihm den Boden unter den Füßen wegzuziehen. Als er spürte, dass sie ihn verlassen wollte, war er einfach durchgedreht. Zu viel Alkohol. Gefährliche Experimente mit Drogen. Die gesamte Tournee war gefährdet gewesen. Und so hatten Angelina und ich, mitten in diesem Gefühlschaos, ganz pragmatisch entschieden, dass eine Trennung zwischen Patrick und ihr erst nach der Tour möglich sein würde.

Was dann auf uns zukommen würde, daran wollte ich lieber noch nicht denken. Tief in mir hatte ich die Hoffnung noch nicht aufgegeben – auf dieses eine Wunder, das den Super-Gau, der uns bevorstand, abmildern könnte. Vielleicht eine andere Frau, die Patrick vollkommen vom Hocker riss. Vielleicht die Einsicht, dass die sensible Angelina und er als Draufgängertyp womöglich doch kein so ideales Paar waren. *Egal was*, sagte ich mir damals, *ich wünsche es mir einfach. Egal wie.*

»Ich halt es nicht mehr aus, Tobey«, sagte sie jetzt leise. Und ihre Verzweiflung schmerzte noch mehr als meine eigene.

»Okay«, erwiderte ich und umarmte sie. Ihre Haare fielen seidig über meine Brust. »Okay. Ab morgen haben wir eine kleine Pause vor den nächsten Konzerten. Da denken wir uns was aus. In Ordnung?« Ich konnte spüren, wie sie nickte. Dann hob sie den Kopf, küsste mich rasch und löste sich von mir.

»Du musst raus«, sagte sie.

»Aber …«, begann ich. Es brach mir das Herz, sie jetzt so zurückzulassen.

»Geh schon!«, lachte sie betont munter. »Da draußen kreischen Tausende von Fans nach dir. Ich werd ja noch da sein, wenn du wiederkommst. Ich warte auf dich.«

Wir sahen einander tief in die Augen. Dann wandte ich mich um und ging schnell hinaus.

Als die Tür hinter mir zufiel, richtete ich mich auf und straffte die Schultern, ehe ich den Gang entlangeilte.

»Mr. Lambert?«

Ich blinzelte gegen das grelle Neonlicht.

»Steven Troy. Ich bin der Manager der *Projections*.« Die *Projections* waren heute zum ersten Mal unsere Vorgruppe. Machten gute Musik, die Jungs, genau nach meinem Geschmack, handmade eben.

»Ach ja, natürlich, entschuldigen Sie, ich war ...«

... *gerade mit der Frage beschäftigt, wie ich meinem besten Freund sagen soll, dass ich mit seiner Freundin schlafe?*

Ich schüttelte sacht den Kopf.

»Natürlich. Sie müssen sich konzentrieren«, sagte Steven Troy. »Ich habe mich nur gefragt, ob ich Sie vielleicht in den nächsten Tagen anrufen darf.«

»Wir haben bereits einen Manager, Mr. Troy«, antwortete ich.

»Oh, ich bin nicht interessiert an einem Gespräch mit allen Mitgliedern von *Taking Chances*«, erwiderte er und zog die Brauen hoch.

Ich starrte ihn einen Moment lang an.

Am Ende des Ganges tauchte Patrick auf.

»Tobey, hey, kommst du? Nur noch ein paar Minuten. Der Saal kocht! Hi, Mr. Troy!«

Steven Troy nickte Patrick zu und trat dann einen Schritt zurück, um mich vorbeizulassen.

Patrick und ich liefen nebeneinander zwischen den Kabeln und Scheinwerfern Richtung Bühne.

»Ist mächtig was los heute!«, rief er mir zu. Nach so vielen Auftritten, die wir gemeinsam bestritten hatten, wussten wir genau, wann ein Saal komplett uns gehörte. Heute brodelte die Menge nur so. »Sie mussten schon zwei Mädels rausziehen. Und dabei sind wir noch gar nicht auf der Bühne.«

Ich seufzte. Dass das immer wieder passieren musste. In ihrer Begeisterung verwandelte sich die Masse immer mal wieder in ein im wahrsten Sinne des Wortes erdrückendes Monster. Wer ganz vorn an der Bühne stand, hatte das Nachsehen.

Die Securitys, die unsere Tour begleiteten, waren stets auf der Hut und zogen die Leute heraus, die vorn keine Luft mehr zu bekommen drohten.

Die Vorgruppe hatte bereits die Bühne verlassen. Unsere Instrumente standen bereit. Die Scheinwerfer wurden gelöscht.

Wir fünf liefen hinaus auf unsere Positionen, begleitet von ohrenbetäubendem Schreien und Kreischen. Spots on. Der erste Song. Das Konzert begann.

Die meisten unserer Songs stammten aus meiner Feder, und sobald ich die Gitarre in der Hand hielt, war alles andere vergessen. Das hier war genau das, was ich immer gewollt hatte. Ich hatte die wunderbarste Arbeit der Welt. Und dafür jubelte man mir auch noch zu. Es war ein großartiges Konzert. Das Publikum kannte alle Songs, auch die neueren. Die Menschen vor uns sangen mit und tanzten ausgelassen. Es herrschte grandiose Partystimmung. Die Jungs und ich gaben unser Bestes.

Es waren noch zwei Stücke bis zum Ende des Programms, als die Stimmung plötzlich zu kippen schien.

Schreie wurden laut, die nicht nach Begeisterung, sondern nach Schmerz und Angst klangen.

Ich sah, dass auf der rechten Bühnenseite sämtliche Securitys versammelt waren, um Mädchen aus der Menge zu ziehen.

»Hey, Leute, hier vorn ist keine Luft mehr. Hört auf, von hinten zu schieben!«, rief ich ins Mikro.

»Ich krieg dich, du Scheißkerl!«, hörte ich eine Männerstimme brüllen.

Schreie, irgendwo von links. Ich sah hinüber und stellte verblüfft fest, dass sich eine Art Lichtung bildete. Die Menschen kreischten und strebten in alle Richtungen weg. Vorn am Absperrgitter fielen Mädchen in Ohnmacht.

»Hilfe! Meine Freundin stirbt!«, schrie plötzlich ein Mädchen. Patrick hatte es auch gehört. Er ließ seinen Bass auf den Gitarrenständer krachen und lief hinüber.

»Hey!«, rief ich den Guards zu, die auf der rechten Bühnenseite immer noch damit beschäftigt waren, weiteren Mädchen auf die Bühne zu helfen und nach hinten zu geleiten, wo sie von Ersthelfern versorgt würden. »Hey, wir brauchen hier Hilfe!«

Die Musik war komplett verstummt.

Überall im Saal wurde geschrien. An den Ausgängen drängten sich plötzlich gewaltige Menschentrauben.

Patrick hatte sich inzwischen an den Bühnenrand gekniet und streckte seine Hände hinunter ins Publikum, dem immer noch schreienden Mädchen entgegen. Doch sie schüttelte verzweifelt den Kopf und deutete auf den Boden. Oh Gott, hieß das, dass ihre Freundin dort unten am Boden lag?

Ehe ich noch etwas anderes denken konnte, hatte Patrick die Beine über den Rand geschwungen und verschwand in der Menge.

Ich rannte hinüber. Aus dem Augenwinkel bekam ich mit, wie auch die anderen Jungs an den rechten Bühnenrand eilten, um den Securitys dort zu helfen. Patrick und ich waren allein auf dieser Seite.

Ich spähte in die Menge. Ein Wogen aus Köpfen, Haaren, Armen, offenen Mündern. Da war er.

»Patrick!«, rief ich. »Patrick, nimm meine Hand!«

Doch Patrick sah hinunter zu seinen Füßen und kämpfte gegen das Schieben von allen Seiten an, das ihn mal zu zerren und mal zu pressen schien.

»Ich hol sie raus!«, schrie er mir zu.

»Patrick, lass das die Jungs machen. Patrick!«, rief ich und sah mich nach den anderen um.

Alle schienen damit beschäftigt, ohnmächtige Mädchen aus der Menge zu ziehen. Ein paar Ersthelfer kamen auf die Bühne gerannt.

Ich stürzte zum nächsten Mikro und riss es aus dem Ständer. »Leute!«, rief ich ins Mikro und versuchte, meine Stimme so ruhig wie möglich klingen zu lassen. »Hey, Leute, bleibt ruhig. Ist ja nichts passiert. Aber ihr müsst sofort aufhören ...«

»Der hat ein Messer!«, schrie jemand so laut, dass nicht nur wir auf der Bühne es hören konnten.

Ich sah zu der Lichtung im Publikum hinüber, die mir gerade schon aufgefallen war. Ein Mann stand dort und hielt etwas in der Hand, das im Scheinwerferlicht grell aufblitzte.

»Ich werd's dir zeigen, du Arsch! Meine Freundin wird nicht mehr lange Spaß an deinem hübschen Gesicht haben!«, brüllte er und donnerte wie eine Dampfwalze nach vorn, dorthin, wo Patrick in der Menge untergetaucht war. Die Menschen sprangen aus dem Weg, das blanke Entsetzen in den Mienen.

Und plötzlich war alles zu spät.

Die Masse bewegte sich wie ein Schwarm Fische in einem zu engen Teich.

Ich ließ das Mikro fallen und stürzte an den Bühnenrand. »Patrick!«, brüllte ich.

Ich konnte weder ihn ausmachen noch das Mädchen, das um Hilfe geschrien hatte. Selbst der Typ mit dem Messer schien in dem Strom der panischen Leiber einfach unterzugehen.

Ich musste springen. Ich wusste, dass ich es tun musste, um ihn zu retten. Doch in dem Augenblick, in dem ich nach einer Lücke in der Menge vor mir suchte, wurde ich von hinten fest gepackt und weggeschleift. Es war einer unserer Bodyguards, deren Aufgabe es war, uns zu beschützen.

»Patrick!«, brüllte ich wieder und setzte mich verzweifelt zur Wehr.

Als ich zurückblickte, war mir einen Moment lang so, als sähe ich inmitten der wild bewegten Masse die vertraute Hand mit den zwei schwarzen Ringen daran. Dann verschwand auch sie.

June

Als Tobey geendet hatte, wagte ich kaum, ihn anzusehen, aus Angst, er könne in meiner Miene lesen, wie entsetzt ich war.

Ich blickte zu Millie, die so geborgen und geradezu beseelt aussah, wie sie da lag und schlief. Ich betrachtete ihr honigfarbenes Fell und wie sich ihr Brustkorb sanft hob und senkte.

Es gibt nichts Friedlicheres als kleine Kinder und Tiere im Schlaf. Bei ihrem Anblick kann man sich einfach nicht vorstellen, dass es so etwas Furchtbares gibt wie einfach von einer Menge totgetrampelt zu werden. Oder dabei zusehen zu müssen, wie dem besten Freund etwas Grauenvolles zustößt.

Tobey saß zusammengesunken da und starrte auf die Bettdecke.

Was sollte ich ihm sagen? Welche Worte konnten ihn trösten? Gab es überhaupt so etwas wie Trost?

Schließlich tat ich das Einzige, was mir richtig erschien: Ich nahm seine Hand.

Seine Haut fühlte sich warm und weich an. Und ohne mich anzusehen, drehte er die Hand herum und umschloss meine mit seinen schlanken Fingern.

»Dir ist kalt!«, sagte er rau.

Ohne große Mühe zog er mich zu sich heran und legte die Decke, die über seinen Beinen gelegen hatte, um mich.

Seine Arme umschlossen mich. Ich sank gegen ihn, spürte seinen Arm um meine Schultern.

Seine Hand, die auf meinem Rücken lag, streichelte ein wenig zaghaft den Stoff meines Pyjamas. Überall, wo sie entlangstrich, hinterließ sie eine warme Spur auf meiner Haut.

Sein Atem streifte mein Haar. Und die Absurdität der Situation wurde mir mit einem Schlag bewusst. »Du musst mich doch nicht trösten«, murmelte ich. »Eher sollte ich dich in den Arm nehmen.«

»Wieso?«, erwiderte er, immer noch ein wenig heiser. »Weil ich es endlich über mich gebracht habe, es jemandem zu erzählen?«

»Weiß denn niemand ...?«

»Nur Lin wusste von der Geschichte mit Angelina. Und ich glaube, sie kennt mich gut genug, um zu ahnen, wie ich mich deswegen und wegen Patricks Tod fühle.«

Ich nickte langsam. Sein T-Shirt roch intensiv nach einem Duft, den ich in den letzten Tagen schon hin und wieder wahrgenommen hatte. Doch der Eindruck war immer nur flüchtig gewesen, nicht greifbar. Nun wurde mir plötzlich bewusst, dass es Tobey war, der so roch.

Oh Gott, ich schnupperte an einem Kunden. An einem Kunden, der mich hier in seinem Bett, unter seiner Decke, im Arm hielt und sanft meinen Rücken streichelte.

»Was ist aus Angelina geworden?«, fragte ich hastig. »Wo ist sie jetzt?«

Tobey atmete tief aus. »Ehrlich gesagt, ich weiß es nicht. Wir haben uns auf der Beerdigung zum letzten Mal gesehen. Es wurde erzählt, dass sie zu ihrer Familie nach Wales zurückgegangen ist. Lin hat es irgendwo aufgeschnappt.«

»Wie ist die Meinung deiner Schwester zu dem allen?«, wollte ich wissen. Lin und Tobey schienen ein enges Verhältnis zu haben. Kein Wunder bei ihrer Kindheitsgeschichte und ihrer gemeinsamen Liebe zur Musik, die sie beide – wenn auch auf unterschiedliche Weise – zu ihrem Beruf gemacht hatten.

»Sie denkt, ich hätte so was wie ein Schuld-Ding«, erwiderte Tobey, während seine Hand langsam ein wenig höher rutschte und nun auch meinen Nacken streichelte.

Ich spürte, wie meine Haare sich dort aufrichteten.

»Deswegen fand sie es anfangs auch ein bisschen alarmierend, dass ich Millie zu mir nehmen wollte. Sie dachte, ich sei der Meinung ...«

»... dass du Schuld bist an Millies Unfall?«

Obwohl er nicht antwortete, wusste ich, dass er genau das hatte sagen wollen.

»Was denkst du dazu?«, wollte Tobey plötzlich von mir wissen. »Denkst du auch, dass ich ein bisschen durchgeknallt bin? Dass ich einfach einen Schuldkomplex habe, den man besser wegtherapieren sollte?«

Ich zögerte. »Nein, das denke ich nicht«, antwortete ich schließlich wahrheitsgemäß. Er kam mir nicht durchgeknallter vor als ich selbst. »Ich glaube, du bist einfach nur jemand, der Verantwortung übernimmt für das, was er getan hat. Das finde ich gut. Auch wenn es bedeutet, dass es wahrscheinlich keinen einfachen Weg hinaus gibt. Nur ... die Zeit.«

Tobey hielt einen Moment lang die Luft an. Dann atmete er wieder aus.

Seine Hand lag in meinem Nacken, sein Daumen strich über meinen Hals. Diese Berührung war mehr als der Versuch, jemanden, der einem sympathisch war, ein wenig zu wärmen. Ich wusste, ich musste mich entziehen. Womöglich einen Scherz machen. Oder ihn bedauernd ansehen und den Kopf schütteln. Doch ich brachte weder das eine noch das andere über mich. Stattdessen saß ich an ihn gelehnt da und genoss seine Berührung, durchströmt von der Wärme, die von seinem Körper ausging.

Als seine Fingerspitze zart über meine Lippen strich, überfloss mich eine Gänsehaut vom Kopf bis zu den Zehen.

»Tobey, ich weiß nicht ...«, flüsterte ich.

»Scht«, machte er ebenso leise, obwohl niemand hier war, außer uns und Millie.

Er umfasste mein Kinn mit Daumen und Zeigefinger und hob es sacht an. Der Blick seiner dunklen Augen traf mich in meiner Körpermitte. Alles in mir zog sich zusammen, in einem süßlich scharfen Schmerz, der bis in alle Winkel strömte, um mich ganz und gar auszufüllen.

Es war, als flössen alle schönen Momente der letzten Tage in diesem einen zusammen. Tobey, der mit Millie lachend durch den Park rannte. Seine Stimme beim Radiointerview, immer ein wenig rau, als hätte er den letzten Husten noch nicht ganz auskuriert. Sein Stolz, als er das Problem mit den Treppenstufen ganz allein und so passend für Millie gelöst hatte. Sein Blick. Immer wieder seine Augen, die den meinen begegneten und in denen so viel zu lesen war.

Nur wenige Zentimeter trennten unsere Gesichter voneinander. Und bevor ich auch nur darüber nachdenken konnte, hatte ich mich vorgebeugt und ihn geküsst.

Es war eine kurze, zarte Berührung unserer Lippen. Seine Augen weiteten sich ein wenig, für einen winzigen Moment sah er verblüfft aus. Doch dann zog er mich noch näher an sich und küsste mich ebenfalls.

Hätte ich denken können, wäre mir nicht eingefallen, wann ich das letzte Mal so geküsst hatte, wann ich so geküsst worden war. Doch Gott sei Dank schien das Denken komplett abgeschaltet zu sein. Ich war nur noch Gefühl, das mit seinem verschmelzen wollte. Da war ein beständiges Geben und Nehmen zwischen uns, ein Wollen und Schenken, minutenlang. Bis wir miteinander langsam in die Kissen rutschten, unsere Beine sich ineinander verschlangen und ich auf ihm zu liegen kam.

Seine Hände wanderten über meinen Körper, schoben sich unter mein Pyjamaoberteil, streichelten die nackte Haut meines Rückens, meiner Seite. Ich griff in sein Haar. Diese eine widerspenstige Strähne, die ihm so oft in die Augen fiel, glitt durch meine Finger, und ich umfasste sein Gesicht wie etwas sehr Kostbares.

Er sah mich so intensiv an, dass ich glaubte, es nicht mehr aushalten zu können.

In meiner Kehle saß etwas, von dem ich befürchtete, dass es ein Schluchzen würde, wenn ich es hinausließe. Plötzlich wusste ich nicht mehr, wie lange es her war, dass Morris und ich uns so nah gewesen waren. Ich war mir nicht einmal sicher, ob wir uns überhaupt jemals derart nah gewesen waren.

Es war ein seltsamer Moment der absoluten Stille, in dem wir uns nur ansahen, um ineinander zu versinken.

Mit einem kleinen Schrecken wurde mir klar, wie es weitergehen würde. Doch plötzlich stupste mich etwas in die Seite. Ich zuckte zusammen, und auch Tobey erschrak spürbar.

Wir blickten zur Seite.

Auf der Ecke des Bettes, dicht neben uns, saß Millie und sah uns an. In ihren Augen stand Neugierde und ein leiser Unwille.

»Ach herrje ...«, murmelte ich.

Tobey betrachtete sie kurz und sah mich dann bestürzt an. »Sie ist doch nicht eifersüchtig, oder? Können Hunde eifersüchtig sein?«

»Auf alle Fälle scheint sie es nicht zu mögen, wenn du dich so intensiv mit jemand anderem beschäftigst«, sagte ich.

Die ganze Situation war derart absurd, dass wir gut darüber hätten lachen können. Doch sie war in ihrer Intensität auch so sensibel, dass ein Lachen alles hätte zerstören können, was zwischen uns war und was womöglich jemals sein könnte.

Keiner von uns lachte.

Tobey zog mich noch einmal an sich und küsste mich – doch der Kuss endete schon nach kurzer Zeit.

»Ich bin es nicht gewohnt, dass mir jemand zuschaut, wenn ...« Er brach verlegen ab.

Ich lächelte ihn an. »Daran wirst du dich wohl gewöhnen müssen. Es sei denn, du sperrst sie zukünftig aus, wenn du nicht allein im Schlafzimmer bist.«

Wir tauschten einen kurzen Blick und sahen dann beide rasch weg. Ich ließ mich zur Seite gleiten. Obwohl meine Hand noch auf seiner Brust lag, war der Zauber des Augenblicks verflogen.

Millies Auftauchen hatte bewirkt, dass wir beide unsere Köpfe wieder einschalteten.

Ganz sicher konnte ich natürlich nicht sagen, woran Tobey

dachte. Vielleicht beschäftigte er sich noch mit der Erinnerung an den schrecklichen Abend vor vier Jahren. Vielleicht dachte er auch an Angelina. In meinem Kopf jedenfalls waren Bilder aufgetaucht von anderen Frauen, die er mit in dieses Zimmer nehmen und dann die Tür vor Millie verschließen würde. Wenn ich selbst schon lange nicht mehr hier sein würde.

Ich setzte mich auf und streckte die Beine unter der Decke hervor auf den Boden. Der Anblick meiner nackten Füße und des einen hochgerutschten Pyjamahosenbeins berührte mich seltsam.

»Ich glaube, ich gehe lieber wieder rüber in mein Zimmer«, sagte ich, obwohl es mich Überwindung kostete, und zerrte am Stoff des Hosenbeins.

»June.« Tobey griff sanft nach meiner Hand und hielt sie in seiner.

Ich hob sie hoch und legte meine Lippen kurz an seine warme Haut. Nur noch zwei Wochen. Maximal. Was zwischen uns wäre, würde schon mit einem Abschied beginnen. Und ich war einfach nicht sicher, ob ich noch einen weiteren würde verkraften können.

»Tut mir leid«, sagte ich leise. Dann stand ich auf und ging hinaus. Millie folgte mir nicht. Und auch ich sah nicht noch mal zurück. Manchmal war es besser, wenn man einfach nur nach vorn blickte.

Tobey

Was war passiert?

Wie hatte das geschehen können?

Noch vor wenigen Tagen hätte ich auf eine Frage nach June Harrison geantwortet, dass sie eben die Hundetrainerin für meinen gerade erst eingezogenen Vierbeiner war, weswegen ich nicht im Traum daran dächte …

Jetzt aber konnte ich an überhaupt nichts anderes mehr denken.

Sie ging, ohne sich noch einmal zu mir umzudrehen. Die Leere, die sie hinterließ, dröhnte wie ein dumpfer Schmerz in allen Winkeln. Ich ließ mich in die Kissen fallen und starrte an die Decke. Mein ganzer Körper brannte vor Verlangen nach ihr. Ein Verlangen, das ich schon so lange nicht mehr gespürt hatte. Das nicht nur ein hübsches Gesicht und den passenden Körper meinte.

Sondern?

So vieles, dachte ich. Ja, mit einem Schlag stand mir alles ganz deutlich vor Augen, was sich in den letzten acht Tagen aus vielen Kleinigkeiten zusammengesetzt hatte. Mir wurde plötzlich bewusst, was alles an ihr wunderbar und liebenswert war. Ihre leichte, heitere Art, an jedes Problem heranzugehen. Ihr Selbstvertrauen und die Stärke, die ihr aus jeder Pore strömte. Ihr fantastisches Einfühlungsvermögen, das sich ganz sicher nicht nur auf Hunde bezog.

Ich hatte es ihr erzählt. Hatte ihr, als erstem Menschen außer meiner Schwester, von Angelina und mir erzählt. Hatte von meinem damaligen heftigen Wunsch gesprochen, Patrick möge als Hindernis zwischen dieser Frau und mir einfach verschwinden. June hatte begriffen. Hatte ohne große Erklärung verstanden, was dieser Wunsch und das, was an jenem Abend geschehen war, in Kombination bedeuteten. Sie hatte mein niederdrückendes

Gefühl der Schuld nicht kleingeredet, sondern mit mir gefühlt. Und sie hatte die Zeit als einzigen Weg hinaus erkannt.

Ich kannte June gerade mal acht Tage. Aber mit einem Schlag wusste sie mehr über mich als viele meiner Freunde, der Menschen, die mich Tag für Tag umgaben.

Warum ich dem plötzlichen Impuls gefolgt war, mich ihr anzuvertrauen, hätte ich nicht sagen können. Doch als ich sie dann an mich zog und sie gegen meine Brust sank, ihr Gesicht an meinem Hals verbarg, war ich sicher, dass es so sein musste. Dass mein Bedürfnis, ihr nah zu sein, nicht darauf beschränkt war, ihren Körper zu spüren und zu erkunden. Ich wollte, dass sie *mich* sah. Mich erkannte, so wie ich wirklich war. Mit dieser Schuld im Herzen, die niemand mir abnehmen konnte.

Nach einer Weile, in der ich immer wieder vergeblich auf Geräusche aus dem Flur gelauscht hatte, löschte ich das Licht.

Zuerst dachte ich, das intensive Eintauchen in die Erinnerung an jenen Abend würde mich sicher wachhalten. Aber dann war es nicht Patrick, der vor meinem geistigen Auge erschien, sobald ich die Augen schloss. Es war June, wie sie in der Tür gestanden hatte in ihrem himmelblauen Pyjama, der ihr eine Nummer zu groß war. Ihr Duft, von dem ich gar nicht gewusst hatte, dass ich ihn schon so gut kannte, und von dem ich nicht genug bekommen konnte. Die Weichheit ihrer Haut unter meinen Händen, und wie verletzlich ihr Blick plötzlich wurde, als wir uns ansahen.

Ich hatte ihr so vieles sagen wollen. Dass ich zum ersten Mal seit Jahren das Gefühl einer echten Begegnung hatte. Dieses Gefühl der Augenhöhe, weil es sie vollkommen kaltließ, dass ich ein überall bekannter Promi war. Für sie zählte nur der Teil meiner Person, den ich selbst erst gerade zu entdecken begann und der mir wirklich gut gefiel. Der Teil von mir, den Millie und sie in mein Leben gebracht hatten, weil sie beide in mir nur eins sahen: Millies Herrchen.

Ich hatte June sagen wollen, dass sie diesen Morris verlassen, aber auf keinen Fall etwas mit Dan anfangen sollte. Dass ich selbst noch keinen blassen Schimmer hatte, wie wir das hinbekommen sollten, aber dass ich den großen, unbändigen Wunsch in mir spürte, sie nicht wieder zu verlieren.

Aber ich hatte es nicht gesagt. Und dann war sie fort. Meine vielen Worte, unausgesprochen im Raum, ließen mich nicht schlafen. Erst gegen Morgen döste ich ein und fühlte mich wie gerädert, als um sieben Uhr der Wecker klingelte.

Als ich mit Millie in Jeans und T-Shirt den Flur zur Wohnungstür entlangging, kam gerade Andy herein.

»Morgen. Erste Runde?«, begrüßte ich ihn, weit weniger fröhlich als an den Tagen zuvor. Er brummte nur. Vor dem Frühstück war nie viel mit ihm anzufangen.

Ich schlüpfte in meine Jacke. Ein Blick in den Wohnbereich sagte mir, dass June offenbar nicht auf uns wartete.

»Ohne Ms. Trainerin?«, erkundigte sich Andy, dem das auch aufgefallen war.

»Offensichtlich«, antwortete ich. »Nicht mehr lange, dann sind wir eh auf uns gestellt.«

Während ich Millie auf den Arm nahm, um sie die Treppe hinunterzutragen, fragte ich mich, ob ich es schon jemals geschafft hatte, mir selbst mit einem einzigen Satz so gründlich den Morgen zu versauen.

Nach unserem kleinen Spaziergang, der sich schon anfühlte wie wunderbarer Alltag, wartete bereits Joana mit dem Frühstück auf uns. Andys Laune hob sich schlagartig. Und ich musste daran denken, wie geschickt June es eingefädelt hatte, meinen Bodyguard und meine Haushälterin zum wohl ersten Mal für ein Stündchen allein in einem Raum zusammenzubringen: beim Fitnesstraining, das – laut Aussage von beiden – fortgesetzt werden sollte.

Dan und Steven saßen ebenfalls bereits an der breiten Theke

in der Küche, und Millie haute sich mit Appetit einen Gemüsebrei rein, den Joana nun jeden Morgen frisch für sie zubereitete. Als ich gerade den ersten Schluck Kaffee nahm, erschien June in der Tür.

Sie grüßte freundlich, wie jeden Morgen, und setzte sich dann zwischen Andy und mich, wie jeden Morgen.

Wir sahen uns kurz an und lächelten. Doch uns beiden geriet das Lächeln ein wenig schief.

»Waren schon ohne dich mit Millie unten«, berichtete Andy ihr. »Tobey hat gemeint, wir müssen uns schon mal dran gewöhnen. Weil du doch bald nicht mehr da bist.«

Ich konnte aus dem Augenwinkel erkennen, dass Junes Hand auf dem Weg zum Saftglas für einen Moment innehielt.

»Sehr mutig«, sagte sie dann mit einem Schmunzeln. Aber ihre Stimme klang ein wenig hohl.

»Ich war ja dabei«, erwiderte Andy, den ihre Antwort wohl etwas verwirrt hatte.

In diesem Augenblick ging das Telefon auf der Theke. Es war das Foyer. Ich hob ab. »Mr. Lambert, wir haben hier eine Dame, die zu Ihnen möchte. Sie steht nicht auf der Besucherliste, aber sie sagt, Sie kennen sie, Sir«, sagte der Mann von der Security. »Eine gewisse Angelina Prixton.«

Plötzlich war mein Mund ganz trocken. Es war, als säße in meinem Kopf ein Lautstärkeregler, der das Gespräch zwischen Andy, Joana und June ebenso wie die Stimme aus dem Radio schlagartig zu einem leisen Hintergrundgeräusch herunterfuhr.

»Hat sie ... kann sie sich ausweisen?«, wollte ich wissen. Dan neben mir merkte auf. Ich mied seinen Blick, starrte auf die glänzende Oberfläche der Theke.

»Schon kontrolliert, Sir. Sieht in Ordnung aus.«

»Ich schicke jemanden runter, der sie raufbegleitet.« Ich legte auf. Dan neben mir glitt bereits vom Hocker, bevor ich auch nur ein Wort sagen konnte.

»Unerwarteter Besuch?«, erkundigte sich Steven, der über der Zeitung auch mit halbem Ohr mitgehört hatte.

»Angelina Prixton«, sagte ich tonlos.

Steven hob den Kopf und die Brauen. »Ist das nicht die Kleine, die damals mit Patrick ...?«

Ich nickte. Dan verließ die Küche, um hinunterzufahren.

June starrte angestrengt auf ihr Müsli.

»Wusste gar nicht, dass ihr noch miteinander zu tun habt«, sagte Steven.

Er war der Einzige hier im Raum, der durch die Verbindung unserer damaligen Band Angelina flüchtig gekannt hatte.

Für alle anderen war sie ein weißes Blatt.

Bis auf June.

»Haben wir auch nicht«, antwortete ich nun. »Ich hab sie seit vier Jahren nicht mehr gesehen.«

»Dann bin ich ja gespannt, warum sie jetzt auftaucht.« Er schnalzte mit der Zunge und grinste vielsagend.

»Wieso muss es dafür einen bestimmten Grund geben, Steven?«, schaltete sich June plötzlich ein, indem sie ihn direkt ansprach. »Vielleicht will sie einfach nur ›Hallo‹ sagen.«

Steven verzog seinen Mund zu einem schmalen Lächeln. »Eine Backgroundsängerin, die während der Arbeit zu einem neuen Album auftaucht und einfach nur Hallo sagen will? Tja, June, das könnte durchaus sein.«

June sah aus, als wollte sie gern etwas ähnlich Sarkastisches erwidern, doch dann überlegte sie es sich und begann, ihr Müsli zu löffeln.

Ich hätte ihr zu gern gesagt, wie es sich mit dem Grund für Angelinas plötzliches Auftauchen tatsächlich verhielt. Doch mir fiel keine Möglichkeit ein, wie ich das vor den anderen unauffällig tun könnte. Ich selbst war vollkommen durcheinander. Dass Angelina deswegen nicht auf meine unbedachte E-Mail reagiert hatte, weil sie lieber gleich persönlich vorbeikommen wollte, wäre mir im Leben nicht eingefallen.

Doch nun war sie hier. Und ich hatte keinen blassen Schimmer, wie ich damit umgehen sollte.

Diffus hatte ich gehofft, heute würde sich eine Möglichkeit ergeben, mit June allein zu sein. Damit ich ihr sagen könnte, was ich ihr letzte Nacht schon hätte sagen sollen. Doch nun sah die Lage plötzlich ganz anders aus. Angelinas Auftauchen musste für sie höchst sonderbar wirken. Und auf eine günstige Möglichkeit, um es ihr zu erklären, würde ich bestimmt eine Weile warten müssen.

Als ich die Hand zur Kaffeetasse hob, um noch einen Schluck zu nehmen, sah ich, dass ich zitterte. Rasch ließ ich die Hand wieder sinken, stand auf und verließ fluchtartig die Küche.

Im Wohnraum lief ich auf und ab. Und nach ein paar Minuten hörte ich das Klicken der Wohnungstür. Sie wurde geöffnet, Dan hielt sie auf, in der anderen Hand eine große Reisetasche.

»Bitte sehr«, sagte er. »Ich sage Tobey sofort Bescheid, dass Sie hier sind. – Ah, da bist du ja ...« Er sah mich ernst an.

Hinter ihm erschien eine schmale Gestalt mit langem dunklem Haar, das ihr in das blasse Gesicht hing.

Angelina hob den Kopf und lächelte mich an. »Hallo Tobey. Du hast mir geschrieben. Und hier bin ich«, sagte sie. Mit diesem Lächeln knipste sie ein Licht in ihrem Gesicht an, das mich vage an ihr Strahlen von früher erinnerte.

»Hallo, Angelina«, erwiderte ich.

June

Ich wusste weder, was ich denken, noch was ich fühlen sollte.

Angelina war da. Angelina, von der Tobey mir heute Nacht anvertraut hatte, dass sie die letzten vier Jahre der Dreh- und Angelpunkt seiner Tage und Nächte gewesen war, obwohl sie keinerlei Kontakt gehabt hatten. Die Frau, die er so sehr geliebt hatte, dass er mit ihr seinen besten Freund betrogen hatte. Und der Grund, warum er jetzt entsetzliche Schuldgefühle mit sich herumtrug.

Als Dan zu uns zurück in die Küche kam, konnte Andy nicht an sich halten und fragte: »Wer ist diese Angelina? Sieht sie gut aus?«

Dan neigte den Kopf. »Ich schätze schon. Offenbar ist sie eine alte Freundin von Tobey.«

»Ho, ho!«, machte Andy und zwinkerte mir und Joana zu.

»Sicher nicht *diese* Art von Freundin«, mischte Steven sich genervt ein, während er seine Zeitung zusammenfaltete. Er wandte sich damit ausschließlich an Dan, als hätte der und nicht Andy diese Mutmaßung aufgebracht. »Angelina war die Partnerin von Patrick. Also eine feste Sache. Und offenbar haben die beiden sich seit dem Unfall nicht mehr gesehen.«

Dan zuckte leicht amüsiert mit den Schultern.

Stevens Lippen kräuselten sich. Dass Dan sich seine Zurechtweisungen nie zu Herzen nahm, ging Mr. Besserwisser offenbar mächtig gegen den Strich. Mit der Zeitung unter dem Arm verschwand er aus der Küche. Wir anderen aßen schweigend weiter.

Ein paar Minuten später kam Tobey herein. Er war blass und wirkte aufgewühlt. Kein Wunder.

»Dan, wie lange haben wir noch, bis wir losmüssen?«

»Halbe Stunde.«

»Okay. Ich ... wir sind im hinteren Besprechungszimmer.

Bin pünktlich da. Ach, und ... Joana, wärest du so lieb, Angelina ein Gästezimmer vorzubereiten? Sie bleibt ein, zwei Tage.«

Dann trafen sich unsere Blicke. Seine dunklen Augen brannten eine heiße Spur in mich hinein. In ihnen lag so viel Verwirrung, Schmerz und sogar ein wenig Angst, dass es mir das Herz zerriss.

»Ich kümmere mich heute Vormittag um Millie, wie abgesprochen«, sagte ich, obwohl mir klar war, dass es nicht das gewesen war, was er mit seinem Blick erfragen wollte. »Sag Bescheid, wenn wir das Training heute Nachmittag ausfallen lassen sollen. Ich kann auch allein mit ihr anfangen.«

Er zögerte einen kurzen Moment. Dann sagte er: »Ich werde da sein.« Und verschwand.

Joana sah, dass ich mit dem Müsli kämpfte, nahm den Teller fort und goss mir Kaffee nach. Wir lächelten uns an. Seit ich klargestellt hatte, dass ich ihr in Sachen Andy nicht in die Quere kommen würde, war sie zu mir ebenso herzlich gewesen wie zu den anderen. Aber nachdem ich die Fitnessstunden arrangiert hatte, hatte sie mich offenbar komplett adoptiert.

Eine Weile wagte ich mich nicht so recht aus der Küche. Doch als ich sie schließlich verließ, waren der Wohnraum und der Flur vor den Zimmern leer, und ich atmete erleichtert auf. Nach dem, was heute Nacht zwischen Tobey und mir geschehen war, fühlte ich mich gerade nicht in der Lage, einer wunderschönen Superwoman gegenüberzutreten.

Daher schlüpfte ich einfach in mein Zimmer. Diesmal durfte Millie mitkommen, und sie nutzte es weidlich aus, indem sie es sich nach einer gründlichen »Hausdurchsuchung« auf meinem Bett gemütlich machte.

Ausgerechnet heute Morgen musste ich wegen einiger organisatorischer Dinge dringend im Hundezentrum anrufen. Ich war heilfroh, dass Nicole abnahm. Und auch sie schien erleichtert, mich zu sprechen. Wir klärten alles Nötige, und dann entstand eine kleine Pause.

»Wann kommst du heim, June?«, wollte sie schließlich wissen, und ich konnte die Besorgnis in ihrer Stimme hören.

Mein Herz stolperte. »Ist mit Heaven alles okay?«, fragte ich geradezu panisch.

»Den Hunden geht's gut«, beruhigte sie mich rasch. »Und auch die Kurse laufen gut. Es ist nur ... Morris ...« Sie brach ab und wusste offenbar nicht weiter.

Es war ein seltsamer Moment. Mein Verstand wusste, dass vor ein paar Tagen noch dies das Größte und Wichtigste in meinem Leben gewesen war. Doch seitdem war etwas geschehen, das plötzlich alle Relationen verschoben hatte. Morris schien mir plötzlich sehr weit weg.

»Und Rebecca?«, hakte ich nach.

Nicole seufzte.

»Und Uma. Und Tilli. Und Eve. Und wie sie alle heißen?«, setzte ich nach. Doch dann riss ich mich zusammen. »Keine Sorge, Nicole, ich gehe das an, sobald ich wieder zurück bin. Morris und ich ... das haut einfach nicht mehr hin.«

»Du meinst, du willst dich von ihm trennen?«

Ich lauschte ihren Worten nach. Und plötzlich klangen sie nicht mehr nach einem gewaltigen Sieben-Meilen-Stiefel-Schritt, der mir den Atem raubte. Sie klangen eher wie etwas, das schon längst geschehen war. »Weißt du, ich glaube, wir sind schon dabei«, sagte ich ein wenig verwundert.

Nicole hatte Morris immer gemocht und war gut mit ihm klargekommen. Natürlich weil er wirklich ein großartiger Hundetrainer war, den man für seine Erfolge nur bewundern konnte. Vielleicht aber auch deswegen, weil er klug genug gewesen war, niemals einen Versuch gestartet zu haben, bei ihr zu landen.

Daher war ich überrascht, als sie jetzt herausplatzte: »Meine Fresse! Das wurde aber auch Zeit!«

Ihr kleiner Ausruf kam so aus tiefster Seele und voller Inbrunst, dass wir beide lachen mussten.

»Ist nicht zum Lachen«, sagte Nicole schließlich.

»Auf keinen Fall«, pflichtete ich ihr bei. Und wir kicherten beide noch einmal.

»Darf ich es Sharon sagen?«, fragte sie dann. »Sie kommt jeden zweiten Tag vorbei, um mit den Hunden rauszugehen, wenn Morris und ich wegen der Kurse wenig Zeit haben. *Leider* hatte Rebecca gestern das Pech, ihr über den Weg zu laufen. Das arme Ding! Ich hab Sharon oben im Haus hören können. Vermute, ein paar Tage werden wir hier jetzt vor Becci-Schätzchen Ruhe haben. Aber ich glaube, Sharon macht sich echt Sorgen um dich. Sie kann es nur nicht so zeigen.«

»Ein altes Hippie-Mädel eben«, sagte ich lächelnd. »Ich rufe sie später an. Hatte ich sowieso vor.«

Wir sprachen noch ein wenig über die laufenden Kurse, die Erfolge der Vierbeiner, die am Trainingsprogramm für Problemhunde teilnahmen, und schließlich legte ich mit dem wohlig-warmen Gefühl im Bauch auf, das ich ausschließlich mit Zuhause verband.

Eine Weile saß ich da, dachte an die weiten Wiesen, den Tor über der Stadt und die Wege zwischen den Feldern, über die ich bald schon wieder mit den Hunden streunen würde.

Sharon kannte mich gut. Sie war eben meine Ma. Und wir hatten von jeher den schwierigen Akt gemeistert, wenn man gemeinsam auf schmalem Grat zwischen Mutter-Tochter-Beziehung und Freundschaft balancieren will.

Ich wusste, dass sie mich fragen würde. Und ich wusste, was ich antworten musste: Nein, es gab niemand anderen. Ein Gefühl, ja, das gab es. Ein überraschend großes, beinahe überwältigendes Gefühl, das sich fast unbemerkt angeschlichen und heute Nacht mit einem Mal zugeschlagen hatte. Ein Gefühl, das mich gewiss noch eine ganze Weile begleiten und mir bei allem, was mich zu Hause erwartete, helfen würde. Aber trotz des hellen Lichtstreifens, den dieses Gefühl für kurze Zeit auf mich geworfen hatte, würde es keine Zukunft geben, die ich mit nach Hause bringen konnte.

Ein wenig erschrocken stellte ich fest, dass dieser Gedanke sehr viel schmerzhafter war, als ich vorher angenommen hatte. Einen Augenblick atmete ich tief durch. Dann hob ich den Hörer wieder ab und wählte Sharons Nummer.

Am Nachmittag war Tobey tatsächlich rechtzeitig zu unserem vereinbarten Trainingstermin mit Millie zurück.

Angelina, die den Vormittag in dem größten der Bäder und ihrem Zimmer verbracht hatte, erschien ebenfalls, als sie die Stimmen der Männer hörte.

Sie war sehr schlank, eigentlich schon eher dünn, und trug einen kurzen Rock und eine bunte Bluse. Beides fand ich scheußlich, aber ich wusste, im Moment war dieser Stil extrem in. Ihre sehr langen dunklen Haare trug sie offen. In ihrem blassen Gesicht wirkten ihre auffallend blauen Augen beinahe irritierend.

Tobey stellte uns im Wohnraum einander vor, und es war ihm anzumerken, dass er sich dabei ausgesprochen unwohl fühlte. Angelina und ich gaben uns die Hand; sie musterte mich dabei verstohlen von Kopf bis Fuß.

»Hundetrainerin. Was für ein cooler Beruf«, sagte sie.

»Der beste der Welt«, erwiderte ich.

Tobey, die Hände in den Hosentaschen vergraben, trat unruhig von einem Bein aufs andere. »Gleich kommen die Jungs zum Proben. Ich denke, wir sollten besser mit dem Training anfangen«, sagte er.

»Oh, darf ich zusehen?«, bat Angelina.

Tobeys Zögern war mehr als deutlich. Er warf mir einen raschen Blick zu, aber ich tat so, als wäre ich damit beschäftigt, bereits ein paar Belohnungsleckerchen für Millie zu sortieren.

»Ja ... ja, sicher«, sagte er dann zu Angelina. »Es sei denn, June, du meinst, es wäre besser ...?«

»Oh nein. Das ist völlig in Ordnung.« Zu meiner Erleichterung klang meine Stimme vollkommen normal.

Und so begannen wir unsere erste reguläre Trainingseinheit – zu viert. Millie beachtete Angelina nicht weiter. Weder nahm sie Kontakt zu ihr auf, noch fürchtete sie sich vor ihr. Die Belohnungshappen waren entschieden interessanter.

»Als Erstes schauen wir mal, wie es um ihren Grundgehorsam bestellt ist«, begann ich. Ich nahm ein Leckerchen in die Hand, kippte den Zeigefinger nach oben und hob den Arm ein wenig.

Millie folgte interessiert der Bewegung mit dem Blick, zeigte aber keinerlei Reaktion auf das Sichtzeichen.

»Sitz!«, versuchte ich es mit dem Hörzeichen. Doch auch das schien sie nicht zu kennen.

»Wahrscheinlich müssen wir mit ihr anfangen wie mit einem Welpen«, sagte ich zu Tobey. Dann hielt ich Millie den Happen direkt vor die Nase. Während mein Zeigefinger immer noch aufgestellt war, führte ich die ganze Hand vorsichtig über Millies Kopf nach hinten. Sie folgte der Belohnung, und automatisch plumpste ihr Hinterteil auf den Boden.

»Sitz«, sagte ich freundlich und gab ihr den Brocken. Und bevor sie selbst die erste Gehorsamsübung ihres jungen Lebens selbstständig beenden konnte, sagte ich: »Okay!«, und strich ihr kurz über die Seite, sodass sie wieder aufstand. Ich wiederholte die Übung ein paar Mal und ließ es dann Tobey versuchen.

Er stellte sich geschickt an, und Millie hatte nach wenigen Versuchen raus, was er von ihr wollte. Das Leckerchen vor der Nase benötigte sie nicht mehr, sondern reagierte bereits auf das Sichtzeichen.

Es war deutlich zu sehen, dass Tobey sich über den kleinen Erfolg freute. Ein internationaler Star, der auf der Bühne Tausende und durch seine Alben Millionen begeisterte, lächelte strahlend über die simpelste aller Trainingseinheiten. Etwas, woran auch ich mich erfreuen konnte – auch wenn Angelinas Anwesenheit mich irritierte. Das Training war etwas, das mir rundum vertraut war, hier war ich sicher und souverän. Und es ermöglichte mir außerdem, Tobey ansehen zu können, ohne dass irgendjemand daran etwas Besonderes hätte finden können.

»Dann probieren wir jetzt das *Platz* – also richtiges Hinlegen«, entschied ich und nickte ihm zu. Er hatte die Frage des Treppengehens gut gelöst. Nun überlegte er kurz, nahm das Leckerchen und hielt es Millie vor die Nase. Sie setzte sich bereits automatisch. Aber nun ließ er den Futterbrocken langsam zu Boden sinken. Millie sah seiner Hand interessiert nach. Sonst passierte jedoch nichts.

»Platz!«, sagte Tobey.

»Falsch«, sagte ich. Tobey, Millie und Angelina sahen mich an. »Stell dir vor, du musst eine Fremdsprache lernen«, erklärte ich ihm. »Und alle Welt textet dich zu mit Vokabeln, die du nicht kennst und die für dich in dem Augenblick, in dem du sie hörst, in keinem Zusammenhang stehen. Das ist die Situation, in der sich die meisten unserer Hunde befinden. Wir erwarten von ihnen, dass sie Begriffe wie ›Komm her‹ oder ›Geh weg‹ auseinanderhalten können – nur weil wir das Glück hatten, mit unserer Sprache aufzuwachsen. Wenn wir eine Fremdsprache lernen, hilft es immer, wenn wir die neue Vokabel mit einem Bild oder, noch besser, mit einer Bewegung, einem Gefühl verbinden können. Erst dann sollte die Vokabel benutzt werden. Also erst das Begreifen und durch die Wiederholung dann das Festigen.«

»Wow!«, sagte Angelina. »Wir könnten Millie also jetzt Chinesisch beibringen?«

»Das wäre für sie genauso einfach wie unsere Sprache«, antwortete ich ihr höflich.

Tobey reagierte nicht. Er überlegte. Dann kniete er sich hin und hielt Millie den Futterbrocken wieder vor die Nase. Sie versuchte, ihn zwischen seinen Fingern herauszuschlecken, doch damit hatte sie keinen Erfolg. Erneut ließ er die Hand zu Boden sinken, diesmal viel langsamer. Millie folgte der Hand ein Stück gen Boden, richtete sich aber wieder auf. Tobey holte sie erneut mit der Hand oben ab und versuchte es noch einmal. Beim vierten Versuch machte Millie mit und legte sich komplett hin.

»Plaaaatz«, sagte Tobey ruhig und gab ihr das Leckerchen. Auch das Auflösen der Übungseinheit mit dem »Okay« vergaß er nicht.

»Perfekt«, sagte ich.

Wir blickten uns an. Einen Moment lang fürchtete ich, in seinen dunklen Augen zu versinken. Doch dann sahen wir beide rasch wieder fort.

»Gleich noch mal«, sagte Tobey und versuchte es. Diesmal klappte es auf Anhieb.

»Sie lernt rasend schnell«, stellte ich begeistert fest.

»Das scheint ihr mehr Spaß zu machen als diese Leinengeschichte«, ergänzte Tobey, und in seiner Stimme schwang ein wenig Stolz mit. Mit leisem Entsetzen stellte ich fest, dass ich ihn dafür am liebsten geküsst hätte.

Rasch räusperte ich mich. »Das kommt, weil sie das Zerren an der Leine vorher wohl falsch gelernt hat und wir sie jetzt umerziehen müssen. ›Sitz‹ und ›Platz‹ scheint sie noch gar nicht zu kennen. So wie anfangs die Stufen. Ihr etwas beizubringen, das sie nicht kennt, geht viel einfacher, als etwas falsch Gelerntes auszubügeln.«

»Und warum muss sie das überhaupt lernen? Ich meine, ist das wichtig, dass sie ›Sitz‹ und ›Platz‹ kann?«

Ich musste ein Schmunzeln unterdrücken. Warum sollte ein international gefeierter Popstar andere Fragen stellen als jeder andere frischgebackene Hundehalter auf dieser Welt?

»Was würdest du denn sagen, was dir am wichtigsten ist? Was sie lernen soll?«

Tobey zog die Stirn in Falten. »Tja, also ... diese Leine, die nervt, muss ich sagen. Ich fände es toll, wenn sie ohne klarkäme. Nicht an der Straße und so, das wär wohl zu gefährlich, aber auf Spaziergängen, im Park. Damit sie mal richtig rennen kann, vielleicht mit dem Ball spielen oder so. Was Hunde halt so machen.«

»Definitiv auch meine Meinung!«, stimmte ich ihm zu. »Alles, was wir unseren Hunden beibringen, sollte dem harmonischen Umgang miteinander dienen – und dazu gehört, dass sie möglichst viele Freiheiten genießen können, ohne sich selbst oder andere zu gefährden. Gehorsam im Freilauf ist super wichtig. Aber wenn Millie auch nur ein paar Meter von dir entfernt ist, hast du keinen Einfluss mehr auf sie. Richtig?«

Er nickte.

»Wie also soll sie lernen, auf Distanz auf dich zu hören und dir zu folgen, wenn sie es im Nahbereich nie gelernt hat?«

»Das heißt, sie lernt ›Sitz‹ und ›Platz‹ und so was, damit sie später auch das ›Komm her‹ beherrscht?«

»Vereinfacht gesagt, ja.«

»Das leuchtet ein, würde ich sagen. Klingt wie: ›Erst Tonleiter, bevor Chopin geübt wird.‹« Aus dem Augenwinkel sah ich, wie Angelina aufmerksam zwischen Tobey und mir hin und her sah.

Ich zeigte Tobey noch, wie er Millie dazu bringen konnte, ihm auf ein Wort hin ins Gesicht zu schauen. Hergestellter Blickkontakt war schon die halbe Miete in Sachen störungsfreier Kommunikation – das konnte man problemlos von Menschen auf Hunde übertragen. Dann beendeten wir die Trainingseinheit für heute. Gerade rechtzeitig, denn schon öffnete sich die Wohnungstür, und Justin und Graham kamen herein. Tobey knuddelte Millie noch einmal die Ohren, was sie liebte, und verschwand dann mit den Bandmitgliedern im Probenraum. Angelina blieb noch bei Millie und mir sitzen.

Ein paar Minuten schwiegen wir. Ich versuchte, nicht daran zu denken, dass die Frau neben mir eben jene war, von der Tobey mir in der letzten Nacht erzählt hatte. Seine große Liebe, deretwegen er eine lange währende Freundschaft und vielleicht sogar den Erfolg der gemeinsamen Band aufs Spiel gesetzt hatte.

»Was für ein gigantisch cooler Blick, oder?«, sagte Angelina und deutete auf die Glasfront, hinter der sich die Stadt erstreckte.

»Ja, wunderschön«, erwiderte ich. Weniger, um ihr tatsächlich zuzustimmen, eher um einen freundlichen Small Talk in Gang zu bringen. Angelina nahm es dankbar an und sprach von dem einen oder anderen hippen Stadtteil, der gerade angesagt war, von Clubs und Locations, die überall in der Stadt verteilt zu sein schienen und die ich selbstverständlich nicht kannte. Insgesamt konnte ich zu dem Gespräch wenig beitragen, außer aufmerksam zuzuhören.

Das schien ihr irgendwann auch aufzufallen, und wir verfielen wieder in Schweigen. Millie erhob sich von ihrem Liegeplatz und sprang zu mir aufs Sofa, um sich an mich zu kuscheln und wieder die Augen zu schließen. Ich ließ meine Hand durch ihr Fell gleiten und empfand diese Berührung und ihre Wärme als ungeheuer tröstlich.

»Meine Großeltern hatten Jagdhunde«, sagte Angelina unerwartet.

»Wirklich? Das ist genau mein Fall«, antwortete ich. »Welche Rasse hatten sie denn?«

»Labradore«, antwortete Angelina. »Die sind mit meinem Großvater auf die Jagd gegangen. Und aufs Sofa durften sie natürlich auch nicht. Ich hab mal irgendwo gelesen, dass Hunde Ärger machen, wenn man sie aufs Sofa lässt. Ist das gar nicht so?«

Aha. Offenbar hatte sie entschieden, den Bereich des Small Talks zu verlassen und mich ein wenig auszutesten. Wenn ich mich nicht so ausgesprochen unwohl gefühlt hätte, hätte ich darüber wahrscheinlich gelächelt. So aber antwortete ich professionell-freundlich: »Das kommt auf den Hund an. Millie ist nicht der Typ, der Privilegien dieser Art falsch versteht und dann in Ungehorsam oder Aufsässigkeit ummünzt.«

»Sie macht gute Fortschritte, was?«

»Ja, sie ist toll. Ein echter Charakterhund«, bestätigte ich.

»Oh, das liegt bestimmt auch an der Trainerin«, warf Angelina großzügig ein. »Tobey ist ja voll des Lobes, wenn er von dir spricht.«

»Wirklich? Das freut mich!« Ehrlich gesagt fragte ich mich jedoch, wie viel er denn schon über mich hatte sprechen können. Schließlich war Angelina erst heute Morgen angekommen, und nach der halben Stunde, die sie mit Tobey zusammen im Besprechungsraum verbracht hatte, war er pünktlich zur Stelle gewesen, um mit Dan, Andy und Steven aufzubrechen.

Angelina winkte ab. »Ach, hör auf. Das sieht man doch gleich, dass ihr einen guten Draht zueinander habt.«

»Ich habe grundsätzlich erst mal zu jedem Hund einen guten Draht«, versuchte ich auszuweichen.

»Ich meinte Tobey«, stellte sie mit schmalen Lippen fest. »Du und Tobey, ihr versteht euch gut.«

»Ja, das ist von Vorteil, wenn man so eng zusammenarbeitet, um ein Ziel zu erreichen«, erwiderte ich lapidar.

»Er ist großartig, oder etwa nicht?«, fragte sie.

Und obwohl mir klar war, dass es keine echte Frage gewesen war, sagte ich: »Ja, er macht sich ganz gut.«

Sie sah mich an und lachte. »Oh ja, sicher, du siehst ihn wahrscheinlich mit ganz anderen Augen. Als Hundelehrerin eben.« Ihre Stimme wurde leiser. »Wir hatten damals eine wirklich gute Zeit miteinander, Tobey und ich, weißt du?«

Wieso erzählte sie mir das? Einer fast Fremden, die zudem zu Tobey in einem Beschäftigungsverhältnis stand. Zumindest offiziell. Plötzlich fuhr mir ein Gedanke scharf wie eine Klinge durchs Mark, und ich fragte mich, ob er ihr womöglich heute Morgen erzählt haben könnte, was letzte Nacht geschehen war.

Das konnte nicht sein. Oder? Sie hatten vier Jahre lang keinen Kontakt gehabt. Da begann man doch so ein Wiedersehen nicht damit, der alten Flamme zu beichten, dass ... ja, was denn eigentlich?

Ich hatte keine Ahnung, warum Angelina plötzlich hier aufgetaucht war. So wie Tobey letzte Nacht von ihr gesprochen hatte, war ich sicher, dass er keine Ahnung von dem bevorstehenden Besuch gehabt hatte. Das Ganze kam mir ein bisschen wie ein Spuk vor.

Ich glaubte auch nicht, dass Stevens Mutmaßung stimmte. Sie wollte keinen Karrieresprung im Fahrwasser eines erfolgreichen Ex-Geliebten. Meiner Meinung nach war sie aus rein persönlichen Gründen hier. Aber ich war nicht sicher, ob Tobey der Typ war, der nach vier Jahren gleich darauf einsteigen und die alte Vertrautheit wieder zulassen würde.

Auf alle Fälle hätte ich mir eher die Zunge abgebissen, als ihr zu sagen, dass ich über ihr früheres Verhältnis Bescheid wusste. Daher antwortete ich auf ihre Frage nur: »Tatsächlich?«

Einen Moment lang wirkte sie verunsichert. Doch dann räusperte sie sich und bog die Schultern nach hinten durch. »Ich hätte bei ihm bleiben sollen«, sagte sie versonnen und sah wieder aus dem Fenster. »Scheint so, als hätten wir beide keine gute Zeit gehabt, nachdem ich weggegangen bin. Ja, ich weiß, was du sagen willst …« Ich hatte eigentlich gar nichts sagen wollen. »Tobey hat seine Solokarriere wirklich toll hinbekommen. Hat eingeschlagen wie eine Bombe. Aber ich meine, privat sieht es bei ihm ja wohl fast genauso düster aus wie bei mir.« Sie machte eine kurze Pause, und ich fragte mich, ob sie wohl erwartete, dass ich etwas dazu sagte. Wieso erzählte sie das alles einer Fremden?

Doch dann fuhr sie fort: »Bin bei einem echten Psycho gelandet. Seit einem Jahr versuche ich schon, ihm klarzumachen, dass es aus ist. Aber er lässt mich einfach nicht in Ruhe. Letzte Woche hat er dann gedroht, mich umzubringen. Unglaublich, oder? Ich schätze, der Kerl würde es echt versuchen. Tobey meint, hier bin ich absolut sicher. Samt Bodyguard und so. Man muss sich ja nur das Foyer angucken mit den ganzen Kameras und der Security und so. Da kommt keiner durch.«

»Warum gehst du nicht zur Polizei?«, wollte ich wissen. Für mich wäre das das Naheliegendste gewesen.

In diesem Moment wurde die Küchentür geöffnet, und Joana kam heraus, ihre Jacke bereits über dem Arm. »Ich geh zum Markt rüber. Soll ich etwas mitbringen?« Obwohl sie es so schwammig ausdrückte, war ich recht sicher, dass sie damit in erster Linie mich ansprach.

»Nein, danke, in deiner Küche gibt's doch alles, was das Herz begehrt!«, antwortete ich.

»Ach, ich dachte, das sei Tobeys Küche«, murmelte Angelina neben mir leise. Lauter sagte sie, als Joana bereits die Klinke in der Hand hielt: »Ach, Joana, könnte ich bitte noch zwei weitere Handtücher haben? Heute Abend reicht. Du kannst sie einfach auf mein Bett legen.«

Joana nickte und verschwand. Bevor sich die Tür hinter ihr schloss, glaubte ich noch ein gebrummtes »… im Hotel …« zu hören.

Angelina sah auf ihre Armbanduhr. »Ach du Schreck, so spät schon? Ich muss unbedingt ein paar Freundinnen anrufen und sagen, wo sie mich finden können. Die drehen sonst durch vor Sorge.« Damit stand sie auf und verschwand im Flur. Ich hörte die Tür ihres Zimmers zufallen.

Millie schlief mittlerweile fest. Ich löste mich vorsichtig von ihr und ging ebenfalls an den Türen der anderen Zimmer auf dem Flur vorüber. Kurz fiel mein Blick auf Tobeys Schlafzimmertür, unter der in der vergangenen Nacht ein schmaler Streifen Licht hindurchgeschimmert hatte.

Als ich in mein Zimmer ging, schüttelte ich mich, wie meine Hunde es taten, wenn sie aus dem Regen zurück ins Haus kamen. Dieses Schaudern und das kurze Aufblitzen ihrer geliebten haarigen Gestalten vor meinem inneren Auge ließ mich begreifen. Das unangenehme Gefühl, das mich gerade beschlichen hatte und die ganze Zeit in meinem Nacken saß, während ich mit Angelina sprach, kannte ich nur zu gut. Es war das

Gefühl, das mich immer ergriff, wenn ich mit Frauen wie Rebecca umgehen musste – und all denen, die vor ihr da gewesen waren –, als seien sie und ich einfach nur Lernende und Ausbilderin, Hundebesitzerin und Hundetrainerin, Kolleginnen in der Hundetrainerszene. Diese steifen Gespräche, in denen wir beide doch so viel mehr wussten, als wir je voreinander zugegeben hätten. Die nagende Gewissheit, dass ich, egal wie cool und selbstbeherrscht ich auch sein würde, im Grunde doch schon verloren hatte.

Ja, genau so fühlte es sich an.

Und genau das wollte ich auf keinen Fall wieder fühlen!

Nicht wegen Morris. Nicht wegen irgendeines anderen Mannes.

Und schon gar nicht wegen Tobey. Für den ich, wenn ich ehrlich zu mir selbst war, doch schon so viel mehr fühlte.

Tobey

Vielleicht hatte ich es schon geahnt, aber nur zu gern den Gerüchten geglaubt. Doch in Wahrheit war Angelina nicht zu ihrer Familie nach Wales zurückgekehrt. Sie hatte weiterhin in London gelebt, sich von einer Liebesaffäre in die nächste gestürzt und – ebenso wie ich – versucht zu vergessen.

Irgendwann vor zwei Jahren hatte sie Alan kennengelernt, als er sie in seinem Taxi mitnahm. Schon bei der ersten Begegnung war ihr klar gewesen, dass eine Beziehung mit diesem Typen der blanke Horror sein würde. Doch sie ließ sich trotzdem auf ihn ein. Obwohl sie wusste, dass sie mit ihm niemals würde glücklich werden können.

»Es war wie ein Sog«, versuchte sie mir mit leiser Stimme zu erklären. »Er zog mich an. Obwohl ich wusste, dass er mir nicht guttun würde.«

Wir saßen im hinteren Bereich des Wohnraums und sahen über die abendlichen Lichter der Stadt. Millie lag neben mir auf dem Sofa und schlief.

June hatte sich bereits in ihr Zimmer zurückgezogen. Wir hatten heute keine einzige Sekunde allein gehabt, in der ich ihr irgendetwas hätte erklären können. Und ich war selbst so verwirrt und durcheinander, dass ich keinen blassen Schimmer hatte, was ich hätte sagen sollen. Sie selbst behandelte mich mit der freundlichen Distanz, die sie all die Tage vorher auch gezeigt hatte. Trotzdem dachte ich bei jeder noch so kurzen Begegnung in der Wohnung daran, wie sie sich heute Nacht an mich geschmiegt, wie sie mich geküsst und mir in die Augen gesehen hatte. Wann immer ich ihr näher als einen Meter kam, glaubte ich, ihren Duft wahrzunehmen, mein Magen zog sich schmerzhaft zusammen, und ich musste den Impuls niederkämpfen, June berühren zu wollen. Es war sonderbar, eine so heftige Sehnsucht zu empfinden, obwohl wir doch im gleichen Raum waren.

Jetzt sah Angelina mich mit ihren großen, tiefblauen Augen kummervoll an. Eben diese Augen hatten mich damals schlicht umgehauen. Jetzt war ich eher ein wenig irritiert. Ihrem Blick fehlte es an Wärme.

»Weißt du, im Nachhinein habe ich manchmal gedacht, dass ich mich nur auf ihn eingelassen habe, weil ich mich selbst bestrafen wollte. Ich wollte mir wehtun. Und weil ich es selbst nicht richtig hinbekam, hab ich mir jemanden gesucht, der das für mich übernahm.«

Die Vorstellung war schrecklich. Aber ich musste nicht fragen, was sie damit meinte. Ich wusste es.

»Warum hast du dir keine Hilfe gesucht? Deine Familie zum Beispiel, deine Eltern und dein Bruder. Ihr wart doch immer so eng. Du warst ein echtes Familientier. Ich kann mir gar nicht vorstellen, dass ihr jetzt kaum noch Kontakt habt.«

Das Thema schien schmerzlich zu sein. Ihr ganzes Gesicht verzog sich. »Dass sie mich so gut kannten, hat alles noch schlimmer gemacht«, sagte sie kopfschüttelnd. Es war fast nur ein Flüstern.

»Aber meinst du nicht, dass es dir geholfen hätte, bei ihnen zu sein? Ihr hattet doch immer so ein gutes Verhältnis«, hakte ich nach.

»Das ist es ja gerade«, erwiderte sie gequält. »Als Patrick nicht mehr da war ... Ich konnte es einfach nicht ertragen, wie lieb sie zu mir waren. Sie wussten doch nichts von uns. Ich hatte es ihnen nach der Tour sagen wollen. Wenn Patrick und ich tatsächlich getrennt und wir beiden zusammen gewesen wären.«

Ich hob die Hand und wollte mitfühlend nach ihrer greifen. Doch dann tat ich es doch nicht, sondern ließ die Hand wieder auf mein Knie herabsinken. Ich wollte nicht, dass sie mich missverstand. »Aber du hättest es ihnen doch auch nach Patricks Tod sagen können. Sie lieben dich, Angelina.«

»Du kennst sie nicht«, erwiderte sie mit Tränen in den Augen. »Sie sind so herzensgut. Irgendwie zu gut für diese Welt, verstehst du? Sie hätten es schon kaum verstanden, wenn ich Patrick wegen seines besten Freundes verlassen hätte. Aber so ...« Wieder schüttelte sie den Kopf. Ihre Miene drückte so viel Kummer aus, dass ich es doch tat und meine Hand auf ihre legte. Ihre Haut fühlte sich kühl und glatt an, gar nicht vertraut, so wie ich es mir immer vorgestellt hatte. Überhaupt war nichts so, wie ich gedacht hatte.

Gerade wollte ich den Mund öffnen, um diese Gedanken auszusprechen und Angelina zu fragen, ob sie es ähnlich empfand wie ich, da wandte sie sich mir frontal zu und sah mich an.

»Tobey«, sagte sie. »Ich weiß ja nicht, wie es dir geht, aber ich habe immer an dich gedacht. Dass du mich damals nicht mehr sehen wolltest, habe ich verstanden. Wir waren beide so durcheinander. Wahrscheinlich wäre es nicht gut gegangen, wenn wir einfach weitergemacht hätten, als wäre nichts geschehen. Aber ich habe nie aufgehört zu hoffen, dass wir uns irgendwann wiedertreffen würden.«

Ich starrte auf unsere ineinander verschränkten Hände. *Sag es!*, dachte ich. *Sag ihr, dass du immer an sie gedacht und von ihr geträumt hast. Dass du keine andere Frau an dich herangelassen hast, weil du im Grunde immer gehofft hast, sie wiederzusehen.*

Die Worte steckten irgendwo in meiner Brust, wo sie vier Jahre lang sorgsam formuliert und gehütet worden waren. Bereit, um im richtigen Moment herauszuspringen.

Nun war dieser Moment gekommen. Sie war hier. Sie war wieder da. Und sie sagte mir genau das, was ich mir immer erträumt hatte.

Und ich konnte darauf nicht antworten. Weil alles, was ich so gut vorbereitet hatte, plötzlich nicht mehr stimmte.

Ja, sie war die Traumfrau schlechthin für mich gewesen. Wunderschön. Mit einer samtigen Stimme und viel Gefühl für Musik. Wir waren jung und lebendig gewesen und hatten viel Spaß miteinander gehabt. Zwischen uns schien alles perfekt.

Doch ohne es tatsächlich zu merken, hatte ich mich offenbar

in jemand anderen verwandelt. Patricks Tod hatte mich verändert. Die Notwendigkeit, danach weiterleben zu müssen. Die immer wiederkehrende Frage, wie ich das schaffen sollte. Ich war ein anderer geworden und längst nicht mehr derselbe wie damals. Nicht mehr der, der diese Worte einmal hatte sagen wollen. Ich war ihnen nur treu geblieben, weil ich es einfach noch nicht anders gewusst hatte.

Ich war ihnen treu geblieben, bis June kam.

Als ich an sie dachte, schlug mein Herz ein wenig rascher, und ich spürte, wie sich ein kleines Lächeln auf meine Lippen schlich.

Und als wäre das eine Art Stichwort gewesen, war im Flur plötzlich das Klappen einer Tür zu hören.

Rasch löste ich meine Finger aus Angelinas Griff und stand auf. Angelina sah mich sonderbar an, doch dann konnte ich an den energisch dumpfen Schritten hören, dass es nicht June war, die sich da näherte. Steven bog um die Ecke.

»Ah, ich hatte gehofft, dass du da bist. Hallo, Angelina.«

Die beiden nickten sich zu.

Ich ging zu ihm hinüber. Er hatte diesen gewissen Ausdruck, den ich an ihm kannte, wenn er eine seiner genialen Ideen hatte. »Was gibt's?«

»Susan von der Agentur hat gerade angerufen. Auf ein paar Umwegen ist eine gewisse Familie Baker bei ihr gelandet.«

»Baker? Familie Baker?«, wiederholte ich. »Wer soll das sein? Ich wüsste nicht, dass ich die kenne.«

»Tust du auch nicht. Es ist die Familie, der dein Hund früher gehört hat.«

Ich starrte ihn an.

Steven hob die Hände. »Sie haben dein Interview im Radio gehört und heute Morgen dein Bild mit dem Hund in der Zeitung gesehen. Seitdem versuchen sie irgendwie Kontakt zu uns aufzunehmen. Vom Sender hat man sie an die Agentur verwiesen«, erklärte er.

»Und was wollen sie?«, fragte ich, obwohl ich die Antwort eigentlich schon wusste.

»Na, ich denke, sie wollen ihn zurück«, sagte Steven mit einem Schulterzucken. »Wegen der Kinder und so.«

Meine Knie fühlten sich plötzlich sehr weich an. Ich setzte mich auf die Lehne des Sofas, neben dem wir standen. Millie hatte einer Familie gehört. Mit Kindern.

Und sie wollten sie zurück.

Steven wiegte den Kopf. »Dachte mir, dass du das nicht so gern hörst. Wo du doch schon so viel in das Tier investiert hast. Warte! Bevor du etwas sagst: Ich hatte eine geniale Idee. Du weißt schon, das Anti-Gewalt-Charity-Konzert und die Fotos aus dem *Zenobia*, die ja wirklich ziemlich ärgerlich waren. Wie wäre es, wenn wir diese Gelegenheit nutzen und das Bild wieder glattbügeln?«

»Glattbügeln?«, wiederholte ich dumpf, ohne ihm recht zuzuhören. Millie gehörte einer Familie. Sie gehörte zu anderen Menschen. Nicht zu mir. Mit einem Mal überkam mich der mächtige Impuls, den Flur entlang zu Junes Zimmer zu rennen.

»Ja. Was hältst du davon, wenn wir aus der Übergabe eine rührende Geschichte machen? Nur zwei, drei ausgewählte Pressefritzen. Die Kinder, der Hund, der sich freut, sie wiederzusehen. Du als der Retter des Hundes, der den Kindern ihren Spielgefährten zurückgibt …«

Die Bedeutung seiner Worte tröpfelte langsam durch die Mauer der anderen Worte, die in meinem Kopf wie ein Echo hin und her prallten: Millies Familie. Will sie zurück.

Doch als ich dann kapierte, was Steven da vorschlug, spürte ich regelrecht, wie mir heiß wurde. Ehe ich nachdenken konnte, sagte ich bereits: »Steven, du bist ein fantastischer Manager, das weißt du.« Er winkte ab, aber ich konnte ihm ansehen, dass er mit sich selbst wegen dieser sensationellen Idee extrem zufrieden war. Beim Blick in sein selbstgefälliges Gesicht schoss die

Wut in mir hoch. »Aber menschlich bist du leider ein Arschloch«, beendete ich den Satz.

Steven starrte mich mit offenem Mund an. Da er offenbar nicht in der Lage war, etwas zu erwidern, nutzte ich die Gelegenheit, um noch mehr zu sagen: »Wie kommst du darauf, dass ich Millie wieder loswerden will? Nur weil du alles, was nichts mit deiner Arbeit zu tun hat, als Klotz am Bein empfindest, geht es doch uns anderen nicht automatisch auch so. Millie hat mein Leben so viel reicher gemacht. Ich hab durch sie schon jetzt so viel gelernt. Und wenn ich eins weiß, dann, dass ich sie ganz sicher nicht wieder abgeben will. Im Gegenteil, ich werde alles tun, damit sie bei mir bleiben kann.«

June

»Das geht nicht, Tobey«, sagte ich mit möglichst ruhiger Stimme. Es war deutlich, dass er vollkommen aufgelöst war, obwohl er versuchte, die Fassung zu bewahren. So wie er aussah, hatte er diese Nacht wohl kein Auge zugetan. »Du kannst dich nicht einfach weigern, sie zu treffen.«

In der Küche waren zum Frühstück alle versammelt, die normalerweise morgens hier anwesend waren: Dan, Andy, Steven und natürlich Joana. An Tobeys rechter Seite, wo normalerweise Dan saß, hatte Angelina Platz genommen.

»Aber sie können doch gar nicht beweisen, dass Millie ihnen gehört. Ich meine, die leben irgendwo in Devon, wieso verlieren sie ihren Hund in London?«

»Dafür gibt es einen ganz plausiblen Grund«, erklärte Steven. »Sie haben an dem Wochenende mit den Kindern einen Ausflug gemacht, wollten zu *Madame Tussauds*. Als sie mit dem Hund einen Spaziergang machen wollten, hatte wohl irgendein Auto eine Fehlzündung. Der Hund ist vor lauter Schreck abgehauen, und sie haben ihn nicht wiederfinden können. Klingt logisch.«

»Diese Logik geht mir so was von am Arsch vorbei!«, knurrte Tobey. »Und ich sag dir noch mal: Diese beschissenen Bilder, die du da im Kopf hattest, kannst du dir abschminken.«

Ich hatte keine Ahnung, von welchen Bildern er sprach. Aber dass er so harsch reagierte, zeigte nicht nur, dass er die Einmischungen seines Managers in persönliche Belange offenbar gründlich überdacht hatte, sondern auch, dass Tobey Angst hatte. Angst, dass ein Lebewesen, das er gerade erst richtig kennenzulernen begann und das dennoch schon so einen großen Teil seines Herzens erobert hatte, einfach wieder verschwinden könnte.

Ich konnte ihn gut verstehen.

Steven zog die Brauen hoch und schob sich einen letzten Bissen Pfannkuchen in den Mund, während Tobey seinen Toast noch nicht angerührt hatte. Als er den Bissen mit einem Schluck Kaffee heruntergespült hatte, erhob Steven sich von seinem Hocker.

»Da meine Meinung in dieser hoch wichtigen Angelegenheit offenbar nicht gefragt ist, werde ich dann mal an meine Arbeit gehen«, sagte er steif und verließ die Küche.

»Ups«, machte Andy und versuchte ein Grinsen. Doch niemand reagierte darauf. Also aß er schweigend weiter.

»Natürlich kannst du recht haben, und sie wollen einfach nur ein bisschen Glamour abstauben«, sagte ich zu Tobey, als hätte es den Zwischenfall mit seinem Manager nicht gegeben. Wenn die Nerven derart blank lagen, war es das Beste, sich auf das Wesentliche zu konzentrieren. »Daher würde ich vorschlagen, dass du sie bittest, zum Treffen ein paar Fotos mitzubringen.«

»Fotos?«

»Ja, wer so einen niedlichen Hund hat, macht jede Menge Bilder von ihm«, erklärte ich.

Tobey bestrich eine Toastscheibe mit Marmelade, biss aber nicht ab. »Du meinst also wirklich, dass ich diese Leute hierher einladen sollte? Obwohl ...« Er hielt kurz inne, und ich glaubte zu ahnen, dass es ihm leichter gefallen wäre, hätten nicht noch weitere Ohrenpaare seinen Worten gelauscht. »Obwohl doch jetzt sie und ich zusammengehören.«

»Oh, Tobey ...«, murmelte Angelina und legte eine Hand auf seinen Arm.

Ich wandte den Blick ab und sah auf meinen Teller. »Im Grunde genommen sollte wohl Millie entscheiden, oder?«, fragte ich leise.

Tobey zerknüllte seine Serviette. »Ach, jetzt auf einmal! Ich soll ihr Führung bieten und Regeln aufstellen und Rituale einhalten. Aber wenn es darum geht, ob sie überhaupt bei mir bleiben kann oder nicht, soll *sie* entscheiden!« Er klang verzweifelt, wahrscheinlich weil er meine Antwort schon erahnte.

»Das ist eine Herzensangelegenheit«, sagte ich sanft.

Er erwiderte eine Weile nichts, sondern starrte nur vor sich hin. Dann seufzte er plötzlich. »Ich weiß«, sagte er. »Ich werde die Leute anrufen und fragen, ob sie morgen herkommen wollen.«

Die Vorstellung, dass eine Familie mit zwei zuckersüßen Kindern ins Penthouse stürmen und sich quietschend auf eine überglückliche Millie stürzen würde, lag auch mir wie ein Stein im Magen.

»Wir sehen uns dann gleich zur ersten Trainingseinheit«, sagte ich und rutschte vom Barhocker.

»Was soll das denn noch nützen?«, brummte Tobey.

Er tat mir unendlich leid. Auch wenn Millie und er erst seit zwei Wochen zusammenlebten, war schon deutlich, wie sehr sie aneinanderhingen. Millie hatte sich ihm bedingungslos angeschlossen. Und Tobey war immer mehr in die neue Rolle hineingewachsen.

»Was das nützen soll?«, wiederholte ich. »Es nützt Millie.«

Er sah mich an, in seinen Augen bereits der Schmerz des Abschieds. Dann nickte er sacht, als wollte er mir sagen, dass er verstand.

Die Stunden schienen dahinzurasen. Die Spaziergänge mit Millie im Park waren anders, wenn Angelina dabei war, die sich gern bei Tobey einhakte oder mit Andy flirtete. Der jedoch ging darauf nicht in der gewohnt enthusiastischen Weise ein, sondern schien Andy-untypisch vorsichtig. Offenbar war ihm nicht recht klar, in welchem Verhältnis Tobey und Angelina zueinander standen. Trotz Stevens Erklärung nach Angelinas überraschendem Auftauchen schien der Bodyguard nicht ganz an die Darstellung der rein platonischen Freundschaft zu glauben.

Nachdem Angelina mir gegenüber so deutlich gemacht hatte, welchen Anspruch sie auf Tobey zu haben glaubte, hatten wir nur noch ein paar Worte gewechselt, die sich meist um Millie drehten. Bei den heutigen Übungseinheiten saß sie auch wieder dabei und sah zu. Allerdings wurde ich das Gefühl nicht los, dass sie eher Tobey und mich beobachtete.

Millie machte sich wunderbar. Sie war sofort zur Stelle, sobald klar war, dass Tobey und ich ihr etwas Neues beibringen wollten. Mit jedem neuen Sicht- und Hörzeichen, das sie lernte, schien sie schneller zu begreifen. Wen wunderte das? Sie war ein junger Hund, dem offenbar noch nie jemand etwas beigebracht hatte. Ihre Begeisterung über die gemeinsame Arbeit würde ihre Bindung an Tobey noch verstärken. *Wenn* sie bei ihm bleiben durfte.

Natürlich hatte Millies Besitzerfamilie, besonders die Kinder, ein Recht darauf, ihre kleine Hündin zurückzubekommen. Doch ein paar Dinge, die ich an Millie festgestellt hatte, ließen mich daran zweifeln, dass der Ausgang dieses Treffens schon hundertprozentig feststand: Da war die Tatsache, dass Millie in ihrer Prägephase – also als junger Welpe – offensichtlich nicht viel erlebt und erfahren hatte, angefangen beim Treppensteigen bis hin zur angstbesetzten Irritation im Straßenverkehr oder Aufzug. Da war ihre Scheu vor allem Neuen, besonders vor fremden Menschen, die sich ihr nähern wollten. Im Park hatte ich bereits zwei oder drei Mal beobachtet, dass sie sich in der Nähe des Kinderspielplatzes nie besonders wohlzufühlen schien. Die lauten Stimmen und das Kreischen der Kleinen veranlassten sie eher dazu, ihren Gang zu beschleunigen.

Die Summe all dieser Dinge ließ in mir eine kleine, hoffnungsvolle Flamme aufleuchten. Doch von der wollte ich Tobey lieber nichts sagen. Genauso gut konnte der morgige Tag den Abschied von Millie für ihn bedeuten.

Es war bereits später Nachmittag, als Tobey mit den Bandmitgliedern aus dem Probenraum kam und sie sich lautstark an der Tür verabschiedeten.

Millie hatte auf ihrem Sofa-Stammplatz geschlafen, und ich hatte neben ihr gesessen und gelesen. Doch als sie Tobeys

Stimme hörte, schlug sie die Augen auf und sprang vom Sofa, um ihn zu begrüßen.

»Jedes Mal, wenn wir uns nach einer noch so kurzen Zeit wiedersehen, tut sie so, als wäre ich weiß der Himmel wie lange weg gewesen«, lächelte er und streichelte sie, während Millie leise Fieptöne von sich gab und heftig wedelnd versuchte, sein Gesicht mit ihrer blitzschnellen Zunge zu erreichen.

Auch ich musste darüber lächeln, wie der große schlanke Mann da am Boden hockte und mit seinem Hund schmuste.

»June«, sagte Tobey plötzlich ernst und sah zu mir auf. In seinen Augen lag eine Bitte. »Ich … ich würde gern mit dir reden. Diese ganze Situation muss dir schrecklich … schrecklich chaotisch vorkommen. Ich meine, dass Angelina plötzlich auftaucht und …«

»Hey«, machte ich. »Ist doch selbstverständlich, dass du ihr hilfst. Sie ist in einer wirklich schwierigen Lage, nicht?«

»Ja«, erwiderte er rasch und stand auf. Er wirkte erleichtert über meine Worte. »Ja, allerdings. Dan kümmert sich bereits darum. Er kennt bei der Polizei ein paar Leute, die wissen, wie das schnell geregelt werden kann, damit dieser Typ sie endlich in Ruhe lässt.«

»Verstehe.«

Einen Moment lang herrschte Stille. Wir standen ein wenig verlegen voreinander. Aus einem der Büros hörte man die lauten Stimmen von Steven und einem der täglichen Besucher.

»June, vorletzte Nacht …«, begann Tobey.

»Nein, lass nur«, unterbrach ich ihn. »Ich meine, wer weiß, wie das Treffen morgen ausgeht? So leid mir selbst das tun würde, aber vielleicht ist Millie morgen Mittag schon nicht mehr hier. Ich selbst werde dann auch so schnell wie möglich nach Hause fahren. Und …« Ich machte eine hilflose Geste mit der Hand.

Tobey sah mich an. Einen kurzen, wirren Moment lang glaubte ich, er wolle die Arme ausstrecken und mich an sich ziehen. Doch dann räusperte er sich und nickte.

»Okay.« Er wandte sich abrupt um und ging in den Flur. Ich hörte eine der Türen zuschnappen. Millie trabte zur Terrassentür und schob sich durch den schmalen Spalt, der immer für sie offen stand.

Da ich vor nicht allzu langer Zeit einen Gassigang mit ihr eingelegt hatte, wollte sie sich wohl einfach ein bisschen frische Luft um die Lakritznase wehen lassen.

Ich öffnete die Tür einen Spalt breit weiter und streckte den Kopf hinaus.

Millie schlenderte am Geländer vorbei und schnupperte an einer gewaltigen Palme, die dort in einem Topf stand.

Gerade wollte ich die Tür wieder ein Stück zuziehen, als ich eine Stimme hörte. Ein paar Meter weiter stand tatsächlich Angelina, mit dem Rücken zu mir an die Brüstung gelehnt, das Handy am Ohr.

»Und wie alt sind die Welpen jetzt? Ich meine, sind die schon alt genug, um abgegeben zu werden?«

Ich horchte auf.

»Das passt ja wunderbar. Wissen Sie, es soll ein Geschenk sein«, hörte ich noch.

Leise ging ich wieder zurück zum Sofa und nahm mein Buch wieder auf. Doch ich konnte mich einfach nicht mehr auf die Zeilen konzentrieren.

Gerade stand ich auf, um in mein Zimmer hinüberzugehen, als die Terrassentür aufgeschoben wurde und Angelina hereinkam.

»Hi«, lächelte sie und strich sich die Haare aus dem Gesicht, die der Wind wild durcheinandergewirbelt hatte. Sie war wirklich eine wunderschöne Frau. Und sie war sich dessen bewusst.

Bevor ich überlegen konnte, ob es schlau war oder nicht, hatte ich es schon gesagt: »Das würde ich an deiner Stelle nicht tun.«

»Was meinst du?«, fragte sie verblüfft.

»Tobey einen Welpen schenken«, antwortete ich schlicht.

»Er will nicht irgendeinen Hund. Er will Millie«. Und bevor sie noch etwas erwidern konnte, ließ ich sie stehen.

Der nächste Morgen hielt für uns herrlichstes Wetter mit strahlendem Sonnenschein bereit. Im Gegensatz dazu wirkte Tobey furchtbar düster. Sogar Andy verhielt sich auffällig still. »Sie gehört eben doch schon irgendwie dazu, oder?«, sagte er zu Joana, die Millie ein besonders lecker aussehendes Frühstück servierte.

Um elf Uhr sollte Millies Familie hier ankommen. Ich schlug vor, vorher noch einen Gang durch den Park zu machen. So konnten wir auf Nummer sicher gehen, dass Millie sich bereits erleichtert hatte und selbst bei großer Aufregung kein Malheur geschah. Doch als Tobey, Andy und ich mit Millie vom Park wieder hereinkamen, warteten die Bakers bereits im Foyer. Ein wenig eingeschüchtert von den seriös wirkenden Sicherheitsmännern und all dem glänzenden Marmor, standen die Eltern mit ihren beiden Kindern in der Ecke neben den Fahrstühlen.

»Tousle!«, rief ein kleines Mädchen von vielleicht fünf Jahren, riss sich von der Mutter los und stürmte auf uns zu.

Millie wich zurück und versteckte sich hinter Tobey.

Auch das kleine Mädchen stoppte und musterte uns scheu. Verlegen drehte sie um und bohrte ihre Faust wieder in die Hand ihrer Mutter.

»Was hat Tousle da, Mummy?«, wollte sie wissen und deutete auf die geschiente Pfote.

»Sie hat ein Aua. Sie hatte einen schlimmen Unfall, weißt du. Und dieser nette Herr da hat sie gerettet.«

Ihr Mann trat vor. »Die Kinder konnten einfach nicht abwarten. Da dachten wir, eine Viertelstunde zu früh macht ja vielleicht nichts aus«, sagte er betont locker, nachdem wir uns mit Handschlag begrüßt und einander vorgestellt hatten.

Das Mädchen, Eileen, versuchte währenddessen noch einmal, Kontakt zu Millie aufzunehmen. Doch erneut wich die Hündin aus. Eileen schien Spaß am Fangenspiel zu haben, doch ihre Mutter schnappte sie bei der nächsten Runde um Tobey herum am Kragen ihrer Jacke, und die Kleine quietschte begeistert.

Der elfjährige Evan schien so beeindruckt von den Waffen der Securitymänner und dem gewaltigen Bodyguard Andy, dass er Millie kaum einen Blick schenkte.

Nur die Mutter hockte sich hin und streckte Millie die freie Hand entgegen, während sie mit der anderen ihre Tochter an sich gepresst hielt.

»Na, Tousle? Kennst du uns noch? Na, komm doch mal her!«, sagte sie leise.

Millie antwortete darauf mit einem verhaltenen Schwanzwedeln, behielt jedoch ihren sicheren Platz hinter Tobey bei.

»Das wird schon wieder«, sagte Mrs. Baker, richtete sich wieder auf und strich ihrer Tochter übers Haar.

»Tja, wollen wir dann nach oben?«, schlug Tobey vor. »Sie dürfen natürlich fahren. Mr. Brown hier wird Sie begleiten. Wir müssen aber leider die Treppe nehmen. Die Zeit hat noch nicht ausgereicht, um Millie an den Fahrtstuhl zu gewöhnen.«

»Häää? Millie?« Eileen sah zu ihrer Mutter hinauf. Dann sagte sie kichernd zu Tobey: »Die heißt doch Tousle!«

»Tatsächlich?« Er wirkte angespannt und musste sich ganz offensichtlich zu einem Lächeln zwingen.

Die Fahrstuhltüren öffneten sich, und Andy ließ der Familie den Vortritt.

»Komm, Millie«, sagte Tobey leise und ging mit ihr Richtung Treppenhaus.

»Geh du schon mal. Ich bin gleich da«, sagte ich. Und sobald die Tür sich hinter Tobey und Millie geschlossen hatte, wandte ich mich an die Security-Männer hinter der hohen Theke.

»Entschuldigen Sie, diese Kameras, die hier überall hängen, zeichnen die eigentlich auch auf?«

»Klar.« Der eine der Männer zeigte auf den Rechner unter der Theke. »Wird digital zwei Wochen lang gespeichert.«

»Das heißt, Sie könnten problemlos eine CD von einem bestimmten Zeitabschnitt brennen?«

»Sicher.«

»Danke!« Ich nickte ihm zu und beeilte mich, Tobey und Millie zu folgen.

Es war ein klassischer Fall. So etwas hatte ich schon oft gehört. Und doch berührte es mich jedes Mal wieder aufs Neue. Millie und ihre Geschwister waren ein sogenannter »Unfall«, was bedeutete, dass die Besitzer ihrer Mutter die Hündin während der Läufigkeit nicht ausreichend beaufsichtigt hatten. Überrascht von all der Arbeit und den Kosten, die ein Wurf Welpen mit sich brachte, hatte die Familie versucht, die Kleinen so rasch wie möglich loszuwerden.

So war Millie viel zu früh zu Familie Baker gekommen, die zu der Zeit – vor etwa einem Jahr – gerade auf der Suche nach einem preiswerten Welpen für die Kinder gewesen war. Im Alter von fünf Wochen, viel früher war es kaum möglich. Ein fünf Wochen alter Hund ist aber noch nicht bereit, von Mutter und Geschwistern getrennt zu werden. Millie hatte schreckliche Verlassensängste gezeigt, enorme Probleme mit der Stubenreinheit entwickelt und war von Woche zu Woche ängstlicher geworden.

»Dabei haben wir wirklich nichts Schlimmes von ihr verlangt«, erklärte Mrs. Baker. Tobey und ich hatten uns mit der Familie auf dem Sofa und in den Sesseln der ersten Ebene im Wohnraum niedergelassen. Andy hatte sich in die Küche verdrückt. Nur Angelina saß weiter oben an der Bar und tat so, als wäre sie in ein Magazin vertieft. »Wir sind mit ihr schon gar nicht mehr auf die Straße gegangen, weil sie Angst vor den Autos hatte. Obwohl sie in unserem eigenen Wagen immer gern gefahren ist, nicht, Frank?«

»Auf jeden Fall«, stimmte ihr Mann ihr zu. »Wir sind am Wochenende mit ihr rausgefahren. In die Natur eben, wissen Sie. Da konnten die Kinder mit ihr toben. Na, aber jedes Wochenende ging das ja auch nicht. Evan spielt nämlich Fußball, und da sind an den Wochenenden oft Turniere. Ist doch so, mein Großer?«

Evan nickte und versuchte, nicht allzu stolz auszusehen.

»Mama, hast du das gesehen? Ist das ein Fernseher?«, wisperte Eileen ihrer Mutter zu.

Wir sahen alle hin.

»Allerdings. Ja«, sagte Tobey.

»Dürfen wir den mal angucken?«, wollte Evan wissen, dem die Neugierde seiner kleinen Schwester wohl ganz gelegen kam.

Tobey zuckte mit den Schultern. »Sicher.«

Die Kinder sprangen auf und liefen hinüber. Millie, die mit erhobenem Kopf neben Tobey gelegen hatte, rutschte näher an ihn heran.

Ich versuchte zusammenzufassen. »Das heißt, Millie ... Verzeihung, Tousle hat in erster Linie in Ihrem Garten gelebt? Richtig?«

Mr. Baker sah mich mit gerunzelter Stirn an. »Das machen doch viele Leute so.«

»Auf jeden Fall«, stimmte ich ihm zu. *Leider*. Aber das sagte ich nicht laut.

»Wir haben es ja gar nicht fassen können, als wir im Radio davon hörten, dass *Sie* unsere Tousle gefunden haben!«, sagte Mrs. Baker an Tobey gewandt. »Zuerst wussten wir natürlich noch nicht sicher, dass sie es war. Aber als wir dann die Zeitung bekamen mit dem Bild ... Ach ja, Sie wollten doch ein paar Fotos sehen ...«

Sie griff in ihre Handtasche und zog ein paar Bilder heraus. Tatsächlich war es Millie, die darauf zu sehen war. Als winziger Welpe auf dem Arm mal des einen, mal des anderen Kindes. Als

Junghund in einem Garten mit Rasenfläche und ein paar Sträuchern. Der Ausdruck ihrer Augen war auf beinahe jedem Bild ängstlich. Dieser Anblick schnitt mir ins Herz.

Und spätestens jetzt wusste ich, was ich tun musste.

»Wir kennen natürlich Ihre Alben«, sagte Mr. Baker jetzt an Tobey gewandt. »Ehrlich gesagt ... fast hätten wir hier mit einem kleinen Bus anreisen müssen, weil alle Freundinnen meiner Frau mitkommen wollten.« Er lachte glucksend.

»Besonders Carol. Die hat ja fast einen Herzinfarkt bekommen!«, setzte seine Frau hinzu, und die beiden wollten sich ausschütten vor Lachen.

Tobey und ich tauschten einen kurzen Blick.

»Wissen Sie, ich bin jetzt seit knapp zwei Wochen hier und habe mit Millie ... Tousle Gehorsamstraining begonnen«, sagte ich, als sich die beiden wieder beruhigt hatten. »Es wäre fantastisch, wenn Sie das weiterführen würden. Bestimmt wäre das für Ihr Zusammenleben mit ihr von großem Vorteil.«

»Oh, sicher. Selbstverständlich. Das machen wir!«, versicherte der Mann. Und mir war klar, dass er keine Ahnung hatte, wovon er sprach.

»Mich hat ja gerade gewundert, dass sie die Treppe raufgelaufen ist«, mischte seine Frau sich ein. »Bei uns darf sie nämlich nicht nach oben. Die Schlafzimmer der Kinder, wissen Sie. Und irgendwie dachte ich immer, sie weiß gar nicht, wie das geht.«

»Unter anderem das hat sie hier gelernt«, antwortete ich rasch, bevor Tobey etwas erwidern konnte. »Aber auch etliche andere Dinge. Wäre es auch für dich okay, wenn ich Familie Baker ein wenig einweise? Sodass sie das Training zu Hause weiterführen können?«

Tobey sah mich mit großen Augen an.

Bitte, dachte ich. *Bitte sag jetzt nicht, dass du das nicht willst!*

Nach ein paar Sekunden, die mir wie Minuten erschienen, antwortete er: »Natürlich.«

»Prima«, sagte ich. »Ich glaube, dann wäre es wohl das Beste, wenn du selbst nicht dabei bist. Das würde Mi... Tousle bestimmt irritieren, weil doch bisher du das Training mit ihr gemacht hast. Vielleicht machst du einfach in der Zwischenzeit ... einen kleinen Spaziergang?«

»Einen ...?«

»Spaziergang«, wiederholte ich langsam und sah ihn eindringlich an. »Ich denke, eine halbe Stunde etwa wird ausreichen, um alles Wichtige zu erklären.«

Ich konnte ihm ansehen, dass er haarscharf davor war, zu revoltieren und mich in meine Schranken zu weisen. *Vertrau mir!*, dachte ich. *Bitte vertrau mir einfach und geh!*

Seine dunklen Augen blickten ernst in meine. Dann ging ein Ruck durch ihn, und er erhob sich. »Okay«, sagte er. Er ging zur Küchentür hinüber und steckte den Kopf hinein. »Andy, kommst du? Ich brauch dich. Ach, und Joana, hast du noch ein paar Belohnungshappen für Millie parat?«

Als Andy verwundert in der Tür erschien und hinter Tobey zur Wohnungstür ging, sprang Angelina von ihrem Platz an der Bar auf und lief ihnen nach. »Wartet, ich komme mit!«

Das hätte fast alles kaputt gemacht, denn Tobey hörte mein wohl zu leises: »Ach, ich hab noch eine ...«, nicht, und es war nur Andy zu verdanken, dass sie nicht die Tür einfach hinter sich zufallen ließen.

Doch so wies Andy ihn auf mich hin, und Tobey schaute noch einmal herein. »War noch was?«, fragte er.

»Noch eine kleine Bitte«, sagte ich, diesmal etwas lauter. »Könntest du unten darum bitten, dass sie dir die Kameraaufzeichnungen der letzten Stunde aus dem Foyer mit raufgeben, wenn du wiederkommst?«

Tobey starrte mich an.

Ich starrte zurück.

Er nickte und zog die Tür hinter sich zu.

Tobey

Kaum hatten sich die Aufzugtüren hinter uns geschlossen, breitete Angelina die Arme aus und sah mich fassungslos an. »Wieso lässt du dir das gefallen?«, fragte sie. »Ich meine, du hast sie angestellt, oder? Sie macht hier ihren Job. Du wolltest diese Familie eigentlich nicht treffen. Aber weil sie gemeint hat, dass der Hund entscheiden soll, hast du nachgegeben. Und jetzt so was. Sie schickt dich aus deiner eigenen Wohnung! Wo gibt's denn so was!«

Andy räusperte sich verlegen und starrte an die gegenüberliegende Wand, an der der Druck eines Monet-Bildes hing.

Ich dachte an jenen Tag vor fast zwei Wochen, als June neben Millies Versteck hinter der Bar bäuchlings auf dem Teppich gelegen und mir unmissverständlich klargemacht hatte, dass ich mich besser verdrücken sollte. Und sie hatte damit recht gehabt.

Gerade, oben im Penthouse, hatte sie mich derart intensiv angeschaut, dass ich gar nicht anders konnte, als ihr zu vertrauen.

War es das, was die Hunde an ihr so anzog? Ich hatte einfach das Gefühl, dass sie wusste, was sie tat. Obwohl ich auch ihre Aufregung spüren konnte, hatte ihr sonderbarer Auftrag in mir eine kleine Hoffnung geweckt. Ähnlich wie damals mit ihrer Bitte um die Zeitschriften musste sie auch mit diesen Kameraaufzeichnungen einen bestimmten Plan verfolgen. Daher ging ich im Foyer sofort zur Theke und richtete Junes sonderbare Bitte aus.

Dann verließen wir zu dritt das Gebäude und schlenderten die Straße entlang, Andy ein Stück hinter Angelina und mir.

»Willst du noch was dazu sagen oder nicht?«, erkundigte sich Angelina. Sie klang gereizt.

»Sie hatte recht damit, dass ich Millies Familie herkommen lassen musste«, sagte ich. »Es ist nicht meine Entscheidung, wo Millie leben will. Die Familie hat ein Haus mit einem großen

Garten. Da fühlt sie sich bestimmt sicherer als hier in der Stadt mit all den Autos und ... einem Herrchen, das ständig unterwegs ist und sie zu Orten mitnimmt, die ihr wahrscheinlich Angst machen.«

Angelina blieb stehen und sah mich an, die Hände in die Hüften gestemmt. »Hey, ich bin auf deiner Seite. Hast du das schon gemerkt?«

»Natürlich«, erwiderte ich. »Aber was Millie angeht, weiß June einfach besser Bescheid als wir beide zusammen. Das ist ihr Job. Und den macht sie erstklassig.«

Angelina sah mich einen Augenblick an, als wollte sie noch etwas erwidern. Doch dann schloss sie den Mund wieder und zwang sich zu einem Lächeln. »Wahrscheinlich hast du recht«, sagte sie und hakte sich bei mir ein, wie sie es gern tat, wenn wir auf der Straße unterwegs waren. »Ich weiß auch nicht, warum ich mich so über sie aufgeregt habe. Wenn der Hund nachher weg ist, wird sie ja wahrscheinlich auch ganz schnell verschwunden sein. Also kein Grund, um noch Energie zu verschwenden, oder?«

Darauf antwortete ich nicht. Doch mir war nicht entgangen, dass in ihrer Stimme ein wenig Hoffnung mitschwang.

Als wir nach einer halben Stunde wieder ins Foyer kamen, hatten die Securitymänner bereits die gewünschte CD parat. Während Andy wieder hinausging, weil er noch etwas erledigen wollte, fuhren Angelina und ich mit dem Aufzug hinauf. Doch als sich die Türen öffneten, gab es eine böse Überraschung: Die gesamte Familie Baker und June standen vor der Tür zu meiner Wohnung. Eileen hielt Millies Leine in der kleinen Hand.

In meinem Kopf überschlugen sich meine Gedanken. Hatte June etwa vor, Millie ohne Abschied von mir der Familie mitzugeben? Doch ich kam nicht dazu, auch nur eine Silbe weiter zu denken. Denn als Millie mich sah, sprintete sie los, und die Leine rutschte Eileen aus der Hand.

Millie rannte mit fliegenden Ohren auf mich zu. Ihr niedliches, felliges Gesicht sah so grenzenlos erleichtert aus, dass ich hätte lachen mögen, wenn mir nicht gleichzeitig zum Weinen zumute gewesen wäre. Ich hockte mich hin, und Millie warf mir die Pfoten – auch die mit der Schiene – auf die Schultern und schleckte wild mein Kinn, mein Ohr, alles, was sie von mir erwischen konnte. Ich konnte spüren, wie bei diesem überwältigenden Liebesbeweis meine Augen feucht wurden, und musste schlucken.

Schließlich sah ich auf und musste feststellen, dass alle vier Bakers mich anstarrten. June stand neben ihnen und lächelte so breit, dass in meinem Herzen die Sonne aufging.

»Hast du die CD?«, wollte sie wissen.

Ich hielt die Hülle hoch.

»Eigentlich wollten wir gerade eine kleine Runde durch den Park machen. Aber vielleicht sollten wir uns das zuerst anschauen«, wandte June sich an die Bakers und sagte zu den Kindern: »Wollen wir mal den riesigen Fernseher ausprobieren?«

»Jaaa!«, riefen die beiden, und June winkte sie wieder hinein. Angelina und ich folgten der kleinen Gruppe, Millie dicht neben mir.

Die Kinder machten es sich vor dem leinwandgroßen Bildschirm bequem. Ich legte die CD mit den Aufnahmen aus dem Foyer ein und drückte June die Fernbedienung in die Hand. Mittlerweile war ich extrem gespannt, was sie vorhatte.

Auf dem Bildschirm war zunächst nichts Aufregendes zu sehen, und June spulte vor. Im Schnelldurchlauf sah man die Securitymänner hinter der Theke stehen, die Monitore kontrollieren und ab und zu telefonieren.

Dann bewegte sich die Drehtür.

»Da bin ich!«, rief Eileen begeistert und zeigte mit dem Finger auf ihr Konterfei.

June ging auf normale Geschwindigkeit und ließ die Familie dabei zuschauen, wie sie hereinkam, von den Sicherheitsmännern begrüßt und mit dem Detektor geprüft wurde.

Dann stand die Familie in der Ecke neben den Fahrstühlen

und wartete. Mrs. Baker kontrollierte im Taschenspiegel ihr Make-up und strich Evan durchs Haar. Mr. Baker sah auf die Uhr. Eileen hüpfte an der Hand ihrer Mutter auf und ab.

»Ähm …«, machte Mr. Baker schließlich. Doch in dem Augenblick erschienen auf dem Fernseher Andy, June, Millie und ich an der Außentür.

Wir gingen hinein.

Eileen erkannte Millie und schoss vor.

Millie wich zurück.

June drückte auf die Pausetaste.

Auf dem Bildschirm balancierte Eileen mit einer lustigen Grimasse auf einem Bein. Die Eileen auf dem Sofa kicherte und vergrub ihr Gesicht in ihrem Arm.

Die Millie auf dem Bildschirm aber duckte sich hinter meine Beine und sah furchtsam der kleinen Gruppe von Menschen entgegen, die doch extra wegen ihr hierhergekommen war.

Mr. und Mrs. Baker sahen beide auf das Standbild vor uns. Schließlich tauschten sie einen Blick miteinander.

»Haben Sie deswegen gesagt, wir sollen genau darauf achten, wie Tousle auf Mr. Lambert reagiert, wenn er zurückkommt?«, fragte Mr. Baker schließlich June.

Sie sah ihn ernst an und nickte. »Oft nehmen wir Menschen in unserer eigenen verstandesgesteuerten Welt kaum wahr, wie unsere Tiere auf uns oder andere reagieren. Ich dachte, dieses Video würde uns allen zeigen, wie Millie … Tousle sich entscheiden würde, wenn sie dürfte.«

Ich hielt den Atem an.

Die Bakers tauschten erneut einen ratlosen Blick.

»Lass doch weiterlaufen!«, rief Eileen, während sie hinter ihrem Ärmel hervor auf den Bildschirm schielte.

June tat ihr den Gefallen. Die Kinder starrten beide nach wie vor gebannt auf das riesige Bild vor ihnen. Doch von uns Erwachsenen schaute niemand mehr hin. Uns allen war klar, dass wir das Wichtigste bereits gesehen hatten.

»Wissen Sie, ich glaube, Sie haben recht«, sagte Mrs. Baker leise. »Tousle …«, sie hielt kurz inne und sah ihren Mann an, der ihre Hand nahm. »Millie«, korrigierte sie sich mit einem traurigen Lächeln, »gehört wohl tatsächlich eher hierher als zu uns.«

Ich wagte kaum zu atmen, konnte aber spüren, wie Angelina neben mir sich deutlich aufrichtete.

Mr. Baker sah seine Frau an, deren Augen verdächtig glänzten. *Oh Gott, bitte lass sie nicht weinen*, dachte ich. Und wurde erhört.

»Tja, das hätten wir wirklich nicht gedacht, oder?«, sagte Mr. Baker zu seiner Frau. Und tippte Evan auf die Schulter: »Hast du das mitbekommen, Großer? Tousle bleibt doch hier, bei Mr. Lambert.«

Evan lösten den Blick vom Bildschirm. »Echt jetzt? Dann ist sie ja ein echter Promi-Hund, oder? Kriegen wir dann einen richtig großen Hund? Einen schwarzen? So einen wie Seamus hat?«

»Mal sehen«, vertröstete Mr. Baker ihn.

June reagierte jedoch sofort und reichte dem Vater eine Karte aus ihrer Jeanstasche. »Evan hat bestimmt recht. Wissen Sie, Millie ist wahrscheinlich wirklich nicht der ideale Familienhund. Es gibt aber ganz sicher jede Menge Tiere, die sich im Zusammenleben mit kleinen, lebendigen Kindern sehr wohlfühlen. Bitte, rufen Sie mich an, wenn Sie sich tatsächlich wieder auf die Suche nach einem Hund begeben. Es ist unglaublich wichtig, den richtigen Welpen für Ihre Familie auszusuchen. Es gibt große Unterschiede zwischen den Hunderassen und selbst in einem Wurf unter den Geschwistern. Ich berate Sie gern und kostenlos, inklusive einer Trainings-Einführung.«

»Das ist aber wirklich nett von Ihnen«, freute sich Mr. Baker.

Mrs. Baker schaute jedoch zu Millie hinüber. »Ziehen wir es nicht unnötig in die Länge«, sagte sie, stand auf und strich ihren Rock glatt. In diesem Moment konnte ich sie für ihre soeben getroffene Entscheidung und ihre entschlossene Umsetzung nur bewundern. Wenn ich mir vorstellte, ich hätte Millie bereits ein ganzes Jahr bei mir gehabt und müsste mich jetzt von ihr verabschieden …

Es gab dann tatsächlich noch einen kritischen Moment, in dem Eileen kapierte, dass sie ohne Millie wieder heimfahren sollte. Sie begann laut zu weinen und ballte ihre kleinen Hände zu Fäusten. Bei diesem Anblick begann sogar ich zu zweifeln, ob wir das Richtige taten. Doch wie ein Geschenk des Himmels tauchte plötzlich Joana auf, mit einem Tablett voller schokoüberzogener kleiner Kuchen am Stiel.

Das löste in Eileen einen heftigen Konflikt aus, welchen der bunten Stiele sie als ersten wählen sollte. Und brachte erneute Tränen als Mrs. Baker, offenbar mit ausreichend Erfahrungen in dieser Hinsicht gesegnet, verbot, dass Eileen in dieser fremden Wohnung auch nur einen einzigen davon anrühren dürfe.

Als sie begriff, dass sie das ganze Dutzend mit nach Hause nehmen dürfte, hatte Eileen es plötzlich eilig, uns zu verlassen. Sie warf Millie nicht einmal mehr einen Blick zu.

Ich brachte die Familie zum Aufzug, schüttelte allen die Hand, musste noch einmal in die Wohnung, um zwanzig Autogrammkarten für Mrs. Bakers Freundinnen zu holen, und sagte dann endgültig *Auf Wiedersehen*.

Als die Fahrstuhltüren sich schlossen, holte ich sehr tief Luft und atmete in grenzenloser Erleichterung wieder aus. Erst bei den wenigen Schritten hinüber in die Wohnung wurde mir bewusst, dass meine Knie weich wie Wackelpudding waren. Ich musste mich im Durchgang zum Wohnraum kurz an der Wand abstützen.

Auf dem Sofa vor dem ausgeschalteten Fernseher saß nur June bei Millie.

Angelina war nirgends zu sehen. Ich vermutete, dass sie zum Rauchen auf die Terrasse gegangen war, und stellte ein wenig verwundert fest, dass mir das sehr recht war.

Einen Augenblick betrachtete ich die kleine Seele mit honigfarbenem Fell, die dort auf dem Sofa lag, und eine Ahnung stieg in mir auf, dass dies womöglich nicht der Beginn, sondern eher der Abschluss einer massiven Veränderung war.

Noch vor wenigen Wochen hätte nämlich allein der Gedanke, dass Angelina sich in der gleichen Wohnung wie ich befand, mich völlig aus dem Konzept gebracht. Doch jetzt war das Einzige, das ich denken konnte: *Millie bleibt bei mir! Sie gehört zu mir! Millie gehört zu mir!* Immer und immer wieder.

June schien zu spüren, dass ich hier stand und zu ihnen hinübersah, denn plötzlich wandte sie den Kopf und blickte mir direkt in die Augen. Sie lächelte.

Ich ging zu ihr hinüber und ließ mich, immer noch ein wenig wacklig, neben Millie aufs Polster sinken. »Wie hast du das gemacht?«, brachte ich etwas kratzig heraus.

»Ich habe sie dazu gezwungen, auf ihren Bauch zu hören«, erklärte June. Dabei wirkte sie gleichzeitig unbändig glücklich, betont lässig und bodenlos erleichtert. Kurz: Sie war wunderschön. Ihre Augen funkelten.

»Aber ...« Ich hob die Hände.

»Na ja, das Training stellte sich als nicht besonders einfach heraus. Millie ließ Eileen gar nicht an sich heran. Mr. Baker war hoffnungslos schlecht im Timing. Mrs. Baker und Evan zeigten beide Talent – doch der Junge schien im Grund nicht besonders interessiert zu sein. Ich glaube, da ging ihnen das erste Licht auf. Dann habe ich ihnen gesagt, dass du ihnen das Video mit raufbringen würdest, auf dem zu sehen ist, wie sie Millie wiedersehen – als Erinnerung an diesen Moment. Und ich hab sie gebeten, einfach darauf zu achten, wie Millie sich verhält, wenn du nach deinem halbstündigen Spaziergang wieder reinkommst. Offenbar sind sie doch nicht so auf den Kopf gefallen, wie ich anfangs befürchtet hatte.«

»Du ... du ... hast das alles geplant?« Ich war sprachlos.

June zuckte mit den Schultern. »Nicht von Anfang an. Mir

kam der Gedanke, als wir sie im Foyer trafen und Millie so gar keine Wiedersehensfreude zeigte. Im Gegensatz dazu wusste ich ja, welchen Zauber sie mittlerweile veranstaltet, wenn du auch nur kurze Zeit weg warst. Tja … der Rest war dann eigentlich ganz einfach.«

Ich konnte sie nur anstarren. Die Euphorie über den glücklichen Ausgang dieser scheinbar so ausweglosen Situation überkam mich immer noch in Wellen.

Ich wollte June an mich ziehen, sie küssen, sie festhalten. Und nie wieder loslassen.

Da sagte sie: »Ich dachte einmal, dass es wahrscheinlich viele andere Hunde gäbe, die besser zu dir passen würden als Millie. Aber dieses Video und Millies Reaktion, als du aus dem Aufzug kamst, haben mir die Augen geöffnet. Auch ich kann dazulernen, weißt du. Ich glaube, ihr seid genau richtig füreinander.«

Ich wusste, dass sie damit recht hatte. Und gleichzeitig wünschte ich mir nichts sehnlicher als ihr klarzumachen, dass das ebenso für sie und mich galt. Aber wie, um Himmels willen, sollte ich sie dazu bringen, das genauso zu sehen wie ich?

»June …«, begann ich, obwohl ich noch gar nicht wusste, was ich eigentlich sagen wollte.

Doch in diesem Moment erschien Angelina an der Terrassentür und quetschte sich durch den schmalen Spalt.

Sie strahlte mich an und kam mit ausgebreiteten Armen auf mich zu. »Tobey! Wie wunderbar! Du kannst sie behalten!«

Wie hätte ich ihre Umarmung in diesem Augenblick ablehnen können? Sie wollte mir ja nur ihr Mitgefühl deutlich machen. Doch dann ließ sie mich gar nicht mehr los, sondern sprudelte geradezu über vor Glücksbekundungen über den guten Ausgang des Treffens, während ihre Arme immer noch um meinen Hals lagen und sie mir direkt in die Augen sah.

Als es mir schließlich gelang, ihre Hände sanft aus meinem Nacken zu lösen, war Junes Platz auf dem Sofa leer. Nur die Küchentür schwang noch sacht hin und her.

June

Mittlerweile war ich schon über zwei Wochen hier in London. Es kam mir aber vor, als sei es noch wesentlich länger. So viel war passiert. Zwischen Tobey und mir. In Millies Training. Die stetig wachsende Distanz, die ich zu Morris empfand. Mein Leben mit ihm und meine Arbeit im Hundezentrum kamen mir unglaublich weit weg vor. Nur die immer größer werdende Sehnsucht nach Heaven, Bo und Cassandra ließ mich häufiger an zu Hause denken, als mir lieb war.

Ich hatte Tobeys Bitte nachgegeben, bis zum Radiokonzert in knapp einer Woche hierzubleiben. Er wollte gern die täglichen Trainingseinheiten noch um Übungen zur Beschäftigung und Auslastung ausweiten: Sucharbeit und Apportieren. Außerdem hatte Tobey sich das ehrgeizige Ziel gesetzt, Millie mit zu dem Radiokonzert zu nehmen. Ob hinter der Bühne oder mit Betreuung in der Garderobe, wollte er an dem Abend selbst entscheiden. Es schien ihm sehr wichtig zu sein, ob an diesem Abend mit ihr alles glattlaufen würde. Ohne dass es ausgesprochen wurde, vermutete ich, dass der Abend für ihn eine Art »Generalprobe« darstellte, auf der er ausprobieren wollte, wie das »echte Leben« mit Millie für ihn aussehen könnte.

Ich stellte also nun an jedem Abend einen regelrechten Trainingsplan für den kommenden Tag zusammen, den ich morgens mit Tobey besprach.

Doch als ich heute Morgen aus meinem Zimmer kam und im Flur auf Andy, Tobey und Millie nach der ersten Parkrunde traf, winkte Tobey ab. »Heute gibt's kein Training dieser Art!«

»Sagt wer?«, wollte ich wissen.

»Sage ich. Und ich bin hier der Boss«, erwiderte Tobey grinsend, und Andy murmelte: »Hört, hört!« Tobey ignorierte ihn und setzte an mich gewandt nach: »Du sagst doch immer, ich soll die Führungsposition einnehmen.«

»Na ja ... ja ... Aber ...?«

»Bist du für eine kleine Landpartie angezogen?«

»Landpartie?«, wiederholte ich verdutzt.

In diesem Moment erschien Joana in der Küchentür. Sie trug einen Picknickkorb. Andy hastete ihr entgegen, um ihr zu helfen, und stolperte auf dem kurzen Weg beinahe vor lauter Eifer über seine eigenen Füße.

»Danke sehr.« Joana lächelte ihn breit an, als er ihr den Korb abnahm.

»Kein Frühstück heute!«, sagte Tobey zu mir. »Hol dir nur einen Pulli oder so was. Es ist absolut gigantisch schönes Wetter!«

Ich wusste nicht, was ich von dieser Anwandlung halten sollte, tat aber, was er sagte. Als ich wieder im Flur erschien, wartete er bereits mit Millie in der offenen Tür. Millie schien begeistert, dass sie nach dem Morgengang gleich noch mal hinunterdurfte.

»Viel Spaß!«, sagte Andy grinsend und winkte noch einmal.

Verblüfft schaute ich ihn an – ich hatte angenommen, dass wir alle vier den Ausflug machen würden.

Als ich mit Tobey zur Wohnungstür hinausging, konnte ich noch hören, wie Andy zu Joana sagte: »Tja, ein freier Tag, mit dem ich nicht gerechnet hatte. Hast du viel zu tun, oder wie wäre es mit ein bisschen Fitnesstraining?«

Wir liefen die Treppe hinunter bis in die Tiefgarage. Doch Tobey ging nicht zu der Limousine, in der auch ich inzwischen öfter gefahren war, sondern bog vorher ab und hielt vor einem schicken kleinen Sportcoupé.

»Überraschung!«, sagte er und öffnete den Wagen. Auf dem Rücksitz stand eine Box, wie sie idealerweise für den Transport im Auto benutzt werden sollte. »Ist die okay? Ist sie groß genug?«, fragte er eifrig.

Die Box war perfekt. Nicht zu groß und nicht zu klein. Sie

würde einen wunderbaren Schutz und zugleich ein gemütliches Zuhause für die kleine Hündin sein.

»Lassen wir Millie doch entscheiden«, schlug ich vor.

Millie sprang ohne Zögern hinein und ließ sich mit einem behaglichen Seufzen auf dem Liegekissen nieder. Auch dass die Box verschlossen wurde, schien ihr nichts auszumachen. Sie blinzelte uns durch das Netzteil an.

Strahlend hielt mir Tobey die Beifahrertür auf. Als ich eingestiegen war, setzte er mir den Picknickkorb auf den Schoß und sagte: »Such dir was zum Frühstücken aus. Es dauert eine Weile, bis wir ankommen.«

»Wir fahren allein irgendwohin? Ohne Andy und auch ohne Dan?«, fragte ich.

Über Tobeys Gesicht huschte ein Schatten. »Dan meinte, der geplante Ausflug sei sicher. Wäre es dir lieber, wenn er dabei wäre?«

Was war das für eine seltsame Frage? Schließlich war es doch *sein* Sicherheitschef. »Das musst du schon selbst wissen«, erwiderte ich vorsichtig. Doch die Antwort schien ihn nicht wirklich zufriedenzustellen.

Während er den Wagen aus der Garage steuerte, schwiegen wir.

Mit dem schönen Wetter hatte er auf alle Fälle recht gehabt. Über der Stadt wölbte sich ein strahlend blauer Himmel. Ein wunderschönes Kleid für den ersten Maitag.

»Und wo geht's jetzt hin?«, fragte ich neugierig.

»Wart's ab. Möchtest du ein bisschen Musik hören? Keine Bange, ich lege nach so einer Frage grundsätzlich *nicht* meine eigenen CDs ein«, sagte er.

»Vielleicht ein bisschen Radio?«, schlug ich vor.

Tobey machte mit der Hand eine Geste, die wohl besagen sollte, dass er mir gerne jeden Wunsch erfüllen würde, und schaltete das Radio ein.

»Das war Paul Scott mit dem wirklich spannenden Beitrag

zum Thema ›Spülmaschine einräumen – der größte Konfliktpunkt zwischen Eheleuten‹«, erklärte eine männliche Sprecherstimme belustigt. »Passend zum Thema haben wir jetzt einen Song für Sie: ›Was der Regen fortspült‹ von Tobey Lambert.« Die ersten Töne des Liedes erklangen, und wir mussten beide laut lachen.

Tobey schaltete auf einen anderen Sender.

Offenbar ging es aus der Stadt hinaus in Richtung Autobahn. Weil ich Mühe hatte, mich für eine der Leckereien aus Joanas Korb zu entscheiden, probierten wir beinahe alles, was sie uns eingepackt hatte.

Es war eine merkwürdige Situation. Seit jener Nacht, die nun schon eine Woche zurücklag, hatten wir nur hin und wieder Zeit allein verbracht – ausschließlich beim Training mit Millie. Meist waren wir aber auch da nicht allein, denn Angelina hatte sich angewöhnt, in der Nähe zu sitzen oder zu stehen und uns zuzusehen.

Zwei oder drei Mal hatte ich den Verdacht, dass Tobey gern mit mir über diese kurze, intensive Begegnung zwischen uns geredet hätte, und ich rechnete es ihm hoch an, dass er mir offenbar gern erklärt hätte, warum Angelinas erneutes Auftauchen alles verändert hatte. Im Grunde war mir das ja schon von Anfang an klar gewesen. Doch da wir in dieser Wohnung, die bis in die Abendstunden oft einem Taubenschlag ähnelte, bei jedem seiner Versuche unterbrochen worden waren, war es nie ausgesprochen worden.

Natürlich hatte ich mich mehr als einmal gefragt, wie alles weitergegangen wäre, wenn Angelina nicht zufällig ausgerechnet an diesem Morgen vor Tobeys Tür aufgetaucht wäre. Wäre auch dann aus diesem kurzen intensiven Zusammensein zwischen uns nicht mehr geworden? Doch das Grübeln über die Möglichkeiten und Wahrscheinlichkeiten hatte mich zermürbt. Und so versuchte ich, mich damit abzufinden, dass es wohl eine Art Ausrutscher gewesen sein musste.

Nun, da wir nicht nur allein waren, sondern auch definitiv niemand unser Gespräch würde stören können, nutzte er jedoch nicht die Gelegenheit. Wir sprachen über alles, was uns in den Sinn kam, und ich stellte mit leisem Erschrecken fest, wie sehr ich es genoss. Ich hörte ihm gern zu, wenn er von seiner Ma oder Lin erzählte. Aber er beschrieb auch die peinlichsten Momente, die er in Sachen Fernsehen oder öffentliche Medien erlebt hatte, sprach voller Hochachtung von anderen Musikern … Und er stellte mir Fragen. Er fragte mich anscheinend alles, was ihm einfiel. Es schien, als wollte er alles über mich wissen. Und ich antwortete ihm natürlich gern. Auch wenn in meinem Kopf die ganze Zeit Angelina präsent war. Angelina, die Tobey auf dieser zweisamen Fahrt ins Blaue mit keinem Wort erwähnte und die heute einen ausgedehnten Stadtbummel hatte machen wollen. Hatte Tobey sich deshalb diesen Tag für einen kleinen Ausflug mit mir ausgesucht? Weil Angelina sowieso ohne ihn losziehen wollte? Ich versuchte diesen Gedanken zurückzudrängen. Lieber wollte ich mich darauf konzentrieren, wohin Tobey Millie und mich wohl bringen würde.

Als wir hinter Bath von der Autobahn abbogen und Tobey den Wagen über Land steuerte, wurde mir plötzlich heiß und kalt zugleich.

»Wir sind jetzt ganz in der Nähe von Glastonbury«, sagte ich mit etwas zittriger Stimme. Keine Ahnung, warum mich diese Erkenntnis plötzlich traf wie ein Blitz und mein Hirn komplett lahmlegte.

»Was du nicht sagst«, lächelte Tobey. Er sah mir kurz ins Gesicht, und seine Miene verriet plötzlich Besorgnis. »War das etwa keine gute Idee? Ich habe lange überlegt, wie ich mich bei dir am besten bedanken kann dafür, dass Millie und ich durch deine Umsicht zusammenbleiben können. Und irgendwie fiel mir immer wieder auf, wie traurig du aussahst, wenn du von deinen Hunden gesprochen hast.«

»Oh …« Ich war absolut sprachlos. Das war ihm aufgefallen?

Dabei hatte ich so sehr versucht, mir das nagende Heimweh nach meinen geliebten Vierbeinern nicht anmerken zu lassen.

»Aber ... aber im Zentrum ist jetzt gerade Hochbetrieb. Es ist Unterrichtszeit, und es werden unglaublich viele Leute und Hunde ...«

»Wir fahren nicht zum Hundezentrum«, unterbrach Tobey mich beruhigend.

»Nicht? Ja, aber ...?«

»Warte es ab.« Er lächelte.

In meinem Bauch breitete sich angenehme Wärme aus. Ich kannte zwar so einige nette Menschen, Sharon und Nicole an erster Stelle, und natürlich waren da noch einige andere gute Freunde, auf die ich mich verlassen konnte und die mir einfach guttaten. Doch es war lange her, dass jemand, den ich kaum kannte, etwas so Nettes für mich getan hatte. Tobey hatte in mich hineingehorcht und genau das Richtige ausgesucht, um mir eine große Freude zu machen – ich war gerührt.

Als wir in Glastonbury ankamen, steuerte er den Wagen den Anweisungen aus dem Navi folgend zielsicher durch die mir so vertrauten Straßen der kleinen Stadt und bog schließlich in die Silverlane ein.

»Woher ...?« Ich starrte ihn sprachlos an.

Er warf mir einen kurzen, leicht unsicheren Blick zu. »Ich hoffe, das war in Ordnung, dass ich mich an deine Nicole im Hundezentrum gewandt habe? Sollte ja schließlich eine Überraschung sein. Sie hat mir die Adresse gesagt und musste schwören, dir nichts zu verraten.«

Mir blieb der Mund offen stehen.

»Du ... du hast mit Nicole telefoniert, um ihr die Adresse von Haydn House aus der Nase zu ziehen? Und ... konnte sie in ganzen Sätzen sprechen, nachdem sie kapiert hatte, wen sie da an der Strippe hatte?«

Tobey überlegte. »Du meinst, sie ist nicht immer so kurzatmig?«

Ich musste wieder lachen. »Oh, Tobey, das ist wirklich … eine wunderschöne Überraschung! Ich weiß gar nicht, was ich sagen soll!«

»Dann sag erst mal gar nichts. Die Überraschung ist nämlich noch nicht komplett.«

Er stellte den Wagen auf dem Platz neben dem Abbey Park ab, und wir stiegen aus. Millie kletterte aus der Box und sah sich unsicher um. Doch in dieser kleinen Seitenstraße war so gut wie niemals Verkehr. Daher entspannte sie sich nach kurzer Zeit wieder.

Als wir die wenigen Meter der Silverlane hinauf zum Haydn House gingen, konnte ich plötzlich dort im Garten eine Bewegung erkennen. Und mit einem Mal konnte mich nichts mehr halten. Ich rannte los.

»Heaven!«, rief ich. »Bo! Cassandra!«

Alle drei schienen eine Sekunde zu erstarren. Dann hatte Cassandra als Erste kapiert, woher meine Stimme gekommen war, und sie raste zum Gartentor, Bo und die humpelnde Heaven dicht hinter ihr.

Ich riss die Pforte auf und wurde beinahe begraben unter einem Berg aus Fell, nassen Nasen, Zungen und eifrigen Pfoten. Alle drei machten ein solches Höllenspektakel, dass wir nicht lange unentdeckt bleiben konnten. Gerade wischte ich meine Wiedersehenstränen fort, als die Haustür aufflog und Sharon darin erschien. »Zieht die Schuhe aus und putzt den Hunden die Pfoten ab. Ich hab ein Soufflé im Ofen.« Damit verschwand sie wieder.

Tobey sah ein wenig verdutzt aus, grinste aber übers ganze Gesicht. »Scheint gelungen zu sein, die Überraschung.«

Ohne zu überlegen, warf ich die Arme um ihn und drückte ihm einen Kuss auf die Wange.

Als ich merkte, was ich da tat, ließ ich ihn schnell wieder los, und wir standen etwas verlegen voreinander. Doch Gott sei Dank beanspruchten die Hunde unsere volle Aufmerksamkeit.

Millie hatte zwar im Londoner Park schon einige Hundebegegnungen gemeistert, doch drei auf einmal, und dann auch noch drei solche ausgelassenen Rowdys, schienen doch etwas viel für sie.

Ich schob Bo und Cassandra zurück und ließ erst einmal nur Heaven zu ihr.

Die beiden beschnupperten sich, und Heaven wedelte freundlich. Und dann tat sie etwas, was sie in ihrem Alter nur noch höchst selten versuchte, weil es ihr wegen ihrer Arthrose und der fehlenden Pfote immer schwerer fiel: Sie neigte den Vorderkörper tief und deutete damit eine überaus freundliche Spielaufforderung an. Wieder traten mir Tränen in die Augen. Dieses freundliche Annähern hatte Heaven früher oft im Training mit ängstlichen Hunden gezeigt. Sie war mir immer eine wunderbare Begleiterin in diesen Unterrichtstunden gewesen und hatte dem fremden Hund wesentlich schneller alle Angst nehmen können, als ich es jemals fertiggebracht hätte.

Auch Bo und Cassandra beobachteten genau, wie ihre Chefin mit der Neuen umging. Und Millie entspannte sich sofort deutlich. Bo pinkelte einmal demonstrativ ans Gartentor, und Cassandra begann, wie wild herumzurennen. Offenbar wusste sie nicht recht, wohin mit sich vor lauter Wiedersehensfreude.

Der Einzug ins Haus war ein bisschen kompliziert, weil alle Hunde gemeinsam rein wollten. Doch ich nahm Sharons Ermahnung ernst und benutzte für fünfzehn Pfoten die bereitliegenden Handtücher. Dann schlüpfte ich ganz automatisch selbst aus meinen Schuhen, und Tobey tat es mir ohne Zögern nach. Und so stand ich kurze Zeit später neben einem Popstar auf Socken in der Küche meiner Mutter. »Hallo, ich bin Sharon!« – »Ich bin Tobey.« – »Freut mich, Tobey!« Dann lauschte ich ihrem Bericht über die momentanen Bed-&-Breakfast-Gäste.

Da Millie sich anfangs ausschließlich an Tobeys Beine presste und ängstliche Blicke in alle Richtungen warf, ließ Sharon sie komplett links liegen. Doch als sie irgendwann ein paar Leckerbissen aus dem Kühlschrank kramte, dachte sie dabei auch an den kleinen Gast. Sharon hockte sich auf den Boden, und während ich meine drei ungestümen Wilden zurückbeorderte, streckte Sharon die Hand mit dem Futterstückchen in Millies Richtung aus, den ganzen Körper von ihr fortgedreht und ohne sie anzusehen – ganz die Mutter einer Hundetrainerin.

Millie blinzelte zu Tobey hinauf. Dann wagte sie sich Schrittchen für Schrittchen vor und nahm rasch den Brocken aus Sharons Hand.

Sharon lächelte und erhob sich wieder. »Was für ein Schätzchen!«, sagte sie zu Tobey. Die beiden sahen sich einen Augenblick lang an. Sharons Blick konnte ich klar deuten, und ich hätte ihr zu gern zu verstehen gegeben, dass sie vollkommen falsch lag. Doch solange Tobey zuhörte, kam das natürlich gar nicht infrage.

Tobey wollte alles über Heaven, Bo und Cassandra wissen, und ich erzählte bereitwillig alles, was es zu meinen drei Schützlingen zu sagen gab. Vom wilden Bo, der als geradezu kriegerischer Rüdenhasser zu mir ins Training gekommen war und bleiben durfte, weil seine Besitzer weder Geld noch Mühe aufbringen wollten, dem jungen Kerl Manieren beizubringen. Von Cassandra, die mit vier Jahren bei ihrem sogenannten Züchter bereits sechs Würfe zur Welt gebracht hatte und die ich freipresste, indem ich mit Beschlagnahmung drohte. Und von Heaven, die Opfer eines Verkehrsunfalls gewesen war. Als ich von ihr erzählte, sah Tobey mich besonders intensiv an. Ich wagte kaum, seinen Blick zu erwidern, denn mir war klar, dass Sharon uns mit Argusaugen beobachtete. Aber natürlich hatte sie auch die eine oder andere Geschichte auf Lager, die mich tatsächlich als eine ziemlich durchgedrehte Hundeflüsterin erscheinen ließen.

»Willst du Tobey nicht den Ort zeigen?«, schlug meine Mutter schließlich vor, als es weder zu den Hunden noch zu Haydn House oder der Abbey irgendetwas Weiteres zu sagen gab.

»Vielleicht möchtet ihr im Pub auch etwas essen? Ich muss euch nämlich leider mitteilen, dass das Soufflé nicht für euch ist, sondern für Caroline nebenan. Sie hat ihre zukünftigen Schwiegereltern zu Besuch.« Sharon zwinkerte Tobey zu. »Oder kennst du Glastonbury etwa schon?«

»Oh nein, und ich würd's gern kennenlernen«, antwortete er.

»Aber ist das nicht ... Ich meine, so ganz ohne Bodyguard und so ...?«, wandte ich ein.

Doch Tobey schüttelte den Kopf. »Ich hab mir vorgenommen: Heute werde ich einfach mal jemand vollkommen Normales sein.«

»Das nenn ich mal ein Wort! Wer bist du denn sonst?«, hakte Sharon nach. Und wir lachten.

Die Hunde waren begeistert, dass sie mit uns gehen durften. Sogar Heaven wollte partout nicht bei Sharon im Haus bleiben, sondern quetschte sich durch die Tür, als sie fürchtete, ich könnte sie womöglich zurücklassen.

Und so gingen wir mit vier Hunden die Hauptstraße des kleinen Ortes hinunter, in dem ich aufgewachsen war.

Nachdem Millie von meinen drei Hunden anfangs furchtbar beeindruckt schien, wandelte sich das Bild, als wir durch die schmale Gasse hinter dem Haus auf die belebtere Straße traten.

Zwar hielt Millie sich möglichst nah an Tobey, was ich wohlwollend zur Kenntnis nahm, aber sie schielte auch immer wieder besonders zu Heaven, die sie in ihrer souveränen Gelassenheit maßlos zu beeindrucken schien.

Ich machte Tobey darauf aufmerksam. Und er war so mit der Beobachtung seiner kleinen Hündin beschäftigt, dass er gar nicht mitbekam, dass ihn immer mal wieder Menschen erkannten und einander tuschelnd auf ihn aufmerksam machten. Doch die Leute in Glastonbury waren mit Skurilem und Ungewöhnlichem vertraut. Niemand blieb mit offenem Mund stehen oder bat Tobey um ein Foto mit ihm. In erster Linie fielen wir bei unserem Spaziergang die Hauptstraße hinunter in diesem kleinen Örtchen also dadurch auf, dass wir in Begleitung von vier Hunden waren, von denen ein gewaltig großer auf drei Beinen humpelte.

Irgendwann, als wir gerade die Auslage des Buchladens betrachteten, kam ein junger Mann aus dem Laden, stutzte und sagte dann zu Tobey: »Hey, mit deinem Aussehen könntest du glatt Popstar werden, weißt du das?« Damit wandte er sich zum Gehen und ließ Tobey etwas verdutzt zurück.

Nach einer Weile sagte Tobey: »Es ist absolut toll hier. Ich komme mir vor wie bei Harry Potter in der Winkelgasse.« Das konnte ich gut verstehen, denn wir standen gerade vor dem Laden des alten Louis unten an der Straßenecke. Rupert war Tierpräparator. Er fuhr mit seinem klapprigen Ford die Landstraßen ab und sammelte überfahrene Tiere ein, um sie zu Hause auszustopfen und dann in seinem Schaufenster feilzubieten. Dabei kombinierte er auch gerne mal beispielsweise das Gehörn eines Rehbocks mit einem Feldhasenkopf. Eigentlich war es unglaublich, dass er immer wieder Abnehmer für seine seltsamen Fabelwesen fand. Doch sein Laden hielt sich seit meiner Kindheit.

Nach unserer kleinen Runde durch den Ort wollte Tobey unbedingt zum Tor hinauf. Verständlich, denn dieser Ort war wirklich von magischer Schönheit. Und natürlich konnte ich es mir nicht verkneifen, den beeindruckendsten Weg hinauf auszuwählen. Er führte uns über Schafsweiden und am Saum eines kleinen Waldstücks vorbei, zwischen Feldern hindurch, über von gewaltigen Eichen überschattete Hohlwege und vorbei an einer Streuobstwiese, wo unter uralten Apfelbäumen Schafgarbe und Wiesenschaumkraut blühten.

In Begleitung meiner Hunde schlug ich Tobey vor, den großen Schritt zu wagen und Millie ohne Leine mit ihnen laufen zu lassen.

Einen Moment lang zögerte er. Das kannte ich von vielen anderen Hundehaltern, die noch nicht gelernt hatten, der Bindung, die ihr Hund entwickelt hatte, komplett zu vertrauen. Doch dann löste er den Karabiner vom Halsband.

Millie lief zunächst weiter brav neben ihm. Doch als sie an einer Stelle zum Schnuppern stehen blieb und wir unseren Gang einfach fortsetzten, schien sie ihre neue Freiheit plötzlich zu bemerken. Um uns einzuholen, raste sie im wilden Galopp zu uns heran und schoss übers Ziel hinaus. Cassandra nahm diese Aufforderung an, und plötzlich rannten die beiden Mädels über die Wiese, als hätten sie nie etwas anderes getan, als miteinander zu spielen.

Wir blieben einen Moment lang stehen, um ihnen zuzusehen, und ich konnte spüren, dass Tobey von Millies fröhlichem Ausbruch genauso berührt war wie ich.

Oben auf dem Tor angekommen, blickte Tobey lange in die Ferne und auf all das Grün um uns herum. Dann sagte er: »Jetzt kann ich verstehen, was du gedacht hast, als du das erste Mal aus meiner Wohnung über die Stadt geguckt hast.«

Tobey

Es gibt ein wunderschönes hawaiianisches Lied, in dem es darum geht, wie sehr uns die Landschaft und die Menschen prägen, in der und mit denen wir aufwachsen. Bisher war mir wohl noch nicht wirklich klar gewesen, was das eigentlich bedeutete. Doch June zu sehen, wie sie mit ihren Hunden den Weg vom Tor hinunterrannte, während der Wind in ihre zerzausten Haare fuhr, ließ es mich zumindest ahnen.

Auch in London war sie heiter, gelassen und bedacht gewesen. Doch hier war sie ... Mir fehlten die Worte für das, was sie an diesem Ort ausmachte. Doch mein Herz sagte es ganz deutlich, ohne eine Sprache dafür zu brauchen.

June gehörte hierher. Zu diesen blühenden Wiesen im strahlenden Sonnenschein. Zu den beschatteten Wegen mit den Natursteinmauern zu beiden Seiten. Zu dem Wind, der trotz des warmen Frühlingstages hier oben am Berg eisig pfiff und dem sie mit roten Wangen und leuchtenden Augen trotzte. Zu ihren Hunden, die sie alle drei zu vergöttern schienen. *Kein Wunder*, dachte ich, *wenn ich ein Hund wäre, würde ich das definitiv auch tun*. Aber tat ich das nicht schon längst?

Dieser Ausflug war genauso, wie ich ihn für sie und mich erhofft hatte. June war so heiter und glücklich, wie ich sie noch nicht erlebt hatte. Und der gemeinsame Spaziergang, hoffte ich, wäre die ideale Gelegenheit, um sie endlich in Ruhe auf neulich Nacht anzusprechen. Im Grunde meines Herzens wollte ich ihr am liebsten sagen, was ich inzwischen für sie empfand – egal, welche Gefühle sie selbst für mich hegen mochte. Ich wollte ihr Angelinas Auftauchen erklären und dass sich die Situation mit einem Male komplett geändert hatte. Doch in dem Moment, in dem ich den Mund auftat, um einfach irgendwie mit alldem anzufangen, wandte sie sich nach mir um und strahlte mich an.

»Was für eine wunderbare Idee von dir, Tobey! Ich glaube, das ist wirklich der schönste Tag, den ich seit Langem erlebt hab!«

Das Glück über das Wiedersehen mit ihren Hunden und die Möglichkeit, mir ihr Zuhause zu zeigen, drang ihr aus allen Poren. Und plötzlich brachte ich es einfach nicht mehr über mich, ein so ernstes Thema anzuschlagen.

Als wir wieder am Fuß des Tor angekommen waren, hatten wir alle einen Bärenhunger. June schlug einen Weg um den Ortskern herum ein und bog in den Hof eines Pubs mit reetgedecktem Dach. Etliche rustikale Holztische standen einladend unter pilzförmigen Sonnenschirmen. Doch niemand war zu sehen.

»Oh, sie machen erst um fünf wieder auf«, stellte ich mit einem Blick auf die Karte, die neben dem Eingang hing, bedauernd fest.

»Sekunde«, sagte June und ging hinein. Ihre drei Hunde folgten ihr ungefragt, während Millie, die ich an der Leine hielt, brav bei mir stehen blieb. Durch die offen stehende Tür konnte ich hören, wie June drinnen mit großem Hallo begrüßt wurde. Und in null Komma nichts war ihr kleines Rudel wieder draußen bei uns. »Ist das vegetarische Tagesgericht okay?«

»Hauptsache, es ist eine große Portion«, erwiderte ich lachend.

Eine Kellnerin etwa in Junes Alter erschien und brachte uns eine Flasche Wasser und zwei gewaltige Humpen Cola, die sie ohne das übliche Kellnerin-Gast-Gehabe auf den Tisch stellte. Augen hatte sie nur für die Hunde, denen sie auf einem Tablett Näpfe mit Hackfleisch gebracht hatte. Mit großer Begeisterung machten sich die vier darüber her.

»Ich dachte, du wärst noch in London«, sagte die Kellnerin zu June, während wir den Hunden beim Fressen zusahen. »Hat Sharon nicht gesagt, du wärst erst in ein, zwei Wochen wieder hier?«

»Ist auch so. Ich besuche quasi nur kurz die Hunde.«

»Echt? Muss ja ein schweinereicher Kerl sein, wenn der dich die ganze Zeit bezahlen kann, was?«

»Na ja, arm ist er nicht«, antwortete June und sah mich mit einem unterdrückten Grinsen an. Die Bedienung fing den Blick auf und sah auch mich zum ersten Mal richtig an. Dann wurde sie erst leichenblass und anschließend rot wie ein Hydrant. Sie stammelte irgendetwas von »nach dem Essen sehen« und hastete davon.

June kicherte.

»Sehr witzig«, sagte ich, musste aber auch schmunzeln, vor allem, als kurz darauf an einem der Fenster des Pubs ein halbes Dutzend Gesichter erschien, die alle zu uns herausstarrten.

Es dauerte nicht lange, bis mein Wunsch bezüglich des Essens erfüllt wurde. Neben einem knackigen Salat wurde uns ein gewaltiger vegetarischer Burger mit den leckersten Fritten der Welt serviert. Wir stürzten uns darauf, als wären wir halb verhungert, und hatten alles in Windeseile aufgefuttert.

Die Kellnerin holte unsere leer gefegten Teller und brachte uns ein Dessert aus Baiser, Eis und Früchten, nach dem ich mich fühlte, als könnte ich nie wieder einen Schritt tun. »Geht aufs Haus«, sagte sie.

»Auf keinen Fall, ich zahle«, erwiderte ich entschieden. »Schließlich bin ich schweinereich.«

Sie sah mich einen Moment unsicher an, doch dann grinste sie.

Als wir schließlich vom Hof spazierten, hingen alle Angestellten des Pubs hinter den Fenstern und sahen uns nach.

»Bist du so was wie eine lokale Berühmtheit? Dass sie extra für dich ein Essen servieren, obwohl wir außerhalb der Öffnungszeiten reingeplatzt sind«, wollte ich wissen, als wir uns auf den Weg zum Haydn House machten.

»Ach was«, lachte June. »Aber das Besitzerehepaar hat zwei dänische Doggen, die sich plötzlich nicht mehr verstanden und sich ernsthaft bekämpften. Ich habe ihnen geholfen, das Problem in den Griff zu bekommen.«

»Herrscht überall da, wo du auftauchst, nach kurzer Zeit Harmonie?«

Sie sah mich überrascht an. Doch dann wandte sie ihren Blick schnell wieder ab. »Nicht überall, nein.«

In dem Moment bogen wir in die Silverlane und sahen, wie Sharon gerade aus dem Haus kam. Sie winkte uns zu, und wir gingen durch die Gartenpforte zu ihr. »Hab dir schon einen Zettel geschrieben, June. Ich geh jetzt zum Tarotkarten-Kreis. Du kannst die Hunde mit meinem Wagen nach Hause bringen. Nicole nimmt mich morgen früh mit raus, dann hole ich ihn mir wieder ab. Tobey«, sie wandte sich an mich und reichte mir die Hand, während ihre braunen Augen, die Junes so ähnlich waren, mich genau betrachteten. »Das war ein wunderbarer Einfall, June für einen Tag herzubringen. Du bist jederzeit wieder willkommen hier!«

Sie drückte June einen Kuss auf die Wange und war verschwunden.

»Komm«, sagte June und nahm einen Schlüssel vom Haken. »Dann zeige ich dir jetzt mein Zuhause.«

Ich weiß nicht, was ich erwartet hatte. Aber als ich hinter dem von June gesteuerten uralten Kombi den schmalen Schotterweg zum Hundezentrum hinunterfuhr, war ich überrascht, wie groß das Gelände war. Abgesehen von dem ehemaligen Farmhaus, das offenbar als Wohnhaus diente, gab es etliche andere Gebäude, von alten umgebauten Scheunen oder Ställen bis hin zu einem offensichtlich neu errichteten Haus, in dem sich wohl die Gästezimmer für die Seminarteilnehmer befanden. Hier lebte und arbeitete June also. Zusammen mit Morris Clark, dem charismatischen Hundeflüsterer. Ich war ehrlich gesagt froh, dass Nicole wie nebenbei erwähnt hatte, dass Morris sich heute auf einem auswärtigen Seminar befinden würde. Denn ich war nicht besonders scharf auf eine Begegnung mit ihm.

Der geräumige Parkplatz war beinahe zugestellt mit Autos. Auf zwei nahe gelegenen Rasenplätzen fand wohl gerade Unterricht statt, denn dort waren Gruppen von fünf bis sechs Hunden mit ihren Menschen um jeweils eine Frau ohne Hund versammelt, während eine weitere Gruppe soeben in geordneter Reihe aus dem kleinen Waldstück herüberkam.

Wir stellten unsere Autos vor dem Farmhaus ab. Während Bo und Cassandra schon hinaussprangen, half June Heaven behutsam aus dem Wagen. Dabei war sie so liebevoll und umsichtig, dass ich mich dabei ertappte, wie ich sie bewundernd anstarrte.

Die Hunde liefen die wenigen Stufen zum Farmhaus hinauf und schienen zu erwarten, dass man sie einließ. Millie sah ihnen zögernd nach, blieb jedoch bei mir stehen.

June breitete die Hände aus. »Tja, wo sollen wir anfangen? Willst du zuerst einen Blick auf das laufende Training werfen? Die anderen Trainerinnen könntest du gleich in der Pause kennenlernen. Nur Morris ist nicht da, gibt ein Seminar irgendwo im Norden.«

Klang sie dabei enttäuscht oder erleichtert? Ich war mir nicht sicher.

Doch sie sprudelte bereits weiter: »Soll ich dir zuerst das Hundezentrum zeigen, oder möchtest du das Haus sehen? Ich hab ganz viel daran selbst umgebaut. Ist handwerklich sicher nicht perfekt, aber …«

»June!«, ertönte plötzlich eine weibliche Stimme an der Hausecke, und eine Frau in Junes Alter mit wippendem Pferdeschwanz flog ihr um den Hals. Nach einer lauten Begrüßung, in der beide so sehr lachten, dass ich höllisch aufpassen musste, nicht selbst in ein wahrscheinlich dümmlich wirkendes Grinsen zu verfallen, stellte June mir ihre beste Freundin und langjährige Mitarbeiterin Nicole vor.

»Die Überraschung hat funktioniert!«, sagte ich und zwinkerte ihr zu.

Nicole bekam rote Wangen und strahlte mich an. »War mir eine Freude«, hauchte sie.

June grinste.

»Hör zu, Nicole, kannst du die Hunde mit ins Büro nehmen? Sie sind fix und fertig und müssten dringend ausruhen. Aber wenn ich Tobey jetzt das Gelände zeige, tapern sie uns bestimmt die ganze Zeit hinterher.«

Nicole winkte ab. »Klar, mach ich. Hab eh gleich noch etwas Organisationskram zu erledigen.«

»Wunderbar!«

»Kein Problem. Die drei sehen aus, als würden sie gleich im Stehen einpennen.«

»Wir waren am Tor.«

»Wow! Da hast du dir ja einen herrlichen Tag für die Erstbesteigung ausgesucht«, wandte Nicole sich an mich und wollte offenbar noch mehr sagen, doch June fasste sie am Arm.

»Ist das Auswärtsseminar heute ausgefallen?«, erkundigte sie sich mit plötzlich gepresster Stimme.

»Ja, offenbar eine Sommergrippe-Epidemie unter den Teilnehmern ...« Nicole folgte Junes Blick über den Vorplatz.

Aus Richtung des Gästehauses ging ein großer, schlanker Mann mit langen Schritten auf uns zu. Als er näher kam, sah ich, dass seine Schläfen bereits stark ergraut waren. Von den Videos im Netz erkannte ich ihn wieder. Ich spürte, wie ich automatisch den Rücken durchdrückte. Trotzdem konnte ich nichts gegen das ungute Gefühl im Magen ausrichten.

»Was für eine Überraschung!«, rief Morris. »Ich konnte es ja kaum glauben, als ich gerade zufällig aus dem Fenster sah. Welch hoher Besuch!« Er küsste June nur kurz, aber auf eine Art und Weise, die keinerlei Zweifel daran ließ, dass die beiden ein Paar waren. Mit einem Schlag ging mir auf, dass ich ihn wirklich überhaupt nicht leiden konnte.

Obwohl Morris schlank und sportlich war und seine muskulösen Arme braun gebrannt aus dem T-Shirt herausragten, musste ich an einen Gorilla denken. Und zwar an ein Silberrückenmännchen. So einen alten, souveränen Patriarchen, der schon allein durch sein Auftreten jeglichen Gedanken an Konkurrenz absurd erscheinen lässt.

Tatsächlich musterte er mich kurz, als wir uns die Hände reichten. Und in seinem Blick lag ein maßloses Selbstbewusstsein, neben dem ich mich plötzlich noch mehr als nur zwanzig Jahre jünger als er fühlte.

»Wie schön, dass Sie uns hier beehren, Mr. Lambert ... oder darf ich auch Tobey sagen?«

Obwohl mir Förmlichkeit normalerweise verhasst war, wäre mir das »Mr.« in diesem Fall lieber gewesen. Aber was sollte ich gegen solch eine Offensive tun?

»Natürlich. Und es war doch selbstverständlich, dass ich June für einen Besuch hierherbegleite. Schließlich hat sie bei Millie wirklich fantastische Arbeit geleistet.«

»Das ist die Kleine also, ja?« Morris ging in die Knie, wandte sich Millie jedoch nicht zu, sondern ließ sie ihn von der Seite aus mustern. Sie betrachtete ihn. Zu meiner grenzenlosen Genugtuung tat sie jedoch keinen Schritt in seine Richtung.

»Bin ich mal wieder zu beeindruckend, ja?«, fragte Morris lächelnd, während er aufstand, und schaffte es damit, Millies Ablehnung wie ein Kompliment erscheinen zu lassen. »Seid ihr noch länger hier? Wir könnten zusammen essen«, schlug er dann vor.

»Nein«, sagte June schnell und ganz im Gegensatz zu dem, was sie beim Aussteigen gerade noch vorgeschlagen hatte. »Nein, wir wollten nur die Hunde wieder herbringen. Und gegessen haben wir im Pub. Du wirst dir schon selbst was kochen müssen.« Morris und sie lachten, so wie Paare, die schon etliche Jahre zusammen sind, manchmal miteinander lachen: über einen Witz, in dem zumindest ein Körnchen unangenehmer Wahrheit mitschwingt. Dieses kleine Körnchen, von dem Außenstehende keinen blassen Schimmer haben.

»Tja, wenn das so ist ... Dann sehen wir uns wohl in einer Woche, wenn du zurück bist?«, sagte Morris zu June und umarmte sie ein paar Sekunden. Dann nickte er mir zu: »Ich wünsche eine gute Rückfahrt. Ich hoffe, du fährst vorsichtig mit dieser wertvollen Fracht.«

»Sicher«, antwortete ich reflexartig und hätte mir sofort die Zunge abbeißen können.

Er lächelte. »Wiedersehen!« Damit winkte er und lief zu der Gruppe von Hunden und Menschen hinüber, die gerade vom Wald hergekommen war. June, Nicole und ich standen einen Moment lang da, als seien wir von irgendetwas überrollt worden.

»Tja ...«, machte Nicole dann verlegen. »Dann werd ich mal ...« Sie deutete zu einem der ehemaligen Ställe, in denen jetzt wohl das Büro untergebracht war. »Macht's gut. Und bis ganz bald, June. War extraordinär cool, dich kennenzulernen, Tobey. Ähm ... Bo, Cassandra, Heaven, kommt mit!«

Die Hunde zögerten.

»Na los!«, machte June und winkte sie die Treppe wieder herunter und zu Nicole, die sich bereits auf den Weg machte.

June sah ihnen nach. Bevor sie mit Nicole durch die Tür hinein verschwanden, drehten sich alle drei noch einmal zu ihr um. Es war rührend.

Als ob sie den Anblick der verschlossenen Tür hinter ihren geliebten Hunden nicht ertragen könnte, wandte June sich abrupt zu meinem Wagen um. Ich entriegelte die Tür, und sie stieg ein. Millie zog an der Leine. Offenbar wollte auch sie nach diesem aufregenden Ausflug in die gemütliche Sicherheit ihrer Box. Ich ließ sie hinein und setzte mich hinters Steuer.

»Das war also dein Morris«, sagte ich, während ich den Motor startete und zurücksetzte.

June warf mir einen kurzen Blick zu. Dann nickte sie. »Ja, das war Morris.«

»Ich muss sagen, ich bin inzwischen wirklich froh, dass er keine Zeit hatte und du stattdessen zu uns nach London gekommen bist«, setzte ich hinzu und blickte sie schräg von der Seite an.

June sah plötzlich sehr ernst aus, und ich bereute meine Worte sofort. Hatte ich mich damit zu weit vorgewagt? Ich hätte einiges darum gegeben zu wissen, was sie dachte. Ob sie Morris von jener Nacht neulich erzählt hatte? Doch dieser Gedanke kam mir sofort absurd vor. In seinem Verhalten war keine Spur von Eifersucht erkennbar gewesen. Aber womöglich war er seiner Sache einfach sicher? Vielleicht wusste er ganz genau, dass er seine wunderbare Lebensgefährtin niemals an einen jungen, hundeunerfahrenen Schnösel wie mich verlieren konnte.

»Ich bin auch sehr froh darüber, Tobey«, sagte June mitten in meine reichlich deprimierenden Gedanken hinein. Ihr Blick war unergründlich. »Es ist ja eine alte Weisheit, dass man manchmal fortgehen muss, um anschließend wieder richtig anzukommen.«

Ich musste schlucken. »Das klingt nach einer Art Neubeginn.« *Mit Morris?*, dachte ich, sprach es aber nicht aus.

»Das trifft es wohl ganz gut, ja«, antwortete June, ohne sich weiter zu erklären.

Und während wir die Schotterstraße vom Parkplatz die kleine Anhöhe hinauf Richtung Straße fuhren, sprach keiner von uns ein Wort.

June

Nach unserem Glastonbury-Ausflug war Tobey mir gegenüber deutlich verändert. Seine Freundlichkeit behielt er bei, aber hin und wieder ertappte ich ihn dabei, wie er mich ernst betrachtete. Seinen Blick konnte ich nicht deuten, doch ich wurde den Verdacht nicht los, dass seine Zurückhaltung etwas mit unserem überraschenden Zusammentreffen mit Morris zu tun haben könnte.

Und natürlich mit Angelina. Denn die war am Abend nach unserem Ausflug geradezu hysterisch geworden. Die Tatsache, dass Tobey mit mir allein einen Tag verbracht hatte, der keinem Zweck rund um Millie diente, sondern nur dazu da war, mir eine Freude zu machen, schien sie vollkommen aufzulösen. Tobey verbrachte die Zeit bis zu Millies letzter Abendrunde mit Angelina in ihrem Zimmer, wo man sie anfangs noch weinen und toben hören konnte. Als Millie dann raus musste, gab Tobey mir vorsichtig zu verstehen, dass es wohl besser sei, wenn er allein mit Angelina und Andy hinuntergehen würde.

Selbstverständlich. Schon bald wäre ich ja ohnehin nicht mehr hier, um ihn zu begleiten.

Doch als ich in meinem Zimmer auf dem Bett lag und feststellte, dass ich in meinem Buch bereits zum dritten Mal die gleiche Seite las, musste ich mir eingestehen, dass es mir nicht egal war.

Der Tag war so wundervoll gewesen. Ein Tag, wie nur der Frühling auf dem Land ihn verschenken konnte. Ich glaubte noch, den Geruch der Wiesen wahrzunehmen oder Cassandras Fell im Sonnenlicht rot aufleuchten zu sehen. Aber wenn ich ehrlich war, hatte Tobeys Anwesenheit den Zauber dieser Stunden noch verdoppelt.

Er war so heiter und entspannt, fast schon ausgelassen gewesen, wie ich ihn hier noch nie erlebt hatte. Als gäbe es die Vergangenheit nicht, die ihn vor allem nachts immer wieder einholte.

Doch seit wir zurück waren und Angelina so deutlich ihren Anspruch auf ihn klarstellte, schienen auch die Schatten von damals wieder heraufgezogen zu sein. Das war auch der Grund, warum ich die Einladung zur Geburtstagsparty seiner Schwester Lin nicht annehmen wollte, die am heutigen Samstag stattfinden sollte.

Dass ich schließlich doch ging, lag nur an Andy. Er ließ einfach nicht locker.

»Ach komm schon!«, maulte er schon morgens, als wir gemeinsam mit Millie vom Spaziergang im Park zurückkamen. Tobey war schon früh zu einem auswärtigen Termin unterwegs, zu dem ihn nur Dan begleitete. »Das wird bestimmt lustig. Ich bin auch eingeladen, weißt du? Kannte Lin schon aus dem *Zenobia*, bevor Tobey da auftauchte und mich engagiert hat. Lins Partys sind der Knaller! Sie kennt alle Welt. Da laufen jede Menge toller Frauen rum, die sich in der Musikbranche auskennen. Das wird bestimmt nicht so 'ne Pleite werden wie neulich, als die Kleine von Harrods mir eigentlich nur irgendwas über Tobey aus der Nase ziehen wollte.«

Ich war gerade dabei, Millies Leine an den eigens dafür angebrachten Haken neben der Tür zu hängen, hielt nun jedoch inne und sah ihn mit hochgezogenen Brauen an. »Andy, das ist jetzt nicht dein Ernst!«

Er war irritiert. »Wie jetzt? Denkst du, ich find keine?«

»Das kommt auf die Definition von *finden* an«, erwiderte ich. »Ich bin davon überzeugt, dass du heute Abend mehr als nur eine tolle Frau abschleppen könntest. Aber was hat das mit *finden* zu tun?«

Er starrte mich ratlos an.

»Manche Leute suchen nur so vergeblich, weil sie nicht auf die Idee kommen, an der richtigen Stelle zu schauen«, erklärte ich ihm und ließ mir beim Aufhängen der Leine viel Zeit.

Es war deutlich zu erkennen, wie es hinter Andys Stirn ratterte. »Meinst du …?« Er nestelt verlegen am Reißverschluss seiner Sweatshirtjacke herum. »Meinst du damit jemand bestimmtes?«

»Oh, Andy, ich bitte dich! Siehst du wirklich nicht, was du direkt vor deiner Nase hast? Könnte durchaus sein, dass es eine gibt, der du nicht mal mehr erklären müsstest, was du nach einer heißen Nacht gern frühstücken möchtest …«

Andys Augen weiteten sich. Sein Blick huschte hinüber zur Küchentür. Dann starrte er auf seine großen Hände. Es vergingen einige Sekunden, ehe er murmelte: »Ach Quatsch, June. Sie ist doch … Ich meine, sie ist …«

Ich seufzte. »Joana ist zur Party heute Abend auch eingeladen und überlegt, ob sie hingehen soll. Frag sie doch, ob ihr zusammen losziehen wollt, und du guckst, was passiert?«

Konnte es sein, dass ich in diesem Moment so etwas wie Furcht in seinen Augen aufblitzen sah? Dieser bärenstarke Mann, der sich für die Gerechtigkeit ohne zu zögern in jede Schlägerei stürzen und der Tobey mit seinem eigenen Leben beschützen würde, hatte Angst vor der Abfuhr der Frau, die ihm täglich das Frühstück servierte?

»Würdest du …«, begann Andy schließlich. »Ich meine, wenn es klappt und sie Zeit und Lust hat und so … Kannst du nicht trotzdem auch mitkommen?«

Aha. Er wollte es offenbar nicht gleich offiziell als Date deklarieren. In Anbetracht dessen, dass Joana und er sich jeden Tag sahen und es peinlich werden könnte, sollte etwas schieflaufen, konnte ich das verstehen. Er wusste schließlich nicht, was ich bereits wusste.

»Okay«, gab ich mich geschlagen und wollte noch hinzusetzen, dass ich ja nicht lange zu bleiben brauchte.

Doch in diesem Moment kam Angelina aus ihrem Zimmer den Flur entlang. Sie grüßte uns freundlich lächelnd und verschwand durch die Terrassentür hinaus.

»Ziemlich durcheinander, die Kleine, hm?«, brummte Andy, offenbar, um ein anderes Thema anzuschneiden. »War ja auch 'ne Hausnummer diese Sache mit dem Konzert damals. Das steckt man nicht so leicht weg, wenn man zart besaitet ist.«

»Nein, sicher nicht«, murmelte ich.

»Na, gut, dass Tobey sich jetzt ein bisschen um sie kümmert. Ich glaub, sie kommt heute Abend auch mit. Apropos ...«, er straffte die breiten Schultern. »Dann werd ich mal, nicht?« Mit leicht steifen Schritten ging er hinüber zur Küche und verschwand darin.

Ich sah einen Moment auf die leicht hin und her schwingende Tür mit dem Bullaugenfenster. Angelina würde heute Abend auch dabei sein. Natürlich. Nur hatte ich daran noch überhaupt nicht gedacht.

Was auch immer ich befürchtet hatte und aus welchem Grund ich eigentlich nicht hatte hingehen wollen: Die Party war grandios! Das kleine Haus in Notting Hill, das Lin und ihr Mann Greg bewohnten, platzte aus allen Nähten. Neben Leuten, die sowohl Lin als auch Tobey offenbar aus beruflichen Zusammenhängen kannten, schien auch die gesamte Nachbarschaft eingeladen zu sein. Jede Menge Menschen unterschiedlichsten Alters tummelten sich im Untergeschoss. Im Wohnzimmer waren die Möbel an die Wände gerückt worden, um eine kleine Tanzfläche zu improvisieren, von der rege Gebrauch gemacht wurde.

Tobey, von dem ich angenommen hatte, dass er sofort von allen möglichen Gästen in Beschlag genommen werden würde, wich nicht von meiner Seite. So wie Dan nicht von seiner. Eine Ecke des von Möbeln befreiten Wohnzimmers schien ausschließlich für uns reserviert zu sein, sodass Tobey den ganzen Trubel mit etwas Abstand beobachten konnte. Anfangs hatte auch Angelina sich nicht fortgerührt, sodass wir zu viert herumgestanden hatten. Doch nach und nach traf auch sie Bekannte und wurde lachend von einem Typen, der aussah wie Sammy Davis, auf die Tanzfläche geschleift. Danach blieb sie erst einmal verschwunden. Ich war darüber nicht böse, denn ihre musternden Blicke, die zwischen Tobey und mir hin und her glitten, machten mich allmählich nervös.

»Ihr seid da! Wunderbar!«, rief Lin und bezog mich in die Umarmung mit ihrem Bruder mit ein. So nah waren Tobey und ich uns seit jener Nacht nicht mehr gekommen. Und als Lin uns losließ, waren wir beide ein wenig verlegen. Lin feixte. »Hast du dem Hundepapa heute Abend mal freigegeben von seinen Pflichten?«, wollte sie von mir wissen.

»Justins Freundin Betty ist bei Millie«, erklärte ich Tobeys Schwester. »Sie macht eine Ausbildung zur OP-Schwester und hat nächste Woche eine Prüfung, für die sie heute Abend lernen will. Die Gelegenheit will sie nutzen, sich bei Millie mit jeder Menge Leckerchen einzuschleimen.«

»Und versäumt dafür *meine* Party!?«, staunte Lin.

»Der Hundesitterjob verlangt Opfer.« Ich sah sie todernst an.

Lin beugte sich näher zu uns. »Sagt mal, was ist eigentlich mit Andy und Joana? Ich hab die beiden gerade zusammen abrocken sehen.«

Tobey grinste. »Das ist wohl June zu verdanken. Sie ist wunderbar darin, anderen einen kleinen Schubs zu geben.« Er schaute mich an, und zum ersten Mal seit unserem Ausflug nach Glastonbury sah ich in seinen Augen wieder jenes Glitzern, das in meinem Magen ein kleines Feuerwerk auslöste.

»Fantastische Idee. Die beiden sind doch wie geschaffen füreinander. Und Joana könnte die vielen gemeinsamen Babys problemlos mit zur Arbeit bringen«, lachte Lin und winkte plötzlich in Richtung Eingangstür. »Hey, Isola! Wie schön, dass du kommen konntest!« Damit tauchte sie wieder in der Menge der Gäste unter.

Während Angelina immer noch mitten im Gewimmel

steckte, erzählte Tobey ein paar Geschichten zu dem einen oder anderen Gast aus der Musikbranche, während Dan die Menschen um uns herum nicht aus den Augen ließ.

»Sag mal, wie kommt's, dass keiner dieser vielen Musikjournalisten dich anspricht, um ein kleines exklusives Interview rauszuholen?«, fragte ich Tobey schließlich. Mir waren einige höchst interessierte Blicke aufgefallen. Doch außer einem Nicken und einem zugeworfenen Scherz wagte sich niemand näher heran.

»Lin kann grausam streng sein«, grinste Tobey. »Die wissen alle, dass derjenige, der das versucht, nie wieder eine Einladung zu ihren fantastischen Partys erhält. Und siehe da: Plötzlich können sie sich benehmen. Diese Furcht einflößende Konsequenz hat Lin wahrscheinlich von Ma geerbt.«

»Apropos: Wieso ist eure Mutter nicht hier? Sie wohnt doch auch noch in London?«

Tobey lachte schallend los. Es war ein herrliches Geräusch. So aus tiefsten Herzen hatte ich ihn noch nie lachen gehört. »Oh Gott, Ma zwischen all den Typen hier?«, rief er schließlich gegen die Musik an, immer noch ein breites Lächeln im Gesicht. »Wahrscheinlich würde sie die Hände über dem Kopf zusammenschlagen, wenn sie sähe, dass Lin wieder mit dem Rauchen angefangen hat. Oder wie viel Alkohol hier konsumiert wird.«

»Oh, das kann ich verstehen. Grässlich!«, erwiderte ich mit ernster Miene.

Und Tobey musste wieder lachen.

»Nachdem ich Sharon kennengelernt habe, kann ich verstehen, wieso du danach fragst. Aber weißt du, Ma ist wirklich ganz anders als deine Mutter, sehr viel konservativer, auch wenn sie wahrscheinlich ein paar Jahre jünger ist. Sie gehört zu den Frauen, die nie aus dem Haus gehen würden, ohne Lippenstift aufgelegt zu haben. Und andere alkoholische Getränke als einen trockenen, leichten Weißwein findet sie heute noch übertrieben.«

»Und sie hat recht«, stimmte ich zu. »Ich meine, das hier zum Beispiel«, ich hielt mein Glas hoch, in dem eine orangefarbene Flüssigkeit schimmerte, »sieht es nicht verteufelt giftig aus? Ich glaube, ich spüre auch schon was.«

»Das wird der Wodka darin sein«, brummte Dan aus dem Mundwinkel und zeigte damit, dass er durchaus mitbekam, worüber wir uns unterhielten – auch wenn seine Blicke beständig durch den Raum schweiften.

Diesmal lachte ich laut auf. Tobey sah jedoch für den Bruchteil einer Sekunde ein wenig verstimmt aus.

»Nicht, dass du denkst, dass Ma die totale Spaßbremse ist«, sagte er dann loyal. »Sie kann unglaublich witzig sein. Vor allem, wenn sie die Storys von meiner Tante Fanny erzählt, die in einem Altenheim in der Nähe von San Francisco arbeitet. Die beiden zusammen sind ein unschlagbares Duo, du müsstest sie mal erleben!«

Wir sahen uns an, beide noch ein Lächeln auf den Lippen. Doch die Bedeutung seiner letzten Worte sickerte wohl nicht nur in mein Bewusstsein. Auch Tobey wandte den Blick rasch ab. Wussten wir doch beide, dass ich dieses »unschlagbare Duo« nie erleben würde. Nach dem Radiokonzert am Ende der kommenden Woche würde ich meine Koffer packen und abreisen. Von da an würden wir per E-Mail und hin und wieder per Telefon miteinander in Kontakt stehen, um Millies Training auf diese Weise weiterzuführen, bis auch das schließlich ganz versiegen würde. Es blieben also nur noch wenige Tage, die wir miteinander verbringen würden. Oder zumindest nebeneinander.

Bevor einer von uns sich einen Themenwechsel überlegen konnte, schoss von der Seite eine junge Frau heran, die Tobey in die Seite knuffte und ihm ihre weibliche Begleitung vorstellte. Die beiden waren wahrscheinlich kaum älter als achtzehn oder neunzehn und verschlangen sich gegenseitig mit den Augen, während sie Händchen hielten. Soviel ich mitbekam, war die Wortführerin die Nachbarstochter, die Tobey offenbar schon seit ihrer Kindheit kannte, und derzeit auf den mitreißenden Wellen ihres Coming-Outs unterwegs.

Ich versuchte ebenfalls, ihren Ausführungen zu lauschen, aber irgendjemand hatte beschlossen, die Musik noch etwas lauter zu drehen, und ich konnte nur jedes vierte Wort verstehen. Dan, dem das auffiel, beugte sich nah zu mir und begann eine nette Unterhaltung über Lins Einrichtungsstil, einer wilden Mischung aus modernem Retro-Style sowie afrikanischen Farbexplosionen. Dieser sportliche, souveräne Mann hatte wirklich immer wieder eine Überraschung parat. Nie im Leben wäre ich darauf gekommen, dass er sich auch in Sachen Inneneinrichtung oder Kunst so gut auskannte. Umso mehr Spaß machte es, mit ihm die Gemälde zu diskutieren, die hier an allen Wänden hingen und auf den ersten Blick recht willkürlich zusammengestellt wirkten. Doch wenn man genauer hinsah, erkannte man in ihren Farben und Motiven jene harmonischen Zusammenhänge, die dieses Haus wohl zu einem so behaglichen Zuhause machten.

Als die beiden jungen Frauen schließlich eng umschlungen davonschlenderten, wandte Tobey sich plötzlich mit einem Ruck zu uns um. Sein Gesichtsausdruck sah seltsam aus. Wenn ich es nicht besser gewusst hätte, hätte ich ihn »wild entschlossen« genannt. »Möchtest du tanzen, June?«, rief er mir ins Ohr.

Ich musste mich zusammenreißen, um mir meine Überraschung nicht anmerken zu lassen. Und bevor ich nachdenken konnte, ob ich das wirklich wollte, hatte ich bereits genickt.

Tobey nahm meine Hand. Der Weg durchs Untergeschoss, die wenigen Schritte zur Tanzfläche hinüber schienen sich plötzlich auszudehnen. Ich nahm deutlich die Wärme seiner Handinnenfläche an meiner wahr. Hielt den Blick starr auf seinen Rücken gerichtet, wo sich unter seinem T-Shirt seine schlanke Silhouette und ein paar Muskeln abzeichneten. Und ich versuchte all die Blicke zu ignorieren, die mir auf dem kurzen Weg begegneten. Fragend. Neugierig.

Als wir die Tanzfläche gerade erreichten, wechselte der Song.

Aus dem allgemeinen fröhlichen Gehopse wurde plötzlich ein ruhiges Geschiebe.

Ich sah Andy, der mit hochrotem Kopf Joana eine Hand aufs Schulterblatt legte und sie mit einem beinahe entschuldigenden Lächeln näher zu sich heranzog. Und Joana, die mit Abstand schönste Frau des Abends, bewegte sich so harmonisch und sexy zur Musik, dass ich mir gut vorstellen konnte, in welchem Takt Andys Herz nun schlagen würde.

Vielleicht konnte ich es mir auch nur so gut vorstellen, weil mein eigenes Herz sich wie verrückt gebärdete.

Irgendwo waren auch plötzlich Angelinas Augen, schmal und kühl. Doch ich wandte den Kopf und zwang mich, nicht mehr in ihre Richtung zu sehen.

Tobey ließ meine Hand nicht los, sondern hielt sie warm an seine Brust gedrückt, während seine andere auf meinem Rücken lag und meine andere an seiner Schulter.

Wir tanzten so nah, dass ich seinen Atem an meiner Schläfe spüren konnte. Einen Moment kam mir der Gedanke, ob er wohl das rasche Klopfen in meiner Brust wahrnahm. Aber das war natürlich Unsinn. So wie es vollkommener Unsinn war, in diesem Tanz mehr zu sehen, als es wirklich war.

Er hatte mich gefragt, als die Musik noch rhythmischen Einzeltanz vorgab. Sicher hatte er nicht kommen sehen, dass wir uns nun so nah auf die Pelle rücken mussten.

Doch auch als der Song verebbte und in den nächsten Blues überging, ließ Tobey mich nicht los.

»Meine Güte, Dan lässt uns wirklich nicht aus den Augen«, hörte ich ihn irgendwann murmeln. Ich konnte ihn nur verstehen, weil sein Mund mittlerweile sehr dicht an meinem Ohr lag.

Ich wandte den Kopf und sah ihn amüsiert an. »Das ist doch wohl seine Aufgabe, oder?«

Tobey wollte gerade etwas erwidern, als sein Blick sich veränderte, während er über meine Schulter sah. Im nächsten Moment tippte mir jemand auf die Schulter.

Es war Angelina. »Darf ich abklatschen?«, fragte sie lächelnd. Wie sie da vor uns stand, in einem unglaublich stylischen, ultrakurzen schwarzen Kleid, aus dem ihre langen Beine herausragten, die Füße in eleganten High Heels, die Haare ein dunkler Strom über ihren Rücken, wurde mir klar, wie großartig sie aussah. Und plötzlich kam ich mir in meiner Lieblingsjeans und der weich fallenden bunten Bluse, in der ich mich zu Hause immer sehr schick fühlte, vor wie ein Auslaufmodell.

»Natürlich«, sagte ich und überließ ihr den Platz bei Tobey.

Ich war froh, dass Dan noch dort stand, wo wir ihn zurückgelassen hatten, denn plötzlich fühlte ich mich seltsam orientierungslos. Während ich auf ihn zusteuerte, konnte ich in seiner Miene einen nachdenklichen Ausdruck erkennen. Doch zu meiner großen Erleichterung sagte er nichts, sondern reichte mir nur mein Glas, dessen Inhalt ich in einem Zug hinunterstürzte.

Ein Schwall neuer Gäste kam herein, und Dan scannte sie mit der jahrzehntelangen Erfahrung, die sein Beruf mit sich brachte.

»Mir wäre wohler, wenn die Tür nicht sperrangelweit offen stehen würde«, sagte er zu mir. Denn soeben wurde klar, dass die Neuankömmlinge keine Einladung bekommen hatten, sondern einfach ein paar Nachtschwärmer waren, die zufällig auf der Straße vorbeigekommen waren.

Lins Mann Greg, ein beeindruckend großer Afrobrite, war es durch seine Arbeit als Chefarzt offenbar gewöhnt, sanfte Autorität zu verströmen. Er schaffte es problemlos, die ungebetenen Gäste ohne großes Aufsehen wieder hinauszukomplimentieren.

»Wie bist du zu deinem Beruf gekommen?«, wollte ich von Dan wissen. »Ich stelle es mir schwierig vor, sich dafür zu entscheiden, für die Sicherheit eines Menschen verantwortlich zu sein. Der Druck ist doch bestimmt riesig.«

Er schmunzelte. »Oh, ich glaube, ich bin dazu gekommen,

weil ich alle Dinge, die mich interessieren, darin verbinden kann: Kampfsport genauso wie Netzwerke und Medien, Taktik ebenso wie Beobachtungsgabe. Als kleiner Junge wollte ich Hochseilartist werden. Du siehst schon, ein wenig Risiko hat mich noch nie abgeschreckt. Und du? Wie bist du zu deiner Arbeit gekommen?«

Ich erzählte ihm von den Hunden meiner Kindheit und dass ich erst vierzehn Jahre alt gewesen war, als bereits Nachbarn und Leute aus dem Dorf an unserer Tür klingelten, wenn sie Probleme mit ihren Vierbeinern hatten. Ich war froh, dass das Thema so viel Stoff bot, denn als Tobey und Angelina nach dem Song von der Tanzfläche kamen, war ich auf diese Weise so beschäftigt, dass Tobey und ich kaum mehr als einen flüchtigen Blick tauschen konnten.

Zu viel mehr kam es auch in der nächsten Zeit nicht, denn Angelina ließ sich nun von niemandem mehr fortlocken. Sie lachte und scherzte mit den Bekannten, die sich zu unserer kleinen Gruppe gesellten, doch alle Aufforderungen zum Tanzen oder Gänge zum reich gedeckten Büfett schlug sie aus.

Inzwischen war es bereits weit nach Mitternacht. Ich unterhielt mich gerade mit Joana, die bei uns stand, während Andy angeboten hatte, für uns alle weitere Getränke zu besorgen. Weder Joana noch ich erwähnten die Umstände ihrer Verabredung mit Andy an diesem Abend. Doch ich konnte in ihren Augen ein Funkeln erkennen, das mir zeigte, wie aufgewühlt sie innerlich sein musste.

Sie erklärte mir gerade leidenschaftlich, welchen gravierenden Fehler der Caterer bei der Zubereitung der Blätterteigtaschen gemacht hatte, als plötzlich Bewegung in die Menge kam.

Angelina, die gerade noch glockenhell über einen Scherz von Tobey gelacht hatte, schien plötzlich in der Körpermitte einzuknicken. Einen wirren Moment lang dachte ich, sie übertreibe gewaltig, indem sie sich wortwörtlich vor Lachen biege. Doch dann wurde mir klar, dass sie versuchte, sich hinter Tobey zu verstecken. Sie ging in die Knie und strauchelte auf ihren hohen Schuhen so sehr, dass sie umgefallen wäre, hätte Tobey nicht nach ihr gegriffen.

Er hockte einen Augenblick bei ihr, während sie mit panischem Gesichtsausdruck auf ihn einredete. Sein Kopf flog herum. Wir alle folgten seinem Blick. Doch ich konnte in der Menge der Gesichter nichts Außergewöhnliches entdecken.

Dan neigte sich zu Angelina und Tobey hinunter und tauschte mit ihnen ein paar gehetzte Worte. Dann wandte er sich um und ging zielstrebig, ohne nach rechts und links zu sehen, Richtung Eingangstür. Auf dem Weg dorthin fasste er einen jungen Mann, der dort stand, am Arm seiner Lederjacke und beugte sich kurz vor, um ihm einige wenige Sätze zuzuwerfen.

Die Miene des Mannes glich einer hässlichen Grimasse, und er schien zu lachen. Doch dann verzog sich sein Mund schmerzhaft. Ich konnte ihn über die Musik hinweg aufjaulen hören. Einige Umstehende sahen ebenfalls hin und beobachteten, was zwischen Dan und dem Fremden vorging. Doch viel gab es nicht mehr zu sehen, denn Dan schob den jungen Mann mit stoischer Miene vor sich her und verschwand mit ihm um die Ecke zur Haustür.

Angelina, die mittlerweile tatsächlich auf den Boden gesunken war, sah leichenblass aus. Ihre Wimperntusche begann sich aufzulösen, und ihre Lippen zitterten.

Tobey sah mich hilfesuchend an, während er immer noch dort unten hockte. Ich fasste Angelina unter dem einen Arm, während Tobey ihren anderen nahm. Gemeinsam schafften wir es, sie hochzuziehen.

»Wir müssen sie aus dem Gewühl rausbringen. Am besten nach oben, komm!«, rief Tobey mir zu.

»Ich hole Andy!« Joana verschwand eilig in der Menge.

Mit Angelina zwischen uns dauerte der Weg zum Fuß der Treppe eine Weile. Als wir dort ankamen, hatte irgendwer offenbar Lin verständigt, denn sie entfernte mit einem einzigen Griff das dort gespannte Seil und lief uns voraus die Stufen hinauf.

»Paula, bitte schau, dass du Greg findest, und schick ihn zu uns rauf. Er soll seinen Arztkoffer mitbringen«, rief sie über die Schulter einer Frau im Flur zu, die sofort nickte und verschwand.

»Ich glaube, das ist nicht nötig.« Tobey nickte mir dankbar zu und übernahm Angelina dann die schmale Treppe hinauf allein.

»Das lassen wir besser den Arzt des Hauses entscheiden«, erwiderte Lin.

Angelina hatte Mühe, dic Stufen zu bewältigen. Ihr ganzer Körper zitterte unkontrolliert.

»Oh Gott! Ich hab's gewusst!«, stammelte sie. »Ich hab gewusst, dass er wieder auftaucht!«

»Dan kümmert sich drum«, versuchte Tobey, sie zu beruhigen. »Er übergibt ihn jetzt höchstpersönlich der Polizei. Und sobald er wieder hier ist, fahren wir zurück nach Hause.«

Da begriff ich, wer der junge Mann in der Lederjacke gewesen sein musste: der Ex, vor dem Angelina nun schon seit einem Jahr mehr oder weniger auf der Flucht war und der sie mehrmals massiv bedroht hatte. Der, den sie mir gegenüber als »echten Psycho« bezeichnet hatte.

»Ins Gästezimmer«, kommandierte Lin und öffnete eine der Türen. Tobey half Angelina aufs Bett, sie rollte sich zusammen wie eine Katze. Lin riss den Schrank auf und holte eine gewaltige Bettdecke heraus, die sie über Angelina ausbreitete. Lautes Poltern auf der Treppe war zu hören, Greg kam ins Zimmer gestürzt.

Ich hatte am Abend mehrmals beobachten können, wie er mit Gästen lachte und scherzte, mit Lin ausgelassen tanzte oder Cocktails mixte. Doch mit einem Schlag wirkte er vollkommen anders. Obwohl er immer noch sein mittlerweile zerknautschtes

Designerjackett trug, konnte ich ihn mir hervorragend in einem weißen Arztkittel vorstellen.

»Was ist passiert?«, fragte er und griff nach Angelinas Hand, um ihren Puls zu fühlen.

»Vielleicht ein Schock?« Lin sah fragend zu Tobey.

»Der Dreckskerl«, wimmerte Angelina. »Der verdammte Dreckskerl lässt mich einfach nicht in Ruhe. Woher wusste er, dass ich hier bin?«

»Ihr Puls rast«, sagte Greg und wandte sich dann ernst an Angelina: »Hör mal, was ich dich jetzt frage, ist sehr wichtig: Hast du heute Abend irgendetwas genommen? Tabletten? Irgendwelche Drogen?«

Sie schüttelte den Kopf und begann wieder zu weinen. Das Bett bebte, so sehr zitterte sie.

»Lasst uns allein«, sagte er zu Lin. Sie nickte Tobey und mir zu, und wir gingen hinaus, während Greg seinen Koffer aufklappte und nach einer Spritze griff.

Lin führte uns durch die gegenüberliegende Tür in ein Zimmer, das von einem gewaltigen Schreibtisch dominiert wurde. In den Regalen vom Boden bis zur Decke drängten sich Zeitschriften und Bücher. Es gab nur zwei Stühle, die Lin Tobey und mir anbot, während sie sich selbst an den Schreibtisch lehnte, auf dem sich Berge von Notizen stapelten.

»Wusstest du, dass sie derart labil ist?«, wandte sie sich erschüttert an Tobey.

Der zögerte einen Moment. »Na ja, vor ein paar Tagen hatte sie schon mal einen Zusammenbruch. Allerdings aus einem anderen Anlass ...« Tobey mied meinen Blick. Mir war klar, dass er vom Abend unseres Glastonbury-Besuchs sprach. War das tatsächlich erst vorgestern gewesen?

»Vor ein paar Tagen? Aber das kann doch so nicht weitergehen. Selbst wenn der Kerl eine Auflage bekommt, sich ihr nicht mehr nähern zu dürfen ... Ihr tatsächliches Problem ist doch nicht der Typ. Oder seht ihr das anders?«

Es war nett von Lin, mich einzubeziehen. Doch ich fühlte mich nicht berechtigt, dazu etwas zu sagen.

Tobey hob hilflos die Schultern. »Was kann ich denn machen? Außer … außer für sie da zu sein?!« Wieder war deutlich, dass er keinesfalls in meine Richtung blicken wollte.

Lin dachte einen Moment nach. »Wende dich an ihre Familie. Sie braucht Hilfe. Das kannst du nicht allein bewältigen. Und … ehrlich gesagt ist es auch nicht deine Aufgabe.«

»Das ist es doch!«, platzte es aus Tobey heraus.

In diesem Moment waren wieder laute Schritte auf der Treppe zu hören. »Tobey?«, rief Andy.

»Ich sag ihm Bescheid«, sagte ich rasch und war schon an der Tür, froh über die Gelegenheit, diesem Gespräch zwischen Bruder und Schwester zu entkommen, ohne unhöflich zu wirken.

Ich lehnte die Tür hinter mir an und stand einem atemlosen Andy gegenüber. »Was ist passiert?«

»Sieht so aus, als wäre Angelinas Ex unerwartet hier aufgetaucht. Sie hatte so was wie einen Zusammenbruch. Gregory ist bei ihr, Dan hat sich um den Typen gekümmert«, klärte ich ihn auf. »Ist schon alles geklärt.«

»Und Tobey?«

Ich deutete hinter mich. »Spricht gerade mit Lin.«

Andy nickte und sah sich zu Joana um, deren Gesicht gerade am Treppenabsatz auftauchte.

»Alles im Lot«, rief er ihr zu.

»Auf jeden Fall«, stimmte ich ihm zu. »Ihr könnt wieder runtergehen und beruhigt weiter den Abend genießen. Wir kümmern uns um Angelina.«

Ich sah das Zögern in Andys Augen.

»Hey, es ist dein freier Abend. Genieß ihn«, sagte ich und sah ihn durchdringend an.

Da gab er sich einen kleinen Ruck. »Tja, wenn das so ist … dann … dann werd ich mal wieder!« Er deutete mit dem Kopf zur Treppe und flüsterte mir zu: »Carpe diem und so.«

Er beeilte sich, zur Treppe zu kommen, und während er die Stufen zu Joana hinunterpolterte, konnte ich ihn sagen hören: »Hey, die Nacht ist noch jung. Was hältst du davon, wenn wir noch auf einen Sprung ins *Zenobia* gehen? Da tritt heute Oliver Zen auf, die Musik von dem magst du doch so gern, oder?«

Joanas Erwiderung verstand ich nicht mehr, aber ein kleines Lächeln hatte sich auf mein Gesicht geschlichen. Mein Gefühl sagte mir deutlich, dass zwischen den beiden endlich ein Damm gebrochen war.

Für einen kurzen Moment schloss ich die Augen und wünschte ihnen von Herzen, dass sie das Beste daraus machen würden. Dass sie es nach dem ersten umwerfenden Sturm des Verliebens und näheren Kennenlernens meistern würden, auch danach beieinanderzubleiben und aus ganzem Herzen zueinanderzustehen. Dass sie Alltag und schwere Zeiten Seite an Seite würden bestehen können, wohl wissend, dass sie sich auf den anderen hundertprozentig verlassen konnten. Dass sie sich immer zugewandt bleiben würden. Dass niemand zwischen sie treten könnte.

Als bei diesem Gedanken ein leiser Schmerz in mir aufstieg, öffnete ich die Augen wieder. Unschlüssig stand ich dort in dem kleinen Flur. Aus dem Gästezimmer, in dem Gregory sich immer noch um Angelina kümmerte, war kein Ton zu hören. Doch durch die angelehnte Tür in meinem Rücken konnte ich Lins und Tobeys Stimmen hören. Offenbar sprachen sie noch über Angelina. Gerade sagte Lin: »Du kannst mir nichts vormachen, Tobey. Ich meine, hey, ich bin's, deine große Schwester. Wir haben uns nie was verschwiegen, oder?«

Wieder hörte ich nur ein Murmeln als Antwort, das Lin jedoch unterbrach: »Ja, ja, aber können wir diese beschissene Vergangenheit jetzt auch mal Vergangenheit sein lassen?«

Ich hörte, wie ein Stuhl heftig zurückgeschoben wurde und Schritte, die hin und her liefen.

Ein heißer Schreck durchfuhr mich, als mir aufging, dass sie wahrscheinlich glaubten, ich sei mit Andy und Joana hinuntergegangen. Was sie besprachen, war ganz sicher nicht für meine Ohren bestimmt.

»Die Umstände sind aber doch eine einzige Katastrophe, Lin!«, hörte ich Tobey sagen. Er schien aufgeregt.

»Lass doch mal die Umstände außen vor. Das Einzige, was mich gerade interessiert ist: Was empfindest du für sie?«

Etwas in mir sagte mir, dass es nicht nur fair Tobey gegenüber, sondern auch besser für mich sei, wenn ich mich einfach umdrehen und leise verschwinden würde. Doch ich war wie gelähmt, während ich auf den schmalen Spalt starrte, durch den das Licht dort drinnen in den dunklen Flur fiel. Mein Herz raste. Ich musste mich zwingen, leise und langsam zu atmen.

Warum sagt er nichts?, fragte ich mich. *Warum antwortet er nicht gleich? Ist er etwa nicht sicher, welche Gefühle er heute noch für seine große Liebe von damals, für Angelina, hegt?*

Ein paar Sekunden lang, in denen sich das Schweigen dort drinnen zu einer für mich unerträglichen Länge ausdehnte, spross gleichzeitig mit rasender Geschwindigkeit ein winziger Keim an Hoffnung in mir.

Ich konnte nichts dagegen tun. Obwohl ich wusste, dass dieses zarte Pflänzchen es nur noch tausend Mal schlimmer machen würde.

Und dann hörte ich ihn leise sagen: »Lin, ich glaube, das weißt du sehr gut. Was ich für sie empfinde? So viel. Irgendwie alles. Mehr, als ich jemals für eine andere empfunden habe.«

Mir stockte der Atem.

Und etwas Seltsames geschah. Es fühlte sich an, als würde mein Innerstes nach außen gestülpt werden. Durch Tobeys Worte zog in meinem Körper eine Eiseskälte herauf, die alle Gefühle in mir erstarren ließ. Gleichzeitig aber setzte ein plötzlicher Fluchtimpuls ein.

Auf Zehenspitzen schlich ich hinüber zur Treppe und ging leise hinunter. Ich hatte gehört, was ich hören musste. Und es war ganz und gar nicht das, was ich still für mich gehofft hatte, ohne es vor mir selbst richtig zugeben zu wollen. Aber war es nicht besser so? Ganz deutlich und klar zu wissen, wie es um sein Herz stand?

Tobey

Die Partynacht hatte mir klargemacht, dass – wenn ich schon so etwas wie Verantwortung für Angelina empfand – ich etwas unternehmen musste. Andernfalls würde sie sich täglich mehr an mich klammern, so wie es jetzt schon geschah. Und wohin würde uns das führen?

Wahrscheinlich an einen Ort, von dem ich vier Jahre lang geträumt und an den ich mich heimlich gesehnt hatte, von dem mir aber nun klar war, dass ich dort nicht mehr hinwollte.

Also machte ich mich noch in der Nacht der Party, nachdem June, Dan und ich in die Wohnung zurückgekehrt waren, via Internet auf die Suche nach Angelinas Familie in Wales. Am nächsten Morgen, während Angelina in Lins Gästebett in Notting Hill noch die Wirkung des Beruhigungsmittels ausschlief, das Greg ihr gespritzt hatte, rief ich ihre Eltern an. Angelinas Vater reagierte zunächst erschrocken, dann bestürzt, schließlich nachdenklich auf das, was ich ihm erzählte und vorschlug. Und letztendlich wurden wir uns einig.

Nachmittags schickte ich Samuel zu Lins Haus, um Angelina abzuholen.

Sie erschien in einer Jogginghose und einem schlabberigen T-Shirt von Lin und wirkte ausgesprochen beschämt.

»Oh Mann, der ganze Wirbel tut mir wirklich wahnsinnig leid, Tobey!«, sagte sie und rang die Hände. »Schätze mal, wenn ich vorher nicht so viel getrunken hätte, wär ich nicht so durchgedreht, als Alan aufgetaucht ist. Habt ihr …? Ist er …?«

»Lin hat zugestimmt, ihn wegen Hausfriedensbruch anzuzeigen. Das wird ihm den Rest geben. Gott sei Dank war er so hirnrissig, schon an der Eingangstür nach dir zu fragen und dabei wüste Beschimpfungen und Drohungen auszustoßen. Zeugen gibt's genug. Dan meint, die Verfügung, dass er sich dir nicht mehr nähern darf, wird wahrscheinlich schon in den nächsten Tagen ausgesprochen.«

»Oh Gott, danke!« Sie ließ sich auf ihr Bett sinken. »Wie kann ich das wiedergutmachen?«

Das war ein guter Aufhänger, fand ich. »Indem du mir nicht den Kopf abreißt«, begann ich vorsichtig.

Sie sah mich fragend an. Auch ungeschminkt und mit zerzausten Haaren war sie eine wahre Schönheit. Ich konnte immer noch verstehen, wieso sich die Männer um sie rissen und wieso auch Patrick sie nicht hatte loslassen wollen.

»Ich habe heute Morgen mit deinem Vater telefoniert«, erklärte ich ihr.

»Mit Dad?!« Sie sprang auf. Doch offenbar wurde ihr ein wenig schwindelig, denn sie ließ sich sofort wieder fallen. »Was hast du ...? Wieso ...?«

»Er wird morgen Mittag hier ankommen.«

»Aber ...«

»Bitte, Angelina!«

Sie starrte mich einen Moment lang wild an, dann nickte sie mit zusammengepressten Lippen.

»Bitte verzeih mir, dass ich mich eingemischt habe«, fuhr ich fort. »Aber irgendwie ist auch mir gestern wieder klar geworden, wie wichtig es ist, dass die Menschen, die uns nahestehen, von unseren Nöten und Sorgen wissen. Ich fand einfach, es sei an der Zeit, dass ihr miteinander sprecht.«

Angelina war blass geworden. Sie öffnete ihren Mund mehrmals und schloss ihn wieder. Schließlich schüttelte sie den Kopf.

»Du hast ihm doch nichts erzählt? Von uns?«, hauchte sie.

»Nein«, beruhigte ich sie. »Aber ehrlich gesagt, ich glaube, dass er es auch so schon weiß.«

Sie starrte einen Moment fassungslos vor sich hin, dann legte sie die Hände ans Gesicht und begann zu weinen.

»Hey«, sagte ich, setzte mich zu ihr und legte den Arm um

ihre Schultern. »Hey, hey, es ist alles gut. Hab keine Angst. Er freut sich sehr, dich zu sehen, und ich glaube, er hofft, dass er dich mitnehmen kann. Natürlich nicht komplett und auf Dauer zurück nach Wales«, setzte ich rasch hinzu, als Angelina sich in meinem Arm versteifte. »Eher ... zurück in die Familie. Er liebt dich, Angelina. Deine ganze Familie liebt dich.«

Sie brauchte eine ganze Weile, ehe sie sich wieder beruhigt hatte. Als ihr Schluchzen nachließ, wollte ich mich vorsichtig zurückziehen, doch sie hielt mich fest.

»Kannst du dabei sein, wenn wir miteinander sprechen?«, bat sie mit bebender Stimme. Ich zögerte. »Bitte! Ich schaff es sonst nicht!«

»In Ordnung. Ich werde da sein«, versprach ich ihr.

Da wurde sie schlagartig ruhiger. Sie kuschelte sich in meine Armbeuge und lehnte das Gesicht an meine Brust.

Diese Geste, in der noch so viel mehr lag als nur die Suche nach momentanem Trost, machte mir deutlich, dass ich genau das Richtige getan hatte. Es wurde höchste Zeit.

Nachdem ich für Angelina alles mir Mögliche getan hatte, konnte ich mich endlich darauf konzentrieren, was mir selbst Kopf und Herz so sehr verwirrte.

Ich hatte keine Ahnung, dass Lin mit ihren feinen Schwesterantennen die Verbindung zwischen June und mir bereits wahrgenommen hatte, bevor ich selbst kapierte, was geschah. Doch dann hatte sie es mir plötzlich auf den Kopf zugesagt. Und wozu haben wir denn Menschen, die uns nahestehen? Wozu haben wir Freunde und eine Familie? Doch wohl, um ihnen unser Innerstes anzuvertrauen und uns selbst in den Gesprächen mit ihnen klar zu werden über das, was unser Leben ausmacht.

Gerade noch hatten wir in Lins Arbeitszimmer etwas ratlos über Angelina und deren Zusammenbruch gesprochen. Doch als June den Raum verlassen hatte, hatte Lin plötzlich gefragt: »Was ist passiert zwischen June und dir?«

Leugnen wäre zwecklos gewesen, selbst wenn ich es gewollt hätte. Aber ich wollte gar nicht mehr. Im Gegenteil. In dem Augenblick, in dem ich es aussprach, in dem ich in klare, einfache Worte fasste, was ich für June empfand, wollte ich es am liebsten der ganzen Welt offenbaren, an erster Stelle natürlich June selbst.

Doch mir war klar, dass sie mich wahrscheinlich mit ihren schönen braunen Augen bedauernd ansehen und dann erklären würde, was alles dagegensprach, dass wir miteinander glücklich werden könnten.

Da war Morris. Der geborene Leader und Hundefachmann, der über alle Probleme, die ich mit Millie gehabt hatte und jemals haben würde, nur lachen würde. Und selbst wenn die Beziehung zwischen ihnen sich womöglich abgekühlt hatte, was ihre Begrüßung und das kurze Gespräch bei unserem Besuch in Glastonbury vermuten ließen, hieß das noch lange nicht, dass June einen Typen wie mich an seiner Stelle lieben könnte.

Ich war fast zehn Jahre jünger als sie. Und sie hatte mir in der Nacht vor ihrem überstürzten Aufbruch neulich deutlich zu verstehen gegeben, was sie von Popstar-Freaks hielt, die durchs Leben tingelten und ihre Pflichten gegenüber ihren Schutzbefohlenen vernachlässigten.

Wenn sie also schon jemand anderen als Morris in ihr Leben lassen wollte, wäre das dann nicht eher einer, der nicht nur mehr Jahre und ergrauende Schläfen, sondern auch Erfahrung und Gelassenheit mitbrachte? Jemand wie … Dan? Dieser Gedanke setzte mir seit der Partynacht mehr und mehr zu.

Und plötzlich fiel mir auf, dass June mir auswich. Zum ersten Mal machte ich mich für den langen Nachmittagsspaziergang mit Millie fertig, ohne dass June Anstalten machte, uns zu begleiten.

Ihre schlanke Gestalt an meiner Seite gehörte für mich auf

unseren immer ausgedehnteren Runden durch den Park, die Seitenstraßen und weitere Parks jedoch ebenso dazu wie Millies honigbraunes Hinterteil, das vor uns her trabte. Ich kam mir geradezu amputiert vor, als ich allein mit Andy und Millie unsere Runde lief.

»Was ist mit June?«, wollte auch Andy wissen. »Die lässt sich doch sonst nicht von so'm bisschen Nieselregen abschrecken.«

»Vielleicht steckt ihr die Party noch in den Knochen«, erwiderte ich und war mir der vielfältigen Bedeutungen meiner eigenen Worte wohl bewusst. Andy schien sich jedoch nichts dabei zu denken.

»Ah ja, die Party, klar.« Dann wurde sein Blick glasig.

Natürlich war uns allen aufgefallen, dass Joana und er heute Morgen gemeinsam aufgetaucht waren. Die Art und Weise, wie sie kaum miteinander sprachen, erzählte ebenso viel wie die tiefen Blicke, die sie stattdessen immer wieder tauschten. Junes Taktik hatte also offensichtlich Erfolg gehabt.

Ich freute mich über Andys seliges Grinsen. Dennoch war mir nicht danach zumute, ihn fröhlich aufzuziehen. Junes deutlicher Rückzug beschäftigte mich viel zu sehr.

Nach der Begegnung mit Morris und Junes Worten zu dem Wunsch nach einem Neubeginn hatte auch ich mich ein wenig zurückgehalten. Doch das gestrige Gespräch mit Lin hatte mir klargemacht: Ich konnte nicht einfach hinnehmen, was ich für gesetzt hielt. Nicht, nachdem mir so deutlich geworden war, dass ich für June mehr empfand als für irgendeine andere Frau.

Ich wusste, dass auch sie für mich Gefühle hatte. So wie sie sich an mich geschmiegt hatte in meinem Bett. Wie sie mich geküsst und im Arm gehalten hatte. Das konnte nicht einfach nur ein kurzes, vorübergehendes Begehren gewesen sein.

Ich wusste, ich musste …

***

»Ich muss mir dir reden, June«, sagte ich, als wir zurück in der Wohnung waren. June stand an der Terrassentür und sah hinaus in den leichten Regen, der einen grauen Schleier über die Stadt legte. »Natürlich.« Sie wandte sich zu mir um. »Worum geht's? – Hallo, Kleine!« Millie war zu ihr getrabt, und June beugte sich hinunter, um sie zu begrüßen.

Ich holte tief Luft. Wie um Himmels willen sollte ich bloß anfangen? Ich sagte das Erste, das mir in den Sinn kam: »Du … du wolltest wohl gerade nicht mit uns 'ne kleine Runde drehen?«

Als sie mich ansah, schien es mir, als hätte sich hinter ihre Augen eine unsichtbare Mauer gezogen, die mir den Eintritt in ihre sonst so offensichtliche Gefühlswelt verwehrte. »Findest du, dass ich meinen Job nicht ordentlich mache?«, fragte sie offen.

Verdammt. Ich hatte es offenbar völlig falsch angefangen.

»Nein. Nein, überhaupt nicht«, wehrte ich rasch ab. »Ich meine, ich weiß ja, dass ich zunehmend üben muss, auch ohne deine Begleitung auszukommen und …« Oh Gott, das lief in die völlig falsche Richtung.

»Aber?«, erkundigte June sich prompt.

Letzte Chance!, sagte ich mir selbst. *Mach ihr klar, worum es dir hier wirklich geht. Sie ist nämlich auf dem komplett falschen Dampfer!* »Es ist so viel schöner, wenn du dabei bist!«, platzte ich heraus.

Junes Gesichtszüge entglitten ihr in einem Moment der totalen Verblüffung. Sie starrte mich an, als müsste sie tatsächlich um Fassung ringen.

Dann hatte sie sich wieder unter Kontrolle. »Ach, so ist das«, antwortete sie in einem amüsierten Tonfall. »Es geht dabei eher um deine Unterhaltung. Dann komme ich natürlich gern wieder mit. Obwohl du ja wissen müsstest, dass ich dafür nicht angestellt wurde.«

Wie sollte ich gegen so eine Scherz-Offensive ankommen?

»June, ganz im Ernst …«, wagte ich einen kleinen Vorstoß,

doch sie unterbrach mich: »Mach dir keine Gedanken, Tobey. Millie und du, ihr seid auf einem wirklich guten Weg zueinander. Wenn wir den letzten großen Knackpunkt geschafft haben, wüsste ich nicht, was euch noch Probleme machen sollte. Und ich bin zuversichtlich, dass alles gut gehen wird.«

»Knackpunkt?«, wiederholte ich.

»Das Radiokonzert am Mittwoch?«, sagte sie, als würde es sie erstaunen, dass mir das nicht sofort klar war. »Das könnte für Millie schwierig sein. Sie orientiert sich mittlerweile sehr an dir. Und wenn du selbst derart aufgeregt bist ...«

»Wer sagt denn, dass ich aufgeregt sein werde?«, fiel ich ihr ins Wort.

Sie runzelte die Stirn. »Davon bin ich ausgegangen. Natürlich nicht wegen des Konzerts selbst. Musik zu machen ist dein Ding, da brauchst du ja wirklich nicht nervös zu sein. Aber schließlich werden dort sehr viele Menschen sein – auch wenn es nur eine für dich verhältnismäßig kleine Veranstaltung ist. Du hast doch selbst gesagt, dass dir Menschenmengen Probleme machen. Und ganz besonders Konzertsituationen. Wahrscheinlich, weil dich das am meisten an damals erinnert, oder? Jedenfalls meinte das Dan.«

»Ach so, das meint Dan?«, erwiderte ich, ohne auch nur eine Sekunde nachzudenken. Den scharfen Unterton in meiner Stimme konnte ich selbst hören. Ich klang unausstehlich.

June blinzelte verwirrt. »Ja.« Ihre braunen Augen betrachteten mich prüfend, als wüsste sie plötzlich nicht mehr, wen sie da vor sich hatte.

Wir waren in einer Sackgasse gelandet.

»Okay«, sagte sie schließlich. »Okay. Also, wir machen es so: Die Spaziergänge allein mit Millie scheinen ja kein Problem zu sein. Ich werde also wieder bei jedem Gang mitkommen, und wir nutzen die gemeinsame Zeit zum Üben von anderen Dingen. Das Apportieren hier drinnen und auf der Terrasse klappt ja schon super. Sie hat jede Menge Spaß dran. Aber es ist ein Klacks für sie – von Auslastung kann man da nicht wirklich sprechen. Ich denke, wir werden es ab morgen einfach mal draußen versuchen und feststellen, wie es klappt. Einverstanden?«

Ich konnte nicht fassen, dass wir plötzlich über das Apportiertraining sprachen.

»June, ich ... das ... das war echt nicht das, was ich eigentlich sagen wollte«, stammelte ich.

»Was wolltest du denn sagen?«, fragte sie.

Ich liebe dich.

Ich kenne dich erst seit drei Wochen, aber ich will nicht, dass du je wieder fortgehst.

Ich hab keine Ahnung, wie das gehen soll, aber ich will dich nicht verlieren.

»Tobey, hast du ... oh, entschuldigt, ich wollte euch nicht stören.« Im Durchgang zum Flur war Angelina aufgetaucht. Inzwischen hatte sie die von Lin ausgeliehenen Sachen gegen ihre eigenen eingetauscht, ihre Haare frisch frisiert und sich geschminkt.

»Du störst nicht«, sagte June freundlich und strich Millie noch einmal über den Rücken, bevor sie Angelina entgegenging. »Ich wollte sowieso gerade in meinem Zimmer telefonieren. Morris hat versucht, mich zu erreichen. Vielleicht gibt's irgendwas im Hundezentrum zu entscheiden.«

Damit nickte sie Angelina und mir noch einmal zu. Ich sah ihr nach. Ihr elastischer Gang in den Jeans und Turnschuhen, die sie so gerne trug. Ihre zerzausten Haare, von denen ich wusste, dass sie unendlich weich waren, wenn man mit den Fingern hindurchglitt.

Wenn ich vorgehabt hatte, mit ihr ein ehrliches, offenes Gespräch über meine Gefühle und die entsetzlich geringen Chancen ihrer Erwiderung zu führen, musste ich mir leider eingestehen, dass ich es vollkommen und total vergeigt hatte.

Samuel brachte Angelinas Vater am späten Vormittag des nächsten Tages zu uns. Angelina und ich hatten gemeinsam im Wohnraum auf seine Ankunft gewartet, während June mit Millie einen großen Spaziergang durchs Viertel machen oder mit dem Bus zum St. James Park fahren wollte.

Ich hatte Mr. Prixton vor vier Jahren zum ersten und letzten Mal auf Patricks Beerdigung gesehen. Trotz seines fortgeschrittenen Alters wirkte er sehr lebendig. Er war ein mittelgroßer Mann mit gutmütigen Gesichtszügen und gewaltigem Bauch, dessen große blaue Augen ebenso leuchteten wie Angelinas. Sein ganzes Auftreten wirkte freundlich und sanft.

Angelina schluchzte auf, als sie ihn sah, und warf sich in seine Arme. Und daran, wie er sie festhielt und ihr mit einer Hand wieder und wieder zärtlich übers Haar strich, wurde mir klar, dass ich zumindest in dieser Hinsicht etwas richtig gemacht hatte.

Samuel nickte mir kurz zu und verschwand rasch wieder. Ich konnte ihn verstehen. Mir wäre es auch lieber gewesen, wenn ich die beiden hätte allein lassen können. Denn obwohl ich mich bemühte, nicht zu ihnen hinzusehen, kam ich mir wie ein Eindringling vor. Doch da ich Angelina versprochen hatte, bei dem Gespräch mit ihrem Vater dabei zu sein, blieb ich im Raum.

Mr. Prixton murmelte Angelina ein paar Dinge ins Ohr und drückte sie immer wieder an sich. Schließlich ließen sie einander los, und Mr. Prixton nahm auch mich wahr.

Er streckte mir die Hand entgegen, immer noch sichtlich aufgewühlt von der Begegnung mit seiner Tochter. »Mr. Lambert, wie gut, Sie unter solch erfreulichen Umständen wiederzusehen«, sagte er.

»Dad!«, jammerte Angelina auf, während sie sich vergeblich das Gesicht wischte. »Wir haben uns seit fast einem Jahr nicht gesehen. Ich heule hier Rotz und Wasser. Gerade erst hatte ich einen Nervenzusammenbruch, weil ein durchgeknallter Ex mich durch die ganze Stadt verfolgt. Tobey versinkt gerade vor

Scham fast im Boden. Und du findest, dass das ›erfreuliche Umstände‹ sind?«

Ihr Vater sah sie einen Moment lang verdutzt an. Dann lächelte er. »An all das hab ich gar nicht gedacht, als ich das sagte. Ich dachte nur daran, dass ich dich endlich wieder mal im Arm halten durfte.«

Angelina weinte erneut los.

Hinter ihnen wurde die Tür geöffnet, und meine Bandkumpels Rob und Graham kamen herein, offenbar gerade in ein Gespräch vertieft. Als sie uns so da stehen sahen, die schluchzende Angelina an ihren Vater gelehnt, zuckten sie regelrecht zusammen. Langsam gewann ich den Eindruck, dass Berufsmusiker echte Weicheier sein können, wenn es um wahre Gefühle geht. Und mir kam der Verdacht, dass auch ich da keine Ausnahme bilde.

»Geht schon mal in den Probenraum, ich komme nach.« Ich winkte sie weiter. So schnell wie heute hatte ich die beiden noch nie an ihrem Arbeitsplatz verschwinden sehen.

»Am besten gehen wir in eines der Besprechungszimmer. Da wird uns niemand stören«, schlug ich vor und deutete den Gang entlang.

»Das ist sehr freundlich, Mr. Lambert. Vielleicht dürften Angelina und ich uns für eine Weile dorthin zurückziehen?« Er sah sie lächelnd an. »Scheint so, als hätten wir ein bisschen was aufzuholen.«

Er wandte sich um und wollte ihr vorausgehen, doch Angelina zögerte und warf mir einen raschen Blick zu.

»Ähm …«, machte ich. In ihren Augen stand nämlich plötzlich nackte Panik.

»Angie?« Mr. Prixton hielt inne und sah seine Tochter mit so viel Liebe und Fürsorge an, dass ich plötzlich zum ersten Mal verstehen konnte, wieso Angelina ihren Eltern nichts von uns hatte erzählen wollen. Oder können. Sie holte tief Luft. »Ich weiß nicht, Dad. Ich dachte, es ist vielleicht besser … leichter ... wenn Tobey ...« Sie brach ab und sah mich hilfesuchend an.

»Wenn ich dabei wäre«, vollendete ich ihren Satz.

Mr. Prixton nickte. Seine Stirn war kummervoll gerunzelt. »Ich verstehe.« Doch dann wandte er sich ausschließlich an Angelina. »Du bist meine einzige Tochter, Angie. Deine Mutter und ich, wir lieben dich und deinen Bruder mehr als unser Leben. Es gibt nichts, glaub mir, wirklich nichts, was daran etwas ändern könnte. Egal, was du mir sagen willst.«

Ein paar Sekunden lang schien Angelina gar nicht mehr zu atmen. Sie stand einfach nur da und blickte ihren Vater an. Dann murmelte sie: »Oh Dad, ich hätte euch längst alles erzählen sollen ...«

In diesem Moment streckte Steven seinen Kopf aus dem Büro. Das Telefon am Ohr und wie immer vollkommen unempfindlich gegen die Belange Dritter, und seien es weinende Frauen, die mitten im Flur ihrem Vater gegenüberstanden, rief er: »Tobey, hast du mal gerade eine Minute?«, und verschwand wieder.

Wie hatte June das hier genannt? Taubenschlag?

Ich blickte Angelina fragend an. Sie nickte und nahm die Hand ihres Vaters. »Komm, Dad, vielleicht gehen wir besser aus der Schusslinie.«

Als sich die Tür des Besprechungszimmers hinter ihnen schloss, konnte ich ein erleichtertes Aufseufzen nicht unterdrücken. Das anstehende Gespräch, das nun Gott sei Dank ohne mich stattfand, hatte nicht gerade weit oben auf der Liste der Dinge gestanden, die mich mit Vorfreude erfüllten.

Ich ging zu Steven, gab mein Einverständnis zu einer Benefiz-Gala kurz vor Weihnachten, bei der Prominente nicht nur auftreten, sondern auch an den Telefonen mit den Spendenanrufern sprechen sollten, und stand wenige Minuten später schon wieder im Wohnraum.

Ich sah auf die Uhr und stellte fest, dass June ungefähr seit einer halben Stunde mit Millie draußen unterwegs sein musste. Und plötzlich wünschte ich mir beinahe schmerzlich, bei ihnen sein zu können.

Ich stellte mir vor, wie sie nebeneinander die Straßen entlanggingen, in einen der vielen kleinen Parks einbogen, um dort eine Runde Apportieren zu trainieren. Oder wie sie miteinander in den Bus stiegen. Wie sie am St. James's Park jeder Menge anderer Hunde begegnen würden. Seit sie Heaven, Bo und Cassandra kennengelernt und einen Tag mit ihnen verbracht hatte, war Millie ganz verrückt auf Hundekontakt. Ich würde mir etwas einfallen lassen müssen, damit sie regelmäßig mit Artgenossen würde spielen können.

So in Gedanken versunken stand ich eine ganze Weile an der Fensterfront und sah über die Stadt.

Bis irgendwann auf dem Flur eine Tür klappte.

Als ich mich umwandte, erschien dort Mr. Prixton. Er hatte die Hände ineinander verschränkt und kam zu mir herüber.

Sein Gesicht wirkte immer noch freundlich und warmherzig. In seinen Zügen konnte ich keinerlei Vorwurf oder gar Streitlust entdecken.

Da ich ihm das erste Wort überlassen wollte, wandte ich mich wieder um. Er stellte sich neben mich und sah ebenfalls hinaus über die Dächer und Bäume, den Fluss mit seinen Brücken. Und dann sagte er: »Danke.«

Mit allem hatte ich gerechnet. Mit Small Talk ebenso wie mit einem ernsten Gespräch über die Vergangenheit oder Angelinas momentanen Zustand. Aber nicht mit diesem einen Wort.

Obwohl ich ihn nicht ansah, konnte er mein Erstaunen wohl spüren, denn er setzte hinzu: »Danke, dass Sie uns angerufen haben.« Kein Wort zu Patrick. Kein Wort darüber, dass mancher Schicksalsschlag als Strafe für verratene Freundschaft und Betrug betrachtet werden könnte. Nichts von dem, was ich mir selbst doch schon tausend Mal gesagt hatte. »Wissen Sie, Mr. Lambert, ich bin jetzt zweiundsiebzig Jahre alt. Angelinas Bruder ist zwölf Jahre älter als sie. Meine Frau und ich konnten unser Glück kaum fassen, als wir in späten Jahren doch noch mit der kleinen Tochter beschenkt wurden, die wir uns so gewünscht hatten. Ich dachte immer, wir hätten alles richtig gemacht. Sie verwöhnt und geliebt, ihr aber natürlich auch Regeln beigebracht und sie durch alle Phasen ihres Lebens begleitet. Sie war das glücklichste Mädchen, das man sich nur denken kann. Immer hat sie gelacht und gestrahlt, gesungen und getanzt. Wir hatten ein ganz wunderbares Verhältnis. Aber nach Patricks Tod änderte sich alles. Sie wollte nicht mehr mit uns zusammen sein. Sie wollte keine Besuche und kam auch selbst immer seltener nach Hause zu uns. Ja, sie wollte kaum noch mit uns sprechen. Nicht mal mit ihrem Bruder – obwohl Rupert sonst ihr Ein und Alles war. Und da habe ich zum ersten Mal gedacht, dass ich etwas falsch gemacht haben musste. Vielleicht sogar alles. Meine Frau und ich, wir haben doch gespürt, dass es nicht nur die Trauer um Patrick war, die Angelina so verändert hatte. Aber wir hatten einfach nicht den Mut...« Er brach ab und schüttelte den Kopf. »Wenn ich mir vorstelle ... durch unsere eigene Dummheit und unser Zögern hätten wir sie beinahe verloren.«

Ich sah ihn an. In seinen Augen mit den faltigen Lidern schimmerten Tränen. Und bestürzt fragte ich mich, wie viele Menschen sich bei allem, was nach Patricks Tod geschehen war, denn noch schuldig fühlen sollten.

»Angelina möchte gerne mit Ihnen sprechen«, sagte er und räusperte sich.

Ich nickte und ging durch den Wohnraum in den Flur und klopfte an die Tür des hinteren Besprechungszimmers.

»Komm rein!« Als ich hereinkam, sprang Angelina vom Sessel auf. Sie lächelte, und es war, als hätte jemand eine Lichtquelle im Raum eingeschaltet. Zum ersten Mal, seit sie vor zehn Tagen zu mir gekommen war, wirkte sie entspannt und gelöst, so wie ich sie von früher kannte.

»Wie war es?«, erkundigte ich mich.

»Ach, Tobey, ich war so dumm!«, antwortete sie und schüttelte den Kopf. »Ich hätte ihnen einfach vertrauen sollen. So wie ich es früher immer getan habe.«

»Ich glaube nicht, dass es daran lag, dass du dumm warst«, wagte ich zu erwidern. »Du hast einfach geglaubt, dass du es nicht mehr verdienst, ihnen vertrauen zu *dürfen*.«

»Du kennst mich immer noch so gut. Besser als jeder andere Mann, dem ich begegnet bin«, sagte sie.

»Mit Ausnahme von deinem Vater«, widersprach ich ihr schnell. »Er ist ein wirklich toller Dad.«

Wieder lächelte sie breit. »Ja, das ist er. Stell dir vor, er hat vorgeschlagen, dass er noch ein paar Tage in der Stadt bleiben könnte. Er meinte, er will mal sehen, wo ich mich so überall herumtreibe, will mich im Club singen hören und so. Und er schlägt vor, dass ich in seinem Hotel wohnen könnte, Tür an Tür sozusagen.«

»Er ist herzlich willkommen, auch hier zu wohnen«, sagte ich.

»Das ist sehr nett von dir, Tobey, aber das würde er nie annehmen. Obwohl er unsagbar lieb ist, hat er auch seinen Stolz.«

Ich fand, dass Mr. Prixton dadurch nur noch mehr Respekt verdient hatte. »Wie ihr wollt. Vielleicht wäre es wirklich schön für euch, nah beieinander zu sein.«

Sie nickte und wirkte plötzlich unsicher. »Am Wochenende will Dad dann wieder nach Hause. Und er hat mich gefragt, ob ich mitfahren will.«

»Und was hast du gesagt?«

»Na ja, weißt du, irgendwie hat es mich selbst verwundert, aber als ich so in mich hineingehorcht habe ... ja, ich möchte gern mitfahren. Ich möchte ... nein, ich muss Ma und Rupert sehen!«

»Das klingt nach einem tollen Plan!«

»Wirklich?«

»Aber natürlich! Das sind tolle Nachrichten, Angelina!«, freute ich mich für sie. »Ist doch super, dass du ein paar Tage mit deinem Dad hier in London hast und dann deine Ma und deinen Bruder wiedersiehst.«

»Ruperts Freundin Mary ist schwanger«, schoss es aus Angelina heraus, als könnte sie es nicht länger für sich behalten. »Ich werd Tante!«

»Cool! Das ist ja ... wow! Tante Angelina!«

Sie strahlte. »Ja, sie wollen jetzt noch schnell heiraten, bevor dann das ... ähm ... Fünf-Monats-Kind kommt. Und Rupert wünscht sich, dass ich auf der Hochzeit singe. Das hat er schon früher immer gesagt.«

»Ich freue mich sehr für dich, Angelina!«, sagte ich aus ganzem Herzen. Wenn ich daran dachte, was für ein Häuflein Elend vor zehn Tagen hier vor meiner Tür gestanden hatte – welch eine Verwandlung! Einzig und allein durch das Geschenk der Liebe.

Sie sah mich prüfend an. »Tobey, ist dir klar, was das bedeutet? Ich werde wahrscheinlich nicht nur kurz weg sein. Wahrscheinlich werde ich für eine ganze Weile wieder nach Wales gehen. Es gibt da eine freie Chorleiterstelle im Nachbarbezirk und ... na ja.«

»Das klingt wunderbar. Ich freu mich für dich!«, unterbrach ich sie, nahm ihre Hände und sah ihr direkt in die Augen.

»Ich werde vielleicht nicht wiederkommen«, sagte sie leise und forschte in meinem Gesicht nach der Reaktion, die sie vielleicht erhoffte, vielleicht aber auch fürchtete.

Auch ich horchte in mich hinein. Und fand dort nichts weiter als freudiges Mitgefühl für einen wertvollen Menschen, der Schlimmes erlebt hatte. »Ich glaube, du tust genau das Richtige«, erwiderte ich. »Du wirst deinen eigenen Weg gehen. Und das ist gut so.«

Sie schluckte. »Ich hab mir schon fast gedacht, dass du so etwas sagst.«

Sie wollte ihre Hände zurückziehen, doch ich hielt sie fest. »Ich habe dich wirklich geliebt, Angelina. Ich möchte, dass du das weißt. Lange Zeit. Und wenn das mit Patrick nicht passiert wäre …«

Wir sahen uns an. Ihre Augen verdunkelten sich für einen Moment. »Es *ist* aber passiert«, sagte sie.

Ich nickte. Sie hatte recht. Was brachte es, das *Was-wäre-Wenn* immer und immer zu wiederholen?

Angelina räusperte ein paar Tränen weg, genau wie es gerade noch ihr Vater getan hatte. »Ich wäre gern trotzdem übermorgen beim Radiokonzert dabei. Ist das okay? Mit Dad zusammen?«

»Natürlich. Ich sage Steven, dass er euch auf die Gästeliste setzen lassen soll. Ihr seid beide herzlich willkommen.«

»Aber nicht mehr aus tiefstem, einzigem Herzen. Nicht mehr auf diese ganz besondere Art«, murmelte Angelina. Sie hob die Augen zu mir, und ich konnte in ihr immer noch die Frau sehen, die ich damals geliebt hatte. Damals, bevor ich selbst ein anderer geworden war.

»Nein«, antwortete ich ihr leise. »Nicht mehr auf diese Art.«

Und ich wusste, dass das die Wahrheit war. Vielleicht wäre es anders gekommen, hätte nicht vor mehr als drei Wochen ein Paparazzo eine kleine Hündin angefahren. Doch da es nun einmal so gewesen war, da ich nun einmal June kennengelernt hatte und so viel für sie empfand, wäre alles andere eine Lüge gewesen.

Angelina hatte es richtig gesagt: Es war passiert.

June

Während meiner beiden letzten Tage in London war Tobey sehr mit den Proben für das Radiokonzert beschäftigt, das am Mittwochabend stattfinden sollte. Doch zu jedem Spaziergang mit Millie stand er pünktlich parat. Wenn es regnete, waren wir meist schnell wieder in der Wohnung. Millie hasste es, nass zu werden. Und wenn es zu arg prasselte, duckte sie sich, als wollte sie versuchen, unter den Regentropfen hindurchzuschlüpfen. Dann mussten wir uns immer zusammenreißen, um nicht über sie zu lachen – denn wie alle intelligenten Tiere hatte sie feine Antennen dafür, ob man sie an- oder auslachte, und nahm Letzteres durchaus übel.

Aber wann immer es trocken war, nutzten wir die gemeinsamen Gänge, um mit Millie das Apportieren zu trainieren, nun auch in Kombination mit Verstecken, die sie erst ausfindig machen musste. Sie liebte diese Art der Beschäftigung, und auch Tobey hatte Spaß daran. Ganz nebenbei konnten wir dabei den Gehorsam auf Distanz üben, und die beiden lernten spielend die Regeln dafür. Für eine Hundetrainerin waren sie ein echtes Dreamteam.

Auch das Aufzugfahren hatten wir noch einmal in Angriff genommen. Und obwohl es Millie dabei ganz offensichtlich alles andere als wohl war, ließ sie sich nun vertrauensvoll von Tobey in das schwankende Monster führen, um die Fahrt in den achten Stock an seine Beine gepresst möglichst rasch hinter sich zu bringen. Damit war zumindest von Millies Seite das letzte große Hindernis auf dem Weg zu einem unkomplizierten Alltag der beiden beseitigt. Offenbar gab es für eine Hundetrainerin hier nicht mehr viel zu tun.

Und dann war er da, mein letzter Tag in London. Morgen Mittag würde ich im Bahnhof Paddington in den Zug nach Bath steigen, um dort von Nicole in Empfang genommen zu werden.

Morris hatte sich angeboten, mich abzuholen. Doch ich fand es besser, mich jetzt schon mal daran zu gewöhnen, ihn nicht mehr allzu oft um mich zu haben.

Acht gemeinsame Jahren hatten etwas Besseres verdient, als am Telefon beendet zu werden, und ich hatte ihm die ganze Zeit über nicht meine Gefühle offenbart. Doch auch Morris schien sich mit Gedanken an den Abschied zu beschäftigen. Seit wir uns bei meinem Blitzbesuch in Glastonbury gesehen hatten, hatten wir nur ein einziges Mal kurz telefoniert. Und zwar, weil er wissen wollte, ob er die Anfrage zu einem Auswärtsseminar im Frühjahr nächsten Jahres für mich annehmen sollte.

Es handelte sich um ein Seminar, das im Zweifelsfall auch er selbst hätte übernehmen können. Doch dass er mich danach fragte, zeigte mir, dass er nicht damit rechnete, dann noch auf meiner kleinen Farm und im Team des Hundezentrums zu sein.

Ab Mittag würde Tobey mit den Vorbereitungen für das Konzert beschäftigt sein. Aber schon seit den frühen Morgenstunden war es heute noch ein wenig hektischer in der Wohnung als sonst. Daher zogen wir uns am Vormittag mit Millie in das hintere Besprechungszimmer zurück.

Wir wollten noch ein letztes Mal gemeinsam den Verband über der geschienten Pfote wechseln. Die Tierärztin, die Millie in der Klinik operiert hatte, hatte zugestimmt, zu einer abschließenden Untersuchung einen Hausbesuch zu machen. Sie kam allein, erzählte jedoch, sämtliche Assistentinnen der Praxis seien bereit gewesen, für die Chance zum Mitfahren ihre Seele zu verkaufen.

Tobey wirkte deswegen ein wenig verlegen. Und ich erinnerte mich daran, dass ich ihn anfangs wegen genau solcher

Momente für grundsätzlich schüchtern gehalten hatte. Allerdings konnte er es sich heute nicht leisten, allzu lange in dieser Haltung zu verharren. Millie misstraute der Ärztin und wollte nicht einsehen, wieso diese fremde Frau, die nach so vielen anderen Tieren roch, sie überhaupt anfassen sollte.

Wir lösten das Problem, indem Tobey selbst den Verband abwickelte und Millie auf dem Schoß hielt, während die Ärztin mit raschen, geübten Griffen und Blicken alle Wunden kontrollierte. Als sie schließlich zufrieden nickte und die Behandlung für beendet erklärte, wirkte nicht nur Millie sehr erleichtert.

»Am Sonntag können Sie Verband und Schiene dann endgültig abnehmen. Die Platte bleibt im Bein. Da sie noch jung ist, ist alles so wunderbar verheilt, dass sie dadurch keine Einschränkung zurückbehalten wird. Bald kann sie wieder richtig flitzen«, sagte die Ärztin, als wir bereits wieder an der Tür standen. Dann reichte sie sowohl Tobey als auch mir die Hand und setzte hinzu: »Eine wirklich tolle kleine Hündin. Mit der werden Sie zwei noch jede Menge Spaß haben!« Damit nickte sie uns beiden noch einmal zu, und Andy begleitete sie hinaus.

»Tja … geschafft!«, sagte ich mit einem Lächeln, das meine Verlegenheit überspielen sollte. Die Ärztin hatte Tobey und mich zusammen für Millies Besitzer gehalten; sie hatte uns behandelt, als wären wir ein Paar. Und Tobey hatte darauf gar nicht reagiert, es nicht richtiggestellt. Stattdessen sah er mich jetzt auf eine Art und Weise an, die mich genauso durcheinanderbrachte wie sein Satz vor zwei Tagen: *Es ist so viel schöner, wenn du dabei bist!*

Wusste er wirklich nicht, wie sehr solch ein Satz und seine Art, mich anzuschauen, mich durcheinanderbrachten?

»Ja, du sagst es. Kaum zu fassen, aber du hast es tatsächlich geschafft«, sagte er. »Du hast aus einem schwer verletzten, verängstigten Tier, das am liebsten in irgendeiner stillen Ecke gestorben wäre, eine lustige kleine Hündin gemacht, die sogar dem Leben eines Popstar-Freaks gewachsen ist.«

»O je«, seufzte ich. »Diese Bemerkung wirst du mir wohl noch in zehn Jahren aufs Butterbrot schmieren.«

»Sehr gerne«, erwiderte er ernst.

Wir blickten uns an und dann beide zu Millie.

»Tobey, ich ...«, sagte ich.

Im gleichen Moment, in dem Tobey »June ...« sagte.

»Sag du.«

»Nein du.«

»Es war eine wirklich sehr schöne Zeit hier«, sagte ich. »Und ich würde mich freuen, wenn wir ... na ja, du weißt schon, Freunde bleiben könnten.«

»Freunde?«, wiederholte Tobey mit seltsamem Unterton. Einen Moment lang schlug mein Herz rascher. Dann grinste er: »Heißt das, ich bekomme alle Tipps in Sachen Hundeerziehung umsonst?«

Mein Herz setzte kurz aus und schlug dann normal weiter. »Auf jeden Fall.«

»Dann ist es abgemacht.«

Wir lächelten uns an. Aber irgendwie hing eine sonderbare Spannung in der Luft.

»Wird Angelina bei dem Konzert heute Abend auch dabei sein?«, wollte ich wissen.

Angelina war mit ihrem Vater in ein Hotel umgezogen und seitdem nicht mehr aufgetaucht. Als Joana Tobey danach gefragt hatte, hatte er nur kurz erklärt: »Sie brauchen wohl etwas Zeit miteinander.«

»Ja, sie kommen beide. Stell dir vor, es gab absolut keinen Sitzplatz mehr für sie. Also wird es heute Abend hinter der Bühne ganz schön eng für euch alle.«

»Ah so. Und Betty ist bereit, Millie zu betreuen, wann immer du die Kleine zu einem der weniger spektakulären Auftritte mitnehmen kannst?«

»Sie wird Millies offizielle Hundesitterin. Das passt super, weil sie sowieso gern dabei ist, wenn Justin spielt.«

»Hervorragend.« Ich nickte bestätigend.

»Ja.«

»Ja.«

»Tja, dann … werd ich mal. Die Jungs warten wahrscheinlich schon. Der Soundcheck läuft schon früh. Ich schicke Samuel rechtzeitig her, damit er dich und Joana abholt.«

»Und Millie«, lächelte ich.

»Und Millie.« Tobey hockte sich kurz hin, und Millie stemmte ihre Vorderpfoten auf seine Knie, um ihn überschwänglich zu küssen.

Da stand ich, mit einem der begehrtesten Single-Männer des Landes, und schmolz in erster Linie deswegen dahin, weil er sich von seinem Hund das Ohr vollsabbern ließ.

Die Veranstaltung war komplett ausverkauft.

Als Joana, Millie und ich ankamen, war der Konzertsaal des Radiosenders bis auf den letzten Sitzplatz besetzt. Andy nahm uns in Empfang und zeigte uns die Stühle, die hinter der Bühne auf uns warteten.

Angelina und ihr Dad waren bereits da und wirkten sehr innig verbunden. Angelina war kaum wiederzuerkennen. Es schien, als könnte sie gar nicht aufhören zu lächeln, sodass man ihr Strahlen einfach nur erwidern konnte. Sie sprühte geradezu vor Charme. In einen wahnsinnig schicken Hosenanzug gekleidet, in dem ihre Beine noch zehn Zentimeter länger aussahen als sie sowieso schon waren, sah sie einfach umwerfend aus.

Wahrscheinlich würde Tobey bei ihrem Anblick einfach nur sprachlos starren. So jedenfalls ging es mir, als wir uns begrüßten und Joana und ich unsere Plätze aussuchten.

Andy jedoch schien Angelinas atemberaubende Schönheit nicht einmal zu bemerken. Er hatte nur Augen für Joana, rückte ihren Stuhl zurecht und strich ihr kurz übers Haar, als könnte er es absolut nicht vermeiden, sie zumindest für einen winzigen

Augenblick zu berühren. Als er uns schließlich wieder allein ließ und mit breiter Brust und zu voller Größe aufgerichtet in Richtung Garderoben verschwand, sah Joana ihm verliebt nach.

Ich hatte Millies flexible Schlafbox zwischen unseren Stühlen platziert, und die Kleine saß bereits darin und schielte mit einer Mischung aus Neugierde und Misstrauen durch das Netzteil der Seitenwand.

Seit wir entschieden hatten, sie mit zu diesem Konzertabend zu nehmen, hatte Tobey sie jeden Tag für eine Weile bei sich im Probenraum behalten. Nach einem ersten Staunen über die lauten Töne hatte sie tatsächlich Gefallen daran gefunden und so manche Probe an Tobeys Seite entspannt verschlafen. Daher glaubte ich nicht, dass die laute Musik sie erschrecken würde. Es war vielmehr die fremde Umgebung in Kombination mit vielen Menschen, die mir ein wenig Sorgen machte.

Der Platz zwischen mir und Joana, die sie wegen der Verbindung zur Küche bereits heiß und innig liebte, schien da den bestmöglichen Schutz zu bieten. Neben Joana war ein Stuhl frei, auf dem ein »Reserviert«-Schild lag, daneben saßen Angelina und ihr Dad. Unsere kleine Sitznische lag im Schatten, während der Saal noch erleuchtet war. Ich konnte die eine Seite des Saales von meinem Platz aus gut erkennen. Sah Banner, auf denen Tobeys Name stand, und eines, auf dem eine Zeile aus seinem aktuellen Song zu lesen waren: *Wärst du nicht, wär aller Himmel ohne Farbe.*

Eine Liebeserklärung, die ihm da in seinen eigenen Worten gemacht wurde.

Alle Gesichter im Publikum waren erwartungsvoll nach vorn gerichtet. Aber nicht nur dort. Auch Angelina, ihr Dad, die Techniker, die ebenfalls im Verborgenen hinter der Bühne herumwuselten oder standen, bereit für ihren Einsatz, schienen nur darauf zu warten, dass Tobey ins Rampenlicht trat.

»Warst du schon mal auf einem seiner Konzerte?«, erkundigte sich Joana leise bei mir.

»Nein. Ehrlich gesagt kam ich mir sogar ein bisschen hinterwäldlerisch vor, weil ich nicht mal alle seine Songs kannte«, raunte ich ihr zu.

»Dann darfst du dich freuen. Er ist toll auf der Bühne.«

Er ist auch toll im Park. Oder beim Erklimmen des Tors. Oder beim Wechseln eines Pfotenverbandes, dachte ich. Aber natürlich sagte ich es nicht laut. Dennoch lag in Joanas Blick plötzlich etwas, das mich ein wenig erschreckte. Als hätte sie eine ziemlich klare Vorstellung von dem, was in meinem Kopf vorging.

Doch bevor ich sie mit einem Themenwechsel ablenken konnte, ging das Licht im Saal aus. Drei Spots warfen ihre klar umrissenen Lichtkegel auf die Bühne. Das Publikum brüllte auf. Von der anderen Seite kamen Graham, Rob und Justin auf die Bühne gerannt. Rob und Justin griffen nach ihren Instrumenten, auf denen das Spotlight gelegen hatte, Graham setzt sich hinters Schlagzeug. Sie spielten ein paar Melodien an. Es wurde applaudiert und gerufen.

Dann plötzlich ein weiterer Spot, vorn an der Bühne, wo ein Mikroständer nur zu warten schien.

Ob es die aufgeheizte Stimmung im Saal war, die Musik, mit der Graham, Rob und Justin die Erwartung noch zu vervielfachen schienen, jedenfalls hielt auch ich plötzlich die Luft an.

Und dann erschien Tobey auf der anderen Seite der Bühne. Er ging direkt zum Mikro und verbeugte sich. Und es war, als würde der Saal explodieren. Es wurde geschrien, gepfiffen, heftig applaudiert und mit den Füßen gestampft.

Okay, das war also ein »kleines, intimes Konzert«, wie Tobey es genannt hatte?

Ich sah hinunter zu Millie in ihrer Box. Ihre Augen waren geweitet, und ihre Ohren zuckten. Ich streckte meine Hand zu der kleinen Öffnung am Boxendach herein. Als ich sie berührte, erschrak sie und duckte sich kurz. Doch dann begriff sie, dass ich es war, und drückte ihren Kopf in meine Handfläche, als wollte sie auf diese Weise dem Tumult da draußen entfliehen.

Ich konnte sie verstehen. Und Tobey konnte ich auch verstehen. Während er einfach nur dort stand und sich immer wieder verbeugte, tobte der Saal. Überall wurde sein Name geschrien. Was für ein Gefühl musste es sein zu wissen, dass diese Menschen dort einen selbst meinten? Ich begriff plötzlich, wie schön, aber auch wie mulmig es sich anfühlen musste, den eigenen Namen aus so vielen Kehlen zu hören.

Dann griff Tobey zum Mikro und begann zu singen.

Die ersten Takte sang er ohne Begleitung, und schlagartig wurde es stiller im Saal. Als die Instrumente einsetzten, hatte Tobey bereits das Publikum komplett in seinen Bann geschlagen.

Auch auf Millie hatte Tobeys Stimme eine deutliche Wirkung. Ganz offenbar erkannte sie ihn trotz der Verfremdung des Mikros. Sie horchte auf und blinzelte mich durch das Netzteil der Box fragend an.

Ich atmete ganz bewusst ruhig ein und lange wieder aus, ließ meine Hand an ihrer Wange ruhen und konnte spüren, wie sie sich schon bald wieder entspannte.

Erleichtert lächelte ich Joana zu, die mich fragend angesehen hatte. Es war also offenbar doch keine so dumme Idee gewesen, Millie mit hierherzunehmen. Sah ganz so aus, als würde sie auch diese extreme Situation letztendlich meistern. Und wenn sie diese Feuerprobe bestand, war sie wirklich der coolste Hund, den Tobey sich an seiner Seite wünschen konnte.

Nach drei oder vier Songs war ich mir sicher, dass Millie auch das zwischenzeitliche explosionsartige Toben des Publikums mehr und mehr als »nicht wirklich gefährlich« einstufen konnte. Und als ich mich nicht mehr permanent auf sie konzentrieren musste, wanderten meine Sinne immer häufiger zu Tobey, der nur wenige Meter entfernt dort auf der Bühne stand.

Ganz bewusst nahm ich die Texte seiner Songs wahr, hörte von großen Zielen im Leben, von Freiheit, Liebe, Abschied und Neubeginn. Tobeys Stimme schien mir zu erzählen, was ihn in den letzten zwei Jahren bewegt hatte. Und ich fragte mich, ob das tatsächlich so viel anders gewesen war als das, was mich umgetrieben hatte.

Als ich vor mehr als zwei Wochen nachts sein Schlafzimmer wieder verlassen hatte, hatte ich geglaubt, wir könnten unterschiedlicher gar nicht sein. Doch seitdem war viel geschehen. Und alles, was geschehen war, hatte mir gezeigt, dass wir uns im Grunde recht ähnlich waren.

Wir hatten beide große Ziele im Leben gehabt und sie erreicht. Wir hatten uns beide irgendwann gefragt, was danach kommen sollte. Wo bei all dem beruflichen Erfolg das eine kleine private Glück zu finden sein würde.

Ich lauschte seiner Stimme, sah ihn da vorn stehen, auf seine etwas schlaksige, manchmal markant männliche, manchmal verblüffend jungenhafte Art. Die Bilder jener Nacht schlichen sich an, wurden mehr und mehr. Sie bauten sich auf, um mich dann in einer Flutwelle aus Entzücken und Schmerz einfach Land unter gehen zu lassen.

In dem Moment, in dem mir klar wurde, dass ich hier saß und mit offenen Augen davon träumte, mit Tobey wieder in seinem Bett zu liegen, von ihm geküsst und gehalten zu werden, spürte ich einen Blick, der auf meinem Gesicht ruhte. Ich sah auf und direkt in Angelinas leuchtend blaue Augen. Doch sie wandte sich rasch ab und tat so, als hätte sie nur zufällig in meine Richtung geschaut.

Trotzdem war dieser kurze Moment wie eine eiskalte Dusche. Und ich war beinahe froh, als sich plötzlich Steven Troy an mir vorbei auf den freien Platz neben Joana schob.

»Läuft hervorragend! Die Einschaltquoten sind unglaublich. Einfach sensationell!«, sagte er zu uns allen und rieb sich die Hände. Seine Miene drückte höchste Zufriedenheit aus.

»Bei uns zu Hause hören sie auch zu«, sagte Mr. Prixton sehr verbindlich und lächelte Steven, Joana und mich an. Er hatte ein so freundliches Gesicht, dass man gar nicht anders konnte, als ihn zu mögen. Dann schwiegen wir alle wieder, um nichts zu verpassen.

Irgendwann zwischen Song sieben und neun hatte Millie sich hingelegt. Als ich nun zu ihr in die Box hineinspähte, sah ich, dass sie die Augen geschlossen hatte. Ihr Brustkorb hob und senkte sich in ruhigem Takt. Sie war tatsächlich eingeschlafen.

Gerade wollte ich Joana darauf aufmerksam machen, als auf der Bühne die Instrumente verstummten. Justin und Rob stellten Gitarre und Bass weg, und Graham legte die Sticks beiseite.

Steven rutschte bis nach vorn auf seine Stuhlkante, die er mit beiden Händen umklammerte, als wollte er gleich aufspringen und auf die Bühne rennen.

Tobey verließ das Mikro vorn am Bühnenrand und setzte sich an den Flügel, der auf unserer Bühnenseite stand.

Als er sich dort niederließ, warf er einen Blick in unsere Richtung. Er sah ernst und konzentriert aus.

»Was macht er denn da? Verdammt!«, zischte Steven.

Tobey klimperte ein paar Harmonien auf dem Flügel. Im Publikum wurde erneut von überall sein Name geschrien. Doch er selbst wirkte, als wäre er mit dem Flügel allein im Raum.

»Ich habe heute Abend einen neuen Song mitgebracht«, sagte er ins Mikro, das dort angebracht war.

Applaus und Jubel brandeten auf.

Als er zu spielen begann, erkannte ich sofort, um welches Lied es sich handelte.

Die Melodie, so sanft und unaufdringlich sie mir beim ersten Hören auf dem Flur im Penthouse erschienen war, schwebte durch den Raum und schien jeden Winkel auszufüllen.

Nicht nur ich spürte diesen besonderen Zauber, der von diesen Tönen ausging. Als Tobeys Stimme die ersten Zeilen formte, geschah etwas Sonderbares: Die Menge im Raum, gerade noch schreiend und hysterisch, wurde plötzlich zu einem stillen, lauschenden Wesen. Ein Wesen, das tatsächlich zuhörte und begriff und *ergriffen* war. Keine laute Masse mehr, sondern viele einzelne Menschen.

Der eine Moment
Der alles entscheidet
Und du hast den falschen Schritt gewählt
Der eine Moment
Der niemals zurückkehrt
Egal wie oft du selbst es tust
Die Zeit vergeht schon Jahre
Nur ein Moment, der bleibt

Eine Richtung hat die Zeit
Keine zweite Chance
Der Blick zurück vernichtet
Was vor dir liegen könnte
Keine zweite Chance

Einzige Hölle auf Erden
Ein Wunsch, der in Erfüllung geht
Auf deinen Schultern lastet
Was niemand sonst versteht
Drückt dich nieder zum Boden
Leise flüsternd
Du bist da
Wo du hingehörst

Eine Richtung hat die Zeit
Keine zweite Chance
Der Blick zurück vernichtet
Was vor dir liegen könnte
Keine zweite Chance

Vergessen wirst du niemals
Entscheiden musst du dich
Nach vorne schaun ist alles
Der Weg führt nicht zurück
Im Herzen innig halten
Kannst endlich du verstehn
Ein neuer Sonnenaufgang
Es ist nun Zeit zu gehn

Eine Richtung hat die Zeit ...

Der Refrain schwebte noch einmal durch den großen Raum. Ich konnte meine Augen nicht von Tobey abwenden, obwohl ich deutlich spürte, dass in ihnen Tränen schwammen. Er hatte eine weitere Strophe hinzugefügt.

Das Lied, das mir beim ersten Hören fast das Herz zerrissen hatte, weil es so furchtbar traurig und endgültig klang, hatte sich durch diese neuen Zeilen verändert. Einer gefangenen Seele wurde plötzlich ein neuer Ausblick geschenkt. Und obwohl die Melodie immer noch davon erzählte, wie schwer dieser neue Aufbruch werden würde, schlichen sich am Ende ein paar andere Töne ein, die zuversichtlich und hoffnungsvoll klangen.

Ich musste schlucken. Und ich war nicht die Einzige, die von dem Lied berührt war. Das Publikum applaudierte und stampfte mit den Füßen. Doch die hysterischen Schreie hatten abgenommen. Ich konnte in den vorderen Reihen Gesichter erkennen, die ziemlich mitgenommen aussahen.

Angelina saß wie erstarrt auf ihrem Stuhl. Mr. Prixton hatte ihre Hand genommen und streichelte sie mit der anderen.

Steven ließ sich zurückfallen und keuchte. Ich glaubte ein »Also wirklich! Warum kann man das nicht vorher mit mir absprechen?« zu hören. Doch es interessierte mich nicht besonders, was der Manager zu diesem wunderbaren und ehrlichen Lied zu sagen hatte.

Tobey hatte gesagt, dass er den Song auf keinen Fall veröffentlichen würde. Er war fast wütend geworden, als ich davon sprach. Was also hatte ihn dazu bewegt, seine Meinung zu ändern?

Als der Applaus verebbte, Tobey seinen Platz am Flügel verließ und seine Bandmitglieder wieder zu den Instrumenten griffen, sah ich, wie Angelina und ihr Vater die Köpfe zusammensteckten und ernst miteinander sprachen.

Dann standen sie auf.

Auf dem Weg an uns vorbei gab Mr. Prixton Steven, dann mir, dann Joana die Hand und wünschte uns allen noch einen schönen Abend.

Angelina wollte sich von Steven verabschieden, doch der stand ebenfalls auf. »Gehe wieder in die Regie hoch« verstand ich. Weg war er.

Plötzlich stand Angelina vor mir.

»Würdest du mir einen Gefallen tun?«, fragte sie, den Blick auf Millies Box gerichtet.

»Sicher«, antwortete ich.

»Bitte sag Tobey, dass er ein wunderbares Lied geschrieben hat. Es ist … ich glaube, es ist genau richtig. Würdest du ihm das sagen?«

Ich starrte sie irritiert an. Bis sie den Blick hob und meinen erwiderte.

»Natürlich kann ich das tun. Aber willst du ihm das nicht selbst sagen? Du kommst doch später sicher noch zu der Party in diesen Club?«

Sie schüttelte den Kopf. Ihr Blick war sonderbar intensiv, als wolle sie sich meinen Anblick gut einprägen.

Und dann sagte sie etwas, das mich komplett umwarf.

Sie sagte: »Pass gut auf ihn auf.«

Ich konnte regelrecht spüren, wie meine Gesichtszüge mir

entglitten. Doch da war sie schon weitergegangen, hatte Joana zugenickt und war um die Ecke verschwunden.

Joana sah mich fragend an. Doch ich konnte nur mit den Schultern zucken.

Während ich so tat, als konzentrierte ich mich wieder auf die Musik, herrschte in meinem Kopf ein einziger Sturm.

Was war das gewesen?

Wieso hatte Angelina so etwas zu mir gesagt?

Warum suchte sie ausgerechnet mich dafür aus, Tobey so etwas Persönliches auszurichten?

Und aus welchem Grund glaubte sie, ich sei die richtige Adresse für den Wunsch, jemand möge auf ihn »aufpassen«?

Meine Gefühle überschlugen sich, in meinem Kopf und meinem Herzen herrschte ein einziges riesengroßes Chaos.

Das Einzige, was ich relativ sicher wusste, war, dass ich Angelina wahrscheinlich nie wiedersehen würde. Und dass sie offenbar auch aus Tobeys Leben wieder verschwinden wollte.

Aber aus welchem Grund?

Es war gerade mal ein paar Tage her, dass Tobey seiner Schwester gestanden hatte, dass er Angelina immer noch liebte, dass er für sie mehr empfand als jemals für eine andere. Und bis zu Lins Partynacht war ich sicher gewesen, dass auch Angelina alles daransetzte, ihre alte Liebe wieder aufblühen zu lassen.

Was also war geschehen?

Das Konzert war natürlich ein voller Erfolg. Was allen, die dabei gewesen waren, sowieso klar war. Doch Troy musste es naturlich immer wieder durch Herausposaunen der Einschaltquoten belegen.

Als wir uns eine Stunde nach dem Konzert im Club *Zenobia* trafen, der an diesem Abend nur für Tobey und seine Gäste reserviert war, waren alle ausgelassen und bester Laune.

Natürlich wollte ich mich nicht in den Vordergrund drängen. Aber ich fand, dass Tobey möglichst bald von Angelinas Botschaft an ihn erfahren sollte. Da kam es mir gelegen, dass er schon nach kurzer Zeit im Gewusel der Gäste meinen Blick suchte und mit dem Kopf in Richtung Nebeneingang deutete.

Wir trafen uns dort. Hinter Tobey erschienen auch Andy und Dan, die sich beide ständig aufmerksam umsahen.

Für einen kurzen Moment tat Tobey mir leid. Nicht einmal auf seiner eigenen Party, bei der Gäste nur mit Einladungskarte durch die Tür kamen, konnte er sich entspannt ohne seine Sicherheitsleute bewegen.

»Wie war es mit Millie?«, wollte Tobey jedoch sofort wissen, und ich vergaß den Gedanken rasch wieder. »Ist alles gut gegangen? Wo ist sie jetzt eigentlich?«

Ich musste fast über ihn lachen. Andy und Lin hatten recht gehabt, als sie ihn einmal aufgezogen hatten. Manchmal hatte er tatsächlich etwas von einem besorgten jungen Vater.

»Alles war prima. Aber sie ist völlig geschafft und ist in ihrer Box ganz fest eingeschlafen«, erklärte ich ihm.

Tobey ließ seinen Blick suchend durch den großen Raum schweifen.

»Die Box steht immer noch auf dem Rücksitz von Lins Auto«, ergänzte ich grinsend und wies mit den Kopf hinaus. »Samuel hat sich zu ihr gesetzt. Er meinte, es sei ihm vollkommen egal, in welchem Wagen er seinen neuen Krimi liest.«

Tobey griff nach meiner Hand, und ich folgte ihm durch die Eingangstür die Stufen hinunter, die auf den privaten Parkplatz hinter dem Club führten. Dan und Andy tauschten ein paar Worte, und Dan heftete sich schweigend an unsere Fersen.

Lins Auto stand neben Tobeys großer Limousine. Samuel saß auf dem Beifahrersitz und war so sehr in sein Buch vertieft, dass er zusammenfuhr, als Tobey die Tür zum Rücksitz öffnete.

»Shit!«, fluchte er leise. »’ne spannendere Stelle hättet ihr euch für einen Überfall kaum aussuchen können.«

»Wir wollen nur mal kurz nach Millie sehen«, grinste Tobey.

»Super. Dann spring ich mal schnell rein zum Ort für kleine Chauffeure«, erwiderte Samuel.

»Geh am Büfett vorbei und nimm dir einen Teller voll mit. Die Küche hat sich heute selbst übertroffen«, riet Tobey ihm.

Samuel hob den Daumen und war verschwunden.

Tobey schlüpfte auf den geräumigen Rücksitz und spähte in die flexible Hundebox.

Als er merkte, dass ich draußen stehen bleiben wollte, klopfte er neben sich auf den Sitz, und ich rutschte zu ihm hinein. Dan schloss behutsam die Tür hinter mir.

So schnell ging das also. Allein mit Tobey Lambert.

Na ja, nicht ganz allein. In der Box war ein sanftes Klopfen zu hören.

Tobey hob das Netzteil des Eingangs an, das ohnehin nicht verschlossen war. Millie, dort drinnen wie in einer gemütlichen Höhle in eine weiche Decke gekuschelt, hob den Kopf. Sie wedelte noch ein wenig stärker und nahm Tobeys Streicheleinheiten geradezu huldvoll entgegen, indem sie sich auf den Rücken drehte.

Doch schon nach kurzer Zeit fielen ihr die Augen wieder zu, und sie begann leise zu schnarchen. Kein Wunder, schließlich hatte sie gerade ein echtes Konzert überstanden.

Mir war ein wenig unbehaglich zumute. Mit Tobey allein in diesem Auto zu sein erinnerte mich nämlich nicht, wie man hätte annehmen können, an all die anderen Male, bei denen wir gemeinsam in einem Wagen gesessen hatten. Nein, stattdessen zogen Bilder vor meinem geistigen Auge auf, in denen sein Schlafzimmer die maßgebliche Rolle spielte. Sein Zimmer und das große Bett, auf dem wir uns geküsst und aneinandergeschmiegt hatten.

Die pure Vorstellung, er könnte erraten, woran ich gerade dachte, ließ mein Blut schneller pulsieren. Da ich es möglichst rasch hinter mich bringen wollte, sagte ich kurz entschlossen:

»Tobey, ich muss dir etwas sagen ... Besser gesagt, ich soll dir etwas ausrichten, von Angelina.«

»So? Was denn?« Im schwachen Licht, das von der Parkplatzbeleuchtung hereinfiel, sahen seine Augen schwarz und unergründlich aus.

»Na ja, zuerst mal ... Sie wird heute Abend nicht zur Party kommen«, suchte ich den einfachsten Part für den Anfang heraus.

Tobey nickte. »Ja, das hatte sie mir schon gesagt. Sie und ihr Dad möchten morgen früh aufbrechen. Und deswegen wollen sie nicht, dass es heute zu spät wird.«

»Ähm ... okay.« Er wusste, dass Angelina nicht zur Party kommen würde. Und offenbar wusste er noch mehr als ich.

»Angelina fährt mit ihrem Vater nach Wales?«, hakte ich nach.

»Ja. Wird ihr guttun, endlich wieder bei ihrer Familie zu sein. Ihr Bruder will nämlich noch schnell heiraten, ehe er Vater wird. Angelina war deswegen ziemlich aufgeregt.«

»Oh, das ... das ist ja auch wirklich aufregend. Dann wird sie ja Tante, meine Güte«, stammelte ich.

»Also? War das schon alles? Du wolltest mir sagen, dass sie nicht auf die Party kommt?«

»Nein, ich ... sie ... sie hat gesagt ... Ich soll dir sagen, dass du einen tollen Song geschrieben hast. Nein, sie hat nicht ›toll‹ gesagt«, korrigierte ich mich schnell, als ich seinen verwirrten Gesichtsausdruck sah. »Sie hat gesagt ›wunderbar‹. Und dass sie glaubt, dass es genau richtig ist.«

Das verstand Tobey offenbar, denn seine Miene wurde ernst. Er nickte. »Hat sie noch etwas gesagt?«, wollte er wissen, da er meinen Gesichtsausdruck offenbar richtig deutete.

»Tja ... ja, wenn du so fragst. Sie hat noch etwas wirklich Seltsames zu mir gesagt. Sie sagte: ›Pass gut auf ihn auf.‹«

Einen Moment lang sah Tobey ebenso verblüfft aus, wie ich es gewesen war. Doch dann schüttelte er langsam den Kopf. »Sie ist schon wirklich ein ganz besonderer Mensch.«

»Das ist sie ganz sicher!«, stimmte ich ihm zu. »Ich meine, sie hat bestimmt jede Menge mieser Sachen durchgemacht. Aber sie hat es irgendwie überstanden. Und man merkt ihr an, dass du ihr wirklich am Herzen liegst.«

»Ähm …«, machte Tobey.

»Oh, komm schon!«, sagte ich mit einem Lächeln, das hoffentlich nicht so schwächlich wirkte, wie ich mich gerade fühlte, während ich mit ihm über die Liebe seines Lebens sprach. »Wir sind doch alle erwachsen. Es ist völlig okay, so wie es ist. Wir hatten uns entschieden, nicht mehr darüber zu sprechen, was zwischen uns passiert ist. Angelina und du, ihr habt euch wieder. Und selbst wenn sie jetzt erst ihre Familie in Wales trifft, wartet danach jede Menge schöner gemeinsamer Zeit auf euch. Ein echter Neuanfang.«

Es fiel mir schwer, die Unbekümmerte zu geben. Aber ich wusste, dass es der beste Weg war. Auch wenn Tobey mich nun ansah, als hätte ich in einer fremden Sprache gesprochen.

»Ein Neuanfang? So wie bei Morris und dir?«, fragte er dann leise.

Ich stutzte. »Wie bei Morris und mir? Oh Gott, hoffentlich nicht. Denn das wird ganz sicher nichts mehr.«

»Aber … aber als wir vom Hundezentrum aufbrachen, da hast du gesagt …«, stammelte nun Tobey. »Für mich klang es so, als ob du dir einen Neuanfang mit ihm wünschst.«

Ich wusste sofort, was er meinte. Und ebenso ging mir auf, wie missverständlich gewesen war, was ich damals gesagt hatte.

»Neuanfang, ja. Aber sicher nicht mit Morris«, antwortete ich, selbst ein wenig überrascht, wie überaus klar mir das mittlerweile war.

Tobey schienen meine Worte aber noch mehr mitzunehmen. Er öffnete ein paar Mal den Mund, um etwas zu sagen, schloss ihn dann aber wieder. Schließlich atmete er tief ein und wieder aus.

»June«, sagte er langsam und griff nach meiner Schulter.

Seine Berührung hatte den gleichen Effekt wie ein kleiner Stromschlag. Ich zuckte unwillkürlich zusammen. »Ich glaube, ich muss dir unbedingt ...«

In diesem Augenblick klopfte es an die Fensterscheibe hinter mir.

»Aaaahhh!«, machte Tobey laut und zog seine Hand rasch zurück. Millie zuckte mit den Vorderpfoten.

Andy öffnete die Wagentür und lugte herein. »Hieß das ›Herein‹?«

»Was willst du?«

»Das Klavier steht jetzt auf der Bühne, wie du gesagt hast. Wusste nicht, wie schnell du das wissen musst.« Andy sah mich mit großen Augen an, verkniff sich jedoch eine Bemerkung dazu, dass er mich mit seinem (na ja, im Grunde ja auch meinem) Chef auf dem Rücksitz eines Autos ertappt hatte – wenn auch in einer absolut unverfänglichen Situation.

Tobey schien kurz zu überlegen, dann nickte er. »Okay«, sagte er. »Wir kommen, sobald Samuel wieder hier bei Millie die Stellung hält.«

»Der kommt gerade mit einem meterhoch beladenen Teller die Treppe runter.«

»Also?«, machte Tobey und sah mich auffordernd an.

»Also«, antwortete ich und schwang meine Beine wieder aus dem Auto.

Meine Schulter prickelte noch von der Berührung seiner Hand. Und ich hätte rasend gern gewusst, was er mir hatte sagen wollen.

Doch offenbar war es Tobey doch nicht so wichtig, wie es im ersten Moment geklungen hatte. Nebeneinander gingen wir also die Treppe zum Nebeneingang hinauf, Andy ein paar Stufen hinter uns, während Dan das Schlusslicht bildete.

Sobald wir den Clubraum betraten, veränderte sich Tobeys Körperhaltung sichtbar. Er richtete sich auf und ging mit selbstbewusst federndem Schritt zur Bühne hinüber. Und plötzlich hatte er überhaupt nichts mehr von dem schüchternen, menschenscheuen Jungen, den ich ganz am Anfang einmal in ihm gesehen hatte.

Während ich am Fuß der Treppe stehen blieb, die hinauf zur Empore führte, und nach einem Glas griff, das dort neben vielen anderen auf einem Tablett stand, machten die Gäste Tobey Platz. Viele Gesichter kamen mir bekannt vor. Vielleicht hatte ich sie schon einmal in der Wohnung oder aber auch einfach im Fernsehen gesehen. So langsam konnte ich das nicht mehr auseinanderhalten. Jetzt sahen sie ihm zu, wie er die drei Stufen zur Bühne hinaufsprang und zu dem Klavier ging, das dort stand. Er setzte sich auf den Hocker und klimperte ein paar Töne, ähnlich wie vorhin auf dem Konzert. Er klopfte auf das Mikro, und das *Tock-Tock* ließ alle aufhorchen.

»Wie ihr alle wisst, bin ich seit ein paar Wochen nicht mehr allein«, sagte er. Es gab ein paar erstaunte Gesichter, Greg, der mit Lin vorn an der Bühne stand, pfiff auf den Fingern, auch die letzten Gespräche verstummten. »Ich habe jetzt einen Hund«, fuhr Tobey fort, und alle Gäste lachten. »Millie schläft gerade ihren Konzertrausch auf dem Autorücksitz aus und kann heute Nacht daher nicht hier sein. Aber wer sie kennt, weiß, dass sie unheimlich musikalisch ist. Ich hab mit ihr das wohl erste Lied geschrieben, das ein Mensch und ein Hund zusammen entwickelt haben.« Wieder wurde gelacht. Ich lachte auch. Die Vorstellung war wirklich zu ulkig. »Aber da Millie jetzt gerade nicht hier ist, singe ich den Song allein. Obwohl sie das natürlich besser könnte, versteht sich …«

Die beiden Frauen neben mir, offenbar enge Freundinnen, die sich beieinander eingehakt hatten, kicherten.

Und Tobey begann zu spielen.

Es war jedoch eine Melodie, die nicht im Geringsten lustig wirkte – so wie ich und viele andere im Raum es wohl erwartet hatten.

Tobey spielte den ganzen Song durch. Bis auch der letzte

Gast im Club und sogar die Bedienungen hinter der Theke mit Spannung zuhörten.

»Man könnte meinen, der Titel des Liedes sei vielleicht ›Millies Song‹«, sagte er dann. »Das stimmt aber nicht. Millie und ich haben lange überlegt. Und nun heißt es: ›An meiner Seite‹.« Und dann begann er von vorn.

Diesmal begleitete die traumhaft schöne Melodie seine Stimme, und er sang.

Wie dunkel meine Nächte waren
Ich war allein und litt die Schmerzen unerkannt
So viele Ängste hielten meine Hand
Und jeder Tag war ohne rechtes Ziel

Du warst mir fremder noch als fremd
Bis ich dir in die Augen sah, dort meine Farbe fand
Als schwarze Nacht um uns verschwand
Entdeckte ich so unerwartet viel

Mit euch an meiner Seite bin ich ICH
Mit euch an meiner Seite kennt die Nacht ein neues Licht
Mit euch an meiner Seite bin ich ICH
Mit euch an meiner Seite kennt die Nacht ein neues Licht

Mit dir kann ich auf Berge steigen
Dort in die grüne Weite und in deine Augen schauen
Ich lernte wieder zu vertrauen
Deine Nähe wie ein Hort

Wie habe ich den einen Platz gesucht
Nun lass für uns gemeinsam neuen Morgen grauen
Auf mein Versprechen kannst du bauen
Wo du auch bist, ist dieser Ort

Mit euch an meiner Seite bin ich ICH
Mit euch an meiner Seite kennt die Nacht ein neues Licht
Mit euch an meiner Seite bin ich ICH
Mit euch an meiner Seite kennt die Nacht ein neues Licht
Oh bitte, geh nicht wieder fort

Ich stand wie vom Donner gerührt.

Die anderen Gäste um mich herum applaudierten. Ein paar Frauen hatten Taschentücher gezückt.

»Er hat's echt raus«, hörte ich eine der beiden Freundinnen neben mir sagen, deren Wimperntusche bereits rettungslos verloren war. »Ich meine, der Kerl kann tatsächlich sogar einen Song über einen Hund schreiben, bei dem ich heulen muss. Dabei bin ich total allergisch gegen die Viecher.«

Ich wollte lachen, doch der Ton blieb mir im Hals stecken, als könnte er nicht an dieser einen kleinen Gewissheit vorbei, die dort saß und mich nach Luft schnappen ließ.

Jene Gewissheit, die den beiden Frauen neben mir fehlte.

Denn nach Tobeys Vorrede waren sie davon ausgegangen, dass sein Song von Millie handeln musste. Vielleicht hätte ich das auch gedacht, wäre ich an ihrer Stelle gewesen.

Doch ich wusste mit unerschütterlicher Sicherheit, dass der Text nicht die letzten Wochen aus *Millies* Sicht beschreiben sollte, wie Tobey es vorher dargestellt hatte. Die Worte für diesen Song waren Tobey aus dem Herzen geflossen. Sie erzählten von ihm. Von seinen Nächten, seinen Ängsten, seinen Augen und seinem Wunsch, es möge viele gemeinsame Morgen geben.

Mit mir.

Ich umklammerte das Glas in meiner Hand und starrte zu ihm hinauf.

Der Berg, den er beschrieben hatte, war der Tor. Aber auch die Treppe in den achten Stock und auch der Wust an Hindernissen, der scheinbar zwischen uns stand.

Diese Hindernisse, die er offenbar gar nicht mehr ernst nahm, nicht ernst nehmen wollte. Weil er in mir etwas so Wichtiges, etwas so Wertvolles sah, dass er sich durch nichts davon abhalten lassen würde, den Weg zu mir zu wagen: Ich war sein Licht in der Nacht. Und er war meines.

Und ich war so dumm gewesen, es nicht zu merken. Ich hatte diese Gewissheit fortgeschoben, weil sie mir so unwahrscheinlich erschienen war. Und weil ich mich fürchtete. So wie wir alle nur allzu oft vor den großen Dingen in unserem Leben Angst haben.

Tobey auf der Bühne sah suchend in die Menge.

Und dann begegnete er meinem Blick.

Seine Miene war unergründlich.

Er stand von dem Klavierhocker auf und ging zum Bühnenrand, ohne den Umweg über die kleine Treppe zu machen.

Einige Gäste wollten ihm helfen, doch er sprang einfach hinunter und kam auf mich zu.

Es war, als würde ein Film mit halber Geschwindigkeit vor mir ablaufen. Wie in Zeitlupe sah ich ihn auf mich zukommen. Rechts und links von ihm prosteten ihm Menschen zu. Steven trat ihm in den Weg, um etwas zu sagen. Doch Tobey hob nur kurz die Hand. Seine Augen suchten die meinen.

In ihnen lag jene Frage, die ich schon ein paar Mal darin gesehen hatte. Die ich bisher absichtlich ignoriert oder vielleicht auch nicht in voller Konsequenz verstanden hatte. Mir war einfach nicht klar gewesen, dass es nicht nur eine Frage gewesen war. Jetzt aber sah ich es ganz deutlich. In seinem Blick lag vor allem ein Versprechen.

Als Tobey nur noch wenige Meter von mir entfernt war, streckte er die Hand nach mir aus.

Ich tat es ihm gleich. Wie im Nebel bekam ich noch mit, dass mir das Glas aus den Fingern rutschte und am Boden zersprang. Dann griff meine Hand nach seiner. Er zog mich an sich. Und ich hob den Kopf und küsste ihn.

Tobey

Später konnte ich mich kaum noch daran erinnern, wie wir aus dem Club gekommen waren.

Ich weiß noch, dass es ein wahres Konzert an Pfiffen und Rufen gab. Dass ich Andys weit aufgerissene Augen wahrnahm. Und dass Lin plötzlich ihren Autoschlüssel vor meiner Nase schwenkte.

Da war June, wie sie konzentriert Lins Auto durch den Spätabendverkehr steuerte, mit mir auf dem Beifahrersitz und Millie hinten in ihrer Box. Wir sprachen nicht viel. Es war, als wären alle Worte überflüssig geworden.

Ich konnte nicht anders, als sie unentwegt anzustarren, als müsste ich mir ihre Züge für immer einprägen. Ja, genau das wollte ich. Sie so lange ansehen, bis ihr Bild auf der Innenseite meiner Lider erscheinen würde, sobald ich sie schloss.

Wir erreichten die Tiefgarage und stiegen aus.

Der Gedanke daran, dass June und ich gleich vollkommen allein in der Wohnung sein würden, ließ mich innerlich zittern. Jene Nacht tauchte vor meinen Augen wieder auf. Die Minuten auf meinem Bett, die so verheißungsvoll gewesen waren. Allein bei dem Gedanken daran bekam ich weiche Knie. Als wir die Treppe zum Foyer hinaufliefen, glaubte ich, auch in Junes Miene eine Spur von Spannung und Nervosität zu erkennen.

Doch als wir das Foyer durchquerten und die beiden Wachmänner grüßten, passierte etwas, was in meiner uns vorauseilenden Fantasie so gar keinen Platz gehabt hatte: Millie zog zur Eingangstür.

June und ich blieben abrupt stehen, sahen erst Millie und dann uns an.

»Nach dem Konzert hat sie nur kurz Pipi gemacht«, sagte June. »Wahrscheinlich muss sie noch mal.«

Um ihre Augen und ihren Mund herum zuckte es. Wir

sahen uns einen Moment lang an. Und dann mussten wir beide schmunzeln.

»Tja, … hättest du Lust auf eine kleine Runde durch den Park?«, fragte ich.

»Ohne Andy oder Dan?«, gab June zurück.

»Ich hab doch Millie und dich dabei«, antwortete ich und hielt ihr die Tür zur Straße auf.

Nach ein paar Metern nahm ich ihre Hand, und wir schlenderten die Seitenstraße entlang wie jedes andere Londoner Pärchen an diesem milden Abend Anfang Mai.

Millie schien hocherfreut über den kleinen Ausflug und konnte es kaum erwarten, endlich in den Park zu kommen.

»Überlegst du, ob du eine kleine Lektion zum Thema Leinenführigkeit durchführst?«, neckte ich sie, als ich ihren Blick sah, der auf der straffen Leine ruhte.

»Ich habe tatsächlich gerade überlegt, ob ich dich darauf hinweisen soll, dass es Situationen im Leben gibt, in denen man ruhig mal tun sollte, was der Hund gern hätte«, erwiderte sie und rannte los.

Und so legten wir den Weg in den Park in einem Bruchteil der üblichen Zeit zurück. Millie war begeistert über unser kleines Wettrennen. Und ich wusste ehrlich gesagt kaum, wohin mit mir.

Da der Park nicht beleuchtet war, war es dort dunkel und einsam. Niemand außer uns schien so spät noch seinen Hund auszuführen oder aus sonst einem Grund zwischen den Bäumen und Rasenflächen herumzustreunen.

Wir schlugen die kleine Runde ein. Der Kies auf dem Weg knirschte unter unseren Schritten.

»Ist es nicht wie ein Traum?«, fragte June. »Gerade noch waren wir in diesem Club unter wahnsinnig vielen Menschen. Du hast vor ein paar Stunden ein Konzert gegeben. Und nun gibt es mitten in London einen Ort, der so ruhig und still ist. Und nur …«

»Nur für uns ... drei?«, vollendete ich ihren Satz mit einem Lächeln und blieb stehen.

Es fiel Licht durch die Büsche und Baumkronen in Junes Gesicht. Ihre schön geschwungenen Lippen schimmerten, und in ihren Augen entdeckte ich ein leichtes Funkeln. Ich konnte einfach nicht anders. Ich beugte mich vor, um sie zu küssen. Sie hob mir ihr Gesicht entgegen.

Doch als unsere Lippen sich fast schon berührten, zuckte ich noch einmal zurück.

»Moment!«, sagte ich kurzatmig und sah sie forschend an. »Bist du ... bist du sicher, dass du das wirklich willst?«

»Das ist typisch Mensch«, antwortete June mit ungläubigem Staunen. »Statt es einfach auszuprobieren, wird erst mal gesprochen. Hunde würden nie auf so eine Idee kommen.«

Aus meiner Kehle drang ein Geräusch, ein Schnauben zwischen Lachen und Verzweiflung. »Ich meine nur. Denn eigentlich dachte ich, du und Dan...?« Ich sprach den Satz nicht zu Ende, sondern ließ das Fragezeichen in der elektrisch aufgeladenen Luft zwischen uns hängen.

June starrte mich an. Zwei, drei Sekunden lang.

»Dan?«, wiederholte sie verblüfft, und plötzlich warf sie den Kopf zurück und lachte laut. »Tobey! Das ist nicht dein Ernst! Dan ist doch stockschwul!«

Ich sah ihr zu, wie sie sich amüsierte, und obwohl ihr Anblick einfach wunderschön war, fühlte ich mich, als hätte mir jemand mit der flachen Hand vor den Kopf geschlagen.

»Schwul?«, wiederholte ich verdutzt. »Aber ... wie kann es sein, dass du das nach ein paar Wochen weißt, und ich ... ich kenne Dan seit drei Jahren!«

June schüttelte immer noch lachend den Kopf. »Vielleicht solltest du mal mit den Menschen sprechen, die dich jeden Tag umgeben?« Doch dann wurde sie ernst und sah mich auf eine Art an, die sie bisher nur für Millie reserviert hatte. Zärtlich. »Und vielleicht nicht nur mit denen?«

»Oh, du hast recht!« Ich zog sie an mich und hielt sie fest. »Stell dir vor, du wärst morgen heimgefahren und wir hätten uns nie wiedergesehen!«

»Ja. Stell dir vor, ich hätte dich vorhin nicht geküsst, als du auf mich zukamst, nachdem du dieses Lied gesungen hattest!«, murmelte sie an meiner Schulter.

»Unmöglich!«, rutschte es mir heraus.

»Wieso?«, wollte June amüsiert wissen und beugte sich wieder zurück, um mich anzusehen.

Ich zuckte mit den Schultern. »Ich wusste ... wenn du nur einen Funken für mich empfindest, würde ich das nach diesem Song auf jeden Fall erkennen. Ich war ganz sicher, dass du ihn verstehen würdest.«

»Hat dir schon mal jemand gesagt, dass du dir auf deine Musik mächtig viel einbildest?«

»Nein, du bist die Erste.«

»Das ist geschwindelt!«

»Okay. Ein oder zwei Mal hab ich es schon gehört.«

Wir lächelten beide. Standen einfach nur dort und hielten uns im Arm. Es war das absolut Wunderbarste, das ich jemals erlebt hatte.

»Ist das immer so?«, fragte ich.

»Was meinst du?«

»Dass Hunde einen allein durch ihre Anwesenheit derart ... erden? Vorhin im Club, auf dem Heimweg, da war ich so ... wie soll ich sagen? Berauscht. Es war, als würde ich gar nichts wirklich mitbekommen. Ich konnte nur an eines denken, und alles andere war ausgeschaltet.«

»An was dachtest du denn?«, wollte June mit einem koketten Augenaufschlag wissen.

Na, auf der Frequenz konnte ich auch funken! »Ich dachte daran, dass ich dir gern deine Bluse aufknöpfen und dir diesen schönen, weichen Stoff von deiner noch weicheren Haut streicheln würde.«

»Gefällt dir meine Bluse?«, fragte sie.

»Das ist eine überraschende Frage nach so einer Erklärung«, gab ich zu. »Aber: ja. Ja, ich finde sie sehr schön. Sie passt zu dir. Diese wunderschönen bunten Farben und das seidige Gefühl …«

»Gut.« Sie nickte ziemlich sachlich. »Und weiter?«

»Weiter?« Ich musste mich kurz räuspern. Dann ließ ich Millies Leine zu Boden fallen und stellte mich mit einem Fuß darauf. »Ich würde beide Hände sanft in deinen Nacken legen.« Ich tat es. »Und mit der einen in dein wildes Haar und mit der anderen zwischen deinen Schulterblättern hinunterfahren.« Ich tat es. »Und dann würde ich mich vorbeugen und mit den Lippen ganz zart deine Halsbeuge berühren.« Auch das tat ich. Und konnte spüren wie June erschauderte. »Ich würde sanft an deinen Haaransatz atmen.« Junes Atem ging ein wenig schneller. »Und dir dann ins Ohr flüstern, wie wunderschön du bist. Und wie sehr ich dich begehre. Beinahe vom ersten Tag an.«

»Okay …«, flüsterte June in mein Ohr. Ich bekam eine Gänsehaut. »Dann musst du jetzt ganz stark sein, denn ich muss dir sagen, es ist ganz sicher nicht immer so – nur weil ein Hund anwesend ist.«

»Wollen wir zu mir gehen?«, flüsterte ich zurück.

»Auf jeden Fall. Zu mir ist es entschieden zu weit«, erwiderte June leise. Sie hob Millies Leine auf, und wir gingen eng umschlungen zurück.

June

Als ich erwachte, spürte ich bereits ein Lächeln auf meinem Gesicht. Sonnenlicht kitzelte mich an der Nase, und an meinem nackten Rücken spürte ich Tobeys warme Brust. Sein linker Arm umfing mich sanft, und seinen rechten musste er wohl unglaublich verrenken, denn er schaffte es, zärtlich mit einem Finger über meine Schläfe zu streichen.

Als ich mich bewegte und ein wenig streckte, stieß ich mit dem Fuß an etwas ziemlich Haariges. Millie schleckte meine Zehen, die aus der Decke herausragten. Und Tobey lachte leise. »Gegen dich in meinem Bett scheint Millie nichts mehr zu haben«, raunte er mir ins Ohr.

Ich drehte mich zu ihm um und konnte nicht verhindern, dass mein Herz zu rasen begann. Seine inzwischen so vertrauten Augen so nah zu sehen. Unsere nackten Körper im hellen Tageslicht aneinandergeschmiegt. Das war einfach unglaublich aufregend. Genau wie die vergangene Nacht.

Natürlich hatte ich auch vor Morris schon einige Liebschaften gehabt, kurze und längere. Für mich wichtige und solche, auf die ich wahrscheinlich besser hätte verzichten können. Aber ich konnte mich nicht daran erinnern, jemals eine erste Nacht derart intensiv erlebt zu haben. Alles schien zu stimmen. Die Art, wie Tobey mich küsste und berührte. Jeder Schritt, den wir noch weitergingen, geschah in genau dem richtigen Moment. Noch nie hatte ich solche Höhen der Lust empfunden. Und noch nie hatte ich mich zugleich so sehr erkannt, gesehen und geliebt gefühlt.

»Ich habe tatsächlich kurz überlegt, ob ich dich einfach schlafen lassen soll, damit du deinen Zug verpasst«, murmelte Tobey jetzt, während seine Hand an meiner Seite hinunterwanderte. »Wahrscheinlich kann ich dich nicht dazu überreden, doch noch einen Tag zu bleiben?«

Ich legte die Hand an seine Wange. »Bitte, versuch's nicht. Wahrscheinlich würde ich schwach. Und dabei ist es ja heute schon höchste Zeit zurückzufahren. Das Seminar am Wochenende muss vorbereitet werden. Und dann wartet ja auch noch eine andere große Sache auf mich, die ich hinter mich bringen muss.«

»Morris.« Tobey nickte langsam. »Bist du sicher, dass ich nicht mitkommen soll?«

»Ganz sicher. Er mag ein untreues Scheusal sein, aber er ist im Grunde seines Herzens ein guter Mensch. Wir werden die Zeit allein brauchen, um Abschied zu nehmen, uns einmal richtig auszusprechen. Das sind wir uns gegenseitig schuldig.«

»Tja, dann ... werde ich den Tag wohl damit verbringen müssen, vor mich hin zu träumen. Und mich auf unser Wiedersehen zu freuen«, seufzte Tobey. Mein Herz wollte schier zerspringen vor Glück. Doch da sah er mich plötzlich ernst an. »Eine Sache müssen wir aber jetzt noch gemeinsam meistern. Und das wird nicht einfach sein.«

»Was denn?«, wollte ich mit ungutem Gefühl im Bauch wissen.

Aber da grinste er schon. »Wir müssen gemeinsam aus meinem Schlafzimmer ins Bad und dann in die Küche gehen. Und ich könnte wetten, dass dort schon alle versammelt sind.«

Au weia! Mit einem Mal musste ich ein June-untypisches hysterisches Kichern unterdrücken. Er hatte recht. Das würde nicht einfach werden!

Als wir in die Küche kamen, saßen dort tatsächlich Andy, Steven und Dan bereits an der Theke, während Joana am Herd herumwerkelte.

Das Gespräch verstummte schlagartig.

»Guten Morgen!«, grüßte Tobey wie immer. Ich tat es ihm nach. Und alle grüßten zurück.

Joanas Augen blitzten mich an, und um ihren Mund zuckte es, während sie zu Andy hinüberblinzelte. Der kämpfte ganz offensichtlich darum, nicht herauszuplatzen.

»So«, sagte Steven und faltete die Zeitung zusammen, die er gerade gelesen hatte. »Immer für eine Überraschung gut, wie?« Und ehe Tobey etwas erwidern konnte, fuhr er bereits fort: »Zwei neue Titel an einem Abend. Ohne Absprache mit deinem Manager präsentiert, musste ich feststellen. Aber darüber will ich jetzt kein Wort verlieren. Tolle Songs! Alle beide! Und deine kleine Ansprache zu deinem Hund … ich muss schon sagen, das war sagenhaft!«

Tobey und ich wechselten einen verdutzten Blick.

Dan, der gerade einen Schluck aus seiner dünnen Teetasse genommen hatte, sagte gelassen: »Steven, du hast die Sache mal wieder auf den Punkt gebracht.«

Und Steven war ziemlich überrascht, als wir alle in Gelächter ausbrachen.

Mein Zug sollte um kurz nach zwölf von Paddington abfahren.

Tobey und ich machten gemeinsam die Vor-dem-Frühstück-Runde mit Millie im Park. Und Andy, der uns diesmal begleitete, wollte sich schier überschlagen vor lauter Begeisterung über die *neueste Entwicklung*, wie er es nannte. Er wurde nicht müde, uns zu schildern, wie die Gäste auf der After-Concert-Party auf unseren raschen Abgang reagiert hatten und welche Spekulationen dann stundenlang durch den Saal geisterten.

»Ein Mädel aus der Clique um Graham behauptete steif und fest, dass du, June, Tierärztin seist und Millie selbst operiert hättest. Und stellt euch vor, Ron Dexter, das ist der Junior-Chef von Tobeys Label«, erklärte er mir, »der meinte, er habe irgendwo gehört, dass du auch eine fantastische Stimme hast und ihr demnächst ein sensationelles Duett plant.« Es gab also auf dem kleinen Spaziergang jede Menge zu lachen.

Das Frühstück mussten wir ein wenig abkürzen, denn Tobey bestand darauf, seinen ersten Tagestermin abzusagen und mich zum Zug zu begleiten.

Ich konnte nicht sagen, dass mir das nicht recht war. Von dem Moment an, als ich seinen Song *An meiner Seite* gehört hatte, wollte auch ich mich am liebsten nicht wieder von ihm trennen – und sei es bis zum nächsten Wiedersehen auch nur eine Woche oder ein paar Tage.

»Du musst wirklich nicht mit reinkommen«, sagte ich dennoch, als wir am Bahnhof ankamen und Samuel den Wagen geschickt in eine Parklücke setzte.

»Hey, ich dachte, das hätten wir geklärt!« Tobey schüttelte den Kopf. »Andy und Dan sind dabei. Die werden uns die schlimmste Meute schon vom Hals halten.«

Ich warf Dan einen Blick zu, der während der Fahrt zum Bahnhof ununterbrochen auf sein Tablet gestarrt hatte und nun ein Basecap und eine Jeansjacke nach hinten reichte.

Tobey schlüpfte in die Jacke und stellte den Kragen hoch. Die Kappe zog er sich tief ins Gesicht.

»So würdest doch selbst du mich nicht erkennen, oder?«, fragte er.

Ich dachte, dass ich ihn auch in dieser Maskierung unter Tausenden herausgefunden hätte. Doch er sah so wild entschlossen aus, dass ich es nicht laut sagte.

Als Dan, Andy, Tobey und ich ausstiegen, setzte auch Millie sich auf, die im Fußraum vor dem Rücksitz gelegen hatte. Sie wollte ganz selbstverständlich mit uns zusammen aussteigen.

Tobey sah mich fragend an.

Ich hob lächelnd die Schultern. »Von jetzt an musst du alles entscheiden, was sie angeht. Mein Job ist seit heute Morgen vorbei.«

Tobey betrachtete Millie kurz, während sie seinen Blick mit schief gelegtem Kopf erwiderte. Dann griff er nach ihrer Leine. Millie sprang mit Begeisterung heraus und sah sich um. Offenbar erwartete sie einen lustigen Ausflug. Dass wir lediglich an einem ordinären Straßenrand geparkt hatten, schien sie nicht zu erschüttern. Sie trabte neben Tobey her und sah immer wieder zu ihm auf.

»Hat sie sich nicht grandios gemacht?« Der Stolz war Tobey deutlich anzuhören.

Ich musste grinsen. »Das hat sie. Denk aber dran, dass sie nie so stabil sein wird wie manch anderer Hund, der mit eisernen Nerven geboren wurde. Es ist gerade mal ein paar Wochen her, dass sie nicht mal wagte, die Straße zu überqueren.«

Er nickte, griff die Leine ein wenig fester und nahm meine Hand. »Was wirst du als Erstes machen, wenn du in ein paar Stunden zu Hause ankommst? Ich würde mir gerne vorstellen, wie du deinen Tag verbringst.«

Ich tat, als fühlte es sich nicht absolut irrational und zugleich fantastisch wundervoll an, Hand in Hand mit ihm die Straße zum Bahnhofseingang entlangzugehen. »Nachdem Nicole mir in der Stunde Fahrt von Bath wahrscheinlich sämtlichen Klatsch und Tratsch und alle Neuigkeiten aus dem Hundezentrum erzählt haben wird, werde ich wahrscheinlich aus dem Auto steigen und als Erstes von drei wilden Bestien umgeworfen werden. Ich schätze mal, die Wiedersehensparty wird 'ne Weile dauern.« Und so sprachen wir darüber, wie unsere jeweiligen Tage wohl verlaufen würden. Sätze, die dahinplätscherten und im Grunde ganz unwichtig waren. Weil nur zählte, was zwischen den Zeilen mitschwang und unser beider Schritte so beflügelte: die Erinnerung an letzte Nacht und das darin enthaltene Versprechen.

Wir hatten nicht ausführlich darüber gesprochen, wie wir es schaffen wollten, uns regelmäßig zu sehen, während Tobey in London und ich in Glastonbury lebte. Aber war das jetzt gerade wichtig?

Da ich meine Fahrkarte bereits vor Tagen via Internet bestellt hatte, mussten wir uns an keinem Schalter anstellen. Ein Blick auf die große Anzeigetafel reichte, und Dan ging uns vorweg Richtung Bahnsteig. Hier drinnen in der großen Bahnhofshalle, zwischen all den fremden Menschen, schien es Millie nicht besonders zu behagen. Sie lief eng bei Tobey, und als dicht neben uns ein Kleinkind im Kinderwagen zu schreien begann, duckte sie sich ab.

Tobey beobachtete sie, sprach aber nicht mit ihr, solange sie solche deutlichen Anzeichen von Angst zeigte.

»Wollen wir uns hier verabschieden, und du gehst mit ihr wieder raus?«, schlug ich vor.

Auch Tobey wirkte inmitten der Menge, die uns umgab, plötzlich angespannt und nervös. Erst jetzt begriff ich, wie geradezu heldenhaft sein Vorschlag gewesen war, mich zu begleiten. Wenn mir das so klar gewesen wäre, hätte ich bestimmt abgelehnt. Doch nun waren wir hier.

Dan ging sehr aufrecht und schien seine Augen überall zu haben, während Andy gerade einer kleinen Gruppe von Rucksacktouristinnen, die offenbar vorhatte, Tobey um Autogramme zu bitten, die erhobene Hand entgegenhielt.

»Komm schon, das reicht für sie als Übung«, sagte ich und deutete zu Millie hinunter.

Tobey sah zu der nur noch wenige Meter entfernten Schranke hinüber, die meinen Bahnsteig von der Bahnhofshalle trennte. Doch dann nickte er. »Okay«, sagte er und fasste mich sanft bei den Schultern. Sein Blick brannte eine wohlig warme Spur in mich hinein.

»Ich bin nicht gut im Verabschieden«, murmelte ich.

»Ich auch nicht«, antwortete er.

Wir umarmten uns, und er küsste mich zärtlich auf die Stirn, die Nasenspitze, die Lippen.

»Und denk dran, wenn du angekommen bist …«, begann Tobey.

Doch in diesem Moment ertönte irgendwo hinter uns ein ohrenbetäubender Knall. Wir fuhren herum. Ebenso wie alle anderen Menschen, die auf dem Weg zu ihren Gleisen, zum

Fahrtkartenschalter, zu den kleinen Shops oder dem Ausgang waren.

Millie hatte sich derart erschreckt, dass sie sich zitternd auf den Boden presste. Tobey ging neben ihr in die Hocke, während wir anderen uns irritiert umsahen. Zuerst war mir gar nicht klar, woher das Geräusch gekommen war. Doch Dan deutete hinüber. Vor der Marks-&-Spencer-Filiale stand ein kleines Gefährt, wie ich es von Flughafengeländen kannte. Es war hoch beladen mit Kartons und Behältern. Der Fahrer hatte offenbar Probleme mit der Zündung und würde gleich noch weitere bekommen, denn aus dem Laden und den umliegenden Shops kam bereits Personal gelaufen. Auch zwei Sicherheitsbeamte des Bahnhofs waren zur Stelle und verwiesen ihn ganz offenbar des Platzes. Sie diskutierten lautstark, und dann startete der Fahrer erneut und fuhr los, offenbar auf dem Weg hinaus.

Gerade wollte ich eine erleichterte Bemerkung machen, als erneut ein Knall ertönte. Eine meterhohe Stichflamme schoss aus dem Motor des Gefährts. Die Menschen im Umkreis schrien auf und sprangen zur Seite. Der Fahrer rettete sich mit einem mutigen Hechtsprung und riss einen Mann samt Koffertrolley um. Doch sein Gefährt sauste weiter. Leute sprangen aus dem Weg, Gepäckstücke flogen herum. Und plötzlich fing auch die Ladung auf dem kleinen Gefährt Feuer. Ein paar Kartons fielen herunter, brannten lichterloh. Eine Frau schrie gellend auf, als der Stoff ihres langen Mantels in Flammen aufging. Sie rannte kopflos davon, stieß einige andere Reisende um. Ein älterer Mann griff beherzt zu und half ihr, das brennende Kleidungsstück abzustreifen. Der brennende Transporter schlingerte quer durch die Bahnhofshalle, verlor ganze Teile seiner entflammten Ladung. Immer mehr Menschen schrien auf, schlugen wild auf Hosenbeine und Jackenärmel, weil ihre Kleidung Feuer gefangen hatte. Panik brach aus. Einzig die Tatsache, dass wir schon so nah an der Sperre standen, verhinderte, dass wir automatisch mitten hineingerieten. Doch auch die Menschen auf dem Bahnsteig waren bereits alarmiert. Es war nur eine Frage von Sekunden, bis auch hier das Chaos ausbrechen würde.

»Raus hier!«, rief Dan.

Tobey, der immer noch bei Millie gehockt hatte, schwankte beim Aufstehen. Für einen kurzen Moment schien er den Halt zu verlieren. Dan fasste ihn an der Schulter, doch es war bereits passiert.

In der Sekunde, in der Tobey abgelenkt war, zog Millie mit einem einzigen Ruck ihren Kopf aus dem Halsband, ausgerechnet in dem Augenblick, in dem das brennende Gefährt mit gewaltigem Getöse in das Häuschen mit dem Fahrtkartenschalter krachte. Glas splitterte. Die Flammen schlugen hoch, und irgendetwas von der Ladung explodierte.

Millie, die Augen in Panik weit aufgerissen, stürzte davon.

»Millie!«, schrien Tobey und ich gleichzeitig.

Doch wir waren nicht die Einzigen, die schrien. Überall riefen und brüllten Leute. Aus dem Fahrtkartenhäuschen kamen Menschen getaumelt, orientierungslos und mit blutverschmierten Gesichtern und Händen. Rasch breitete sich Rauch aus. Reisende liefen panisch durcheinander.

Dann sah ich zwischen vielen Menschenbeinen hindurch plötzlich ein honigfarbenes Fell schimmern. Und rannte los.

Tobey

»June!«, brüllte ich.

Ich wollte ihr folgen, doch Andy hielt mich eisern am Arm fest. »Da wird gleich alles verstopft sein. Wir müssen hinten raus!«, rief er.

»Aber June ist da rüber!« Ich deutete in die Richtung, in die sie verschwunden war. Das war erst Sekunden her, doch im Gewimmel der durcheinanderrennenden, zum Eingang strebenden Menschen war sie nicht mehr auszumachen.

»Unser Job ist es, dich hier sicher rauszubringen«, dröhnte Andy.

»Verdammt noch mal, das ist doch scheißegal jetzt. Wir müssen June und Millie da rausholen!«, donnerte ich.

»Lass uns das machen«, rief Dan.

»Aber ...«

»Tobey, wenn du da reinrennst, schnappt deine Falle zu – und dann ist keinem geholfen!« Für eine Sekunde sah er mich ernst an. Ich wusste, dass er recht hatte. Bei dem Geschrei und Gerenne all der Menschen um uns herum brach mir der Schweiß aus. Wenn ich mich mitten hineinbegeben würde ...

»Bitte! Holt sie da raus!«, rief ich.

»Wir sehen uns am Wagen!«, erwiderte Dan. Andy und er sahen sich kurz an. Beinahe gleichzeitig machten sie eine Geste, die wohl besagte, dass sie sich von zwei unterschiedlichen Richtungen der Stelle nähern wollten, an der wir June aus den Augen verloren hatten.

Und dann waren sie auch schon auf und davon.

Ich presste mich an die Seite der Sperre und versuchte in der Menschenmenge etwas zu erkennen. Immer mehr Reisende kamen nun auch vom Bahnsteig zurück und aus den Zügen gesprungen und eilten zu den Treppen, die zum hinteren Ausgang führten.

»Eine Bombe! Eine Bombe!«, schrie jemand, was mit hysterischem Kreischen von allen Seiten beantwortet wurde.

June, dachte ich. *Millie und June. Wo seid ihr?*

Mein Herz schlug so rasend, dass meine Brust schmerzte. In meinen verkrampften Fäusten hielt ich immer noch die Leine.

Ich wusste, dass ich die Chance nutzen und über den Bahnsteig zum hinteren Ausgang rennen sollte. Doch ich war wie festgenagelt auf diesem Fleckchen Erde. Schweiß trat mir auf die Stirn, und mir wurde gleichzeitig heiß und kalt.

Tobey, hörte ich plötzlich eine Stimme rufen, die mir nur allzu bekannt vorkam. Ich sah mich hektisch um. *Tobey, komm, hilf mir! Wir holen sie zusammen raus!*

»Patrick«, keuchte ich entsetzt, wie zu Stein erstarrt.

Ich stand nicht mehr nur hier, in der mit Rauch und Schreckensschreien gefüllten Bahnhofshalle. Ich stand auch am Bühnenrand des Konzertsaals. Vor mir entsetzte Gesichter. Eine Menge wie ein einziger, sich panisch windender Leib.

Die Menschen hatten Angst gehabt. Kein schöner, fröhlicher Abend war das gewesen, sondern eine Hölle aus Schrecken und Schmerz. Wie viel Albträume waren seitdem geträumt worden, von einer einzigen Nacht? Wer hatte ihn fallen sehen? Wer hatte begriffen, dass der Mann und das Mädchen da unten gerade starben?

Er hatte nach mir gerufen. Er hatte meine Hilfe gebraucht. Und ich war unfähig gewesen, mich zu bewegen. Hatte nur hilflos zugesehen, wie mein bester Freund in der Menge unterging.

»Daddy!«, kreischte ein kleiner Junge, der plötzlich neben mir stand, und klammerte sich weinend an mein Hosenbein. Er riss mich aus meiner Erinnerung heraus in die Gegenwart. »Wo ist mein Daddy?«

Ich spürte, dass ich selbst zitterte, als ich ihm meine Hand auf den Kopf legte. Sein kleines Gesicht war schwarz von Ruß, und seine Augen schwammen in Tränen.

»Daddy!«, rief er erneut.

Ich konnte ihn verstehen. Wenn ich auch nur einen Ton herausgebracht hätte, hätte auch ich gerufen. Nach June. Nach Hilfe. Nach dem Ende dieses Schreckens.

Ich nahm den Jungen auf den Arm und versuchte, ihn zu beruhigen. Ich erzählte ihm, dass wir uns gleich auf die Suche nach seinem Dad machen würden und dass uns hier an der Schranke gar nichts passieren könne. Tatsächlich wurden die Schluchzer des Kleinen seltener, und er schniefte.

»Georgie!«, brüllte plötzlich ein Mann, der sich aus der Menge vor uns löste und auf uns zugerannt kam.

»Daddy!« Der Junge streckte dem Mann die Arme entgegen. Sein Vater riss ihn an sich und presste ihn fest an seine Brust. »Gott sei Dank!« Sein wirrer Blick traf meinen. »Danke, Sir!«, keuchte er und lief mit seinem Jungen auf dem Arm an mir vorbei zur Sperre. Dann drehte er sich noch einmal um. »Kommen Sie! Raus hier! Bevor noch irgendwas anderes in die Luft fliegt!«

Ich konnte nichts antworten. Starrte ihn nur an.

Seine Miene drückte sowohl Angst als auch Sorge aus. Er hielt inne. Wollte er zurückkommen? Wollte er sein eigenes Leben und das Leben seines Sohnes riskieren für ... einen Fremden? Für mich?

Dieser Gedanke war wie ein Faustschlag in meinen Magen. Ich stöhnte auf. »Gehen Sie!«, rief ich ihm mühsam zu. »Ich bin nicht allein.«

Er zögerte noch eine Sekunde, dann nickte er und war blitzschnell mit seinem Kind im Arm verschwunden.

Ich wandte mich wieder um.

Und da entdeckte ich sie.

Ihr wilder Schopf war für ein paar Sekunden in der dicht gedrängten Menge zu sehen. Und auf ihrem Arm trug sie etwas, das aussah wie ein goldenes Fellbündel. Verzweifelt kämpfte sie gegen den Menschenstrom an.

»Geh raus, June!«, schrie ich so laut ich konnte. »Geh raus. Wir treffen uns draußen!« Doch in dem Getöse, das in der ganzen Bahnhofshalle herrschte, hörte sie mich nicht. Ich konnte nur die Verzweiflung in ihrem Gesicht erkennen.

Plötzlich schien irgendetwas sie umzureißen. Ich sah noch, wie sie mit einer Hand vergeblich nach Halt suchte, während sie mit der anderen immer noch Millie an sich drückte. Dann waren die beiden, die in den letzten Wochen zu den wichtigsten in meinem Leben geworden waren, im Gewühl der Leiber verschwunden.

Ich dachte in diesem Moment überhaupt nichts. Ich zögerte auch nicht, sondern ließ die Leine fallen und rannte los. Mitten in die Menge hinein.

June

Der Juli brachte ungewöhnlich heiße Tage nach Glastonbury. Viele der Unterrichtsgruppen, die normalerweise am Nachmittag stattfanden, wurden auf den frühen Abend verlegt.

Ich kam mit Nicole über den staubigen Boden aus dem hinteren Auslauf, wo wir gemeinsam die Welpenspielgruppe beaufsichtigt und den dazugehörigen Menschen erste Grundlagen zur Erziehung ihrer Zwerge dargelegt hatten. Diese Arbeit liebte ich immer noch ganz besonders. Alles war noch so frisch und voller Hoffnung – auch wenn die frischgebackenen Hundebesitzer meist, ähnlich wie junge Eltern, dunkle Augenringe in den fröhlichen Gesichtern trugen.

Am Hauptgebäude trafen wir auf Rose, die die Kiste mit den Anriechboxen für die Spürhundearbeit zurückbrachte.

»Lass dir helfen.« Nicole fasst nach einem der Griffe, und die beiden teilten sich die Last.

»Wie ist es gelaufen?«, wollte ich von Rose wissen.

»Super!«, grinste sie. »Ich muss sagen, vor den Gruppen mit den Spezialausbildungen hatte ich ein bisschen Angst. Morris hat die Kurse so lange geleitet, und die Teilnehmer waren ein hohes Niveau gewöhnt. Aber gerade hat mir doch tatsächlich Miranda mit der hübschen Briardhündin gesagt, dass sie ganz begeistert ist und nächste Woche ihre Nachbarin samt deren Königspudel mitbringen will. Ich glaube, es gefällt ihnen, wie ich den Kurs führe.« Sie strahlte übers ganze Gesicht.

»Miranda Haywood? Wow! Wenn du diesen alten Drachen gezähmt hast, hast du gewonnen! Sie ist das Klatschblatt Nummer eins im Ort. Es wird sich rasend schnell rumsprechen, dass wir eine sensationell tolle neue Trainerin haben. Damit hast du wohl deine Feuertaufe bestanden. Herzlich willkommen bei den hart arbeitenden Trainerinnen des Hundezentrums Glastonbury«, sagte ich schmunzelnd. Und Rose lief vor Freude rosarot an. Nicole und ich tauschten einen kurzen Blick und lächelten beide.

Nach Morris' Ausstieg hatte ich die Lücke in unserem Kurssystem und bei den Seminaren zunächst für unschließbar gehalten. Doch mit Rose war ich mehr als glücklich. Sie war kompetent, kam bei den Kunden und den anderen Trainerinnen gut an, und – was mir am wichtigsten war – meine Hunde liebten sie.

Zu dritt gingen wir ins Schulungsgebäude, räumten unsere Utensilien ordentlich in die Regale, und Rose machte den Vorschlag, ob wir noch zusammen im Pub etwas trinken sollten.

Nicole war sofort dabei. Doch ich sagte: »Tut mir leid. Ein anderes Mal sehr gerne. Aber ich bekomme gleich ... Besuch.«

Rose starrte mich einen Moment lang neugierig an, fragte aber nicht. Noch waren wir eindeutig im Chefin-Angestellte-Verhältnis und hatten in privater Hinsicht bisher nicht viel voneinander erfahren.

»Okay, dann fahr ich schon mal vor und wechsle schnell meine Klamotten. Ich fühle mich nämlich, als hätte ich ein Staubbad genommen. Treffen wir uns in einer halben Stunde im Lion?«, fragte sie, und als Nicole nickte, war Rose schon unterwegs.

Nicole und ich schwatzten noch ein wenig über die gerade abgehaltene Stunde und trugen das heutige Datum in die Zehnerkarten der Teilnehmer ein. Vollkommen alltägliche Verrichtungen. Aber heute waren sie für mich begleitet von einem unterschwelligen Prickeln und Kribbeln, einem leisen Flattern meines Magens.

»Ist es auch wirklich okay, dass du morgen meine Stunden übernimmst?«, fragte ich, als es wirklich nichts mehr zu tun gab und wir die Bürotür hinter uns schlossen.

»Schätzchen, das hast du mich jetzt schon fünf Mal gefragt. Vollkommen okay. Du hast diese Woche von morgens früh bis abends spät hart gearbeitet. Da hast du dir ein paar freie Tage wirklich verdient und ...«

In dieser Sekunde traten wir vor die Tür des Hauptgebäudes, und Rose stand wieder vor uns. Die Augen geweitet, das Gesicht vom raschen Laufen erhitzt.

»Rose?«, fragte ich.

»Wollte gerade wegfahren …«, schnaufte sie. »Aber da kam ein Auto an. Dachte, es hätte sich vielleicht jemand mit der Uhrzeit der letzten Kursstunde vertan und bin hin. Und …« Sie sah mich mit großen Augen an. »Ich glaube, dein Besuch ist da.«

Aha. Nicole wandte sich ab, um die Tür abzuschließen. Doch ich konnte das Grinsen auf ihrem Gesicht noch erkennen, das sie verbergen wollte.

»Schon?«, antwortete ich und sah möglichst gelassen auf meine Armbanduhr. Mein Magen jedoch, der vorher nur geflattert hatte, veranstaltete nun ein kleines Party-Feuerwerk. »Na, dann werde ich mal ›Hallo‹ sagen.«

Als ich mich in Bewegung setzte und über den Hof Richtung Parkplatz schlenderte, zischte hinter mir Rose Nicole zu: »Oh, Scheiße! Ich hatte ja keine Ahnung! Ich meine, ich dachte, ich fall in Ohnmacht oder so …«

»Da gewöhnst du dich dran«, hörte ich Nicole noch trocken antworten und musste grinsen.

Ich erreichte den Parkplatz in dem Moment, in dem Andy eine gewaltige geblümte Reisetasche aus dem kleinen Kofferraum des Sportwagens zerrte und brummte: »Das nächste Mal fahren wir mit der Limousine. Dass Frauen aber auch immer so viel Gepäck mitschleppen müssen.«

»Das hab ich gehört«, grinste Joana und drehte sich um, als sie meine Schritte hörte. »June!« Sie streckte die Arme aus und umarmte mich fest. »Wie geht's dir?«

»Wunderbar!«

»Mit deinem Arm alles okay?«

»Alles prima. Seit der Gips ab ist, fühlt er sich an wie neu.«

»Das klingt toll. Vielen, vielen Dank für die Einladung!«

»Hey, Moment mal!«, mischte Andy sich ein, während er

rechts Joanas geblümtes Reisetaschenungetüm hielt und links eine handliche Sporttasche, die sehr nach Männer-Gepäck aussah. »Ich bin hier schließlich nicht auf Urlaub. Wenn Dan mit seinem Freund für zwei Wochen in so einem Ashram untertaucht, muss doch irgendwer auf Tobey aufpassen an diesem wirklich gefährlichen Ort.«

»Genau, und für die gute Laune dieses Jemandes muss auch gesorgt sein. Zum Beispiel, indem er sein Frühstück in gewohnter Gesellschaft zu sich nehmen kann«, grinste ich.

»Das ist so lieb von dir, June!«, freute Joana sich und sah sich interessiert um. »Wir sind super gespannt. Was man sehen kann, macht jedenfalls schon einen fantastischen Eindruck. Wir bekommen doch eine Führung? Ich meine, auch wenn Tobey das alles schon kennt?«

»Sicher. Apropos: Wo sind Tobey und Millie denn?«, wollte ich verwundert wissen.

Joana und Andy sahen sich kurz an. »Ich hab ihm gesagt, er soll sie lieber an der Leine halten, wenn wir aussteigen«, verteidigte Andy sich.

»Millie ist aus der Box gesprungen und sofort losgerannt«, erklärte Joana mir. »Zum Haus rüber.« Sie deutete zum Wohnhaus.

»Ach je, na, dann werd ich die beiden mal wieder einfangen. Wenn ihr möchtet, könnt ihr euch währenddessen schon mal da drüben im Gästehaus umsehen. Dieses Wochenende findet kein Seminar statt, ihr habt also das ganze Haus für euch. Ich hab euch das Zimmer vorn unter der Treppe fertig gemacht. Da ist es momentan am kühlsten.«

Joana und Andy zogen ab, und ich hörte sie laut über die wunderschöne Landschaft schwärmen, die das Hundezentrum umgab. Ich meinerseits machte mich auf den Weg zu meinem eigenen Haus, denn ich hatte so eine Ahnung.

Und tatsächlich, als ich um die Ecke bog, flitzten drei Hunde im Zickzack über die Wiese hinter der Terrasse. Cassandra rannte vorweg, dicht gefolgt von Bo – und hinter ihnen her sauste ein honigfarbenes Fellknäuel. Die Zungen flatterten um ihre begeisterten Gesichter.

Neben der Terrassentür, auf einer großen bequemen Liegematratze, lag Heaven und ließ sich den Bauch kraulen.

»Wie es aussieht, braucht ihr mich gar nicht«, sagte ich lächelnd.

Tobey hob den Kopf, und sein Blick traf mich wie immer in der Körpermitte. Und es war, als würde er meine Gefühle spiegeln, denn auch sein Gesicht leuchtete auf, als er mich hier stehen sah.

Er stand auf und kam auf mich zu. Sein Hinken, das er von der Knieverletzung zurückbehalten hatte, die er sich im Bahnhof Paddington zugezogen hatte, war seit unserem letzten Treffen schon viel schwächer geworden.

»Wie kannst du so was sagen?«, antwortete er leise und blieb kurz vor mir stehen, um mich anzusehen. »Mein Hund und ich, wir brauchen ganz dringend ein paar Intensiv-Stunden bei der weltbesten Trainerin.«

»Tatsächlich?«, erwiderte ich. »Und was, wenn die gerade gar nicht im Hundetrainingsmodus ist?«

»Dann nehme ich auch mit Kusshand alles andere, was sie zu bieten hat.«

Tobey strich mit den Fingerspitzen an meiner Schläfe und Wange hinunter, beugte sich vor und küsste mich. Und wie jedes Mal war ich auf die Gefühle, die das in mir auslöste, nicht vorbereitet. Es war eine Flut an süßer Verheißung, die mich in unserer zärtlichen Umarmung schier untergehen ließ.

So standen wir dort und küssten uns, und die Aussicht auf gleich mehrere Tage mit ihm hier in meinem Zuhause ließ mich regelrecht schweben. Doch plötzlich hörte ich etwas, das in dieser Blase aus Glückseligkeit irgendwie störte: ein hohes, schnelles Bellen.

Ich löste mich abrupt von Tobey und sah gerade noch

Cassandra, dicht gefolgt von Millie, um die Hausecke verschwinden.

»Was haben die denn?«, wollte Tobey ein wenig atemlos wissen.

Ich seufzte. »Das nennt man Spurlaut. Wahrscheinlich haben sie ein Kaninchen entdeckt!«

Tobey machte große Augen. »Und was tun wir jetzt?«

»Was wir jetzt tun?«, antwortete ich achselzuckend. »Wir schauen, dass wir sie nicht aus den Augen verlieren.«

Und während wir Hand in Hand um die Hausecke bogen, schien es mir plötzlich, als wäre das Achtgeben auf die, die wir lieben, sowieso das einzig Wichtige im Leben.